光文社古典新訳文庫

白痴 1

ドストエフスキー

亀山郁夫訳

kobunsha classics

JN166606

光文社

Title : **ИДИОТ**
1868

Author : **Ф.М.Достоевский**

目次

白痴 1

第一部

1

十一月の終わり、寒気も和らぐある朝の九時ごろ、ペテルブルグ・ワルシャワ間を走る鉄道列車が、フルスピードでペテルブルグの町に近づきつつあった。あたりはひどく湿気《しけ》って朝靄《あさもや》がかかっているため、空はようやく明るみはじめたばかりで、線路の左右、十歩先ともなると、車窓からはもう何ひとつ見分けがつかなかった。外国帰りの乗客もいたが、とくに混雑のはげしい三等車は、大半の席が普通の商売人たちで占められ、遠方からの客はごくわずかだった。ごたぶんにもれず乗客は一様に疲れきり、寝起きのせいでまぶたは重く、体は冷え切っていた。彼らのどの顔も、朝靄と同じように血の気が失《う》せて、黄色みがかっていた。

三等車の窓側の席に、明け方からずっと乗客がふたり、たがいに向きあって腰を下ろしていた。――ふたりともまだ若く、荷物らしきものはほとんどなくて、身だしなみもとくに凝っているわけではなかったが、顔だちはいずれもかなり特異で、そのうえおたがいに話しかけたそうな様子をしていた。このふたりがなぜとくにこの瞬間、おたがい注目されるべき人物であるのかを知っていたなら、こうしてペテルブルグ・ワルシャワ本線の三等車に乗り合わせた偶然のいたずらに、必ずや驚きの目をみはったことだろう。

彼らのうちのひとりは、さほど上背《うわぜい》のない、年のころ二十七歳ぐらいの青年で、縮れた髪はほとんど真っ黒といってもよく、グレーの目は、小さいながら火のような輝きを放っていた。鼻は横にひしゃげ、頬骨が張り、薄い唇は何やら厚かましい、人をあざけるような、悪意すら思わせる笑みをたえず浮かべていた。しかしその額は高く秀《ひい》でて美しくかたちが整い、必ずしも品よく発達したとはいえない顔の下半分の欠点を埋め合わせていた。この青年の顔だちでとくに際立っていたのは、死人のような血色の悪さだった。そしてその顔色は、かなりがっしりした体格の持ち主ながら、顔全体に何やら消耗しつくした感じと、それでいて苦しいほどに熱烈な何かを添え、それが、厚かましく下品な笑みや、勝ち誇るような鋭いまなざしと、妙に不釣り合いな印象を与えるのだった。

男は、小羊の革を黒い布の表地《おもてじ》で覆ったたっぷりめのコートに暖かく包まれていたので、夜中も冷えきることはなかったが、向かいの席の客はロシア特有の湿っぽい十一月の夜の寒さを、がたがた背中を震わせながら耐え忍ばなくてはならなかった。どうやら、夜の寒さがこれほどとは思いもよらなかったらしい。こちらの男が身に着けていたのは、大きなフード付きの、これまたかなりたっぷりめの厚手の袖なしマントだった。まさしく冬のスイスや、たとえば北イタリアといった遠い国外を転々とする人たちが着用しているものと同じだが、といってそんな軽装のまま、アイトクーネンからペテルブルグまで旅行しようなどとは、むろんだれも考えない。イタリアでは十分に使えたものも、ロシアでは必ずしも役に立たなかったわけである。フード付きのマントを着ているこの青年も、年齢は二十六か七といったところで、平均より少しばかり上背があり、ボリュームのあるみごとなブロンドの髪をしていた。落ちくぼんだ頬には、ぴんと尖《とが》ったほとんど真っ白といってもよい顎《あご》ひげを蓄えていた。コバルトブルーの大きな目はじっとすわったまま動かず、そのまなざしには何やら穏やかながら重苦しいものが漂い、あるふしぎな表情に満たされていた。人によっては、その人物が癲癇《てんかん》病みであることをひと目で察したにちがいない。もっともこの青年の顔だちじたいは感じがよく、繊細でひきしまっていたが、しかし顔色はすぐれず、おまけに今はもう青ざめるほど凍《こご》えきっていた。両手からは古い色あせた絹の包みが下がり、ぶらぶら揺れていた。その中にはどうやら、旅の道具がひと揃《そろ》い入っているらしかった。履《は》いていたのはゲートル付きの厚底の靴で、これは何もかもがロシア式からかけ離れていた。向かいの小羊の革の外套にくるまる髪の黒い乗客は、手持ち無沙汰のせいもあり、相手のこうした一部始終をじっと観察していたが、やがて品のない薄笑いを浮かべながら声をかけた。その笑いには、隣人の失敗を目《ま》の当たりにしたときの人間の満足感が、ひどく無遠慮かつあからさまに浮かんでいた。

「寒そうだね？」

そう言って、彼は肩をすくめてみせた。

「ええ、とても」待ってましたといわんばかりに、向かいの客が答えた。「おまけに、これでも寒さがやわらいだってわけですからね。もし寒波にでも出くわしていたら、どうなってたでしょう。自分の国がこんなに寒いだなんて、思ってもみませんでしたよ。忘れてたんですね」

「外国帰りってことかい？」

「ええ、スイスからなんです」

「ひゅー！　こいつは驚いた！……」

髪の黒い男は、軽く口笛を鳴らすと大声で笑いだした。

おたがいの話がはじまった。スイスのマントをはおったブロンドの青年は、髪の黒い相手の男のどんな質問にも驚くほどすなおに答えていき、いくつかの質問がおそろしくぞんざいで的外れの、たんなるひまつぶしでしかないことに、露ほどの注意すらはらわなかった。質問に答えながら彼は、じつに長いあいだ、四年あまりもロシアを不在にしていたこと、外国に送られたのは病気のせいで、それも、癲癇かないしはある種の舞踏病に似た、震えや痙攣《けいれん》をまねく奇妙な神経症のせいであることを明らかにした。相手の話を聞いていた髪の黒い男は、何度かにやにや笑ったが、「で、どうなんだ、病気は治ったのかい？」と質問し、ブロンドの男が「いや、それが治りきらなかったんです」と答えると、いっそう大きな声で笑いだした。

「ふん！　おおかた大金を巻きあげられたんだろうさ、それだっておれたち、連中の言うことを信じてるわけだ」髪の黒い男は、いかにも毒のある調子で言い放った。

「それは、ほんとうにそうなんですよ！」隣に腰をかけていたひどい身なりの男が、いきなり話に割り込んできた。年格好は四十がらみ、せいぜい書記係どまりのうだつのあがらぬ小役人といった風情《ふぜい》ながら、体格はがっしりし、鼻は赤みを帯びて、顔じゅう吹き出ものだらけだった。「それが、ほんとうにそのとおりでして、ロシアの国力がそのままそっくり、なんの見返りもなく持ってかれている始末なんです！」

「いや、ぼくの場合、それとはまったくちがうんです」スイスの病院から帰る途中という青年は、相手をなだめるように、低い声で話を引きついだ。「むろん、断言はできませんがね、だってぜんぶを知っているわけじゃありませんもの。でもぼくの主治医は、ぼくがロシアに帰る旅費まで工面《くめん》してくれましたし、ほとんど二年ものあいだ、治療費は向こうもちということでぼくの面倒を見てくださったわけですから。自分の財布をはたいて」

「それじゃあ、だれも金を払ってくれなかったってわけか？」髪の黒い男がたずねた。

「ええ、ぼくをスイスに送りだしてくれたパヴリーシチェフさんという方が、二年前に亡くなられまして。で、そのあと、ロシアにいる遠縁のエパンチン将軍夫人に手紙を書いたんですが、あいにく返事はいただけませんでした。まあ、そんなことがあってこうして帰ってきたわけです」

「で、いったい行き先はどこなんだ？」

「それってつまり、だれのところに厄介《やっかい》になるのかってことですね？……それが、ほんとうにまだわからなくて……ただ……」

「まだどこにも決めてないってことだな?」

そこで、ふたりの聞き手はまた大口をあけて笑いだした。

「ってことは、ひょっとしてこの包みに、財産すべてが入っているってわけか?」髪の黒い男がたずねた。

「ここはひとつ賭けてもかまいません、おっしゃるとおり」赤鼻の小役人がいかにも得意げに口を出した。「それに、ほかの荷物を貨物車に預けてあるなんてこともございませんな、貧乏は悪徳ならずといいますがね、こういうこともやっぱり忘れるわけにはまいりません」

こちらもまた正解であることがわかった。ブロンドの青年は待ってましたとでもいわんばかりに、即座にそれを認めた。

「だとしても、あなたが持ってらっしゃるその包み、何やら曰《いわ》くありげですな」三人がいやというほど大笑いしたあとで(面白いことに、相手ふたりを眺めているうち、包みの持ち主である当人までがとうとう笑いだしてしまい、それがふたりをますます面白がらせた)――「賭けてもいいですが、その包みにナポレオン金貨とか、フリードリッヒ金貨だとかいった外国のお金や、はたまたオランダのアラーブ金貨とかの袋が詰まっているわけはありませんな、あなたが履いておられる、あちら産の靴に巻いてあるゲートルを見ただけで、すぐに察しがつきますよ、ただ……あなたのその包みにですよ、たとえばあなたがご親戚だとかおっしゃる、エパンチン将軍夫人のような方を足して考えますと、これがちょっと別の意味を帯びてくるわけでしてね、といってもむろん、エパンチン将軍夫人がほんとうにあなたのご親戚で、あなたがうっかり勘違いされていない場合にかぎることですが……そういう勘違いというのは、かなりひんぱんにありがちなわけですから、たとえば、ほら、……想像力あふれる方なんかの場合」

「ええ、それもその通りなんです」ブロンドの青年が応えた。「じっさい、ほとんどそう思いこんでいるだけですから。つまり、親戚かどうかもあやしいわけです。ですから正直言って、向こうにいたとき手紙の返事がもらえなくても、べつに少しも驚かなかったんです。そうだと思っていましたから」

「切手代をむだにした、ってわけですな。なるほど……たしかに素直でまじめなお方のようだ、そこは褒めてあげなくちゃ！　ふむ……そう、エパンチン将軍なら、こちらも存じておりますとも、なんせ、相当に有名なお方ですからね。それに、スイスでのあなたの暮らしの面倒を見た、パヴリーシチェフ氏のことも存じております。ただし、それがニコライ・アンドレーヴィチ・パヴリーシチェフ氏だったら、の話ですがね。と申しますのも、パヴリーシチェフという方はじつはふたりおりまして、それもいとこ同士にあたるんですが。で、もうひとりのほうは、今もクリミアに住んでおられます。それで、最初の、亡くなられたほうのニコライ・パヴリーシチェフさんというのが、それはそれは立派なお方でしてね、人脈もあり、ひところはなんと四千人もの農奴を抱えてらした資産家で……」

「おっしゃるとおり、名前はニコライ・パヴリーシチェフでした」――そう答えると青年は、事情通の男の顔をひたと探るような目で見つめた。

こういった事情通の人間には、ときどきといおうか、社会のある層ではかなり頻繁にお目にかかるものである。連中は、何から何まで知っている。倦《う》むことを知らない好奇心でふくれあがった頭脳と能力のすべてが、抑えようもなくあるひとつの方向をめざしているのだ。現代の思想家なら言うにちがいないが、これはむろん、情報収集より重要な、人生上の探究心やら思想やらが欠落しているせいである。『何から何まで知っている』とはいうものの、当然その範囲はかなり限られている。だれそれはどこそこに勤めているとか、だれが知人同士だとか、どれぐらい財産があるかとか、どこの県知事を務めていたとか、結婚相手はだれでどれくらい持参金をせしめたかとか、だれがい、と、こ、にあたりはとこにあたるかとか、すべてがそういった類《たぐい》のことなのだ。

事実、この類の事情通というのは、大半は肘《ひじ》が擦りきれそうな制服を着て、十七ルーブルの月給で糊口《ここう》をしのいでいる連中である。そうした事情通に、それこそ洗いざらい知られている人々からすると、連中がどういう関心に突き動かされているかなどむろん見当もつかないが、そうした連中の多くは、一個の学問にも匹敵しようというその知識で大いにみずからを慰め、自尊心や、はたまた究極の精神的な充足感まで得ているのである。たしかにそれは、なかなか魅力的な学問ではある。わたしもこれまで目にしてきたのだが、この学問に至上の慰めと目的を見いだし、こうした学問だけで申し分のない出世を果たした学者、文学者、詩人、政治家たちが存在した。

このふたりのやりとりが交わされているあいだ、髪の黒い男はしょっちゅうあくびをしたり、あてもなく車窓に目をやったりしながら、じりじりする思いで旅の終わりを待ちわびていた。男はなにやら放心状態にあるのか、ひどく落ちつかずにほとんどそわそわしっぱなしで、どことなく奇妙な感じさえするほどだった。話を聞いているかと思えば聞いておらず、何かを見ているかと思えば見ておらず、笑っているのかと思えば、自分でもどうして笑ったのかわからなければ、覚えてもしない、そんなありさまなのである。

「で、失礼してよろしければ、あなたのお名前を……」顔じゅう吹き出物だらけの男が、とつぜん包みをたずさえたブロンドの青年にたずねた。

「レフ・ニコラーエヴィチ・ムイシキン公爵といいます」ブロンドの青年は、待ってましたとでもいわんばかりに即答した。

「ムイシキン公爵？　レフ・ニコラーエヴィチ？　存じませんなあ。いや、耳にしたこともございません」首をかしげながら役人は答えた。「つまり、お名前が、というわけではないんでございまして。お名前は歴史的にゆかりのあるものですから、カラムジンの歴史の本に出てきたっておかしくありませんし、いや、きっと出ているにちがいありません。わたしが申しておりますのは、ご当人のことでございましてね、そもそもムイシキン公爵なんて方には、どうしたことか、今やいっさいお目にかからなくなりましたし、噂も耳にしたことがないのです」

「ええ、当然ですとも！」公爵はすぐさま答えた。「ムイシキン公爵一族なんて、今はこのぼくをのぞいて、だれひとりほかにいないんですから。どうも、このぼくが最後ということらしいんですよ。で、父や祖父の代はどうかっていいますと、これが郷《ごう》士《し》でしてね。もっとも、ぼくの父は士官学校を出た陸軍少尉でした。でも、ひとつだけどうしてもわからないことがあるんです。どうしてエパンチン将軍夫人もムイシキン公爵一族の出で、しかも一族のどんづまりということになるのか……」

「へ、へ、へ！　一族のどんづまりね！　へ、へ！　なんて面白い言いかたをなさるんだ」そう言って、役人は卑屈な笑い声を立てた。

髪の黒い男もにやりとした。ブロンドの青年は、自分がどうやらかなり下品な洒落を口にしてしまったことに、いささか驚きの色を浮かべた。

「いや、そうでした、ろくに考えもせずにこんなこと口にしてしまって」やがて彼は自分でもあきれた様子で弁解した。

「いえいえ、わかっておりますよ。わかっておりますとも」役人は、面白がってそう言った。

「で、公爵、おたくはよ、むこうで何か学問でも教わったのかい、その教授先生とやらについて？」

「ええ……教わりました……」

「おれなんかいちども何か教わったことなんてないんだ」

「でも、このぼくも、ほんのちょっと学んだだけです」公爵は申し訳なさそうに言い添えた。「病気のせいもあって、系統だった勉強は無理とみられたみたいです」

「ロゴージン一族っていうの、知っているかい？」髪の黒い男が早口でたずねた。

「いいえ、知りません、まるきり。だってロシアに自分の知っている人なんて、ほとんどいませんから。で、あなたがそのロゴージンさんってわけですね？」

「そうよ、おれがそのロゴージンだ。名前はパルフョーンっていってな」

「パルフョーン？　てことはあの、例のロゴージン家の……」そこで役人が、ひどくもったいぶって口を出した。

「そうよ、その例のロゴージン家のさ」髪の黒い男は早口で無愛想に役人をさえぎった。といっても彼は、吹き出ものだらけの役人などまるで相手にせず、はじめからこの公爵ひとりに話しかけていたのだった。

「というと……いや、まさか！」心底から驚いたらしく、役人は目を丸くして叫んだ。そしてたちまち顔全体が、何やら神妙で媚《こ》びるような、はたまた怯えたような表情に変わっていった。――「というと、あなたさまは、世襲名誉市民であられる、セミョーン・パルフョーノヴィチ・ロゴージンさんのご子息ってわけで？　ひと月ほど前、二百五十万ルーブルもの資産を遺《のこ》して亡くなられたロゴージンさんの？」

「おまえ、いったいどこで聞いてきた。親父が二百五十万の金を、現金で遺したって話？」――髪の黒い男はそういって話を中断させたが、その役人にはもう目も向けようとしなかった。――「まったくあきれた野郎だぜ！（そう言って彼は公爵に目配せした）。いったいなんの得があるっていうんだ、すぐに腰ぎんちゃくみたいにまとわりついてきやがって！　でも、嘘じゃねえ、うちの親父がぽっくりいっちまった話はな。で、一カ月も遅れて、こうしてプスコフから帰るところってわけさ、はだし同然で。卑怯者の弟も、おふくろも、金も知らせも寄こしちゃこない、──なんにも送って寄こさなかった！　まるで犬ころ並みだって！　プスコフで熱病にかかってさ、まるひと月も寝っぱなしだったたっていうのによ」

「でも今度は、百万じゃきかないお金が、いちどに転がり込んでくるわけでしょう、それも、最小限に見ての話で、なんともまあ！」役人はそう言って、両手をぱんと打ち鳴らした。

「ったく、こいつにはなんの関係もないってのに。困ったもんだ！」ロゴージンはまた苛立ちを隠さず、いまいましい様子で役人のほうをあごでしゃくった。「きさまなんかには、一コペイカだってくれてやるもんか。おれさまの見てる前で逆立ちで歩いたってな」

「そうおっしゃらずに、逆立ちなら喜んでしてさしあげますよ」

「ほら、これだ！　ぜったいにくれてなんかやるもんか、ぜったいにな、たとえ一週間踊ったって！」

「それでけっこうです！　わたしにはそれがふさわしい、何もくださらなくってけっこう！　ですが、踊りは勝手にやらせていただきますよ。女房、子どもを捨ててでも、勝手に踊らせていただきます。ちょっとは喜ばせてくださいよ、お頼み申します！」「この糞ったれめが！」黒々とした髪の男は吐きすてるように言った。——「五週間前はあんたと同じで」と言いながら、男は公爵のほうに顔を向けた。「包みひとつっきりかかえて親父の家を逃げ出し、プスコフの伯母の家に転がり込んだんだ。ところがそこで熱を出して寝込んじまったところ、親父はおれの留守中ぽっくりいっちまった。脳卒中ってやつでな。死んだ人間の冥福は祈ってやるが、あのときおれは、半殺しの目にあったのさ！　信じてくれるか、公爵、嘘じゃないぜ！　あのとき逃げ出さなかったら、確実にぶち殺されていたにちがいねえ」

「何か、お父さまを怒らせるようなことをなさったわけですか？」——公爵は、格別の好奇心にかられ、外套にくるまった億万長者をしげしげと見つめながらたずねた。百万ルーブルという大金も、遺産相続といった話も、それだけで注目すべき話題であることはたしかだったが、公爵は何かしらほかの事情にも驚きの念をおぼえ、興味を呼びさまされたのだ。それにロゴージン自身も、なぜかとくに好んで公爵を話し相手に選んだわけだが、話し相手がほしくなったのは、どうやら精神的欲求というより、むしろ無意識的な何かだったらしい。つまり、率直に話しあうというよりも、むしろある種の放心状態のせいで、不安と興奮のままに、ただ誰か人の顔を見つめ、舌を動かしてしゃべっていればよかったのである。どうやら彼は、いまだに熱病をわずらうか、少なくとも悪寒に襲われているかのように見えた。例の役人についていうと、あいかわらずロゴージンに半身をあずけたまま、息をつくのさえつつしみ、まるでダイヤモンドでも探すみたいに、相手のひとことひとことをとらえては重さを測っている様子だった。

「いやはや、これがすさまじい怒りようでね、しかしまあ、怒るのもむりはなかったかもしれんが」ロゴージンは答えた。「でも、このおれをいちばんひどい目にあわせたのは、弟のやつだ。おふくろについちゃ、べつにどうっていうこともない、年も年だし、聖者伝《チェーチー・ミネイ》なんか読んで、ばあさん仲間とつきあって、弟のセミョーンの言いなりなんだから。でも弟のやつ、どうしてあのとき、このおれにちゃんと知らせを寄こさなかったか？　なに、こっちはちゃんとお見通しでね！　嘘じゃない、おれもあのとき、たしかに意識がなかった。あっちの言い分じゃ、電報を打ちはしたそうだ。でもな、伯母のところへ電報を打ったからってどうなる。伯母はもう三十年も未亡人ぐらしでさ、朝から晩まで、神がかりの連中とずっと油を売ってるんだ。べつに尼さんてわけじゃないのに、まあそれ以上でさ。で、電報が来たってんですっかりたまげて、封もきらずに警察に行き、そのまま預けちまった。電報は今も、きっと警察のどっかに眠ってるよ。ありがたいことに、例のコニョーフが、そう、ワシーリー・ワシールイチがだよ、やつがひと肌脱いで、一部始終を書いてよこしてくれたってわけ。弟のやつ、親父の棺桶についていた金襴《きんらん》のカバーから、金メッキした鉄の縁飾りを、夜中にこっそり切りとってやがった。で、『こういうのが、ばかでかい値打ちがあるんだ』ときたもんだ。そうとも、おれがその気にさえなったら、これひとつとったってやつをシベリア送りにできるんだ。こいつは立派な冒瀆罪《ぼうとくざい》じゃねえか。おい、この案山子《かかし》のお道化《どけ》め！」そう言って彼は役人のほうをふり向いた。「法律だとどうなる、冒瀆罪だろ？」

「ええ、冒瀆罪！　立派な冒瀆罪ですとも！」間をおかずに役人は相槌を打った。

「これでシベリア送りにできるだろう？」

「シベリア送り、立派なシベリア送りです！　ただちにシベリア送りです！」

「連中はいまだに、このおれがまだ病気だと思いこんでやがってな」ロゴージンは公爵に向かって話をつづけた。「そこでおれは、まだ病気が治りきってねえにもかかわらず、こうやって何も告げず、こっそり列車に乗って出てきたってわけよ。弟のセミョーンに、おい門を開けろ！　って怒鳴ってやるんだ。おれにはわかってるのさ。

やつはな、死んだ親父に、このおれのことであれこれ悪口を吹き込みやがった。たしかに、あのときおれは、ナスターシヤ・フィリッポヴナって女のことで、親父をかんかんに怒らせた、それはそれで嘘じゃない。あれはもう、おれひとりの問題だ。魔がさしたってわけよ」

「ナスターシヤ・フィリッポヴナ、ですか?」何やら考えをめぐらせながら、役人は媚びるような調子で言った。

「さすがに、そこまでは知らねえだろう!」ロゴージンは、じりじりしながら役人を怒鳴りつけた。

「いいえ、知っております!」勝ちほこったような口調で、役人は答えた。

「ほう! でもな、ナスターシヤ・フィリッポヴナなんて名前、それこそごまんとあるぞ! それにしても、きさまってやつは突拍子《とっぴょうし》もなく厚かましい野郎のようだ! いや、前からわかってたよ。この手のわけのわからん虫けらどもが、すぐにも寄ってたかってくるってことぐらい!」男は、あいかわらず公爵にむかって話しつづけた。

「いいえ、たぶん存じてあげております!」役人は、せわしない口調で答えた。

「レーベジェフは、存じております! いや、旦那さま、このわたしをお叱りになるのもけっこう、ですが、もしわたしが証拠をごらんにいれたらどうなさいます? なんせあのナスターシヤ・フィリッポヴナですからね、あなたのお父上を、肝木《かんぼく》の杖でもってあなたを折檻《せっかん》しようって思いにさせた。ナスターシヤ・フィリッポヴナの姓はバラーシコワ、言ってみれば名門の令嬢、これまた、ある意味じゃ公爵令嬢ってことになるんでしょうが、今はトーツキーとかいうお方と親密な間柄にある。アファナーシー・イワーノヴィチ・トーツキー。この方は地主で、たいへんな資本家ときてらっしゃる、いくつかの会社や団体の役員をつとめ、そのつながりから、エパンチン将軍とも厚誼《こうぎ》を結んでおられるようでして……」

「ほほう！　こいつはあきれたぜ！」さすがのロゴージンも、これには度肝《どぎも》を抜かれた様子だった。「ちくしょうめ、ほんとうに知ってやがった」

「なんでも存じております！　レーベジェフは何もかも存じておりますとも！　わたしは、旦那さん、あのアレクサンドル・リハチョーフとふた月ほどあちこち旅をしたことがございまして。やっぱりお父上を亡くされたあとのことですが、わたしが何もかも、つまりどんなに細々した場所や裏道にまで通じておるものですから、とうとうこのレーベジェフのお伴なしじゃ、ひと足だって進めなくなったほどでしてね。今でこそ、あの方、債務監獄に入っておられますが、当時はアルマンス嬢だのコラーリヤ嬢だの、パーツカヤ公爵夫人だの、ナスターシヤ・フィリッポヴナだのと知り合う機会があったわけでして、おまけにいろいろと経験もなされたもんです」

「ナスターシヤ・フィリッポヴナ？　あの女が、なに、リハチョーフごときと……」ロゴージンは憎々しげに役人をにらみつけたが、唇までが青くなってぶるぶると震えていた。

「いや、なんでもございません！　なんでもございません！　なんの関係もございません！」役人ははっとなって、慌てて言い添えた。「いくら大金積んだところで、つまりその、リハチョーフごときには高嶺の花ってわけですよ！　いえ、あのアルマンス嬢ともわけがちがうってことで。お相手は、例のトーツキー氏ひとりしかおりません。そう、夕方になるとよく、大《ボリショイ》劇場とか、フランス劇場の自分の栈敷席《さじきせき》で観劇しておられます。たまたま劇場にいあわせた将校たちが、仲間うちでなんだかんだ噂しているみたいですが、手も足も出ませんや。『あそこを見てみろ、あれが例のナスターシヤ・フィリッポヴナだ』と言うぐらいが関の山でして、それから先は何もできやしません。なぜって、それこそ手も足も出ないからでして」

「それが、あたりまえってことだろうが」――眉をひそめ、ロゴージンは陰気くさく頷《うなず》いた。「あのころ、ザリョージェフの野郎も同じことを言ってたな。おれはな、公爵、あのとき親父のお下がりの外套を着てさ、ネフスキー大通りを走って渡ろうとしていたんだ、するとあの女が店から出てきてよ、馬車に乗りこんだ。その瞬間、おれはもう心臓に焼き鏝《ごて》でも当てられたみたいな気がしたよ。そこで、ザリョージェフの野郎と出くわした。おれとはまったく性のあわねえ男でさ、何やら理髪店《とこや》帰りの番頭みてえにいつも小ざっぱりしていて、鼻眼鏡《ロルネット》なんかかけやがるんだが、こっちなんぞは親に使われる身の悲しさ、靴墨塗ったブーツ履いて、肉っけなしの野菜スープと来たもんだ。で、やつの言い草じゃ、きさまなんかの手に負える相手じゃない、あれはれっきとした公爵夫人で、名前はナスターシヤ・フィリッポヴナ、姓はバラーシコワといって、今はトーツキーっていう男と暮らしているんだが、じつはそのトーツキー、もう五十五という結構な年になって、ペテルブルグでも指折りの美人さんと結婚しようってなわけで、なんとかあの女と別れたいと思っているんだが、それができずに困り果てているときたもんだ。で、ザリョージェフのやつ、おれを焚《た》きつけやがった。大劇場に行けば、今晩にだってナスターシヤ・フィリッポヴナの顔が見られる、バレエの公演があって、一階のボックス席で観てるはずだというんだ。でもな、うちの親父にバレエ観に行くなんて言いだしてみろ、がつんと一発お仕置きくらって、そのままお陀仏さ！　それでもその晩、一時間ばかりこっそり抜けだしてな、この目でもういちど、ナスターシヤ・フィリッポヴナを拝んできた。いや、その夜はもう一睡もできなかったくらいだ。死んだ親父は翌朝、それぞれに五分の利息のついた五千ルーブルの債券二枚をおれに渡してな、さあこいつを売ってこい、売却した代金のうち七千五百ルーブルをアンドレーエフの事務所に持って行って払いこめ、一万から差《さ》っ引《ぴ》いた残りの金を、どこにも寄り道せずすぐに持って帰るんだ、帰るまで待ってるからな、とこうなんだ。おれは債券は売却できたし、代金も受け取った、ところがアンドレーエフの事務所には寄らずに、もうわき目もふらずイギリス商店に出かけていって、大急ぎでイヤリングをひと組選びだした。両方に、そう、でっかい胡桃《くるみ》みたいなダイヤが一個ずつついたやつでな、四百ルーブルの借りができちまったが、名前を出したら信用してくれたよ。で、そのイヤリングをもって、ザリョージェフのところに出かけて行ってさ、これこれこういう事情なので、悪いが、いっしょにナスターシヤ・フィリッポヴナのところまで行ってくれって頼みこみ、ふたりして出かけていったわけだ。そのときはもう、足の下も、目の前も、両脇も、何がどうなっているか何もわからなかったし、覚えちゃいない。おれはまっすぐ彼女のいる一階席に入って行った。すると、向こうのほうからこっちに向かって歩いてきた。でもそこでは、自分が本人だと名乗らず、ザリョージェフのやつにこう言わせた。『パルフョーン・ロゴージンという方からで、きのうお目にかかれたしるしに、とのことです、どうかお受けとりくださいますよう』とな。女は包みを開き、ちらりとのぞいてから、にやりと笑ってな、『親切なお心づかい感謝しております、お友だちのロゴージンさんにそうお伝えください』と言ってお辞儀をするなり、そのまま行っちまった。まったく、あのときどうしてその場で死んでしまわなかったのか！　そうとも、いったん行くと決めた以上、『どのみち生きちゃ帰れない！』って思っていたはずなのに、だ。なにより癪《しゃく》なのは、あの、ザリョージェフのやつが、何もかも自分のことみたいにひとり占めしちまったことだ。こっちなんか背も低けりゃ、下男みたいな身なりしてるもんだから、恥ずかしくって、ただもう黙って突っ立ったまま、穴のあくほどあの女を見つめてるしかなかった。ところがあの男ときたら、上から下まで流行もので固めて、頭の髪なんかポマードでカールさせているし、顔の色もよくってな、ネクタイはチェックときた。口を開けばお世辞たらたら、すり足でお辞儀なんてしやがって、あの女、おれじゃなくて、確実にあいつをロゴージンと勘違いしたはずだ！　で、劇場を出るなり、こう言ってやった。『いいか、きさま、このおれを出しぬくようなまねしてみろ、わかってるな！』するど向こうは、笑いながらこうぬかしやがった。『そんなことより、今からどうやってセミョーンじいさんに説明する気だい？』。じつの話、あのときおれは家には帰らず、そのまま水に飛びこむ気でいたんだ。だが『こうなったらどっちにしたって同じ』と思いなおして、もうやけくそで家に帰ったってわけよ」

「あらら、うへぇー、ですな！」役人は顔をしかめた。体に震えまで来ているようだった。「なんせ亡くなられたお父上ときたら、一万はおろか十ルーブルのお金の件でも、人をあの世に送ったでしょうからね」役人は公爵に向かってうなずいてみせた。

公爵は、ものめずらしげにロゴージンのほうをまじまじと見つめていた。この瞬間、ロゴージンの顔は、それまでにもまして青ざめているように見えた。

「『あの世に送る！』」ロゴージンは鸚鵡返《おうむがえ》しに答えた。「おまえに何がわかるっていうんだ？　で、話はな」彼は公爵のほうに向きなおって話をつづけた。「たちまち親父にばれちまった。そもそもザリョージェフの野郎が、会う人間、会う人間に、かまわずしゃべりちらしていたからな。で、親父はおれをとっつかまえ、二階の部屋に閉じこめてまる一時間も説教さ。『いいか、こんなのはまだ序の口と思え、今夜また来て引導渡してやる』だと。どう思う？　で、親父はな、頭の白髪おっ立ててナスターシヤのところに出かけていき、平身低頭、泣いて懇願した。ナスターシヤもとうとうその宝石箱を持ってきて、叩きつけたんだそうだ。『さあ、ひげのご老人、おまえさんのイヤリング、お返ししますから。でもこのイヤリング、今となっちゃ十倍も高いものに思えてきましたよ、こんな恐《こわ》いカミナリじいさんから掠《かす》めとった代物とわかったからにはね。パルフョーンさんに、どうかよろしくお礼言ってちょうだい』。で、こっちはな、その時分はおふくろの口利きで、セリョーシカ・プロトゥーシンのやつから二十ルーブル借り、汽車でプスコフに向かったってわけ。ところがプスコフに着くなり、もう体がゾクゾクしてよ。向こうじゃばあさん連が集《つど》って、聖人伝なんか読んでくれたが、こっちはもうひどく酔っぱらってすわってただけさ。それから、あっちこっちの酒場まわってありったけの金を使い、そのまま正体なくして、ひと晩、通りにぶっ倒れていた。するてえと、明け方にはもう幻覚症がはじまってな、夜のあいだに、さんざ犬どもにかじられっぱなしよ。でも、なんとか意識を取りもどしたってわけ」

「いやいや、いまなら、ナスターシヤさんが音頭をとってくれますとも」役人は揉《も》み手《で》しながら卑屈な笑いをもらした。「いまじゃ、若旦那、イヤリングなんて目じゃありませんや！　こうなったらもう、とびきり上等なイヤリングをプレゼントしてやりましょう……」

「いいか、このさきナスターシヤ・フィリッポヴナのことで、ひとことでも口出ししてみろ、鞭《むち》で叩きのめしてやるから覚悟しろよ、リハチョーフとつるんだ見返りが何か、教えてやるからな」役人の腕をしっかりつかまえ、ロゴージンは叫んだ。

「鞭で叩きのめすとおっしゃるなら、縁が切れるってことじゃないわけで！　どうぞ叩いておくんなさい！　叩きのめしてくだされば、そのぶん縁も深まるってもんです……あっ、どうやら到着したみたいですよ！」

たしかに、列車が駅のプラットホームに入っていくところだった。ロゴージンはこっそり戻ってきたと言ってはいたが、すでに何人か出迎えが来ていた。連中は歓声をあげ、ロゴージンにむかって帽子を振っていた。

「ったく、ザリョージェフまで来てやがる！」ロゴージンは勝ち誇ったような、憎しみさえこもる笑みを浮かべて、迎えの連中を見やりながらつぶやくと、急に公爵のほうを振り向いた。「公爵よ、なぜだかよくわかんねえが、おれはあんたが好きになっちまったぜ。よりによってこんなタイミングで会ったからかもしれねえが、たとえばほら、あいつとだって知りあってるわけだろ（そう言って彼はレーベジェフをさした）、なのに、やつのことは好きになんかならなかったぞ。おれのうちに遊びに来な、公爵。あんたのそのゲートル脱がして、最高のテンのコートを着せてやるから。フロックコートだって一級品、仕立ててやるし、チョッキは白、いや、好きな色を選べばいい、金はたんまりポケットに詰めこんでやるから、……その勢いでナスターシヤのとこに出かけていこうじゃねえか！　来るかい、それとも来ないかい？」

「ここは思案のしどころですよ、ムイシキン公爵！」レーベジェフは、諭《さと》すような、誇らしげな調子で言った。「いやいや、このチャンスを逃《のが》しちゃだめ！　逃しちゃだめですって！……」

ムイシキン公爵は軽く腰を浮かすと、ロゴージンに向かって慇懃《いんぎん》に手を差しだし、親しみのこもる調子で言った。

「むろん喜んで伺いますし、ぼくを好きになってくださったこと、心からお礼を言います。うまくしたら、今日にでも伺わせていただくかもしれません。だって、ここは率直に申しますが、ぼくもあなたのことがとても好きになったからです。ダイヤモンドのイヤリングの話が出たときなんか、とくに。いや、イヤリングの話が出る前から好きになっていましたね。たしかに、暗いお顔をなさっていましたが。それと、服やコートを作ってくださるって約束してくださったことにも、お礼を言います。なぜってほんとうに、洋服やコートはすぐに必要になりますもの。それに今のところぼくは、ほとんど一文なしといってもいいくらいですから」

「金はできる、晩方までにはできるから、来な！」

「できますとも、できますとも」役人がはやし立てた。「夕方までに、日の入り前にはできてますって！」

「ところで、公爵、女にかんしてはどうなんだ、好きな口か？　先に教えておいてもらうが」

「と、と、とんでもない！　だって、ぼくなんて……きっとご存じないでしょうが、生まれつき病気で、女性をまるきり知らないくらいですから」

「ほう、そういうことなら」とロゴージンは叫んだ。「公爵よ、おまえさんは正真正銘の神がかり、ってことになるわけだ、神さまは、おまえさんみたいな人間が好きなんだ！」

「そういう方を、神さまは好まれるんですよ」ロゴージンの言葉尻をつかまえて、役人は言った。

「おい、役人、きさまはおれのあとについて来い」ロゴージンは、レーベジェフに向かって言い、一同は車両を降りた。

レーベジェフは、ついにその目的を達した。やかましい徒党たちが、ヴォズネセンスキー大通りに向かって遠ざかっていった。公爵は、リテイナヤ通りのほうに曲がらなくてはならなかった。湿気のきつい、しめっぽい天気だった。公爵は、通行人にさんざん聞いてまわった――。目的地へは三キロあまりもあるとわかって、公爵は辻馬車を拾うことにした。

2

エパンチン将軍が住んでいたのは、リテイナヤ通りから、ややスパス・プレオブラジェニヤ寺院寄りにある持ち家だった。六分の五を人に貸しているこの豪勢な屋敷のほか、サドーヴァヤ通りにももう一軒、大邸宅を所持していて、それがまた大きな収入源となっていた。これらふたつの家のほか、彼はペテルブルグのすぐ近くに、たいそう実入りのいい立派な領地をもっていた。ほかにも、ペテルブルグ郡に、何かの工場を所有していた。だれもが知っていたことだが、かつてエパンチン将軍は、徴税請負の仕事に関わったことがあった。それが、今ではいくつかの手堅い株式会社に出資し、きわめて大きな発言権を持っていた。人の噂では、たいそうな資金とたいそうな仕事と、たいそうな人脈の持ち主とのことだった。所によって、なくてはならない人になっていたが、そこにはむろん本職の務めも含まれていた。他方、これまた周知のことながら、イワン・フョードロヴィチ・エパンチン氏は、教育もろくに受けたことのない兵隊の倅《せがれ》あがりだった。こちらは、まぎれもなく彼の名誉に帰すべき点であるにもかかわらず、将軍は少しでもその点を匂わされることを嫌った。あれほど賢明な人物でも、それなりに小さな、といってもじゅうぶん許されてしかるべき欠点も持ちあわせていたわけだ。

とはいえ、彼はかけ値なしに賢く、如才ない人物であった。たとえば、自分の出る幕でないところではけっしてでしゃばらないという原則をもっていて、多くの人々がほかでもない、そうした彼の率直な点、つまりおのれの分際をわきまえているという点を、とくに評価していた。そうはいっても、かくもおのれを知るエパンチン将軍の心に、ときにどんな波風がときに生じるか、そうした見方をする連中にはぜひ知らせてやりたいものだ！　たしかに彼は、世渡りにかけてじゅうぶんな実践と経験を積んでいたし、いくつか特筆すべき能力も持ちあわせてはいたが、彼自身、自分の考えをもつ人というより、むしろ他人のアイデアを実行する人、『お世辞ぬきの忠実な』人間、──時流とでもいおうか、──真情あふるるロシア人として自分を見せることのほうを好んでいた。あとの点では、いくつか滑稽《こっけい》ともいえる逸話が生まれたほどである。しかし、どんなに滑稽な逸話が生じたにしても、彼がそれでくじけることはけっしてなかった。さらに、カードをやればやるで、これにも運がついてまわった。彼はすさまじく高額な金をかけ、カードにたいするちょっとした道楽を──これは彼の核をなすものであり、かつ多くの点で役に立っていたが──あえて隠そうとしないばかりか、むしろそれを好んでひけらかしたものである。彼の交友関係は、むろん種々に入りまじっていたが、いずれにせよ『とびきりの有力者』ばかりだった。しかし、すべてはこれからのことであり、焦《あせ》ることなくつねに悠然とかまえ、時がめぐり順番が来れば、おのずとすべてを入手できるはずだった。それに年格好からいっても、エパンチン将軍はまだ、言ってみれば脂《あぶら》の乗った年ごろ、すなわち五十六歳であり、いずれにしても男盛りの年齢、これからまさしく、ほんものの人生が始まろうというところに立っていた。健康、顔色、黒ずんでいてもしっかりした歯並び、肉づきのいい頑丈な体格、朝の仕事場で見せる心配げな顔つき、夜はカード賭博の台と向き合ったり、閣下の家に伺うときの陽気な顔――何もかもが、現在そして未来の成功を手助けし、将軍の人生を薔薇《ばら》の花で敷きつめていたのである。

将軍には、花と咲き誇る家族があった。たしかに、何もかもが薔薇の花というわけにはいかなかったが、そのかわり、かねてから将軍閣下が、自分のもっとも大切な夢や目的として、真剣に心から集中させているものがたくさんあった。そもそも人生の目的において、親が抱《いだ》く目的以上に、重要かつ神聖なものがほかにあるだろうか？家族のほかに、いったい何を支えにすればいいのだろう？

将軍の家族は、夫人と、成人した三人の娘たちからなっていた。将軍が結婚したのはかなり昔、まだ中尉の身分にあったころだった。相手は自分とほぼ同じ年齢の娘で、器量よしというわけでも教育があるわけでもなく、また彼が持参金として手にできたのは、わずかに農奴五十人分だけであった。——そして事実、この結婚こそがその後の彼の幸運の礎《いしずえ》を築いてくれたのである。しかし将軍は、その後いちどとしてこの早婚を悔いたこともなければ、若気の至りとばかりにこれを見くだすようなこともなく、夫人を大いに敬うどころか、ときには大いに恐れをなすほどに彼女を愛していた。将軍夫人は、ムイシキン公爵と同じ一門の出だった。この一門は世にときめくほどのものではなかったが、非常に古い一門であったので、夫人は自分の出自をひどく鼻にかけていた。

当時、社会的に影響力があり、後見人のひとりでもあった人物が——といって、その後見役に一文の金もかかったわけではない——若い公爵令嬢との縁談をとりもつことに同意してくれた。その人物は若い将校に門を開いてやり、出世の後押しをしたわけだが、将校からすればべつに後押しなど必要はなく、ちらりと目配せしてもらえばそれでよかったのである——それが無駄に終わることはなかったろう！　むろんいくつか例外はあったが、将軍夫妻はこれまでずっと仲睦まじく暮らしてきた。まだかなり若かった時分、夫人は、生まれながらの公爵令嬢であり、おまけに一門最後の人ということで――ことによると個人的な資質のせいもあったかもしれないが――、きわめて身分の高い何人かの女性を、後見人としてもつことができた。のちに十分な富をたくわえ、夫の職責上の地位も上がってから、夫人もこの上流社会でのつきあいに、いささかなりとも慣れはじめていった。

この数年のあいだに、アレクサンドラ、アデライーダ、アグラーヤの三人の娘たちは、大きく成長し、すっかり大人びてしまった。事実、三人とも全員エパンチン家の娘にちがいなかったが、母方は公爵家の血を受けついでいるし、持参金もかなりの額であったし、ゆくゆくはかなり高い地位を狙えるかもしれない父親をもっていたし、これもまたかなり重要なことだが、――すでに二十五を過ぎている長女のアレクサンドラも含め、三人はそろいもそろって、目を瞠《みは》らんばかりの美しさだった。次女のアデライーダは二十三歳、末娘のアグラーヤは二十歳になったばかりだった。いちばん下のアグラーヤは、とびきりの、といってもよいくらいの美人で、社交界でも大きな注目を浴びはじめていた。だが、これだけで話が尽きるわけではない。三人が三人とも、教養、知性、才能に秀でていたからである。また彼女たちがたがいによく愛しあい、ともによく支えあっていることも、広く知られていた。世間では、上のふたりの娘が、一家のアイドルである末娘のために犠牲になっているらしい、といった話まで囁《ささや》かれていた。三人は社交界で目立つことを好まなかったばかりか、控えめにすぎるとも思えるほどだった。高慢ちきだとか、横柄だとかいって彼女たちを非難する人たちはいなかったが、それでいて、彼女たちが誇り高く、自分たちの価値をしっかりと理解していることはだれもが知っていた。長女のアレクサンドラは音楽をたしなみ、次女のアデライーダはなかなか優れた絵の描き手だった。しかし、このことについては長いあいだだれにも知られず、最近になってようやく、しかもひょんなことから明らかになったのだった。要するに、彼女たちについてはずいぶんと多くの誉めことばが伝えられていた。そうはいえ、彼女たちのことを良く思わない連中もいるにはいて、彼女たちが読破した本の冊数について、いかにも恐ろしいことのように触れまわる連中もいたほどである。姉妹は、結婚をとくに急いでいる様子もなかった。ある層との社交界づきあいは大事にしていたが、ひどくありがたがるというわけではなかった。彼女たちの父親の傾向や、性格、目的、願望についてはだれもがよく知っていただけに、なおのこと注目すべき点だった。

公爵が将軍の家に着き、ベルを鳴らしたのは、すでに十一時近くだった。将軍は二階に寝起きしていて、自分の地位にそれなりに見合ってはいるものの、できるだけつましい部屋を使っていた。公爵のため扉を開けてくれたのは、お仕着せを身につけた従僕だったが、公爵は、自分の姿やら手にしている風呂敷包みをのっけからうさん臭そうに眺めまわすこの男と、しばらくのあいだ押し問答をしなければならなかった。だがついには、自分はほんとうにムイシキン公爵で、あるのっぴきならざる用件があって、ぜひとも将軍とお会いしなければならないということを何度も言明したので、半信半疑といった表情の従僕も、やがて公爵を執務室の隣にある応接間のすぐ前の小さな控室に案内し、毎朝その控室の番をして将軍に訪問客を取り次いでいる、もうひとりの従僕に彼を引きわたした。こちらの従僕というのは、フロックコートを着た四十過ぎの男で、何か気がかりなことがあるといった顔をしていた。彼は執務室付の特別な従僕であり、将軍閣下への取り次ぎの任を負っているというので、自分を特別に価値のある人間と思いこんでいた。

「しばらく応接室でお待ちください、包みは、こちらにお置きになって」従僕はそう言い、もったいぶった態度で悠然とソファに腰をうずめたが、包みを手にしたままますぐ隣にある椅子に腰をおろした公爵を、驚いたけわしい表情で見やった。

「よければ」と公爵は言った。「ここでいっしょに待たせてもらったほうがいいんですよ。向こうで、ひとりで待っていてもしかたありませんから」

「控室でお待ちいただくわけにはいきません。あなたは訪問のお方、いや、なんといってもお客さまですから。将軍にじかにご用がおありなんですね？」

従僕はどうやら、こんな訪問客を中に通すという考えになじめないらしく、もういちど思いきって尋ねたのである。

「ええ、ちょっとした用件が……」

「お聞きしているのは、用件の中身ではありません。——わたしの仕事はお客さまをお取り次ぎすることだけですから。ただ先ほども申しましたとおり、秘書を通さず、あなたをお取り次ぎするわけにはいかないのです」

従僕の猜疑心《さいぎしん》は、ますます募っていくらしかった。日ごろの訪問客たちの様子と、公爵はあまりにかけ離れていたからだ。たしかに将軍は、かなりの頻度で、ほとんど毎日のようにある一定の時刻、とくに「用件で」と称してやってくる、きわめて雑多な客人と接見しなければならなかった。だがそういう習慣と、かなり幅のある主人の言いつけにもかかわらず、この従僕は大きな疑念を抱いていた。つまり取り次ぎには、秘書の仲介が不可欠と思うようになったのである。

「すると、あなたはほんとうに……外国からいらっしゃったわけですね？」従僕は、なぜか、ついうっかり尋ねてしまい、——すっかり取り乱した。彼はこう尋ねようとしたものらしい。《すると、あなたさまはほんとうに、ムイシキン公爵なのですね？》

「はい、たったいま、列車を降りたその足で伺いました。あなたはどうも、このわたしがムイシキン公爵ですかって聞こうとしたのに、遠慮されてそう尋ねられなかったようですが」

「うーん」従僕は驚いて唸《うな》った。

「だいじょうぶ、あなたに嘘など言っていませんから。わたしのことで責めを負うようなことにはなりません。わたしがこんななりをして、こんな包みをぶら下げているからって、べつに驚くにはあたりません。といって、今のわたしが置かれている状況は、あまり芳《かんば》しいものとはいえませんがね」

「うーん。わたしが心配しているのは、べつにそんなことじゃありません、よろしいですね。お取り次ぎをするのがわたしの役目ですし、いま秘書の方がここに参りますから。ただし、もしや、あなたが……それ、その、なんですか。敢《あ》えてうかがいますが、あなたは、もしやお金に困って、将軍のところへ、無心に来られたんじゃありませんか?」

「いえいえ、その点はどうか信用なさってください。わたしがまいりましたのは、別の用件ですから」

「どうかお許しのほどを、あなたのご様子を見て、ついそう申したのです。では秘書の方が参りますまで、しばらくお待ちください。将軍はいま、大佐と面談中でして、それがすみしだい、秘書も参ります……会社関係の秘書でして」

「そういうことで、もしも長く待つことになりそうでしたら、ひとつお願いがあるんです。どこかこのあたりで、一服できるところはありませんでしょうか？　パイプとタバコを持っているもんで」

「タ、バ、コですって？」従僕はまるで耳を疑うとでもいった、蔑《さげす》みのまじる不審そうな目で公爵を見やった。「タバコですか？　いや、ここでタバコを吸うのは禁じられております。それに、そんなことをお考えになるだけでも、恥ずかしいと思わなくちゃ。はて……変わっていらっしゃる！」

「まさか、べつにこの部屋でとお願いしたわけじゃないんです。わたしだって、それくらいはわきまえていますとも。どこか指示してくだされば、外に出ていくつもりでした。どうも癖になってしまって、もう三時間も吸ってないものですから。でも、どうぞ、そちらのご都合にしたがいます。だってほら、郷に入《い》っては郷に、の諺《ことわざ》もありますからね……」

「さて、あなたのような方を、これからどうお取り次ぎしたらよいものやら？」従僕は、思わずそうつぶやいていた。「だいいちあなたは、こんなところではなく、応接間でお待ちいただくのが筋でした。なにせあなたは、訪問者の系統、つまりお客さまのご身分ですからね、このわたしが責任を問われます……で、どうなんです、あなたはここに長く逗留《とうりゅう》されるおつもりなんですか?」従僕は、公爵がぶら下げている包みを、もういちど横目でちらりと見やりながら言い添えた。明らかに包みが気になるらしい。

「いえ、そんなつもりはありません。たとえそうおっしゃってくださっても、ここでお世話になるつもりはありません。わたしは、たんにお近づきを願いにうかがっただけで、ほかには何も用はありませんから」

「なんですって? お近づきを願いにですって?」さもあきれたといった様子で、ますます不審そうな表情を浮かべながら従僕は尋ねた。「それじゃ、どうして最初に、用件でなどとおっしゃられたんです?」

「いえいえ、ほとんど用件とはいえないようなことなんです! つまり、用件があるといってもいいわけで、つまりアドバイスをお願いするだけです、でも肝心な目的は、ご挨拶をしてご面識を得ることです。だってわたしはムイシキン公爵ですし、エパンチン将軍夫人もまた、ムイシキン公爵家の最後のひとりでもあり、今では夫人とわたしをのぞくと、ムイシキン家はもうだれひとりいないんですから」

「とおっしゃると、あなたはご親戚でもあられるわけで？」従僕は、ほとんどおびえきった様子で、身ぶるいまでした。

「それが、ほとんどそうではない、といってもよいくらいなんです。もっとも、無理にこじつければ、むろん親戚といえるわけですがね。それにしても、あまりに遠すぎるものですから、本当のところ、そうともいえないくらいなんです。将軍夫人には、いちど外国から手紙を差しあげたことがありますが、返事はいただけませんでした。わたしはそれでも、帰国したらすぐにでもおつきあいをお願いする必要があると思いました。わたしがいまこうしてすっかり説明するのは、あなたの疑いを晴らすためでしてね。だって、あなたはやっぱり心配なさっているようですから。ムイシキン公爵と言って取り次いでください。取り次いでくだされば、それだけでもう、訪問の理由はわかります。会ってくだされば、それはもうけっこうなことですし、会ってくださらなくても、ひょっとしてたいへんけっこうなことかもしれません。でも、会ってくださらないなんてことはないと思いますよ。夫人はむろん、一門の本家筋にあたる最後のひとりに会いたいというお気持ちになるでしょうし、そもそもあの方は、わたしがたしかにうかがった話ですと、ご自分の家系をとても大事になさっているとのことですから」

公爵の話しぶりは、きわめて率直な感じがした。しかしこの場合、その話が率直なものであればあるほど、なおのこと筋の通らぬ話に聞こえたので、この世慣れた従僕は、下男同士ならまったく礼儀にかなったことでも、客人と下男とのあいだではきわめて不釣り合いな何かを感じずにはいられなかった。従僕というのは、総じて主人たちがふだん彼らについて考えているよりも、はるかに賢い連中なので、この従僕の頭にも、ここは二つに一つだという考えが浮かんだ。要するに、この公爵はどこの馬の骨ともわからぬ一種の浮浪人で、まちがいなく金の無心にやってきたか、でなければただのおばかさんで、そんな野心などない（なにしろ頭がよく野心をもった公爵なら、控室に座りこんで下男相手に自分の用件など話したりするわけがない）、ということなら、いずれの場合であっても、この男のせいで責任をとらされるようなことにはならなさそうだ、という考えである。

「そうは言っても、やはり応接室にお入りいただかなくては」従僕は、できるだけ執拗な調子で注意をうながした。

「もしあちらに入っていたら、こうしてあらいざらいお話しするということもなかったわけですね」公爵はいかにも愉快そうに笑いだした。「その場合、あなたはわたしのこのマントと包みを眺めながら、ずっとやきもきしていなければならなかったわけです。でも、こうなったらもう秘書を待っている理由なんかなくて、そのままご自分で取り次ぎに行くこともできるのでは」

「あなたのような訪問客を、秘書を通さずお取り次ぎするわけにはいきません。おまけに、つい先ほどですが、大佐がおられるあいだは、だれがお越しになっても取り次ぎはするなと、ご自分でお命じになられましたもので。それに取り次ぎなしでも、秘書のガヴリーラさまがじきお見えになるでしょうから」

「お役人ですか？」

「ガヴリーラさまのことですか？　いいえ。あの方は、ご自分で会社にお勤めでございます。そのお手荷物は、せめてこちらにお置きくださいませ」

「いや、ぼくもそうしようと思っていました、さしつかえなければ。それと、このマントも脱いで行きましょうか？」

「もちろんでございます、マントを着たまま、将軍のお部屋にお入りになるわけにはまいりません」

公爵は立ちあがり、急いでマントを脱ぐと、だいぶくたびれてはいるが、かなり上品で、仕立ても上出来のスーツ姿になった。ベストには鋼《はがね》の鎖が下がり、その先にはジュネーヴ製の銀時計がついていた。

この公爵はおばかさんでもあるが——従僕はそう決め込んだ。——それでも将軍につかえる従僕の身として、これ以上訪問客とやりとりを続けるのは、いかにも作法に反しているような気がしてきた。そうとはいえ、従僕はむろん、なぜかこの公爵のことが気に入っていたのである。ところが別の点からいうと、公爵は断固たるはげしい苛立ちの念を引きおこすのだった。

「ところで、夫人はいつ訪問客とお会いになるのです?」また元の椅子に腰をおろしながら、公爵は尋ねた。

「それはもう、わたしのかかわることではございませんので。相手によって、まちまちです。ファッションのお店の方であれば、十一時にでもお通しになります。相手がガヴリーラさまの場合も、ほかのどの方よりも先にお通しになります。早い朝食のときでも、お通しになることがございます」

「ロシアの家の中って、冬は外国よりも暖かいんですね」公爵がぽつりと言った。「ただ、向こうは外の気温がこちらよりも高いですが、外国では冬の屋内というのは、——不慣れなロシア人にはとても住めたものじゃありません」

「暖炉は焚かないのですか?」

「ええ、そうなんです。家の造りがべつなんですね。要するに、暖炉とか窓とかの造りが」

「へえ！　で、長いこと旅行なさっていたわけですか？」

「ええ、四年ばかり。といっても、ほとんど一カ所にじっとしておりました。田舎のほうです」

「では、こちらの習慣も、すっかりお忘れになられたことでしょうね？」

「たしかにその通り。自分でもほんとうに驚いているくらいなんです。よくもロシア語を忘れなかったとね。あなたとこうしておしゃべりをしながら、頭のなかでは、《よく話せてるじゃないか》って思ってるくらいなんですよ。ひょっとすると、そのせいで、こんなふうにたくさんおしゃべりしているのかもしれません。嘘じゃありません、昨日からもう、ロシア語を話したくてうずうずしていたんです」

「ふうん、なるほど！　以前ペテルブルグにお住まいになったことは？（どんなにふんばっても、従僕は、こうした慇懃で礼儀正しいやりとりを、続けずにはいられなかった）」

「ペテルブルグですか？　ほとんどないって言ってもいいくらいですかね、ほんのついでに立ち寄ったことがあるだけです。以前もペテルブルグのことは何も知りませんでしたし、今はもう、どうも新しいことばかりらしくて、前のペテルブルグを知っている人でも、一から勉強しなおしているっていうじゃないですか。ここは今、裁判のことがいろいろと話題になっているようですね」

「ふうん！……裁判ね。裁判といえばたしかにやられていますが。で、どうなんでしょう。あちらでは裁判は公平なんですか、どうです？」

「いや、わかりません。でもこちらの裁判については、いろいろとよい評判を耳にしますよ。なにしろ、ロシアには死刑ってものがないでしょう」

「あちらでは、死刑をやるんですか？」

「ええ、やりますとも。フランスで見たことがあります。リヨンの町です。シュナイダー先生がそこに連れていってくださったんです」

「絞首刑ですか？」

「いや、フランスではみんな首を斬るんです」

「で、どうなんです、大声をあげるんですか」

「まさか！　ほんの一瞬のことですもの。人間を台のうえに据えると、こんなに長くて幅のある刃物が落ちてくるんです。ギロチンと呼ばれる機械なんですが、これが、どすんと、激しくね……で、あっという間に首が飛んで、目をぱちくりしているひまもないくらいです。なんといっても、そこに行くまでがたいへんでしてね。いざ、宣告が下されると、準備がなされ、縛りあげた囚人をギロチン台に押し上げるんですが、そこで恐ろしいことになる！ 見物人が集まってくる。女の人まで。だいたい、こういうのは、女の人に見せるのを嫌がるんですがね」

「女の出る幕ではないですな」

「そりゃそうですとも！ もちろんです！ あんな、人の苦しむところなんて！……その罪人は、頭のよさそうな、恐れしらずのたくましい男でしたね。けっこう年もいっていました。苗字が、レグロっていうんです。それがどうでしょう、信じるも信じないも勝手ですよ、でも、その男がギロチン台に上がっていくんですが、ふと見ると、泣いているんです。血の気が失せ、まるで紙みたいに真っ白な顔をして。あんなことってあるんですね？ ほんとうに恐ろしいじゃありませんか？ いったい、恐怖のあまり泣く人間なんているんでしょうか？ 思ってもみませんでした。赤ん坊じゃなく、大の大人が恐怖のあまり泣きだすなんて。それも、これまでにいちどだって泣いたためしのない男が、です。四十五歳の、大の大人がです。この瞬間、彼の心のなかってどうなっているんでしょう、どんな震えに襲われているんでしょうか？ それこそ、人間の魂に対する侮辱以外、何ものでもありませんよ！ 聖書に書かれていますよね、『殺すなかれ』って。だったら、その男が人を殺したからって、その男も殺されなくてはならないのでしょうか？　いいえ、そんなことがあってはなりません。ぼくがこれを見たのは、ついひと月前のことですが、今もその光景が、眼の前にまざまざとよみがえってくるんです。夢も五回くらい見ました」

公爵は話をするほどにいきいきとした感じになり、青ざめた顔にもほんのりと赤みがさしてきた。しかし、その話しぶりはあいかわらず静かだった。従僕は興味津々《きょうみしんしん》の思いで聞き入っていたので、どうやらその場から離れがたくなってしまったようだった。たぶんこの従僕もまた、逞《たくま》しい想像力と、考える力をもった人物だったのかもしれない。

「苦しみが少なければ、まだしも救われるのですがね」従僕は口をはさんだ。「頭が吹っ飛ぶときにですよ」

「で、いいですか？」公爵は熱くなって話をひきとった。「あなたが今おっしゃられましたが、だれもがあなたと同じことに気づいているんです。ギロチンっていうのは、そのために考案された機械ですからね。でもぼくは、そのときふと、ある考えが浮かんだんです。ひょっとして、それがかえって悪いことなんじゃないかって。あなたからするとこんな話、滑稽でしょうし、奇異に思えるでしょうが、でも、少しでも頭を働かせれば、こういう考えも浮かんできます。だって、いいですか、たとえば拷問っていうのがありますよね。拷問の場合、苦しみとか傷とかいったものは、すべて肉体的な苦しみです。つまり、肉体的な苦しみが精神面の苦しみといったものを紛《まぎ》らしてしまう。そういうわけで、死ぬまで傷の痛みにだけ苦しむわけです。でも最大の、いちばん強烈な痛みというのは、おそらく傷の痛みのなかにあるんじゃなくて、これから一時間後に、そしてこれから十分後に、いやこれから三十秒後に、いや、今にもすぐ魂が肉体から抜けだしていき、自分はもう人間ではなくなる、それも確実にそうなる、ということを知る点にあるんですよ。ここで大事なのは、確実に、というところです。頭をこうやってギロチンの刃の真下に置いて、その刃がするすると落ちてくる音が頭上に聞こえる、この四分の一秒が、何よりも恐ろしいんです。いいですか、これはぼくのたんなる空想なんかじゃない。いろんな人がそう言うんですから。ぼくも強くそう信じているので、意見を率直に言いますね。殺人の罪で人を殺すというのは、肝心のその罪とは比較にならないくらい、大きな罰なんですよ。裁判での判決にしたがって人を殺すというのは、強盗殺人なんかとは比べものにならないくらい、恐ろしいことです。深夜、強盗に森の中で斬られて殺されたりする人間は、それでも最後の瞬間まで、自分が救われるという希望を確実に抱いています。喉《のど》を搔《か》き切られながら、それでも生きる希望を抱いていて逃げようとしたり、命乞いをしたりする例がいくらでもありました。しかしギロチンでは、それがあれば十倍も楽に死ねる最後の一縷《いちる》の希望を、確実に奪いとっていくんです。現に判決があって、そこからはもうどんなことがあっても逃げられないという点に、もうどうしようもなく残酷な苦しみがあるわけでしてね、これにまさる苦しみなんて、この世には存在しません。たとえば戦場で兵隊を大砲のまん前に立たせ、彼を狙い撃ちするとします。それでも、その兵隊はまだ生きる希望を失っていませんが、同じ兵隊に向かって死刑判決を読み上げてみてください、兵隊は気が変になるか、泣き出すかするでしょうね。いったいだれが言ったのですか？　人間の本質というのは、発狂せずこれに耐える力にあるだなんて。どうして、こんな醜悪で、不必要で、むなしい誹謗《ひぼう》を浴びせるんでしょうね？　ことによると、死刑判決を下され、さんざん苦しめられたあげく、『さっさと帰れ、お赦《ゆる》しが出たから』なんてことを言われた男がいるかもしれません。そういう人なら、ひょっとして話してくれるかもしれませんね。この苦しみ、その恐怖については、キリストも語っておられる。いや、人間をそんなふうに扱っちゃいけないんです！」

従僕には、これらのことを公爵と同じように表現する力はなかったが、全部とはいかないまでも、肝心のところは理解できたようだった。それは、彼の感動したような顔付きにもあらわれていた。

「もしも、そんなにタバコをお吸いになりたいのでしたら」と従僕は言った。「たぶん大丈夫だと思いますが、ただ、早めにお願いしますよ。急にお呼びがかかって、本人が不在なんてことになりましたら困りますから。ほら、あそこの階段の下のところにドアが見えるでしょう。あのドアを入ると、右手にちょっとした部屋がございます。あそこなら大丈夫です。ただ、通風口を開けておいてくださいね。でないと、規則の意味がなくなりますから……」

だが、公爵にはタバコを吸いに出る時間がなかった。控室に、両手に書類を抱えた若い男が、いきなり入って来たからだ。従僕は男の外套を脱がせにかかった。若い男は、公爵のほうをちらりと横目で見やった。

「ガヴリーラさま、こちらの方は」と従僕は、信頼しきったほとんど馴れ馴れしい調子で話しはじめた。「ムイシキン公爵と申される方です。奥さまのご親戚とかで、外国から汽車でお着きになられました。手荷物ひとつですが、ただその……」

公爵の耳にその先は聞きとれなかった。従僕がひそひそ声で話しはじめたからだ。ガヴリーラは注意深く耳を傾け、強い好奇心にかられた様子でちらりちらりと公爵のほうに目をやっていたが、やがて話を聞くのをやめ、がまんしきれないといった様子で彼のほうに近づいてきた。

「あなたがムイシキン公爵というわけですね？」すこぶる愛想のいい、ばかていねいな口ぶりで言った。当の男は、年はやはり二十七、八、すらりとした中背で、ブロンドの美青年、ナポレオン式の小さなひげをはやし、知的でたいそう美しい顔立ちをしていた。ただしこの男の微笑は、その愛想の良さとはうらはらに、何かしらあまりに繊細すぎる感じがした。笑いを浮かべたときにのぞく歯並びは、何やら真珠の粒のように美しく揃《そろ》いすぎていた。またその目はとても明るく、見るからに純心な感じがするにもかかわらず、何かあまりにもじっとすわった、探るような目つきだった。

《ひとりでいるときは、まるきり別の目つきをしているにちがいない、ひょっとして、笑うなんてことがまるでないのかもしれない》公爵にはなぜかそんなふうに思えた。

公爵は、手短《てみじか》ながらできるかぎりの説明を行った。さっき従僕に話し、さらにその前にロゴージンに話したのとほとんど同じ中身だった。そのあいだ、ガヴリーラは何かを思い出そうとしている様子だった。

「それじゃ、あなたではありませんか？」とガヴリーラは尋ねた。「一年ぐらい前に、いや、もっと最近だったかもしれませんが、たしかスイスからエリザヴェータ夫人にお手紙を寄こされたのは？」

「まさにその通りです」

「それでしたら、こちらのみなさんはあなたをご存じですし、きっと覚えておられると思いますよ。で、あなたは閣下に面会を希望されているわけですね？　ではすぐに、わたしが取り次いでまいります……閣下はもうすぐお手すきになりますので。ただ、あなたは……しばらくは応接間のほうへ……どうして面会のお客さまがこんなところに？」彼は、きびしい調子で従僕のほうに向き直った。

「そう申しましたが、ご本人さまが望まれなかったものですから……」

そのとき、いきなり執務室のドアが開き、書類カバンを抱えた軍人が、甲高《かんだか》い声でしゃべりながらお辞儀をして出てきた。

「おう、ガーニャ、そこにいるか？」執務室のなかから大きな声がした。「ちょっと来てくれたまえ！」

ガーニャと呼ばれたガヴリーラは、公爵にひとつ頷いてみせると、急ぎ足で執務室に入って行った。

二分ほどしてから再びドアが開き、ガヴリーラの甲高い、愛想のいい声が聞こえてきた。

「公爵、どうぞ！」

3

エパンチン将軍は、執務室の中央に立ったまま、並々ならぬ好奇心にかられながら入室する公爵を見つめ、思わず二歩ばかり、彼のほうに足を踏み出したほどだった。公爵は、近くに寄って自分の名前を名乗った。

「そうですか」と将軍は答えた。「で、どんなご用ですかな?」

「急な用件というのは、とくにございません。ぼくはたんに、あなたとお近づきになるために来たのです。あまりお騒がせしたくなかったのですが、なにぶん、あなたの面会日も、ご都合も存じあげなかったものですから……ただ、わたしはついさきほど汽車を降りたばかりでして……スイスから参りました……」

将軍はあやうくにやりとするところだったが、ふと思案し、笑いを押しとどめた。それから、また少し考えると、あらためて相手をつま先から頭まで眺めまわした。それから急いで椅子を勧め、自分はやや斜向《はすむ》かいに腰を下ろし、待ちきれない様子で公爵のほうを向いた。ガーニャは、執務室の端にある事務机のすぐ脇に立ち、なにやら書類の整理をしていた。

「お近づきになるには、そもそも時間が足りませんな」将軍は答えた。「しかし当然、あなたにも目的がおありでしょうし……」

「ぼくもそんな予感がありました」公爵はそう言って相手の話をさえぎった。「あなたはきっと、わたしの訪問に、特別な目的をかぎつけるんじゃないかって。ですが、嘘じゃありません、お近づきになるという喜びを得る以外、個人的な目的はいっさいないんです」

「あなたのおっしゃる喜びということなら、むろん、わたくしにとってもたいへんなものですよ。しかし、何もかもが楽しみというわけにいきませんし、ときにはそう、あれこれ用件も出てきますからね……おまけに、わたしには今もって、たがいの共通点というものが見つからないのですよ……いわば、その、理由ですかな……」

「理由なんて、むろんありませんとも。共通点だって、もちろん微々たるものです。と申しますのは、かりにぼくがムイシキン公爵で、あなたの奥様がわたしどもの一門の出だとしたところで、もちろんあなたのおっしゃる理由にはなりませんから。そのことはぼくもよく理解しているつもりです。ですが、そうはいいましても、ぼくがこうして訪問した理由というのは、そこがすべてなのです。ぼくは、四年かそこらのあいだ、ロシアを不在にしておりました。それに、ぼくがロシアから出るときの状態といったら、頭がほとんど正常ではありませんでした！　ですから、そのときも何ひとつわからなかったのですが、今はそれがもっとひどいありさまなんです。いい人たちとのお近づきがなく、困っている次第です。それに、ひとつ用件もあるのですが、どこに顔を出して相談したものやらわからない始末です。ベルリンにおりました時分から考えておりました。《あの人たちは親戚といってもよいような人たちだ。まず、あの人たちを訪ねることからはじめよう。もしかすると、おたがいに役に立てるかもしれない、あの人たちはぼくの役に、ぼくはあの人たちの役に――もしもあの人たちがいい人だったら》。だって、あなた方がいい人だってこと、耳にしていましたから」

「それはそれは」将軍はびっくりした様子で答えた。「で、ひとつお伺いしたいのですが、こちらでのお泊まり先は？」

「まだ泊まってもいません」

「といいますと、列車を降りてからまっすぐこちらに？　それに……お荷物もおありなのでしょう？」

「ええ、荷物といっても、下着類の入った小さな包みひとつ以外、何も持ち合わせておりません。ふつうに持ち運びができるくらいのものです。部屋は、晩にでもとれると思います」

「それでは、まだ部屋をおとりになるつもりでおられるのですね？」

「ええ、もちろんそうです」

「あなたのおっしゃることから判断して、わたしはてっきりあなたが、そのままわたしのところにお泊まりになるつもりかと思いかけていました」

「それもありえるかもしれませんが、でも、あなたからそういうお誘いがなければ、できるものでもありませんし。正直なところ、お誘いがあったとしても、わたしとしてはここに留《とど》まるつもりはありませんでした、なぜかわかりませんが、そう……性格のせいでしょうね」

「ほう、してみると、わたしがお誘いしなかったというか、今もお誘いしていないのは、かえってよかったことになりますな。失礼ですが、公爵、いちどきにすべてはっきりさせたいのですが。なにしろ、ほら、われわれはたったいま了解したところです。われわれのあいだの血縁関係などは言わずもがな、というわけで——といっても、むろんわたしとしても、ひじょうに心をくすぐられるわけですが——したがって……」

「ということは、つまり、立ち上がって帰るということですね？」公爵はそう言って軽く腰を浮かせたが、自分が置かれている立場が見るからに厄介なものであるにもかかわらず、なぜかしら愉快そうに笑いだした。「しかしですよ、将軍、じつにありがたいことに、ぼくはこちらの習慣や、ここでの人々の暮らしぶりについては、じっさい何ひとつ知らないわけですが、ぼくの訪問はきっとこんなふうな感じになるだろうって、思っていたんです。そう、たぶん、これは仕方のないことなのでしょう……それに、あのときも、ぼくの手紙にたいしてお返事をくださらなかったわけですから……でも、いいでしょう、これで失礼します。お騒がせして申しわけありませんでした」

この瞬間、公爵のまなざしがあまりにやさしく、しかもその微笑《ほほえ》みには心に秘めた不快な感覚などかけらすら感じられなかったので、将軍はふと立ちどまり、この客人をなんとなく、急に別の目で見ることになった。一瞬で、公爵を見る目が一変したのである。

「ところで公爵」ほとんど別人のような声で、将軍は話しかけた。「あなたのことはまだよく存じ上げていないわけですし、もしかして、家内のエリザヴェータも、同姓ということで会いたがるかもしれないのでね……もしよろしければ、お待ちくださいませんか、まだお時間があるようでしたら」

「ええ、時間ならあります。時間ぜんぶぼくのものですから（そう言うと、公爵はすぐさま鍔《つば》の丸いソフト帽をテーブルの上に置いた）。じつを言いますと、ぼくも、あるいはエリザヴェータさんが、ぼくの手紙を思いだしてくださるのではないかとあてにしていたんです。さっき向こうで取り次ぎをお待ちしていたときも、お宅の従僕さんは、ぼくがこちらにお金を恵んでもらいに来たのかって疑っておられました。ぼくもそれに気づきましたが、きっとお宅では、この点については厳重に指示がなされているにちがいありません。でも、嘘ではないんです、ぼくはけっしてそういう目的ではなく、みなさんとお近づきになりたい一心で伺ったのです。ですから、こうしてあなたのお邪魔をしてしまったのではないかと思うだけで、もう気がとがめます」

「ところで、公爵」将軍は陽気な笑みを浮かべながら言った。「あなたがじっさいにお見受けするとおりの方でしたら、あなたとお近づきになるのは楽しいことでしょう。ただ、わたしはこのとおり、忙しい身ですから、これからすぐにまた机に向かって、何やかや書類に目をとおしたり署名したりして、そのあとは閣下のところへ、それから役所に行かなくてはならんのです。そんなわけで、たしかによい人たちと……そう、ゆっくりお話をしたい気持ちはやまやまなのですが……もっとも、あなたが立派な教育を受けられていることを強く信じておりますが……ところで公爵、あなたのご年齢は？」

「二十六です」

「ほう！　もっとずっとお若いのかと思っておりました」

「ええ、童顔だって、よく言われるんです。でも、これからあなたの邪魔にならないように気をつけますし、すぐにそうなれると思います。だってぼく自身、人の邪魔をするのはとてもいやですから……それともうひとつ、ぼくたち、いろんな点から見て……まるきりちがう人種のようですし。ですからきっと、共通点なんてそう多くありそうにない気がするんですね。でも、そう、ぼく自身はこういう考えをあまり信じていないんです。というのは、一見共通点がないように見えて、ほんとうはけっこうあるものなんですね……これって人間が怠惰だから起こるんですね。人間っていうのは、たがいにうわべだけで分類されてしまって、何も気づかないでいるんです……それはそうと、ぼくはひょっとしてつまらない話をはじめてしまいましたか？　あなたは、なんだか……」

「ひとこと言わせていただきますが、あなた、いくらか財産はお持ちなんですか？　それとも、何か職につくおつもりですか？　失礼を申したかもしれませんが、わたしは、その……」

「いえ、とんでもありません。あなたのご質問、ありがたく思いますし、お気持ちもわかっているつもりです。今のところ、財産はいっさい持ち合わせがなく、仕事も今はまったくあてがありません。ただ、それを考えなくてはいけませんけれども。で、これまで持っていたお金は、人のお金でした。スイスでぼくを治療し、教えてくれたシュナイダー教授が旅費にと言ってくださったものですが、それがほんとうにぎりぎりのお金でしたので、今ではもう、全部で数コペイカ残っているくらいです。ただ、じつはひとつ用件がありまして、その件でご相談にあずかりたいと願っているのですが……」

「ひとつ教えていただきますが、あなたはさしあたって、どのように生活していかれるおつもりです？　どんなお心づもりでした？」将軍が公爵の話をさえぎった。

「何か仕事をしたいと思っていました」

「ほう、これはまた、なかなかの哲学者ですな。まあともかく、あなたは何か才能とか、技能とかいったものをお持ちですか、つまりその、生活の糧《かて》をもたらしてくれるようなものですが？　またしてもこんな失礼なことを申し上げて……」

「いえ、謝らなくてけっこうです。でもぼくには、才能や、何か特殊な技能なんてものはないような気がします。むしろその正反対です。だって病気の身ですし、きちんとした教育も受けていませんから。ただ生活の糧ということでしたら、どうやらぼくにも……」

将軍はまたしても相手の話をさえぎり、あれやこれや尋ねはじめた。公爵は、すでにいちど話したことを、改めて話してきかせた。そこで将軍は、物故《ぶっこ》したパヴリーシチェフの名を耳にしたことがあるばかりか、個人的にも面識があったことが明らかになった。パヴリーシチェフがなぜ彼の教育に興味をもつにいたったかは、公爵にも説明できなかった。もっとも、たんに公爵の死んだ父親との古い友情のため、ということだったのかもしれない。両親の死後、公爵はまだほんの幼い子どものまま残され、これまでずっとあちこちの村で暮らし、育ってきたが、それというのは、彼の健康が田舎の空気を必要としていたからだった。パヴリーシチェフは、この子どもの養育を、自分の親戚筋にあたる年老いた女性の地主たちに委ねた。そして子どものために、はじめは女性の家庭教師が、のちに男性の家庭教師が雇われた。もっとも公爵は、いろんなことを覚えてはいるものの、自分にもよくわからないことが多く、十分に満足のいく説明はできないと明言した。たび重なる持病の発作のせいで、自分はほとんど白痴といってもよい人間になってしまった（公爵ははっきりと「白痴」という言葉を使った）。公爵はやがて、パヴリーシチェフがあるときベルリンで、ちょうどこの病気の研究に携わっているスイス人のシュナイダー教授と出会った話をした。シュナイダー教授は、スイスのヴァレス州に施設をもっており、冷水浴と体操という独自の治療法で、白痴や狂気を治療し、おまけに教育も施し、総じて精神の成長にも取り組んでいるとのことだった。そこでパヴリーシチェフは、五年ほど前、公爵をスイスの教授のもとに送ったのだが、当人は、二年前にしかるべき指示を出すこともなく急逝してしまった。シュナイダー教授は、それからさらに二年間、彼を預かって治療につとめ、完治こそしなかったものの、非常に多くの効果がみられたので、公爵自身の希望もあり、またたまたま持ちあがった事情も手伝って、このたび彼をロシアに送り返すことにしたのである。

将軍は驚嘆してしまった。

「では、ロシアにはだれひとり、お知りあいはいらっしゃらないのですか、ほんとうにひとりも？」と彼は尋ねた。

「いまは、だれもおりません、でも、そのうちなんとかなると思います……それに、手紙を一通受け取っておりますので」

「少なくとも」その手紙についてはろくに耳も傾けず、将軍は相手の話をさえぎった。「あなたは、何かの勉強はなさったのですね。あなたのご病気が何か、たとえばその、どこかの役所で、あまり難しくない職につく妨げになることは、ないのですよね？」

「ええ、きっと妨げになどなりません。それと、仕事の話ですが、ぼくもぜひやってみたいんです。自分にどんな能力があるかを、この目で確かめたいんです。四年間とおして、ずっと勉強していましたから。といっても、かならずしも系統だった勉強ではなく、なんというか、先生独自の教授法によるものでしたが。それに、ロシア語の本は、ほんとうにたくさん読むことができました」

「ロシア語の本？　というと、読み書きができて、誤りのない文章が書けるわけですか？」

「ええ、それはよくできます」

「それはけっこうな話だ。で、字はお上手なのかな？」

「字は、すばらしく上手です。ぼくに才能があるとすれば、たぶんそれでしょうね。字の書き方の点では、ほんとうにプロ並みですから。よければ、何か試しに書いてごらんにいれますよ」公爵は熱くなって言った。

「ではお願いします。いや、そうしてくれたほうが、こちらとしてもありがたい……それに、あなたのその前向きなところが気に入りましたよ、公爵。あなたは、ほんとうに愛すべきお人だ」

「お宅には、ほんとうに立派な文具品がそろっているんですね。鉛筆にしろペンにしろ、数えきれないほどあるじゃありませんか。ああ、なんてしっかりして立派な紙だろう……それに、なんてすてきな執務室だろう！　ほら、この風景画、知っています。スイスの景色ですね。この画家、現地でスケッチしたんだと思います。この場所は、ぼくも、この目でたしかに見たことがありますもの。これって、ウリー州の……」

「たしかにそうかもしれませんな、といっても、この絵はこちらで買い求めたものですがね。ガーニャ、公爵に紙を差し上げてくれ。ほら、ここにペンと紙がある。こちらのテーブルにどうぞ。おや、それはなんだい？」将軍がガーニャのほうに向きなおった。当のガーニャは、書類カバンから大判の肖像写真を取りだし、それを将軍に差しだしたところだった。「あれ！　ナスターシヤさんじゃないか！　彼女が自分からこれを送りつけてきたのかい、自分で？」強い好奇心にかられた将軍が、生き生きとした声で尋ねた。

「先ほど、お祝いの挨拶《あいさつ》にうかがいましたときに、ご本人が下さったものです。もうずっと以前からお願いしてあったものです。よくはわかりませんが、これって、ひょっとしたら彼女のあてつけじゃないでしょうか。今日みたいな日に、プレゼントひとつ持たず、手ぶらで行ったことにたいする……」面白くなさそうな笑みを浮かべて、ガーニャは言い添えた。

「いや、そんなことはない」将軍が自信ありげにさえぎった。「きみはほんとうにどうかしているよ！　彼女のあてつけだなんて……それに、彼女はそんな打算的な女なんかじゃない。だいいち、きみに何がプレゼントできるっていうんだ？　だって、何千ルーブルっていう金が要《い》るんだぞ！　まさか、写真を贈るってわけにもいかんだろう！　で、ちなみに、向こうはまだきみの写真をほしいと言ってはおらんのか？」

「いえ、まだ言ってません。いや、あるいはこれからも、けっして言わないかもしれませんね。ところで将軍、今日の夜の集まりのことはむろん覚えておいでですよね？　なんといっても、将軍は特別な招待客ですから」

「むろん覚えているとも、どうして忘れたりするもんか、むろん出席する。当然だよ、誕生日なんだから、二十五歳のな！　ふうん……で、ガーニャ、このさいだから、きみに何もかも打ちあけてしまおうと思うのだが、覚悟はいいかね。彼女は、トーツキーとこのわたしに約束した。今晩、自宅で最終的な返事をしますとな。イエスかノーか！　だから、いいか、しっかりしていろよ」

ガーニャは急にどぎまぎし、いくぶん青ざめたほどだった。

「あの人、たしかにそう言ったんですね？」ガーニャは尋ねたが、その声も震えているようだった。

「一昨日、そう約束した。われわれふたりがしつこくどいて、そう言わせたのさ。

ただし、その時が来るまで、きみには言わないでおいてほしいと懇願していたがね」

将軍はじっとガーニャの顔をのぞきこんだ。ガーニャのとまどいが、将軍には明らかに気にいらない様子だった。

「でも、いいですか、将軍」ガーニャは、不安そうな声で、ためらいがちに言った。「彼女は自分の決心がつく最後の瞬間まで、このわたしにも決断の完全な自由を与えると約束したんです。それに、たとえその時が来ても、最後はわたしの決心しだいだ、とも」

「それじゃ、なに……きみはまさか……」将軍はふいに呆れたような顔で言った。

「わたしは、なにも」

「冗談じゃないぞ、きみはいったい、このわたしたちをどうしようって気なんだ？」

「わたしは断りません。もしかすると、言葉が足りなかったかもしれませんが……」

「きみから断るだなんて、とんでもないことだ！」将軍はいかにもいまいましげに、しかもそのことを隠そうともせず言い放った。「いいかね、問題はもう、きみが断る、断らないの話じゃなくて、だ。彼女の返事を受け入れるきみの覚悟、満足、歓《よろこ》びにあるんだ……で、家のほうはどうなっている？」

「わたしの家ですか？　家は、すべてわたしの意志にかかっています。ただ、父親はいつもどおり馬鹿ばかりやっていますが、あれはもう、手のつけられない不作法な人間になりさがっていますから、ろくに口もきいていません。そうはいっても、手綱《たづな》だけはちゃんと締めていますがね。じっさい、母がいなかったら、さっさと出ていってもらっているところですよ。母親は、むろん泣いてばかりですし、妹は癇癪《かんしゃく》を起こしっぱなしです。で、ふたりに面と向かってはっきり言ってやりました。自分の運命は自分で切り開く、だから、家ではわたしの言うことに……従ってくれ、とね。少なくとも妹には、母のいる前で、一語一語、念押ししておきました」

「しかし、きみね、わたしにはまだどうしてもわからんことがある」将軍は、軽く肩をすくめて両手を広げ、何やら考えこみながら言った。「きみのお母さまのニーナさんも、せんだってここにお見えになったが、そのときのことを覚えているかな？　しきりに溜息《ためいき》をついたり、唸ったりしておられた。で、『どうなさったんです？』と尋ねたんだ。すると、どうもきみの家族は、今回の話、不名誉なことのように思っているようだった。ではいったい何が不名誉なのか、そのあたりを聞きたいわけだ。いったいどこのだれに、ナスターシヤを責めたり、後ろ指さしたりできるというのか？　彼女がトーツキー君といっしょに暮らしていたってことか？　しかしそんなのは、もう取るに足らん話じゃないか。ああいう特別の事情があったわけだしな！　『あなたのお宅だって、あの人をお嬢さまにお近づけにならないでしょう?』だとさ。まったく! あきれたもんさ! ニーナさんもほんとうに困ったもんだよ! それにしても、どうしてこれがわからんのかってことだ、どうしてこれが……」

「自分の立場がってことですか?」言いよどんだ将軍に、ガーニャが助け舟を出した。

「いえ、母はわかっております。どうか、母のことを怒らないでください。そうはいっても、あのときはわたしも、他人《ひと》ごとにあまり口出しはするなと厳しく注意しておきましたが。しかしです、家のなかはこれまで、最後のひとことがまだ発せられていないということだけで、なんとか丸く収まってきましたが、いずれ嵐はやって来ますよ。今日にでもその最後のひとことが放たれるとすれば、つまりすべては白日のもとに曝《さら》されるってことです」

ふたりのやりとりは、一部始終、部屋の隅で試し書きをしている公爵の耳に聞こえていた。公爵は、書き終えるとテーブルに近づき、用紙を差しだした。

「それじゃ、この方がナスターシヤさんなんですね?」好奇心もあらわに写真をしげしげとながめながら、公爵は口にした。「とびきりの美人さんだ!」公爵は熱くなってすぐにそう言い足した。

写真にはじっさい、異常なまでに美しい女性が写し出されていた。その女性は、驚くほどシンプルかつエレガントな仕立ての、黒いシルクのワンピースを身に着けていた。見た感じでは、髪は濃いブロンドらしく、飾り気のないごくありきたりなスタイルに束ねてあった。目の色は黒っぽく深みを帯び、額はもの思わしげだった。顔の表情は情熱的で、どこか傲慢な感じもした。面立《おもだ》ちはいくぶん頬がこけ、顔の色は青白いように見えた……ガーニャと将軍は、呆然《ぼうぜん》として公爵を眺めていた……。

「なんと、ナスターシヤさんだって！　あなたは、ナスターシヤさんのことまでご存じなのですか？」将軍は尋ねた。

「はい。ロシアに来てまだ一昼夜しか経《た》っていませんが、もうこんな美人さんを存じあげています」そう公爵は答え、ただちにロゴージンとの出会いについて語り、彼にまつわる話を洗いざらい伝えた。

「いやはや、なんてこった！」公爵の話を注意深く聞き終えた将軍は、ふたたび不安にかられ、探るような目でガーニャを見やった。

「きっといつものばか騒ぎですよ」同じようにいくぶん混乱気味のガーニャがつぶやくように言った。「商人のどら息子が、羽目をはずしているだけです。その男のことなら、わたしも二、三度、耳にしたことがあります」

「いや、わたしも聞いたことがある」将軍があとに続いた。「あのときだ、例のイヤリング騒ぎのあと、ナスターシヤさんが一から十まで経緯を話してくれて。しかし、今となっちゃ、もうイヤリングどころの話じゃなさそうだ。今回は、ひょっとすると百万ルーブルもの金が後ろに控えているかもしれん……それに、情熱ってやつがな。たとえそれがぶざまな情熱でも、やっぱり情熱の匂いはするし、だいいち、あの手の連中が飲んだくれるっていうと、もう何をしでかすかわからん！……ふうん！　また何か妙な騒ぎにならなければいいが！」将軍は物思わしげな顔で話をしめくくった。

「百万ルーブルを恐れてらっしゃるんですね？」ガーニャがにやりとして尋ねた。

「むろん、きみは恐れちゃいないだろうね？」

「で、どんな感じでしたか、公爵？」ガーニャは、ふいに公爵のほうに向きなおった。「どんな男でした、まじめそうな感じの男でしたか、それとも、ただのならず者？あなたご自身の意見はどうです？」

　この質問をしたとき、ガーニャの心のなかに何か特別な事態が生じていた。まるで、新しい特別なアイデアが頭に燃えあがり、彼の目のなかでじりじりと輝きだしたように見えた。真剣に、かつ心から危惧している将軍も、ちらりと横目で公爵を見やったが、彼の返事に多くを期待する様子は見えなかった。

「なんと申し上げたらよいか」公爵は答えた。「ただ、ぼくが見た感じですと、あの人には、ありあまるほど情熱があります、それも、何か病的な情熱です。それに、彼自身がまるで病人のようでした。ペテルブルグに戻って二日と経たずにまた寝こむ、といったことも大いにありそうですよ。とくに無茶なまねをしたりすれば、なおさらですが」

「そうですか？　そんなふうに見えたんですね？」将軍はこの印象に飛びついた。

「ええ、そんなふうな感じでした」

「でも、そういう騒ぎなら、二日どころか今晩にも起こりそうですよ。ひょっとして今日にも、とんでもないことが起きるかもしれない」将軍のほうを見て、ガーニャはにやりと笑った。

「ふうん！……むろん……そういうことも、な。いざ、そうなった場合、問題はすべて、彼女の頭にどんな考えが閃《ひらめ》くかってことにかかってくるわけだ」将軍が言った。

「でも、わかっておられるじゃありませんか、彼女がときどきどういう状態になるかぐらい？」

「つまり、どうなるといってるんだ？」ひどく気分を害した将軍が、ふたたび食ってかかった。「いいかね、ガーニャ、今日のところは彼女にあまり逆らわんようにしてくれ、できるだけ、いいな……要するに、彼女の気持ちに沿うように努めるんだ……

ふうん！……どうしてきみはそう口をひんまげるんだね？　それはそうと、ガヴリーラ君、ちょうどいいタイミングだから、このさい、ついでながら言っておくぞ。つまりわれわれは、いったいなんのためにここまで骨を折っているかってことを。いいかね、この件にからんだわたし個人の利益は、前々から保証されておる。わたしは、いずれにしたって、自分の利益に適《かな》うかたちで物事を決めるからな。トーツキー君が下した決断はゆるがない、だから、わたしも全幅の信頼を置いている。したがって、わたしがいま何か望むことがあるとすれば、それはもっぱらきみの利益だけだ。自分で判断するんだな。それでもわたしが信じられないというのかな？　しかも、きみという男は……きみという男は……要するに、頭が切れる人間だから、わたしもそういうきみに望みをかけてきたわけでね……で、今回は、それが……それが……」

「肝心というわけでしょう」ガーニャは、またもや言いよどんだ将軍を助け、口もとをゆがめて毒々しい笑みを浮かべた。ガーニャはその笑みを、もはや隠そうともしなかった。彼は、燃えるようなまなざしで将軍の目をにらみつけたが、それはまるで、そのまなざしから自分の真意をまるごと読みとってくれ、とでもいわんばかりの目つきだった。将軍は顔を真っ赤にし、激高した。

「まあ、たしかに、肝心なのは、頭だ！」ガーニャを鋭い目でにらみながら、将軍は相槌を打った。「きみってやつは、ほんとうにおかしな男だよ、ガヴリーラ君！　見ているると、まるで、あの商人の小せがれが出てきたのを喜んでるみたいじゃないか。まるで逃げ道ができたみたいに、な？　しかし今回は、この頭をしっかり使って一から取り組まなくちゃならん。今回ばかりは、つまりきちんと事態をわきまえてだな、そして……双方とも公明正大に行動すべきなんだ。といって……相手の名誉を傷つけないためにも、あらかじめ断っておかなくちゃならん。まして、そのための時間は十分にあったのだし、今だってその時間は、十分に残されているわけだからな（将軍はそこで意味ありげに眉を吊り上げた）、とはいっても、残されている時間はせいぜい五、六時間だがね……わかっているな？　そうだろう？　で、じっさいの話、きみは望んでいるのか、それともちがうのか？　もし望まないのなら、はっきりそう言いたまえ、遠慮はいらんから。ガヴリーラ君、べつにだれもきみを引きとめちゃいないし、むりやり罠《わな》にかけようっていうんじゃない。もしきみが、罠としか感じられないというならばだが」

「望んでいます」ガーニャは小声ながらもしっかりした口調でそう言うと、視線を落として陰気に黙り込んだ。

将軍はその答えに満足だった。将軍はいったん頭に血が上ったが、少し言い過ぎたことを後悔している様子がありありと見えた。彼はとつぜん公爵のほうを振り返った。すると、その顔をふいに不安な思いが過《よぎ》ったかのように見えた。そこに居合わせていた公爵に、話の一部始終を聞かれていたのではないかと思ったのだ。しかし、将軍はすぐに胸をなでおろした。公爵を一瞥《いちべつ》しただけで、何も心配することはないとわかったからだった。

「ほほう!」公爵が差しだした書体の見本をみながら、将軍は声を上げた。

「いや、これはみごとな手本だ! それもめったにない手本だぞ! 見たまえ、ガーニャ、なかなかの才能だよ!」

厚手の犢皮紙《とくひし》に、公爵は古代ロシアの書体で次の一行を認《したた》めていた。

《神の僕《しもべ》なる僧院長パフヌーチーみずから署名す》

「じつを言いますと」公爵は、たいそう満足そうに生きいきした顔で説明しはじめた。

「これは十四世紀の写本からとった、僧院長パフヌーチー自筆の署名でしてね。こうした、ロシアの昔の僧院長や大司教といった人たちは、みんなこんなじつにみごとな署名を残しているんです。しかも、ときとしてほんとうにすぐれたセンスと、苦心の跡が見られるんです！　お宅に、せめてポゴージン版ぐらい置いてありませんか、将軍？　それに、ほら、こちらに別の書体で書いてみました。これはふっくらと丸みのある大型のフランス式書体で、前世紀のものです。いくつかの文字はまるきり違った書体で書かれています。世俗用の書体とか、一般書士の書体と呼ばれるものでしてね、これも写本をまねたものです（ぼくのところにそういうのが一冊あったものですから）。——どうです、けっこう風格があるでしょう。こちらの丸みのあるδ《デー》とか、a《アー》といった書体を見てください。フランス風の特長をロシア文字に取りこんでみました。なかなかたいへんでしたが、上手にできました。ほら、このとおり、こちらもとてもすばらしい、ユニークな書体ですね。ここに書いてあるのは、『熱意はすべてに勝る』という文句です。これはロシアの書記スタイルでしてね、なんでしたら、軍付き書記スタイルといってよいものです。こういう感じで、政府高官たちへの公文書が書かれたわけです。やはり丸みのある、すてきな太字の書体です。ぼってりした感じで書かれていますが、すばらしい味が出ている。まあ書家の立場からしたら、こういう飾り書きといいますか、こうして飾って書くといった試みは、認められないということになるのかもしれませんね、ほら、この中途半端にヒゲをつけているところなんかがそうです。——でも全体的には、こういうふうに、これがひとつの特色をなしているのがわかるでしょう。それと、たしかにここには、同じ書記でも軍人気質とでもいったものが表れていますよね。思いきり羽をのばしたいし、才能がそれを欲している、でも軍服の襟をホックできつく締めつけられている、といった感じです。つまり軍規が書体のなかにも表れているわけです、みごとです！　ぼくは最近、これと同じ書体の本が出てきて驚かされたんです。偶然に見つけましてね。それも、どこだと思います？　スイスですよ！　で、こちらはごくありふれた、ふつうの純イギリス風の書体です。洗練もここまで来ると先はない、という感じで、どれもこれもみごとのひとことに尽きます。まるで水晶か真珠のようですよ。ひとつの究極の姿ですね。でも、ほらここに、別のバリエーションがあるでしょう。やはりフランス風ですがね。これは、地方回りをしていたフランス人の手代《コミ》をまねしたものです。同じイギリス風ですが、太字になっています。イギリス風の書体より、ほんのわずかですが、黒く太く書かれている。ところがほら、——光沢のバランスが壊れてしまっています。それに、どうです。この楕円形に変化が加えられ、ほんの少し丸みが強くなっているでしょう、おまけにヒゲもついている。ところがこのヒゲが、じつは危険きわまりないんですよ！　とてつもないセンスが要求されるんです。でも、これがうまくいった場合、つまりバランスがうまくとれるというと、この書体はもう何も比べるものがなくなります。もうほんとうに、ほれぼれするほどです」

「ほう！　それにしてもずいぶんとお詳しいですな」将軍は笑いながら言った。「あなたはもう、たんに能書家っていうだけじゃなく、アーティストの域だ、そうだろう？　ガーニャ！」

「いや、驚きましたね」ガーニャが言った。「それに、自分の天職まで自覚なさっている」嘲《あざけ》るような笑みを浮かべながら、そう付けくわえた。

「まあ笑うがいいさ、好きなだけ。だがな、これだって十分な出世の糸口にはなる」将軍は言った。「いいですかな、公爵、お次はとびきり重要な人物への手紙を書いてもらいますぞ。そう、あなたはこれで月に三十五ルーブルは稼げますとも、最初から。といっても、もう十二時半ですか」将軍はちらりと時計に目をやり、つぶやいた。「では、さっそく用件に入りましょう、公爵。ちょっと急いでいるもので。ひょっとするともう今日はもうお目にかかれないかもしれません！　しかしまあ、ちょっとそこにおかけになって。さっきも申し上げたとおり、そうしょっちゅうお目にかかってお話しするというわけにはいきませんが、ごくわずかな援助であれば、心からさせていただきたいと思っております。むろん、ごくわずかですよ、つまり必要最小限の手助けですから、それ以上のことは、もうあなたご自身のお力にお任せするほかない。役所の口はこのわたしが探してあげましょう。さほど窮屈な仕事ではありませんが、正確さが求められます。さてと、これからのことですが、住居については、そう、ガヴリーラ・イヴォルギン君の家では、ほらこの若い友人ですよ、この方ともどうかお近づきになっていただきたい。この方の家では彼の母上と妹さんが、家具付きの部屋を二、三空けて、きちんとした紹介者のある方に貸し出しておられます。食事と女中つきでね。わたしの紹介ということなら、母親のニーナさんもきっと承諾してくださると思います。公爵、あなたにとってこれは掘り出しものですよ。だいいちに、あなたはひとり暮らしではなく、いわば家族の懐《ふところ》に入ることができるわけですし、わたしが見るに、ペテルブルグのような都会で、最初からいきなりひとり暮らしっていうのはよくない。ニーナさんにしろ、ガヴリーラ君の妹のワルワーラさんにしろ、――わたしがひじょうに尊敬しているご婦人がたです。ニーナさんは、退役されたアルダリオン・イヴォルギン将軍の細君ですが、この将軍というのが、わたしがまだ軍隊で駆け出しのころからの友人でしてね、まあいろいろとわけあって、今はお付きあいを閉ざしておりますが、にもかかわらず、この方にたいしては、それなりに敬意をいだいております。公爵、わたしがこうして洗いざらいあなたにご説明するのは、わたしがあなたのために、言ってみれば直接紹介の労をとっている、つまり、あなたの身元を保証しているということをご理解いただくためなんです。家賃はごく穏当なものですから、いずれ近いうちに、あなたのお給料で十分にまかなえるようになると思います。じっさい人間は、たとえわずかでも小使い銭がないとやっていけませんが、どうか怒らないでくださいよ、公爵、どうもお見受けしたところ、あなたは小使い銭を持たれないほうがよさそうですな、というか、総じてお金を持ち歩かれるのは、避けられたほうがよさそうです。これはまあ、あなたをひと目見て申し上げることですがね。そうはいっても、今あなたの財布は空っぽということですから、とりあえずこの二十五ルーブルをお納めになってください。もちろん、いずれ返済していただきますが、あなたがもしその話しぶりから推察される、真摯《しんし》で誠実な方でしたら、わたしたちのあいだで何かしら厄介なトラブルが生じる気づかいはありません。わたしがあなたにこれほどの興味を抱くというのは、あなたの問題について、このわたしにも、それなりの目算があるからでもあるんです。おいおい、それはおわかりになるはずです。どうです、公爵、わたしはあなたにたいして、ほんとうにざっくばらんにお話ししておるでしょう。ガーニャ、公爵がきみの家に間借りする件については、とくに異存はないだろうね？」

「まさか、異存だなんて！　母もとても喜ぶと思います……」丁重かつ親切な口ぶりで、ガーニャは頷いた。

「きみの家は、たしか、まだ一室しかふさがっていなかったようだが。あれは、ええと、フェルド……フェル……」

「フェルディシチェンコです」

「そうそう。わたしは、あのフェルディシチェンコって男が好かんのだよ。なにやらいかがわしい道化者でね。それに、わからんのだな。どうしてあんなやつを、ナスターシヤさんがひいきするのか？　彼女の親戚にあたるとかいうのは、ほんとうなのかね？」

「いえ、ちがいます。あれは、みんな冗談なんですよ！　親戚だなんて、とんでもない話です」

「まったく、くそ食らえってやつさ！　ところで公爵、だいたいこんなところでご満足いただけますかな、それとも？」

「感謝しております、将軍、ほんとうに親切な方でなければ、とうていしていただけることではありません。まして、こちらからはお願いもしなかったことですから。いいえ、こんなことを申し上げるのは、けっしてうぬぼれからではないのです。じっさい、どこに身を落ちつけてよいものやら、ほんとうに見当もつかなかったのですから。たしかに、ついさっき、ロゴージンさんから来いとは言われましたが」

「ロゴージンだって？　はてさて、そいつはいけない。あなたには父親代わりとでもいうか、ひとりの友人としてと言ったほうがよいかもしれんが、ロゴージン氏のことは、すっぱりお忘れになるよう忠告します。それに、だいたいのところ、あなたがこれからお入りになるご家族の方々を頼りにされるよう、忠告しておきますよ」

「そこまでご親切に言ってくださるのでしたら」と公爵は話しだした。「ひとつ、ご相談させていただきたいことがあるんですが。じつは、こんな通知を受けとっているので……」

「いや、ほんとうに申しわけないが」そう言って将軍は相手の話をさえぎった。「もう、一刻の余裕もなくてね。あなたのことは、これから家内のエリザヴェータに話します。もし家内が、いますぐお目にかかりたいと申すようでしたら（そのようなかたちになるよう、なるべく上手にあなたをご紹介するつもりです）、ひとつその機会を利用され、気に入ってもらえるようになさるんですな。エリザヴェータなら大いにあなたの役に立ってくれるでしょうし、なんといってもあなたは同門の方ですからね。もし家内にいま会う気がないようでしたら、無理を言わずに、いつか別の機会を探してください。それから、ガーニャ、きみ、さしあたりこの収支書を見ておいてくれんか。さっき、フェドセーエフとふたりでさんざん苦労して作ったところなんだが。これも忘れずに書きこんでおいてくれたまえ……」

将軍は出かけた。公爵はとうとう、話をしかけてほとんど四度目になる用件について、ついに話さずじまいだった。ガーニャは巻きタバコに火をつけ、公爵にも一本勧めた。公爵はそれを受け取ったが、相手の邪魔になってはと話をするのをやめ、執務室を眺めはじめた。しかしガーニャのほうも、将軍から手渡された数字を書きちらした用紙には、ほとんど目もくれなかった。呆然としていたのだ。こうして差し向かいで残ると、ガーニャの目、まなざし、物思わしげなところが、公爵の目にいっそう重苦しいものに映りはじめた。ふいにガーニャが公爵に歩み寄った。そのとき公爵は、またしてもナスターシヤの写真をつくづく眺めおろしているところだった。

「こういう女性がお好みですか、公爵?」つらぬくような鋭い目で相手をにらみながら、ガーニャがいきなり尋ねた。なにやら、異常な腹づもりがあるかのような口ぶりだった。

「驚くべき顔です!」公爵は答えた。「それに、この人の運命は、並み大抵のものではないように思います。顔はほがらかに見えますが、じっさいはものすごく苦しんでこられたんじゃありませんか、え? 目がそれをあらわしていますよ。それにこのふたつの骨、目の下の頬の部分にあるこのふたつの点。これは、誇り高い顔です、ものすごく誇り高い。でも、どうなんでしょう、彼女って気立てがいいんでしょうか？ああ、気立てがよかったら！　すべてが救われるのに！」

「あなたなら、こういう女性と結婚なさいますか？」燃えるような目を公爵から離そうとせず、ガーニャはつづけた。

「ぼくはだれとも結婚できないんです。健康体じゃないものですから」公爵は答えた。

「それじゃ、ロゴージンは結婚するでしょうか？　どう思われるんです？」

「そう、たしかに結婚だけなら、明日にでもするでしょうね。かりに結婚したとしても、きっと一週間も経たないうちに、彼女を斬り殺してしまいます」

公爵がそう言い放ったとたん、ガーニャはぎくりと体を震わせた。公爵は、あやうく声を上げそうになった。

「どうなさいました？」ガーニャの手をつかんで、公爵が尋ねた。

「公爵閣下！　奥さまのところにお越しくださるようにと、将軍閣下のお言葉です」ドア口に現れた従僕が告げた。

公爵は、従僕のあとにしたがった。

4

エパンチン家の三人娘は、いずれも健康で、潑剌《はつらつ》として、上背もあった。みごとなまでに発達した肩、ゆたかに盛りあがった胸、ほとんど男性を思わせる力づよい両腕をしていた。むろん、その体力と健康のおもむくままに、彼女たちはときに旺盛な食欲を見せたし、そのことを少しも恥じる様子はなかった。彼女たちの母親で将軍夫人のエリザヴェータは、そんな娘たちのあからさまな食欲を、ときおり横目でにらんでみせたが、母親のいくつかの意見は、表向きは娘たちに恭《うやうや》しく受けとめられはするものの、かつてのような有無をいわさぬ権威は、事実上とうの昔に失われていた。しかも、三人の娘たちで構成される秘密会議《コングラーヴ》の決定が、たゆみなく勢いをのばしはじめるにいたって、将軍夫人はおのれの体面を保持するためにも、言い争うよりは譲歩したほうが得策であると気づいたのだった。たしかに、生まれながらの性格というのは、たとえ良識ある判断であっても耳を貸さず、良識に屈しない場合がきわめてしばしばある。エリザヴェータ夫人も、年を重ねるにつれてどんどん気まぐれになり、辛抱もできなくなって、何やら変人がかった感じになってきたが、しかしそれでも、きわめて従順かつ、みごとに飼いならされた夫が手の届くところにいたので、積もり積もった鬱憤《うっぷん》はたいていの場合、将軍の頭上に浴びせかけられ、それでもって家庭の平和がふたたび取りもどされて、何もかもこれ以上ないというほど、ぐあいよく運んで行くのだった。

そうとはいえ、将軍夫人も食欲を失ってはおらず、通常は十二時半になると、娘たちといっしょに、ほとんど晩餐と同じくらい豪勢な朝食の席に着いた。もっとも、娘たちはそれよりもひと足早く、目が覚める十時きっかりに、ベッドの中でコーヒーを一杯飲んでいた。あるときこれがたいそう気に入って、そのまますっかり病みつきになっていたのだ。十二時半ともなると、母親の部屋の近くにある小さな食事室で食事の用意が整い、この家族水入らずの朝食には、時間があるかぎり、将軍自身も顔を見せることがあった。紅茶、コーヒー、チーズ、はちみつ、バター、将軍夫人の大のお気に入りである特製のホットケーキ、カツレツなどのほか、濃厚で熱いコンソメスープも出された。

わたしたちの物語がはじまったこの日の朝、家族全員が食事室に集まり、十二時半には顔を出すと約束した将軍を待ち受けていた。かりに一分でも遅刻したら、ただちに呼びにやるつもりでいたが、将軍は時刻通りに姿を現した。夫人に近づいて朝の挨拶をかわし、手にキスをした将軍は、夫人の顔を見て、今日ばかりは、何やらただならぬ気配が浮かんでいるのに気づいた。すでに前日から、ある「小話」(これは彼が口癖で用いる言いまわしである)のせいもあって、明日はきっとこんなふうな雲行きになるにちがいないとにらみ、昨夜ベッドに入ってからもその点が気になってしかたなかったのだが、やはりいざとなると気後れが先に立った。娘たちが近づいてきてキスを交わした。彼女たちは、父親に腹を立てていたというわけではなかったが、そこにも何かただならぬ気配が感じられた。将軍はたしかに、さまざまな事情から過度に疑り深くなっていた。そうは言っても、世なれした如才ない父親であり、かつ夫でもある彼は、ただちにもちまえの手段を講じたのである。

かりに、ここで物語を中断させて、この物語のはじまりにおいてエパンチン将軍一家が置かれていた、もろもろの人間関係やら事情やらを、率直かつできるだけ正確に提示するため、若干の補足説明を施したところで、この物語の体面をさほど傷つけることにはなるまい。すでに述べたとおり、将軍自身はさほど教育のある人間ではなく、むしろ彼自身が表したとおり『独学者』だったが、それでもやはり、経験のある夫であり、老獪《ろうかい》な父親だった。たとえば彼は、娘たちに結婚をせかさないという方針を立てていた。つまり、娘たちの幸せを思う親心から『娘たちの気持ちにあまり干渉したり』、彼女たちの重荷となって苦しめるようなことはすまい、という方針である。これは、成人した娘を多く抱えるどんなに分別のある家でも、自然と生じがちなことである。彼はしまいには、妻のエリザヴェータをもこの方針に従わせたほどだが、総じて、これは困難な仕事だった。困難だったのは、それがまさに不自然でもあったからだ。だが、将軍の言い分はきわめて意味深く、明々白々たる事実に基づいていた。年ごろの娘が、みずからの意志と決断に完全にまかされるとなれば、最後は自分の理性に頼らざるをえなくなって、おのずから機は熟することになる、なぜなら、もはや気まぐれや選り好みなどせず、自分から進んで問題に取りくむようになるからだ、というのだ。親としては、何かとんでもない選択をしたり、不自然な迷いが生じたりしないように、おこたりなく目を光らせ、しかもできるだけ気づかれないようにして観察し、そのあとは機を見て一気に全力で援助し、ありったけの影響力を駆使して話をまとめてやればよい。最後にもうひとつ述べておくと、年々、一家の財産と社会的な意味が幾何級数的に増大していったこともある。その結果、時が経てばたつほど、花嫁候補としての娘たちの価値も増していく。だが、これらの反駁《はんばく》しがたい事実にまじって、さらにもうひとつの事実が発生した。長女のアレクサンドラが、ほとんど唐突といってよいほど（これは非常にしばしば起こることなのだが）満二十五歳をむかえてしまったのだ。それとほとんど時を同じくして、アファナーシー・トーツキーという上流社会の男、最上層部においての縁故とかなりの財力をもつ人物が、かねてからの結婚の意志を、改めて表明した。この人物は年のころは五十五ほど、優雅な性格と、まれにみる洗練されたセンスの持ち主だった。彼としては、それなりに立派な結婚をしたいと願っており、しかも並外れて美人好みのところがあった。ある時期からトーツキーは、エパンチン将軍ときわめて親しい間柄となり、一緒にいくつかの金融業に関わるようになってから、それがいっそう強まったので、彼はエパンチン将軍にむかって、あなたのお嬢さんのひとりとの結婚を考えることは可能かどうか、いうなれば親友としての助言と指導を求めたのである。エパンチン将軍の、静かな美しい家庭生活に、明らかに一大転機が訪れようとしていた。

すでに述べたように、一家のなかで文句なしの美人だったのが、末娘のアグラーヤである。だが、どがつくほどのエゴイズムの固まりであるトーツキーも、さすがにアグラーヤを候補と考えることがいかにも不謹慎で、自分の妻に迎えられる相手ではない、ということを心得ていた。ことによると、姉妹たちの、少し見境のない愛や熱烈にすぎる友情とが、事態を誇張させていたのかもしれない。しかし彼女たちのあいだでは、もっとも真剣なかたちで、アグラーヤの運命は普通の運命ではなく、考えうる地上の天国の理想形と認められていたのである。アグラーヤの来《きた》るべき夫は、資産についてはいわずもがな、ありとあらゆる完全さと、成功の体現者でなくてはならなかった。ふたりの姉は、何かとくに口にするでもなく、いざというときにはアグラーヤのためにわが身を犠牲にすると心に決めていた。アグラーヤのために約束された持参金は、巨大でけた外れな額にのぼっていた。両親もふたりの姉たちの内々の取りきめについて知っていたので、トーツキーの相談を受けたときには、姉たちのどちらかが、必ずや自分たちの願いを叶《かな》えてくれるということに、ほとんど疑いを挟まなかった。ましてや、トーツキーが持参金について難色を示すはずもなかった。将軍自身も、もちまえの処世観から、トーツキーのこの申し込みを即座に、すこぶる高く評価した。トーツキー自身も、当面ある特殊な事情もあり、この話を進めるにあたってはかなり慎重な態度を崩さず、たんにまだ探りを入れる段階にあったため、両親としても娘たちには、まだ遠い先の可能性としてしか話を持ちかけられなかった。それに対して、娘たちから返された答えもやはり、あまりはっきりしたものではなかったが、少なくとも親からすれば安心できる内容だった。つまり、いちばん上のアレクサンドラから、おそらくはいやとは言わないとの意向が伝えられたのだ。アレクサンドラは、毅然《きぜん》たる性格の持ち主ながら、気だてがよいうえに聡明で、おまけに並外れて協調性に富んだ娘だった。彼女ならむしろ、喜んでトーツキーのところへ嫁いでくれそうな気配があり、いったん約束したからには、誠実にその約束を守ってくれるにちがいなかった。派手なことがきらいで、厄介の種を持ち込んだり、急に大騒ぎをするといった心配もなく、むしろ与えられた生活を楽しく和《なご》やかにする術《すべ》に長《た》けていた。とくに印象的というわけではなかったが、彼女自身、たいそう美しかった。トーツキーとしても、これ以上は望むべくもなかった。

しかしながら、依然として手探りの状況が続いていた。おたがいの友情のよしみから、トーツキーと将軍のあいだでは、ある取り決めがなされていた。一定の時期が来るまでは、あとで取りかえしがつかなくなるようないかなる形式的な一歩も踏み出すことはしない、という約束である。したがって両親たちも、娘たちとはいまだ、おおっぴらにこの話を始めるまでにはいたっていなかった。そこで、一種の不協和音のようなものがきざしはじめた。一家の母親であるエパンチン将軍夫人が、なぜかしら不満を覚えるようになってきたのだが、じつはこれが大きな問題だった。そこには、すべてを妨げているあるひとつの事情、ひと筋縄ではいかないある厄介な事件がからんでいて、まかりまちがえばすべてが台なしとなり、取りかえしがつかぬ事態となる恐れがあったのである。

このひと筋縄ではいかない、ある厄介な『事件』（トーツキー自身の言い回しだが）が生じたのは、かなり以前、かれこれ十八年ばかり前のことである。ロシア中部のとある県にあった、トーツキーのきわめて裕福な領地のひとつと隣りあって、所有地も少ない、ひどく貧しい地主が住んでいた。この男は、もはや小話にでもするしかない失敗を絶えずくり返す、稀有《けう》な男だった。立派な貴族の一門を出た退役士官であり、家柄という点ではトーツキーよりむしろ格上なくらいで、フィリップ・バラシコフとかいう名前だった。人から金を借りまくり、ありとあらゆるものが担保づけになっていたこの人物は、苦役にもひとしい、百姓顔負けの労苦を経たあと、ささやかな領地経営をどうにかこうにか立て直すことができた。このごくささやかな成功にも、彼は異様なほど励まされた。元気も出て、さまざまな希望に胸をふくらませた彼は、郡役所のある小さな町へと出かけるため、数日間家を空けた。主だった債権者のひとりと会い、できることなら最終的な話をまとめる腹づもりだった。町に着いて三日め、頬を焼けこがし顎ひげもちりちりにした管理人が村から馬で駆けつけ、『昨日のちょうど昼どき、あなたさまのご領地が焼け、おまけに奥さまは焼死なされましたが、お子さまたちはご無事でございます』と報告した。さまざまな『運命の笞《しもと》』に馴らされてきたバラシコフも、さすがにこの不意打ちだけは堪え忍ぶことができなかった。彼は正気を失い、一カ月後には熱病で急死してしまった。焼け出された領地は、土地を失った百姓たちもろとも、借金返済のために売り払われた。

バラシコフの子どもで、六歳と七歳になるふたりの幼い娘たちは、もちまえの鷹揚さから、アファナーシー・トーツキーが手もとにひきとり、自前で養育してやることにした。ふたりの娘は、トーツキーの管理人の子どもたちといっしょに育てられることになったが、この管理人というのが、子だくさんの退職役人で、おまけにドイツ人だった。まもなく下の娘は百日咳で死に、幼いナスターシヤだけがひとり生き残った。トーツキーは外国で過ごすうちに、やがて娘ふたりのことをすっかり忘れ去ってしまった。それから五年ほど経ったある日、トーツキーは旅の途中、ふと自分の領地をのぞいてみることを思い立った。するとそこで、わが村の屋敷に暮らすドイツ人家族に混じり、ひとり、すばらしく美しい少女がいるのに目をとめた。活発で、愛くるしく、賢そうな、ゆくゆくは並外れた美人になりそうな娘だった。この道の通《つう》であるトーツキーの目に、狂いはなかった。このとき彼は、わずか数日領地に滞在しただけだったが、あれやこれや満遍なく手配して、屋敷を去った。こうして、その娘の養育にいちじるしい変化が起こった。年配の立派な家庭教師が招聘《しょうへい》された。彼女は、女子の高等教育に長《た》けたスイス人女性で、教養もあり、フランス語以外にも、さまざまな学科を教えた経験があった。そのスイス人女性が田舎の屋敷に移り住むと、幼いナスターシヤの教育はきわめて大がかりなものとなった。満四年が経ち、この教育は終了した。家庭教師は引きあげていき、次に、トーツキーと領地が隣りあう、とはいっても遠方で別の県に住んでいる女地主が、幼いナスターシヤを迎えにやってきた。彼女は、トーツキーの指示と委任にしたがって、ナスターシヤを引き取りに来たのである。連れて行かれた小さな領地にも、けっして大きくはないが新築されたばかりの木造の家があった。その家は格別に優雅な装いが施されていて、しかもその村はあたかも誂《あつら》えたように悦楽《オトラードノエ》村と呼ばれていた。女地主はナスターシヤを、まっすぐこの静かな家に連れてきた。彼女自身、子どもに恵まれることのなかった未亡人で、わずか一キロほど離れたところに住んでいたので、自分もナスターシヤとともに、ここに移り住むことにした。ナスターシヤの身の回りの世話を焼くため、年寄りの女管理人と、経験豊かな若い小間使いが現れた。家には、楽器や、なかなかお洒落な女の子用の蔵書や、絵画、銅版画、鉛筆、絵筆、絵具などが備えられ、ボルゾイ種のみごとな室内犬が飼われていた。そして、二週間後にトーツキー自身も姿を見せた……それ以来、彼はこの人里離れた、草原の小さな村が格別に好きになり、毎夏訪れてきては、二カ月、いや三カ月ほど逗留していき、こうしてかなり長い月日が流れ過ぎて行った。

穏やかで、幸せな、興趣にあふれる優雅な四年間だった。

ある冬の初め、わずか二週間ばかりで切り上げたトーツキーの夏の悦楽村滞在から四カ月ほどして、ある噂が広まった、というか、何かの拍子にそれがナスターシヤの耳に入った。その噂というのは、トーツキーがペテルブルグで、ある金持ちで名門の出の美人と結婚しようとしている、――つまりひとことでいえば、手堅く、めざましい縁組を行おうとしている、というのだ。その後この噂は、細かい点で必ずしも正確ではないことがわかった。結婚についても、当時はまだ話が持ち上がったばかりで、何もかもがまだきわめて漠然としていたが、しかしそれでも、このときを境にナスターシヤの運命に一大転換が生じた。彼女はとつぜん、異常な決断力を見せ、まったく思いもかけない性分をあらわにした。じっくり考えることもせず、田舎の家を捨てると、ペテルブルグにいるトーツキーのもとに、いきなり単身で姿を現したのである。トーツキーは仰天し、何やかや取りつくろおうとしたが、ほとんど最初のひとときで、すべてを完全に変えなくてはならないということがわかった。すなわち、言葉づかいにしても、声色《こわいろ》にしても、従来の心地よい、センスにあふれる話題にしても、話の論理にしてもすべて、何もかもである。目の前に腰をかけていたのは、自分がこれまで熟知し、つい四カ月前にも悦楽村に残してきた女性とは似ても似つかない、まるきり別の女性だった。

この新しい女性は、第一に、尋常とは思えないほどいろいろな物事に精通していた。――それがあまりにも多岐にわたっていたので、どこからこれほどの情報量を得、こんな正確な理解を作りあげることができたのかと、深い驚きを禁じえないほどだった(まさかあの少女向けの蔵書でもあるまい)。そればかりか、法律の面においても異常なくらい多くのことに精通しており、世間全体とはいわぬまでも、すくなくとも広く世間で行われているいくつかの事柄については、完璧ともいってよい知識を備えていた。第二に、以前とはまるで違う気性の持ち主に変わっていた。つまり、昔のように何かしらおどおどとして、女学生風のあいまいさをもち、ときとして独特のおてんばぶりや無邪気さで人を魅了するような一面を見せるかと思えば、ときとして悲しそうに沈みこんだり、おびえたり、不審がったり、あるいはめそめそして落ち着かなかったり、といったところが、すっかり消えていたのである。

いや、ちがう。彼の前でいま高笑いし、このうえなく毒のある皮肉でちくちくと責め立ててくるのは、およそ常軌を逸した思いもかけぬ女性であって、その女性が彼に向かって、あからさまにこう宣言したのである。自分は最初の驚きのあと、ただちにやってきたとてつもなく深い彼にたいする侮蔑、吐き気がするほどの侮蔑の念以外の何ひとつ、これまでですらも心に抱いたことはない、と。その新しい女性は、こうも言ってのけた。あなたが今すぐだれと結婚しようが、自分にはまったくどうでもいい、わたしがやってきたのは、あなたのこの結婚を許さない、意地でも許さないためだ、そのわけはただひとつ、自分がそうしたいから、したがってそうせざるをえないからだ、と。「そうね、たんにあなたを思いきり笑ってやるため、ということにしてもいいわ。だって、そうよ、こうなった以上、わたしだって笑うぐらいのことはしたいもの」

少なくとも、彼女はそんなふうな言い方をしたのだった。彼女はことによると、胸の内を残らず吐き出せたわけではなかったのかもしれない。しかし、新しいナスターシヤが高笑いし、こうしたもろもろのことを述べているあいだ、トーツキーは内心、この問題について思いをめぐらし、いくぶん引き裂かれた自分の考えを、なしうるかぎり整理しようとしていた。その思索は、かなり長い時間つづけられた。ほぼ二週間、彼は事態を究明し、最終的にどう決断すべきか迷いつづけた。だが二週間を経て、決心がついた。問題は、トーツキーが当時すでに五十の声を聞いていたこと、しかも、きわめて堅固でかつ確固たる地位にある人間だったことである。世間や社交界におけるる彼の地位は、もうだいぶ前からきわめてしっかりした基盤の上に築かれていた。すこぶるまっとうな人間として、彼は当然のことながら、この世のなかで何よりも自分を、自分の平安と安楽を、愛し、かつ尊んでいた。彼が全人生をかけて築き上げ、これほどにもすばらしいかたちを備えるにいたったものに、いささかの破壊も、わずかな動揺も生じることは許されなかった。

他方、経験の豊かさや物事にたいする思慮深いまなざしは、トーツキーに、きわめて速やかに、そしてきわめて正確にこう示唆していた。すなわち、自分がいま相手にしている女は、およそ並の人間ではない、たんに口先だけの脅しではなく、必ずやそれを実行する女であり、しかも何ものにもけっしてひるむことがない、さらに、世間のことを何ひとつ大事だとは思っていない、だからこれを丸めこむことも不可能、ということだった。この場合、明らかに何か別の要素もあった。なにやら精神的、心情的に、まぜこぜになったものが感じられた。だれを標的にしたものかは皆目わからないが、得体のしれないロマン主義的な憤激のようなもの、完全に常軌を逸した、飽くことのない軽蔑の念が——要するにまともな社会ではけっして許されない、何か非常に滑稽な、そしてまともな人間にとって、それと出くわすことはまぎれもない神罰である、というような気配すら感じられたのである。トーツキーほどの財力とコネをもってすれば、この不愉快な出来事を免れるため、何かしら罪のない、ちょっとした姦計《かんけい》をめぐらすことぐらい、ただちにできたことはいうまでもない。他方ナスターシヤとしても、ほとんど何ひとつ、たとえば法的な意味で害を与えることはできないことも、また明らかだった。それに、たいしたスキャンダルを起こせるはずもなかった。というのは、彼女を抑えつけることはつねに容易だったからである。ところがそれも、かりにナスターシヤが世間並みに行動する場合のみ、つまり、あまりに常軌を逸した奇矯なふるまいには出ないと決意した場合にのみ、かぎられたことだった。

しかしここでは、持ちまえの目の確かさがトーツキーの役に立った。すなわち、彼はこう推測したのである。ナスターシヤは、法的な意味で自分がいかに無害であるかを、自分なりによくわきまえているが、彼女の頭のなかにあるのはまるきり別の考えだ……それは彼女のぎらぎらする目にもあらわれている、と。何ごとも尊ばず、とくにおのれを捨て去っているナスターシヤは（この瞬間、彼女がもうだいぶ前におのれを捨てたことを見破った。だが、トーツキーのような懐疑家でシニカルな社交人が、ナスターシヤのそうした気持ちを真剣なものと受けとめるためには、きわめて多くの知性と洞察力が必要だった）、これほどにも非人間的な嫌悪を抱いている相手の男を、思うさま罵倒《ばとう》できさえすれば、たとえシベリア送りだろうと懲役刑だろうと、もはや取り返しがつかないほど醜悪なかたちでわが身を滅ぼしてもいいとまで考えていた。

トーツキーは、自分にいくらか臆病なところがあること、というか最高度に保守的であることを、けっして隠そうとはしなかった。たとえば婚礼の席で自分が殺されるとか、あるいはそれに類した、社交上おそろしく不体裁で、滑稽かつ絶対に受け入れがたい事態が起こることを知っていたなら、もちろん恐れをなしたにちがいない。だがそれは、自分が殺されたり、負傷して血みどろになったり、あるいは衆人環視のなかで顔に唾を吐きかけられたり、ということにたいする恐れというより、むしろそれが、そうした自分の身にきわめて不自然で、かつ受け入れがたいかたちで起こることを恐れていたのである。ナスターシヤも、さしあたりはまだ沈黙を守っているが、まさにそのようなことを予言していたのではなかろうか。ナスターシヤが自分を非常によく理解し、研究し、それゆえ自分の急所がどこにあるか心得ていると、彼は知っていた。だが肝心の結婚話が、現実にはまだ計画の段階にすぎなかったので、トーツキーは自分を抑え、ナスターシヤに譲歩しようとしたのである。

トーツキーにこうした決断をうながした事情が、さらにもうひとつあった。新しいナスターシヤが、容貌の面で以前のナスターシヤと異なり、想像するのも困難なほど、格段に美しくなっていたことだ。以前は、たんに非常にかわいらしい娘というだけだったのが、今はもう……トーツキーは、四年ものあいだ彼女の姿を目にしながら、その見きわめがつかなかった自分が、なんとしても許せなかった。事実、おたがいの内面で突然この転換が生じたということも、大いに意味のあることだった。もっとも彼は、以前にもたまに、たとえば彼女の目をちらりと見たさい、ある奇妙な考えが生じた瞬間があったことを思い出した。まるでその目のなかに、何か深い神秘的な闇のようなものを感じたのだった。その目で見つめられると、まるで謎をかけられるような気がした。ここ二年ほどのあいだ、彼はしばしばナスターシヤの顔色の変化に驚きの念を抱かされた。ひどく青白くなって、——奇妙にも——そのせいでかえって美しさが増していた。若いころ人並みに遊びを経験した男たちの例にもれず、トーツキーははじめ、この世なれぬ娘がいともたやすく手に入ったことを思って、軽蔑の念を覚えたものだが、最近ではそうした見方に、いくぶん疑問を感じるようになっていた。いずれにしても、彼はすでに昨年の春ごろから、いずれ近いうちにナスターシヤを、だれか他の県に勤務する、分別もあり人格的にもちゃんとした人物のもとに、それ相当の財産をつけて立派に嫁《とつ》がせてやろうともくろんでいた(ああ、現在のナスターシヤは、そうしたもくろみをどんなに恐ろしく、どんなに意地悪く嘲笑《あざわら》ったことだろう!)。だが、いま改めてその新鮮さに心を奪われたトーツキーは、この女性をもういちど利用できるかもしれないと思いついた。そこで彼は、ナスターシヤをペテルブルグに移らせ、贅沢なぐさみで、ぐるりと取り巻いてやろうと決心した。ひとつがだめならまた別の手を打つ、との思惑もあった。つまり、ナスターシヤを見せびらかすことで、ある仲間うちでは十分に見栄をはることもできるだろう。トーツキーという男は、この方面での自分の名声というものも、それぐらい大事にしていたのである。ペテルブルグでの暮らしがはじまって、すでに五年が経っていた。むろん、これだけの期間のうちに、たいていの物事はそれなりのかたちに落ち着いていった。トーツキーの立場は、けっして芳しいものではなかった。何よりもまずかったのは、いったん怖気《おじけ》をふるった彼の気持ちが、それ以降、なんとしても落ち着かなくなったことである。彼は恐れていた——自分でも何が恐いのかわからず、ただひたすらナスターシヤに恐れをなしていた。ある時分、すなわち最初の二年間、ナスターシヤは、本心では自分との結婚を望んでいるくせに、極度の虚栄心からそれを口にできず、こちらから申し込んでくるのをかたくなに待っているのではないか、と疑ってみたこともあった。奇妙といえば奇妙なうぬぼれだった。トーツキーは額に皺《しわ》を寄せ、深刻に考えこんでしまった。いささか不快ながら、自分でもひどく驚いたのは（人間の心というのはえてしてそういうものだ）、あるふとした折りに、たとえこちらがプロポーズしたところで相手はそれを撥《は》ねつけるにちがいないと、にわかに確信するにいたったことである。長いこと彼は、その理由がつかめずにいた。彼にとって可能と思える解釈は、ひとつしかなかった。つまりこの《屈辱を受け、現実離れした女》の誇りは、すでに狂おしいばかりの域に達している。そのため、彼女にとっては、半永久的におのれの地位を確立し、人のおよばない栄華を勝ちえるよりも、あえてこれを拒絶することで、おのれの侮蔑の念を一気に吐きだすほうが楽だという気持ちになったと、そのような解釈である。

何よりも始末が悪いのは、ナスターシヤがいろいろな点でおそろしく優位に立っていたことだった。たとえどんなに大きな利益で釣ろうとしても、それにさえ彼女は屈しなかった。提供される安楽な暮らしを受け入れはするのだが、非常につましく暮らし、それでいてこの五年間、ほとんど蓄えらしきものをもたなかった。トーツキーはこの鎖を断ちきるため、きわめて狡猾《こうかつ》な手段に打って出た。さる老獪な人物の助けを借りて、願ってもない理想的な見合い話を餌に、さりげなく、そして巧みに彼女を誘惑しにかかったのだ。ところが、その理想の化身ともいうべき連中、すなわち公爵たちも、軽騎兵も、大使秘書も、詩人も、作家も、社会主義者でさえ、ナスターシヤの心になんの印象も引き起こさなかった、彼女の胸には、まるで心臓ではなく石ころでも入っていて、感情の泉は涸《か》れ、永久に死滅してしまったかのようなぐあいだった。

彼女は、どちらかというとひとりで過ごすことが多く、読書をしたり、あれこれ勉強もしたり、音楽を楽しんだりしていた。知りあいは少なかった。彼女がいつもつきあっていた相手は、どこぞの貧しい、おかしな小役人の女房たちといったところで、ほかにふたりの女優と、そこらの婆さんたちを数えるくらいだったが、彼女がとくに好きだったのは、ある尊敬すべき教師の大家族で、その家族からも彼女はたいそう気にいられ、いつも喜んで迎えられた。夜は彼女の家に、かなりの頻度で五、六人の知人が集まってきたが、といって、それより数が多くなることはなかった。

トーツキーは足繁く、きちんきちんと顔を出していた。最近では、けっこう骨が折れはしたものの、エパンチン将軍もナスターシヤと知りあうことができた。と同時に、フェルディシチェンコという名前の若い役人が、いともやすやすと、なんの苦労もなく彼女と近づきになった。この男はたいそう不作法で、いかがわしい道化者で、陽気さが自慢の酒飲みだった。もうひとり、プチーツィンという名前の風変わりな青年も知りあいだった。控えめで几帳面だが、やけに垢ぬけた男で、貧乏人の出ながら高利貸しとなった人物である。最後には、ガヴリーラ・イヴォルギンも知りあいになった……そして、とどのつまり、ナスターシヤをめぐってある奇妙な噂が立った。彼女の美しさについてはだれもが知っているが、しかしたんにそれだけの話で、だれひとり彼女を自慢できるものがいなければ、何ひとつ話の種にできる者はいない、という噂である。こうした風評と、彼女の教養、優雅な物腰、ウイット、それらもろもろを考えあわせた結果、トーツキーは最終的にある計画を断行する決意を固めた。そして、かのエパンチン将軍みずからが、この経緯にきわめて行動的に、異常とも思えるほど身を入れはじめたのが、まさにこの瞬間だった。

エパンチン将軍の娘のひとりを妻に迎える件について、トーツキーがあれほど心おきなく助言を求めたとき、彼はその場で、きわめて潔い態度でごく細部にいたるまであらいざらい正直に告白した。自分の自由を手に入れるためなら、もはやどんな手段も辞さない覚悟である、ナスターシヤがかりに、これからさき自分を完全にそっとしておいてあげると確約してくれたところで、気持ちが休まることはない、言葉だけでは足りず完璧な保証が必要だ、と打ち明けたのだ。ふたりは相談し、共同作戦をとることに決めた。まず手始めは、ごくごく穏便な手段を試し、いわゆる『やんごとない琴線』に触れてみようという話になった。ふたりしてナスターシヤの家に乗り込むと、トーツキーはいきなり、自分がいかに耐えがたく恐ろしい立場に立たされているか、という話からはじめた。彼は、あらゆる点で自分に落ち度があると言った。彼女に対する最初のふるまいを、今さら後悔するわけにもいかない、なぜなら自分は根っからの好き者であり、その面ではブレーキのかからない男だからだ、しかし、今は結婚したいと思っている、きわめて礼儀にかなった上流社会の人間同士の結婚がこの先どうなるかは、すべてきみしだいだ、要するに自分は、すべての期待をきみの高潔な心にかけていると打ち明けたのだ。次にエパンチン将軍が、娘の父親という立場から話を切り出した。彼は理路整然と、感情に訴えるような言葉は避けて、ただ、トーツキー氏の運命を決する権利をにぎっているのはあなたであることを完全に認める、とだけ述べた。そして、言葉たくみに謙虚さを演出しながら、自分の娘、いやひょっとすると今では、残るふたりの娘の運命も、あなたの決断ひとつにかかっていると加えた。《それで、このわたしにどうしてほしいっていうんです？》とナスターシヤに問われ、トーツキーはそれまでと同じ、自分をすっかりさらけだすふうにして率直にこう告白した。五年前の件ですっかり怖気づいているので、きみがだれかと結婚してくれないかぎり、自分は今もってまったく安心ができない、と。そこで彼はすぐに、むろん自分の立場として、何がしかの根拠も持たずにこういった頼みごとをするとしたら、それはばかげた話であると言い添えた。そして、自分がはっきりと気がついていて、確実にわかっていることがある、つまり、たいへん家柄もよくたいそう立派な家庭に恵まれたひとりの青年がいる、それはほかでもない、あなたもよくご存じの、ご自分の家にも出入りさせているガヴリーラ・イヴォルギン君だが、彼はもうかなり前から、ありったけの情熱できみを愛していて、きみの歓心が得られるというたったそれだけの望みのためなら、命の半分を投げ出してもいいとまで思っている。これはガヴリーラ君がわたしにじかに告白してくれたことで、それももうだいぶ前であり、親しみをこめた若者らしい純粋な気持ちから出たものである。それにこの件は、青年に目をかけておられるエパンチン将軍も、以前から承知していることだ。しかも、もしわたしの思い違いでなければ、きみを愛するこの青年の気持ちはもう前々からきみにもわかっていたはずで、きみも彼のこの恋心をあたたかい思いで見守ってくれているようにさえ思える。こんな話をするのは、むろん自分にとって何よりも苦しいことだが、もしきみが、わたしの心のなかに、エゴイズムや自分の行き先を固めたいといった望みのほかに、いささかなりともきみに良かれという願いがあることを認めてくれさえすれば、きみのひとり暮らしを傍で見ていることが、自分にとって以前からどんなに奇妙でしのびないものであったか、理解してもらえるだろう。このひとり暮らしには、ただ漠然とした闇や、人生をやり直すことにたいする完全な不信が見てとれる。しかし人生というのはそもそも、愛情や家庭を得るなかで甦《よみがえ》るもので、それによって、また新しい目的が獲得できるかもしれないのだ。そしてまたこのひとり暮らしには、ことによると輝かしいばかりの才能の涸渇が見られ、自分の悲しみにうっとりしていたいという気持ち、要するに、あなたの健全な知性にも高潔な心にもふさわしくない、一種のロマンチズムさえ見てとれる、と。こんなことを言うのは自分としても非常につらいが、と改めて念を押したうえで、彼は次のように結んだ。かりにわたしが、将来におけるきみの運命を保証したいという真摯な願いを表明し、総額七万五千ルーブルからのお金を進呈しても、きみがそれに軽蔑をもって応えるようなことはないという、そんな切なる希望を捨てるわけにはいかない、と。つづけて、さらにこう説明をつけ加えた。この金は、いずれにせよすでに遺言状に書き込んであるものだ、要するにこれは、何がしかの報酬といったようなものではまったくないと。……そして最後に、なんとかして自分の良心の痛みを和らげたいという人間的な願いが受け入れられない、許されないといったことがあってよいものだろうか、云々《うんぬん》、つまりこのような場合、往々にして話題に取り上げられそうな話を、丸ごとすべて説明して聞かせたのだった。トーツキーは長々とよどみなく話をしたが、いわば話のついでに、きわめて興味深い情報をひとつつけ加えた。この七万五千ルーブルのことを口外するのはこれが初めてであり、このお金のことは、同席しておられるエパンチン将軍でさえ知らなかったことだ、要するに、だれひとり知るものはない、と。

ナスターシヤの回答に、ふたりの友人はともに驚嘆した。

彼女の言動には明らかに、以前の小ばかにしたようなところや、敵意や、憎悪や、思い出すたびに背筋が寒くなるような高笑いの影が微塵《みじん》も感じられなかったばかりか、それとは裏腹に、彼女はまるで、こうしてようやく心を開き、親しく言葉を交わせるようになったことを喜んでいるように見えたからである。彼女のほうでも、親身な情にあふれるアドバイスを前々から聞きたいと願っていた、ただプライドが邪魔していた、しかし、こうして氷が割られた今となっては、これ以上何も望むことはないと告白した。初めは悲しそうな笑みを浮かべていたが、やがて一転して陽気な感じになり、いかにも快活な高笑いをあげながら、こう告白した。いずれにせよ、以前のような嵐は二度と起こりようがない、だいぶ前から、物事にたいする見方も部分的に変わっている、胸のうちまでは変わっていないにせよ、それでも、もうかなりのことは、起こってしまった事実として認めざるをえない、起きたことは起きたこと、過ぎたことは過ぎたことなのだから、自分としてもトーツキーさんが、今もってそうまでびくびくしつづけているのは不思議な気がする、と。それから、彼女はエパンチン将軍のほうに向きなおり、深い尊敬の念を表しながら、あなたのお嬢さん方についてはかねがね噂を耳にしているし、以前から本当にすっかり尊敬している、だから、何かしらお嬢さんたちのお役に立てると考えるだけでも、自分は幸せであり、誇らしい気持ちがする。自分は今、たしかに苦しくさびしい、ほんとうにさびしい、トーツキーさんは、ずばりわたしの夢を言い当ててくださった。わたしとしては、たとえ愛情をとはいわぬまでも、せめて家庭を得るという新しい目標をめざし、心機一転、出直したいと願っている。ただガヴリーラさんの件については、自分としてほとんど何もお答えできない。たしかに、自分を愛してくれてはいるような気がする、だから、彼の愛情がしっかりしたものであると信じられれば、自分も彼を愛せるかもしれないと感じている。でも、たとえあの人が誠意ある方だとしても、とても若いので、その点でなかなか決心がつきにくい。しかしわたしが何より気にいっているのは、あの人はほんとうに働き者で、自分ひとりの稼ぎで家族全体を支えているところだ。エネルギーに溢《あふ》れる人で、誇りも高く、立身出世をのぞんで、自分の道を開こうとしていることは耳に入っている。また、ガヴリーラさんのお母さまのニーナ夫人は、とても立派な女性で、みなから非常に尊敬されているとも聞いた。それと妹のワルワーラさんは、たいそう優れたエネルギッシュな娘さんだとか。彼女のことは、プチーツィンさんからいろいろと聞き及んでいる。あの人たちは、自分たちの不幸にけなげに耐えている。あの人たちと近づきになりたいとつよく望んでいるのだが、問題はあの人たちが、このわたしを喜んで家庭に迎え入れてくれるかどうか、ということだ。自分としては、この結婚の可能性に反するようなことは何も言うつもりはないが、まだあまりにも考えるべきことが多い。だから、そう急がせないでほしい。七万五千ルーブルに関して、——トーツキーさんはひどく苦しそうな話し方をしていたが、そこまで気をつかう必要はなかった。自分にもお金の価値ぐらいはわかっているので、むろんそれはお受けしたい。その件について、ガヴリーラさんばかりか、エパンチン将軍にも話をしなかったというデリケートなお心づかいにも、感謝している。しかしそれにしても、どうしてガヴリーラさんに、前もって知らせてはいけなかったのか？　彼の家族の一員となるとしても、そのお金のことで自分を恥じる理由は何ひとつない。いずれにせよ自分は、何ごとにつけ許しを請うべき相手はいないし、それは人にも知っていてほしい。わたしのことで、彼にも彼の家族にも、何ひとつ隠された思惑がないと確信できるまで、ガヴリーラさんに嫁ぐつもりはない。とにかく、自分にはどことといってやましいところはないと考えているので、自分が過去五年間、何を基盤にしてこのペテルブルグで暮らしてきたのか、トーツキー氏とはどういう関係だったのか、十分な財産の貯えはあるのかといったことについて、ガヴリーラさんには知ってもらったほうがいい。そして最後に、自分がこれほどのお金を受けとるのは、自分が罪なくして被《こうむ》った処女への恥辱にたいする代償としてではなく、たんに歪《ゆが》められた運命にたいする報いにすぎない、と。

こうしたことを縷々《るる》述べるうちに、やがてナスターシヤはひどく高ぶり、興奮してきたようだったので（もっともこれはきわめて自然なことだった）、エパンチン将軍はすっかり満足し、一件落着したものと考えたほどだった。だが、いったん怖気づいたトーツキーは、この期《ご》におよんでもいまだ半信半疑で、花園の陰に蛇が潜んでいるのではないかと、しばらくのあいだびくびくしていた。しかし、とにもかくにも交渉は始まった。ふたりの友人が拠《よ》りどころとした駆け引きの要点、すなわち、ナスターシヤがガーニャになびく可能性が徐々に明らかになり、裏づけられるようになってきたので、トーツキーもときとして成功の可能性を信じるほどになっていた。

そのいっぽう、ナスターシヤは、ガーニャとも腹を割って話しあった。口にした言葉はほんとうに数えるほどで、いかにも羞恥心に苦しめられているといった風情があった。それでも彼女は、相手の愛情を前提とし、許容した。ただし、自分は何にも縛られたくない、結婚のまぎわまで（かりに結婚が成立したとして）、ぎりぎりの土壇場になっても『ノー』と言える権利を留保しておきたい、もちろん、それとまったく同じ権利をガーニャにも与えると、しつこく明言した。その後まもなく、ガーニャはさしでがましいある人の口をとおして、この結婚とナスターシヤ個人にたいし彼の家族全員が反感を抱いており、そのために内輪喧嘩まで起こっているという事実そのものまで、すでに細大もらさずナスターシヤの耳に入っていることを知った。彼女は自分からその話を口にすることはなかったが、ガーニャは毎日のように、その話がいつ出るかと待ちかまえていた。

もっとも、この縁談と、さまざまな交渉事との関連で表面化したエピソードや、事情のうち、お聞かせできることはほかにも山ほどある。だが、わたしはあまりに話を急ぎすぎたようであり、ましてやそうした事情のうちのいくつかは、まだあまりにも漠然としていて、噂の域を出るものではなかった。たとえば、トーツキーがどこから聞きかじったとかいう話によると、ナスターシヤがエパンチン将軍家の娘たちと、ある曖昧《あいまい》な、だれにも秘密のつきあいをはじめたとかいう――これなどは、まるで根も葉もない噂だった。そのかわり彼は、もうひとつ別の噂をいやでも信じざるをえなくなり、恐ろしさのあまり悪夢にうなされたほどだった。たしかな事実として彼が耳にしたのは、次のようなことだった。すなわち、ガーニャはたんに金が目当てでナスターシヤと結婚しようとしている、彼は腹黒い男で、強欲でせっかちで、やっかみ屋で、桁外れに自尊心の強い男だということを、ナスターシヤは非常によく知っている、そればかりか、ガーニャは事実、以前はナスターシヤをわがものにしようと必死だったが、双方から芽生えはじめたその情熱を、例のふたりの友人が自分たちのいいように利用し、ナスターシヤをガーニャに売りつけて正妻にしたてようと決めたときから、ガーニャは彼女を、まるで悪夢のように憎みだしたということまで熟知している、という話であった。ガーニャの心のなかでは、情熱と憎しみが奇妙にからまりあっているかにみえた。そして彼は、苦しい逡巡《しゅんじゅん》を経て、ついにこの『嫌な女』との結婚に同意したのだが、それにたいして、彼女には手厳しく仕返しをし、あとできっちり《落としまえをつけてやる》と心に誓った、彼が自分の口からそう言ったとか。ナスターシヤはこれらをすっかり知っていて、密かに何か準備中らしいとのことだった。トーツキーは、もうすっかり怖気をふるい、内心の不安をエパンチン将軍に伝えることすらやめてしまった。もっとも気弱な人間の常として、いきなりまた勢いづいて、にわかに元気を取りもどす瞬間もあるにはあった。たとえば、ナスターシヤがふたりの親友に向かって、ようやく誕生日の夜に最終的な回答を表明します、と約束したときがそうである。ところがそのいっぽうで、かの尊敬すべきエパンチン将軍にまつわる、奇怪きわまるおよそ信じがたい噂があり、それは悲しいかな！　ますます真実味を帯びてきた。

一見したところ、何もかもが、おそろしくばかげた噂に思えた。およそ信じがたいことだが、すでにかなりの老齢に達し、しかも優れた知性と実際的な生活の知恵などを持ち合わせているエパンチン将軍が、こともあろうにナスターシヤの虜《とりこ》になっている――しかもその程度はかなり重く、一時の気まぐれが、ほとんど情熱の域にまで到達しているというのだ。この場合、彼はいったい何をあてにしていたのか――想像するのも困難だが、ひょっとするとガーニャ自身の協力すら、当てにしていたのかもしれない。トーツキーは少なくとも、何かしらその種のこと、つまり将軍とガーニャとのあいだには、相互の了解にもとづく、何かしら暗黙の契約のようなものが存在しているのではないかと疑っていた。もっとも、あまりに恋に熱中しすぎた男というのは、それがとくに年配者の場合、すっかり我を忘れて、まるきり希望がないところにも希望があるのではないかと思ったりするものだ。それどころか、いったん理性を失うと、たとえどんなに理知に秀でた人間であろうが、愚かな子どもじみた行動をとるものである。将軍がナスターシヤの誕生日に備え、自分からのプレゼントと称してすさまじく高価でみごとな真珠を用意した、ナスターシヤが無欲な女であることを承知のうえで、なおかつ、このプレゼントを贈ることにたいへんご執心のようだと、そんな噂も広まっていた。

誕生日の前日、彼はなんとか巧妙にとりつくろってはいたものの、まるで熱病にかかっているかのようだった。エパンチン将軍夫人が耳にしたのは、ほかでもない、この真珠の一件だった。事実、夫人はすでに前々から、夫の浮気に煮え湯を飲まされてきたし、ある程度はそれに慣れっこになっていたが、さすがに今回のようなまねを見過ごすわけにはいかなかった。彼女はこの真珠についての噂に、おそろしいほど好奇心を掻き立てられていた。将軍も事前にそのことを嗅《か》ぎつけたが、すでにその前日から、暗にそれをほのめかすような言葉を耳にしていた。そこで彼は、徹底的に問いつめられると予感し、それを恐れていたのである。この物語がはじまる日の朝、エパンチン将軍が、なんとしても家族と朝食をとる気になれなかったのは、まさにそのためだった。公爵が姿を現す前から、将軍はすでに仕事にかこつけて、なんとか朝食を逃れようと心に決めていた。将軍の場合、逃れるということは、文字通り逃げ出すことを意味していた。できることなら今日一日だけでも、いや、せめて今晩だけでも、いやな思いをせずにやり過ごしたかった。そこへ、じつにタイミングよく公爵が姿を現したのだ。《まるで神の使いだ!》夫人の部屋に入りながら、将軍は胸のうちでそう思った。

5

エパンチン将軍夫人は、自分の出自についてはひどくうるさかった。すでに何がしかの噂を耳にしていた一門最後の公爵ムイシキンが、今はあわれな白痴で、ほとんど乞食同然の身であり、おまけに人から施しものを受けているなどという話を、とつぜんやぶから棒に聞かされたときの心中は、いかばかりであったろうか。将軍のねらいは的中し、夫人の興味を一気にかきたてて、すべての話題を別の方向にそらすことに成功した。

極端な場合、将軍夫人は目をかっと大きく見開き、心もち上体を後ろにそらして、ひとことも発することなく、正面をぼんやりと眺めていることが多かった。夫人は夫と同じ年で、白髪がかなりまじってはいるものの、まだ豊かな暗い色の髪をしていた。いくぶんかぎ鼻で、やせぎすであり、黄色いこけた頰と窪んだ薄い唇。額は高く秀ではいたが狭く、灰色のかなり大きな目は、ときとしてまったく思いがけない表情を湛《たた》えることがあった。自分のまなざしはすばらしく印象的だと思いこむ弱点があったが、この信念は今もって消されずに残っていた。

「通せですって？　その人を通せっていうのね、いますぐに？」そう言うと、将軍夫人は、思いきり目を見開き、目の前のもじもじしている将軍をにらみつけた。

「いやいや、これについては何もそう堅苦しく考えることはないんだ。きみが会ってもいいと思えば、の話でね」将軍はあわてて弁明した。「いや、もうまったく子ども同然で、ほんとうに気の毒になるくらいだ。それに、何やら病的な発作が出るそうでね。今日スイスから戻ってきて、たったいま列車を降りたばかりらしいんだが、ドイツ風のちょっと変な格好をしているよ、おまけに、文字どおり一文なしときていて、今にも泣きださんばかりの様子なんだ。さっき二十五ルーブルくれてやったが、そのうちどこかうちの役所で書記の口でも探してやろうと思う。さあ、mesdames（ご婦人がた）、彼に何かしら、ごちそうしてくれるようお願いするよ。どうも腹を空かしている様子なのでね……」

「ほんとうにびっくりさせるわ」将軍夫人は同じ調子で言葉をつづけた。「腹を空《す》かしているだの、発作だのって！　どんな発作なんです？」

「いやいや、発作といったって、べつにそう頻繁に起こるわけじゃない。彼は、子どもといってもいいくらいでね、もっとも教育はあるようだけれど。わたしはね、mesdames（ご婦人がた）」と言って、また娘たちのほうに向き直った。「ちょっと彼をテストしてもらいたいんだよ。ともかく、あの男にどんな適性があるか、知っておくのも悪くはないと思うので」

「テ・ス・トする、ですって?」将軍夫人は言葉を引き伸ばすようにして叫び、すっかり度肝を抜かれたようすで再び目を大きく見開くと、娘たちから夫のほうへ、そしてまた娘のほうへと視線を転じた。

「いやいや、そう深刻にとらないでくれ……といっても、まあ、きみの気持ちしだいだ。わたしとしては、彼を大事にして、わが家に出入りしてもらってもいいと思っただけでさ。だって、これは慈善事業みたいなものだろう」

「家に出入りさせるですって? スイスから来た人間を⁉」

「べつに、スイスからだってかまわんだろう。しかしまあ、さっきも言ったとおり、きみの気持ちしだいでね。まあわたしとしちゃ、何よりまず彼が同姓で、しかもことによったら親戚筋かもしれないってことや、第二に、だれに頭を下げに行ってよいかわからないような次第なので、多少きみの興味を引くのじゃないかとも思ってさ。なにせ、われわれと同門の出ということもあるのだし」

「もちろんよ、maman(ママ)、べつに儀式ばらずにすむ人なら。それに、長旅を終えてお腹《なか》を空かしてらっしゃるんですもの、食事ぐらい出してあげるべきだわ、身の置き場所もまだわからないんですから」長女のアレクサンドラが言った。

「おまけに、まったく子どもなんだし、その子とならば鬼ごっこだっていっしょにできそうじゃない」

「鬼ごっこですって？　どうやって？」

「ねえ、maman（ママったら）、そういうわざとらしいまねはやめて」アグラーヤがいまいましげに話を遮った。

笑い上戸《じょうご》の次女アデライーダは、ついに耐えきれずに笑いくずれた。

「Papa（パパ）、その方を呼んでちょうだい、maman（ママ）がいいって言っていますから」最後はアグラーヤが話を決めた。

将軍はベルを鳴らし、公爵をこちらにお呼びするようにと命じた。

「でも、その方がテーブルに就くときは、かならず首にナプキンを巻いていただくことが条件ですよ」将軍夫人はそう言い放った。「それと、フョードルを呼んで。それか、マーヴルがいいわ……その方が食事をしている真後ろに立たせて、面倒みてもらいます。でも、発作が起こったときでも、すこしは大人《おとな》しくしてるのかしら？　暴れたりしないのかしら？」

「いや、それどころか、じつによくしつけられているし、礼儀作法だって大したものさ。ところどころ無邪気すぎる気がしないではないがね……ほら、ご本人が見えた！　さあ、ご紹介しよう。同じ一門で最後のムイシキン公爵だ。同姓だから、ひょっとして親戚筋に当たるかもしれないお方だ。さあ、あたたかく迎えてくれ。公爵、これからすぐに朝食ですから、よろしければ、いっしょに召し上がってください……ただし、わたしは失礼ながら、時間にすっかり遅れて、急ぎますものですから……」

「どこに急いでるかわかってますよ」将軍夫人がもったいぶって言い放った。

「いや、ほんとうに急がなくちゃならなくて、いいかね、もう完全に遅刻なんだ！　そうだ、mesdames（ご婦人がた）、彼にきみたちのアルバムを渡して何か書いてもらうといい。めったにお目にかかれない、すばらしい書家だからね！　才能だな。さっき執務室でも古い書体で書いてくださった。『神の僕なる僧院長パフヌーチーみずから署名す』と……それじゃ、また」

「パフヌーチーですって？　僧院長？　ちょっと待って、待ってちょうだいったら、どこへ行くんです、パフヌーチーってなんのことです？」なんとしても腹立ちがおさまらず、ほとんどパニック状態の夫人が、走り去っていく夫の後ろから叫んだ。

「いやなに、きみ、昔そんな名の僧院長がいたんだよ……で、わたしの行き先は伯爵のところだ、わたしを待っておられるんだ、前々からね、しかも、わざわざ時間まで指定してくれて……公爵、じゃあまた、のちほど！」

将軍は足早に遠ざかっていった。

「どこの伯爵かは、ちゃんとお見通しですよ」エリザヴェータ夫人が語気するどく言い放つと、いらだたしげに公爵のほうに目をやった。「ええと、なんでしたっけ！」夫人は記憶をたどりながら、いかにもいまいましげに、吐き捨てるような調子で切りだした。「ええと、なんのことでしたっけ？　ああ、そうそう。その僧院長って、なんです？」

「Maman（ママ）」アレクサンドラがそう言いかけたのを見て、アグラーヤが床をとんと踏み鳴らした。

「邪魔しないで、アレクサンドラさん」切り口上で将軍夫人が注意した。「わたしだって知りたいんですから。さ、ここにおすわりなさいな、公爵。ほら、ここの肘掛けに、反対側の、そこじゃなくて、こっちの陽が当たっているほうですよ、もっと明るいところに寄って、わたしにはっきり見えるようにね。で、なんのことです、その僧院長っていうのは？」

「僧院長のパフヌーチーです」公爵は慎重に、まじめな調子で答えた。

「パフヌーチーですって？　面白そう。で、いったいどういう人物なんですの？」

将軍夫人は、公爵から目をそらすことなく、いかにもじれったそうに早口で尋ねた。公爵がそれに答えはじめると、夫人は彼のひとことひとことにうなずいてみせた。「僧院長パフヌーチーといっても、十四世紀の人でしてね」公爵は話し出した。「この人は、今でいうコストロマー県を流れるヴォルガ河畔の、とある僧院を管理していたんです。清廉な暮らしぶりで知られた人で、キプチャク汗国《ハン》にも出かけていき、当時の国務を助け、ある文書にも署名しているんですが、この署名の写しというのを見たことがありましてね。で、その筆跡が気に入ってしまったものですから、ぼくも勉強を始めました。さっき、ぼくを職につけてくださるのに、どんな字を書くか見たいと将軍がおっしゃられたものですから、いろんな字体でいくつかの文章を書いてお見せしました。で、そのなかのひとつに、『僧院長パフヌーチーみずから署名す』という文章を、パフヌーチー僧院長の筆跡にまねて書いたものがありまして。将軍はとてもお気に召したようで、で、いま思い出されたというわけなんです」

「アグラーヤ」と将軍夫人が言った。「覚えておいて、パフヌーチーだよ。それより、書きとめてくれたほうがいい、でないと、いつだって物忘れしてばかりだもの。でもね、こっちはもっと面白い話かと思っていたんですよ。で、その署名ってどこにあるんです?」

「将軍の執務室の机の上に置いたままのようです」

「それじゃ、今すぐに持ってこさせましょう」

「いや、もしよろしければ、もういちど書いて差しあげます」

「もちろんよ、maman（ママ）」アレクサンドラが言った。「でも、もう朝食にしたほうがよくないかしら、だって、おなかがぺこぺこですもの」

「それもそうね」夫人が言った。「行きましょう、公爵、あなたもぺこぺこなんでしょう?」

「はい、ほんとうにおなかがすいてきました。心から感謝します」

「礼儀正しくてほんとうにいいわ。わかりますよ、あなた、ぜんぜん……変人なんかじゃない、さっき、紹介されたときに言われたみたいなね。さあ行きましょう。ほら、ここにすわって。わたしの向かいに」食事室では、夫人はかいがいしく気を配りながら公爵を椅子に座らせた。「あなたのこと、眺めていたいの。アレクサンドラ、アデライーダ、さあ、公爵にちゃんとご馳走《ちそう》してあげて。ねえそうでしょう、この人、ぜんぜん……病人なんかじゃない。ひょっとして、ナプキンなんかもいらないかもしれない……ねえ公爵、お食事のときは、ナプキンをかけてもらってました?」

「むかし、七歳ぐらいのときはかけてもらったような気がします、でも今は、食事どきはふつう膝の上にナプキンを置きますが」

「そうよね。で、発作のほうは？」

「発作ですか？」いくらか驚いたように公爵は声を上げた。「今は、ほんとうにまれにしか起こらなくなっています。でも、わかりません。こちらの気候はどうもぼくの体に合わないようで」

「きちんと話せるじゃないの」夫人は、公爵の言葉のひとつひとつに頷き、娘たちのほうに向きなおりながら、注意するように言った。「こんなふうとは思ってもみなかったわ。ということは、何もかもくだらないでまかせだったってわけね。いつもと同じよ。さあ、召し上がって公爵、そして、お話ししてちょうだい。あなた、生まれはどこ？　育ったのは？　わたし、何もかも知りたいんです。だって、ほんとうに興味あるんですから」

公爵はひとことお礼を言い、旺盛な食欲を見せながら、今朝すでにいちどならず話してきかせた内容を、一部始終、改めて話しはじめた。夫人は、ますます上機嫌になり、娘たちもかなり注意深く話に聴きいっていた。親戚の名前が次々と挙げられていった。公爵が、自分の家系にかなり詳しく通じていることがわかった。だが、夫人との関係をどう近づけようとしても、ふたりのあいだには、ほとんどなんの姻戚関係も見いだせなかった。双方の祖父母の代に、遠縁とみなせそうなものがある程度だった。無味乾燥な話題ではあったが、夫人は格別に気に入ったようすだった。というのも、夫人はかねがね自分の家系について話したいと強く望みながら、ほとんどいちどとしてその機会がなかったからである。それゆえ、食卓の椅子から立ちあがったときは、もう興奮状態にあった。

「それじゃ、みんなして団欒《だんらん》の間に行きましょう」彼女は言った。「コーヒーもあちらに持って来させますから。この家には、そういう共通の部屋があるんですよ」夫人は公爵のほうに向き直り、案内した。「まあ、かんたんに言えば、わたしのちょっとした客間ですけど、主人が留守のときなど、みんな集まってそれぞれ自分の好きなことをするんです。アレクサンドラは、ほら、うちの長女ですが、ピアノを弾いたり読書したり、刺繡《ししゅう》をしたりしますし、アデライーダは——そう、風景画や肖像画を描いたり（ひとつとして仕上がったためしがないんですけど）。アグラーヤはすわってるだけで、なんにもしないんです。まあそういうわたしも、やっぱり仕事が手につかなくて、何もできあがったためしがないんですけどね。さあ着きました。公爵はこちら、暖炉のほうにおかけになってお話ししてちょうだいな。わたし、知りたいんですよ、あなたがどんな話し方なさるか。それに十分に納得しておきたいんですの。ベロコンスカヤ公爵夫人と会ったとき、そう、あのおばあさんと会ったら、あなたのことを何もかも、話してさしあげようって思っているの。あの人たちにも、あなたに興味を持っていただきたいんです。さあ、話してちょうだい」

「Maman（ママ）、その言い方ってとても変な感じがするわ」アデライーダが注意した。彼女はこの間、画架を調整し、筆とパレットを手に、もうだいぶ前から手がけている、銅版画から風景を模写する作業に取りかかっていた。アレクサンドラとアグラーヤは、小ぶりのソファにいっしょに腰をかけ、腕を組みながらふたりのやりとりを聴こうと身構えていた。公爵は自分にむかって、四方から特別な注意が向けられているのを感じた。

「わたしなんか、そんなふうに命令されたら、ひとことだって話せない」アグラーヤも注意した。

「どうして？　わたしのどこが変なのよ？　どうしてこの人が話しちゃいけないの？　ちゃんと舌があるでしょうに。わたしはね、この人がどのくらい話し上手か知りたいだけですよ。さあ、何か話してちょうだい。スイスはどうだったか。最初の印象は？　ちゃんと見てなさい、すぐに話しはじめますから。それも、立派に話しはじめますからね」

「印象は、強烈でした……」公爵は切りだした。

「ほら、ほら」せっかちなエリザヴェータ夫人は、娘たちのほうに向き直り、すぐに話を引き取った。「はじまったでしょう」

「ともかくお聞きしましょうよ、maman（ママ）」アレクサンドラは母親を制止し、

「この公爵、けっこうお茶目な人かもしれない、おばかさんなんかじゃ全然ない」とアグラーヤに耳打ちした。

「きっとそう、さっきからわかっていたわ」アグラーヤは答えた。「あんな芝居うつなんて、卑劣な人。でも、あんなことして、なんの得になるっていうの？」

「最初の印象は、ひどく強烈でした」公爵はくり返した。「ドイツのいろんな町を通ってロシアから連れ出されたとき、ぼくはただ黙って眺めるだけで、何ひとつ質問しなかったのを覚えています。あれは、激しく苦しい持病の発作が、立てつづけに起こったあとのことでした。症状が強まり、発作が何回となく立てつづけに反復されると、もうすっかり頭の働きが鈍くなって、完全に記憶を失ってしまうんですね。頭が働いているとはいっても、論理的な思考の流れが寸断されてしまうみたいな感じなんです。考えが二つか三つ以上になると、もう順序立てて結びつけることができません。そんなふうな感じでした。で、発作が治まると、再び元気になって力も出てくるんで

す、今ごらんになっている通りです。今でも覚えていますが、気分の重さといったら、それはもう耐えがたいほどでした。泣きたくなるほどでした。四六時中、驚いてばかりで、不安で仕方ないのです。とりわけ恐ろしい作用を及ぼしたのが、見るものすべてが無縁だという思いです。それだけは理解できました。無縁なものに殺されようとしていました。この暗闇からすっかり目を覚ますことができたのは、今もよく覚えていますが、スイスの町バーゼルに入った夕方のことです。町の市場にいたロバの声に呼び覚まされたのです。このロバにはひどく驚かされて、なぜだか、途方もなく気に入ってしまいました。それと同時に、ぼくの頭のなかは、何もかもがからりと晴れわたったような気がしました」

「ロバですって？　おかしな話だわ」夫人が言葉をはさんだ。「でもまあ、べつにおかしくもないわね、うちのだれかさんなんか、そんなロバに恋するかもしれませんし」笑い声を立てている娘たちを腹立たしげににらみながら、夫人が言った。「それって、むかしの神話にも出てくる話ですよ。さあ話を続けて、公爵」

「それ以来、ロバがむしょうに好きになってしまいました。何かシンパシーのようなものまで感じるんです。で、ロバについていろいろと尋ねてまわりました。だって、これまで見たこともなかったからです。で、すぐに納得したんです。ロバというのは働き者で、力がつよく、我慢するし、安くて頑健で、ものすごく有益な動物だってことです。で、このロバのおかげで、スイスという国全体が急に好きになり、それまでの鬱《うつ》もすっかり消え去ってしまったのです」

「何もかも、ずいぶんとおかしな話ですこと。でも、ロバの話はもうたくさん。さ、別の話題に移りましょう。何をずっと笑ってばかりいるの、アグラーヤ？　おまえもよ、アデライーダ？　公爵は立派にロバのお話をしてくださったじゃないの。自分の目でちゃんとごらんになったのよ、おまえなんか、何を見たっていうの？　外国に行ったことだってないでしょう？」

「わたし、ロバを見たことがあるわ、maman（ママ）」アデライーダが答えた。

「わたしは鳴き声を聞いたことがある」アグラーヤが続いた。三人の娘たちがまた笑い出した。公爵も一緒になって笑い出した。

「おまえたち、ほんとうに行儀が悪いんだから」夫人が注意した。「公爵、この子たちのこと、大目に見てあげてね、根はいい娘たちなんですから。この娘たちとはもう、しょっちゅう喧嘩ばかり、でも愛しているの。蓮《はす》っ葉《ぱ》で、そそっかしくて、無分別なところがあるけれど」

「どうしてです？」公爵が笑いながら言った。「ぼくだって、お嬢さんたちの立場だったら、笑うチャンスは逃さなかったと思いますよ。でも、ぼくはやっぱりロバの味方ですね。ロバって、根が優しくて役に立つ人間のことですから」

「それじゃあ、あなたは優しい人ですの、公爵？　ちょっと興味があるので聞きますけど」夫人は尋ねた。

一同が笑い出した。

「また、あのいまいましいロバの話に戻ってしまった。ロバのことなんか、てんで頭になかったのに！」夫人が叫んだ。「どうか、信じてくださいね、公爵、べつにわたし……」

「当てこすりのつもりはなかった？　ええ、信じますとも、文句なしに！」

公爵もそう言って、はてしなく笑いつづけた。

「ああ、ほんとうに良かった、笑ってくださって。あなたってほんとうに優しい人のようだわ」夫人が言った。

「ときどき、優しくないときもあるんです」公爵は答えた。

「あら、わたしは優しいわ」思いがけず夫人が切り返した。「いつも優しいって言ってもいいくらいでね、それが唯一の欠点なの。だって、いつも優しいばかりじゃよくないですもの。で、ほんとうにしょっちゅう癇癪を起こすんです。ほら、この娘たちにたいしてもそうだし、とくに主人にたいしてはね。悔しいのは、癇癪を起こしているときがいちばん優しいってこと。さっきもあなたがお見えになる前、すっかり腹を立ててしまって、自分は何もわからないし、わかりたくもないって、大見得《おおみえ》きって見せたんです。そういうことがしょっちゅうなんです。まるで子どもみたいでしょ。アグラーヤにもお説教されました。ありがとう、アグラーヤ。そうはいっても、何もかもくだらないことばかり。わたしだって、見かけほどはバカじゃありませんよ。娘たちがそう思いたがっているほどにはね。どちらかというと気がつよいほうだし、べつに恥ずかしがり屋でもありませんから。もっともわたし、べつに悪意でこんな言い方してるんじゃないんです。こっちにいらっしゃい、アグラーヤ、わたしにキスしておくれ、さあ……そう優しくしてくれなくてもいいわ」アグラーヤが心をこめて夫人の唇と手にキスをしているとき、夫人はそう注意した。「公爵、さあ続けてちょうだい。よかったら何か、ロバの話よりもっと面白いお話を思い出してくださいな」

「やっぱりわからない。どうしてそんなふうにオープンに話ができるのか」アデライーダがまた口をはさんだ。「わたしだったら、ぜったいにまごついてしまうもの」

「公爵はだいじょうぶなの。だって、公爵はものすごく賢くてらっしゃるし、おまえなんかより最低十倍、いや、ひょっとして十二倍くらい賢いかもしれないんですから。

あとでそのことが実感できるといいわ。さあ、公爵。この娘たちにそれを証明してくださいな、話を続けて。でもロバの話は、ほんとうにもう切りあげてくださっていいわ。で、ロバ以外に、向こうでは何をごらんになったの？」

「でも、ロバのお話だって気がきいていましたわ」アレクサンドラが口をはさんだ。「とっても面白くご自分の病気の様子を話してくださったし。それに、ちょっとした外からの刺激で、何もかもが好きになってしまったっていうお話なんか。わたし、人がどんなふうに気が触れ、それからまた正気を取りもどすかっていうことに、いつも興味があったんです。それが急に起こった場合なんか、とくにね」

「そうでしょう？　そうでしょう？」夫人は声を上げた。「おまえもたまには気のきいたこと言うのね。でも、馬鹿笑いはもういい加減になさい！　あなたがさっき話を止《や》めたのは、たしかスイスの自然のところだったかしら、公爵、さあ！」

「ぼくたち、ルツェルンに到着すると、湖めぐりに連れていかれました。湖はとてもすばらしかったのですが、同時に恐ろしく重苦しい気分でした」公爵は言った。

「どうしてです？」アレクサンドラが尋ねた。

「わかりません。ああいう自然に初めて接するときって、いつも重苦しく、不安な気分になるんです。楽しくもあれば、不安でもあるといった感じです。もっとも、この話はみんな病気をしている最中のことですが」

「ふうん、でも、わたしもすごく見てみたい」アデライーダが言った。「でも、いつになったら外国に行けるかわかりませんけど。わたしなんか、もう二年間も絵の題材が見つけられずにいるんですよ。

東の国も、西の国も、とうの昔に描かれ……

公爵、何か絵の題材を見つけてくださいません？」

「ぼくは、絵のことはさっぱりわからないんです。ただ見て、それを描けばいいような気がしますが」

「その見方がわからないんですよ」

「いったいなにを、謎かけ問答みたいな話してるの？　ちっともわかりませんよ！」夫人が話を遮った。「見方がわからないって、いったいどういうこと？　目があるんだから、見ればいいじゃないの。ここにいて見方がわからないなんていうなら、向こうに行ったって、見えるようにはなりませんよ。それより公爵、お話ししてくださいな、ご自分の目でどうごらんになったか」

「そう、そのほうがいいわ」アデライーダが言い添えた。「だって公爵は、外国で、ものを見るすべを学ばれたわけですものね」

「どうでしょうか。向こうでは、たんに健康を取りもどしただけですから。ものを見るすべを学べたかどうかなんて、わかりません。といっても、だいたいのところはずっと、とても幸せでした」

「幸せですって！　あなた、幸せになる方法、ご存じなの？」アグラーヤが叫んだ。「だったら、どうしてものを見るすべを学べなかったなんておっしゃるの？　わたしたちに教えることだってできるでしょうに」

「どうか、教えてください」アデライーダが笑いながら言った。

「何も教えられませんよ」公爵も笑っていた。「外国にいるあいだは、ほとんどの時間、このスイスの村で暮らしていましたし、ときたま、どこか近場に出かけていくくらいでしたからね。そんなぼくに、あなた方に教えることなんてとてもできません。初めのうちは、たんに退屈じゃないというだけのことでした。そのうち体もよくなっていきました。すると、一日一日が尊いものになっていきました。日が経てば経つほど尊いものになっていくので、それに気づくようになったのです。夜はとても満ち足りた気分で眠りにつき、朝目がさめるとき、さらに幸せな気分なのです。どうしてそんなふうなことになったのか、——なかなか、かんたんには説明できません」

「それで、あなたは、どこにも行く気になれなかったし、行きたいという気持ちも起こらなかったということですね？」アレクサンドラが尋ねた。

「最初のころ、それもごくはじめのうちは、そう、行きたいという気持ちになって、強い不安に陥りました。この先どうやって生きていこうかと、四六時中、考えていましたから。自分の運試しをしてみたいと思ったりして、とくに、あるときなどは不安を感じたりしたものです。おわかりになるかどうか、そういう瞬間ってあるものなんですよ、とくにひとりぼっちのときなんかに。わたしたちの村には滝がありました。小さな滝ですけど、山の上からほんとうに細い糸のように、ほとんど垂直に水が落ちてくるんです。——轟々《ごうごう》と音をひびかせて、白く泡立っているんですよ。高いところから落ちてくるのに、かなり低く見えますし、半キロほど離れているというのに五十歩ぐらいの近さに見える。夜ごと、その滝の音を聞くのが好きでした。ところが、そういう瞬間、時として強烈な不安にとらえられるんです。また、ときには真昼どき、山のなかに入って、ひとり立っているときもそうでした。周りは、脂《やに》がたくさんついた大きな松の古木が生い茂っている。高い崖の上には、中世の古いお城が聳《そび》えている。といっても廃墟ですけどね。で、ぼくたちの村ははるか眼下にあって、かろうじて見わけがつくくらいです。太陽は明るく、空はコバルトブルーで、その静けさといったら、恐ろしいほどです。まさにそんなときなんです、ありとあらゆるものがぼくをどこかへと呼びまねいている、で、もしもこのままっすぐ歩き出し、どこまでもどこまでも歩いていって、空と太陽が交わるあの地平線の向こうへ入っていったら、そこではもうすべての謎が解けて、すぐにも新しい生活が見いだせるような気がする、ぼくたちの今の生活より一千倍も力づよく、にぎやかな生活が見いだせるような気がするんですね。ぼくはずっと、ナポリのような大都会を夢に見ていました。そこはあらゆるところに、宮殿が、賑《にぎ》わいが、どよめきが、生活があるんです……そう、ほんとうにいろんな夢を見たものです！　で、それ以後、ぼくは、牢獄のなかにあっても、大いなる生活が見いだせるような気がしたものです」

「最後の、そのほんとうにすばらしいお考えですが、わたし、十二歳くらいのときに、『読本』で読んだことがあります」アグラーヤが言った。

「それが哲学っていうものね」アデライーダが口をはさんだ。「あなたは哲学者で、わたしたちに説教しにいらっしゃったのね」

「そのとおりかもしれません」公爵は、にこりと笑顔を浮かべた。「ぼくはたしかに哲学者かもしれませんし、じっさい、人に何かを教えたいという気持ちがないとは言いきれないのです……いや、ほんとうにそうかもしれません。ほんとうに……」

「それに、あなたの哲学は、エヴラムピアさんのとまるでそっくりですもの」アグラーヤがまた言葉を継いだ。「そういうお役人の未亡人がうちに来るんです。居候《いそうろう》みたいにしてね。その人に言わせると、人生の課題というのは、すべて安くあげるということに尽きるんだそうです。生活をできるだけ安くあげたいので、小銭の話題しか口にしないんです。そのくせですよ、どうでしょう、ちゃんとお金を持っているんです。ずるい人なんですね。あなたのいう、牢獄のなかでの大いなる生活っていうのも、それとまるきり同じですわ。それに、ことによったら四年間の村での幸せな暮らしというのもね。それと引き替えに、ナポリの町を売ってしまわれたわけでしょう。小銭程度とはいっても、儲けはそれなりにあったようですし」

「牢獄での生活という点については、同意しかねるところがあります」と公爵は言った。「ぼくは、十二年間、牢獄で暮らした人の話を聞いたことがあるんです。ぼくと同じ先生の治療を受けていた患者のひとりですがね。発作持ちでして、ときおり不安になって泣きだしたり、いちどは自殺を企てたこともありました。その男の牢獄での暮らしというのは、とてつもなく悲惨なものだったようですが、はっきり言ってそれがしみったれたものでなかったことはもちろんです。その男の馴染《なじ》みといったら、一匹の蜘蛛《くも》と、窓ぎわに生えていた一本の小さな木ぐらいでした……でもみなさんには、ぼくが去年経験した、ある別の男との出会いの話をしたほうがよいかもしれませんね。この出会いには、ひとつだけ非常に変わった事情がからんでいました。奇妙というのは、そう、こういう偶然は、ほんとうにめったにしか起こらないからなんです。その男はあるとき、他の連中といっしょに処刑台に立たされ、政治的な犯罪を理由に銃殺刑の判決を下されました。それから二十分ほどして恩赦が下され、罪一等を減じられたんです。そうは言ってもこの男は、このふたつの判決のあいだの二十分、ないしは少なくとも十五分間、自分は今から数分したら突然死ぬのだという、紛れもない確信のもとに生きていたわけですね。その男はときどき、当時の印象を話してくれたのですが、ぼくはそれがむしょうに聞きたくて、何度となく矢つぎばやに質問を浴びせたりしたものでした。その男は、何もかも異常なくらい鮮明に覚えていて、その数分間の出来事は、何ひとつ忘れることはないだろうと話していました。民衆や兵士たちが取り囲んでいる処刑場から二十歩ほど離れたところには、三本の杭が地面に打ちつけられています。囚人が何人かいたからです。最初の三人がその杭のほうに連れていかれ、縛りつけられて、死刑服を着せられました（白くて裾長の上着です）。さらに、銃が見えないように、白い帽子をまぶかに被《かぶ》せられました。それから、それぞれの杭に向かって、数人の兵士からなる射撃隊が整列しました。ぼくの知人は、順番で言うと先頭から八人目にあたっていましたから、その杭には三番目に向かわされるはずでした。司祭が、十字架をもって順ぐりに三人を回っていきます。残された時間は五分間、それ以上は生きられないというところまで来ていました。知人の話では、この五分間が無限の長さのように、莫大な財産のように思われたというのです。この五分間に、いくつもの人生を生きられるような気がして、今はべつに最後の瞬間について何も考える必要はないと思い、頭をいろいろめぐらしたのだそうです。仲間たちとの別れの時間を計算して、これに二分間を割り当て、それから、最後に自分のことを考えるための時間としてさらに二分を割り当て、残りはこれを見納めにと、周囲をじっくり見まわすための時間に割り当てたわけです。彼は、自分がまさにこの三分割を行ったこと、そして時間の計算をしたことを、非常にはっきりと覚えていました。死を前にした彼は二十七歳、体は頑健そのものでした。仲間と別れを告げるとき、そのなかのひとりに向かって、その場にまるでそぐわない質問をして、どんな答えが戻ってくるかと強い興味にかられたことを覚えていました。それから、仲間との告別が済むと、自分のことを考えるためにとっておいた二分がやってきました。知人は、自分が何を考えるか前もってわかっていたようです。今、これからどうなるかということを、できるだけすばやく、はっきりと想像したいと願っていたのです。つまり、自分はいまここに存在し、生きているが、三分後にはもはや何ものかになっている、だれかに、何かになっている。だとしたら、それはだれか？　はたしてどこにいるのか？　そうしたもろもろの疑問を、この二分間のうちに解いてみたいと思っていたのです！　さほど遠くないところに教会が立っていて、金色の屋根のついた寺院のてっぺんが、燦々《さんさん》たる太陽の光に照りはえています。彼はその屋根と、屋根に照りはえる光線をじっと凝視するうち、その光線から目が離せなくなったそうです。そして、その光線が自分の新しい自然であり、三分後にはその光線と解け合ってしまう、そんな気がしたというのです……いますぐにでも訪れてこようとしている、この新しいものへの不安と嫌悪が、とても恐ろしかったと言います。でも、彼はこうも言ったんです。このとき自分にとって、『もしも死なずにすんだら、どんなだろう！　かりに生命を取りもどすことができたら、どんなだろう、――なんという無限か！　そのときはすべてが自分のものになるのだ！　そのときは一分一分を一世紀に見立て、何ひとつ失うようなことはしない、一分一分をカウントし、何ひとつむだにしない！』と、もうひっきりなしに襲ってくるその思いほど、苦しいものはなかったとね。その考えが、やがてはあまりに強い憎しみに変わっていったので、一刻も早く銃殺してほしいという気にすらなったんだそうです」

公爵はそこでふっと黙り込んだ。彼が話をつづけ、何がしかの結論を導き出してくれるのを、一同は待ち受けていた。

「それで話はおしまいですか?」アグラーヤが尋ねた。

「え?　おしまいです」ほんの少しの物思いからわれに返って、公爵は答えた。

「でも、いったいどんなおつもりで、今の話なさったんです?」

「ただなんとなく……思い出したもので……話題のひとつにでもと思って……」

「話がずいぶん飛び飛びでしたね」アレクサンドラが言った。「公爵、あなたはきっとこう結論づけたかったのですよね。一瞬たりともお金に換算することはできない、五分間が宝物よりずっと貴重なときもある、と。それはたしかに立派なお考えですけど、でも失礼ですが、あなたにそういう受難話をなさったご友人は、けっきょくどうなりました……だって減刑になったわけでしょう、だとすると、その『無限の生命』とやらを授かったわけじゃないんですの。で、その方は、その後、その財産とやらをどうなさったのでしょう?　一分一分を、それこそ『カウント』しながら過ごされたんでしょうか?」

「それが、そうじゃないんです、彼は自分でも言っていましたが、——ぼくもすでにそのことについて質問したのですが――まるでそれとは違った生き方をし、それこそ莫大な時間を無駄にしたそうです」

「なるほどね、てことは、あなたにとってもよい経験になったってことですね、つまり、じっさいに『時間をカウント』しながら生きるのは無理、どういうわけか無理ってことですね」

「ええ、どういうわけか、無理ってことなんです」公爵は鸚鵡返《おうむがえ》しにそう言った。

「ぼく自身もそんなふうな気がしていました……しかし、とは言っても、どういうわけか、そうとばかりも信じられないんです……」

「とおっしゃると、あなたは、だれよりも賢い生き方ができるって、そうお考えなの？」アグラーヤが言った。

「ええ、たまに、そんなふうな気持ちになったことがあるんです」

「今もそんなふうなお気持ちになってらっしゃるの？」

「今も……そんなふうな気持ちに」公爵はやはり穏やかな、どこか怯えたような笑みを浮かべて、アグラーヤを見やりながら答えた。だがすぐにまた笑いだし、楽しそうに彼女のほうを見つめた。

「まあ、謙虚な方だこと！」ほとんど苛立たしげに、アグラーヤが言った。

「それにしてもあなた方って、ほんとうに勇敢なんですね。だって、そうやって笑ってらっしゃるんですから。ぼくなんか、その人の話にあんまりショックを受けて、あとで夢に見たくらいなんですよ。そう、いま言った五分間を……」

公爵は探るような真剣な目で、もういちど聞き手たちを見まわした。

「何かぼくに腹を立てていらっしゃいませんか?」公爵はふいに、いかにも当惑した様子で、一同の目を見すえながら尋ねた。

「どうして?」驚きのあまり、三人の娘たちは声をそろえて叫んだ。

「だって、そうでしょう、ぼくは、なんだか、ずっとお説教ばかりしているみたいで……」

一同は吹き出した。

「もし怒ってらっしゃるのでしたら、怒らないでください」彼は言った。「他の人より人生経験が少ないですし、世の中のことがだれよりもわかっていないことぐらい、自分でも承知してますから。それにひょっとして、ぼくはときどき非常に変な言い回しをしているかもしれませんし……」

そう言うと、公爵はすっかりどぎまぎしてしまった。

「ご自分で幸せだったとおっしゃるのでしたら、それはつまり人生経験が少ないってことじゃなく、むしろ多かったってことじゃないかしら。それなのに、どうして嘘っぽく謝ったりされるんです？」アグラーヤがはげしく突っかかった。「わたしたちに説教しているってことについても、ご心配は無用です。だからといって、あなたが勝ち誇っているようには全然みえないのですから。あなたのような静寂主義を貫けば、百年だって幸せいっぱいに過ごせますわ。あなたは死刑を見せられようと、指一本を見せられようと、そのどっちからでもひとしく崇高な思想を取り出して、しかも、それでご満悦なのでしょうね。そんなのなら、長生きもできますわ」

「おまえはなんだってそうかりかりしているんだい、まったく」やりとりするふたりの顔をさっきから観察していた将軍夫人が、話を引き取った。「それに、なんのことを話しているのかもわかりませんよ。指一本がどうしただって、まったくばかばかしい。公爵は立派にお話しなさっているじゃないの、ただ、ちょっと暗い話だけれど。それなのに、おまえったら、どうしてこの人の気持ちをくじくようなことを言うの？この人、話しはじめたときは笑ってらっしゃったのに、今はもうすっかりしょげてるじゃないか」

「だいじょうぶよ、maman（ママ）。でも公爵、あなたが死刑をごらんになっていないのがとても残念、ひとつ質問したいことがあったんです」

「死刑なら見たことありますよ」公爵は答えた。

「見た、ですって？」アグラーヤが叫んだ。「わたしって、なんて迂闊《うかつ》だったのかしら⁉ それなら、ぜんぶが揃ったことになるわね。でも、もし、死刑を見ておられるのなら、どうしてずっと幸せに過ごしてきました、なんておっしゃれるんです？ わたしの言っていること、まちがってます？」

「あなたの村でほんとうに死刑があったんですか？」アデライーダが尋ねた。

「いえ、ぼくが見たのはリヨンです。シュナイダー先生に連れられて、その町に行ったんです。着いたとたん、死刑に出くわしました」

「で、どうだったんです、すごく気に入ったんでしょう？ ためになることがいろいろあったんでしょう？ 役立つことが？」アグラーヤが尋ねた。

「ぜんぜん気に入りませんでした。そのあと、病気が少し悪化したくらいです。でも正直言って、釘づけになったも同然でした。目が離せなかったんです」

「わたしだって目が離せなかったと思う」アグラーヤが言った。

「向こうでは、女の人が見に来るのをとても嫌がって、あとでそういう女の人たちのことが新聞に書き立てられるほどです」

「つまりそういうのは、女性の関知すべき問題じゃないと見られているわけね。それでもって、これはまさしく男性の問題だってことが言いたい（つまり正当化したい）、なかなか結構な理屈じゃないの。あなたももちろん、そうお考えなんでしょう？」

「死刑のお話、してください」アデライーダが割り込んだ。

「いまはどうも、そういう気持ちになれません……」公爵は困惑し、顔をしかめたように見えた。

「わたしたちに話すのがもったいないんでしょ」アグラーヤが嫌味を込めて言った。

「そうじゃないんです。ついさっき同じ話をしたばかりだからです」

「だれにお話しされたんです？」

「こちらの取り次ぎの方に、待っているあいだ……」

「取り次ぎって、どの？」四方からいっせいに声があがった。

「ほら、玄関に座っている白髪まじりで赤ら顔の人。ご主人の執務室に通してもらうため、玄関に座って待っていたんです」

「それ、おかしな話ね」夫人が注意をはさんだ。

「公爵って庶民派なのよ」ぶっきらぼうな調子でアグラーヤが言った。「そうよ、アレクセイにお話しになったのなら、わたしたちにたいして断れるわけはないでしょ」

「ぜひともうかがいたいわ」アデライーダがくり返した。

「さっき、たしか」公爵は少し元気をとりもどした様子で、彼女のほうに向き直った（どうやら公爵は、すばやく、しかもあれこれ悩まずに回復するたちらしかった）。「たしかにぼくの頭にアイデアが浮かんだんです。絵の題材について尋ねられたとき、あなたにこんな題材ならお勧めできるかもしれないって。つまり、ギロチンの刃が落ちてくる一分前の死刑囚の顔を描くんです。死刑囚がその台に寝かされる直前、彼がまだ処刑台に立ったままの状態でいるときの顔です」

「まあ、顔を？　顔だけですか？」アデライーダが尋ねた。「奇妙な題材ですわ、いったいどんな絵ができあがるかしら？」

「ぼくにはわかりません。でもだいじょうぶです」公爵は熱くなって勧めた。「ぼくは最近、バーゼルの町でそういう絵を一枚見ました。ぜひともその話をしてあげたいんですが……。いずれお話ししますね……ものすごいショックを受けました」

「バーゼルの絵の話は、あとでぜひしていただきますね」アデライーダが言った。「でも、いまはその死刑の絵をくわしく解説してほしいんです。あなたが心のなかでイメージされているとおり、伝えていただけますか？　どんなふうにその顔を描いたらいいんです？　そう、それって顔だけですか？　いったい、どんな顔をしているんです？」

「死刑まできっかり一分です」公爵は満を持して話しはじめたが、どうやら思い出すことに気をうばわれ、ほかのことはすべて忘れ果てている様子だった。「その男が階段をのぼり、処刑台に足をかける、まさにその瞬間です。そこで男は、ちらりとぼくのほうを見ました。ぼくもその男の顔を見て、すべてを理解しました……それにしても、どうやってあのときのことをお話ししたらいいか！　ぼくはもう、あなたか他のだれかにこれを描いてもらいたくて、うずうずしているんです！　あなたに描いていただくのがいちばんいいんでしょうが。ぼくは、そのときこう思ったんです。この絵はきっとだれかの役に立つ、ってね。で、いいですか。この絵では、すべてを表現しなければならないんです。それまであったものすべてです。彼はそれまで牢獄にいて、処刑は少なくとも一週間ぐらい先のことだろうと思っていた。どういうわけか彼は、ごくふつうの形式上の手続きを当てにしていて、書類はまだどこかを回っていて、一週間しなければもどってこないと甘く考えている。ところが何かの事情があって、手続きの期間が急に短縮されてしまった。朝の五時、彼はまだ眠っています。十月の終わりのことですから、五時といえば、まだ寒くて暗い。刑務所長が刑吏《けいり》をしたがえ、そうっと中に入ってきます。そして注意深く彼の肩に触れる。男は両肘をついたまま起き上がると、――明かりが目に入ってくる。『いったいなんです？』――『九時すぎに死刑執行です』。起きがけの彼には、相手の言うことがにわかに信じられません。で、書類が回ってくるのは一週間後のことでしょうと、議論をふっかけようとするのですが、すっかり目が覚めるというと、議論をあきらめ、ふっと黙り込んでしまいます――そんなふうな様子だったと、ある人が話してくれました――それから男は、『それにしても、こんなに急じゃやりきれん……』と言ってまた黙り込んでしまい、それきりもう、何もしゃべろうとはしなかったそうです。それから三、四時間が、お定まりの手順に費やされました。司祭が訪ねてきたり、食事が出されたり。これにはワイン、コーヒー、牛肉が出されました（どうです、人をばかにした話でしょう？だって残酷きわまりないじゃないですか、でもあの無邪気な連中に言わせると、これは純粋な気持ちからやっていることで、これこそが博愛の精神だと信じて疑わないんですからね）。それから、身じたくです（死刑囚の身じたくがいったいどんなものか、ご存じですか？）。で、とうとう処刑台まで町を引き回されていきます……こうして引き回されているあいだも、生きられる時間がまだ無限にあるような気がしてるんだと思います。きっと彼は、道々こんなふうなことを考えていたんじゃないか。『もうしばらく先がある。通り三つ分はまだ生きられる、いまここを通り過ぎても、このあとまだ向こうの通りが残っている。それからもう一本ある、右手にパン屋のあるあの通りだ……あのパン屋にたどり着くまで、先はまだ長い！』。まわりを群衆が取り巻いています。叫び声、ざわめき、何千何万という人の顔と目、――こういったものに耐えなくてはなりません、でも、何よりも耐えがたいのはこういう考えです。『見ろ、ここに一万人もの人間がいて、連中のだれひとり処刑されないのに、よりによってこのおれだけが処刑される！』。まあ、こういったことは前置きにすぎないんですね。処刑台には小さな梯子《はしご》がかかっていました。彼はその梯子の前で、急に泣き出してしまいます。それも、人々の話だと、力もちで雄々しくて、とんでもない悪党といわれた男がです。男には、司祭がずっと付きしたがっていました。馬車のなかでもいっしょで、ひっきりなしに話しかけてきましたが、――男の耳にはほとんど何も入っていません。話を聞こうとはするのですが、三言《みこと》めからは、もうわからなくなってしまうのです。それもそのはずです。やがて梯子を上りはじめます。両足を縛られているので、小股でしか前に進めません。司祭はおそらく、賢い人物だったのでしょうね。話しかけるのをやめ、その男にずっと十字架にキスをさせていました。梯子の下にいるときの彼はひどく青ざめていましたが、梯子を上り、処刑台に立つというと、顔がまるで紙のように、そう、白い便箋《びんせん》のように急に真っ白に変わりました。おそらく足が萎《な》えて、思うように動かず、吐き気までしていたにちがいありません――首を絞めつけられ、そのせいでむずがゆくなるみたいな感じです——そんな感覚、経験したことがあるでしょう？　びっくりしたときとか、ものすごく恐ろしい瞬間とかに。頭はしっかり働いているのに、まるで体が言うことをきかないといった感覚です。で、思うんですけど、たとえばもう絶対に避けられない破滅が降りかかってくる、つまり家屋が頭上から崩れおちてくるといった場合、人はもう急にそこに座り込んで目を閉じ、どうとでもなれとばかりに、居直りたくなるものです……で、そうして力が抜けかけたところで、司祭はここぞとばかりに、黙ったまま非常にすばやいしぐさで、彼の唇にいきなり十字架を差しだすのです。ほんとうに小さな、銀製の十字架ですが、——それを頻繁に、何度も何度もあてがうんですよ。そして十字架が唇に触れたとたん、男はかっと目を開き、何秒間かまた元気を取りもどして、両足が前に進んで行く。彼はむさぼるように十字架にキスをしていました。慌ててキスをするのですが、それがまるで、いざというときへの蓄えを必死に貯《た》めこんでおこうとする、みたいな感じなんですね。でもこの瞬間、男は何か宗教的なものなんてほとんど自覚できていないようなのです。そんなふうな状態が、ギロチン台に寝かされるまで続きます……不思議なのは、こういったぎりぎりの瞬間にあっても、人はめったに卒倒しないということです！　それどころか、頭は異常なほど澄みきり、まるで走っている機関車みたいに、すさまじい勢いでフル稼働しているにちがいないのです。ぼくはこんなふうに想像するんですよ。その人の頭のなかにはいろんな考えが次々と湧いてくる、どれもこれも尻切れトンボですし、ひょっとしたらこの場とはまるで関係のない考えもある。『おや、あそこでこっちを見ているやつ、――あいつのおでこに疣《いぼ》がある、おや、この執行人の服のボタンが一個錆《さ》びてる』といった具合です……ところがそのいっぽうで、男は何もかもわかっているし、何もかも記憶している。つまり絶対に忘れられない一点があって、そのために卒倒するわけにもいかない。何もかもがその点、その一点のまわりをぐるぐると回転しているんですね。そんな状態が、最後の四分の一秒まで続くと考えてください。でもそのときはもう頭がギロチン台の上に横たえられ、待ちかまえている、そして……わかっている。するとふいに上から、するするっと鉄の刃が落ちてくる音が聞こえる！　これは必ず聞こえるはずです！　もしこのぼくがそこに横たわっていたとしたら、ぼくは意識的に耳を澄まし、その音に耳を傾けるでしょうね！　そのときにはもう、一瞬の十分の一ぐらいしか残されていないかもしれません、でも、かならず聞きつけるにちがいないんです！　それに、どうでしょう。今でもいろいろと議論されていることですが、ひょっとして頭を切り落とされたあとでも、まだ一秒間ぐらいは、自分の頭が切り落とされたことを知っているかもしれないといわれています——なんという考え方でしょうか！　でも、もしそれが五秒間だとしたら！……ギロチン台は、梯子の最後の一段だけがはっきりと、まぢかに見えるように描いてください。死刑囚がそこに足をかけたところです。頭の部分、そう、顔はもう紙のように蒼白で、司祭が十字架を差しだしている。男は青ざめた唇を食いつくように突き出し、じっと見つめている、そして——何もかも知りぬいているのです。十字架と頭部、これが図柄です。司祭の顔、刑吏とふたりの助手の顔、下のほうにいる何人かの頭と目——そういったものは、背景の一部として曖昧に、いわばアクセサリーとして描いておけばいいでしょうね……これがぼくの考える図柄です」

公爵は口を閉ざし、一同を見まわした。

「ここまでくると、むろん静寂主義とは次元のちがう話だわ」アレクサンドラがひとりごとのように言った。

「それじゃ、今度は、あなたがなさった恋のお話を聞かせて」アデライーダが言った。

公爵は驚いたように彼女のほうを見やった。

「いいかしら」アデライーダは慌てたような調子で言った。「あなたにはまだバーゼルの絵の話が残っていますけど、今は、あなたがどんな恋をなさったか聞きたいんです。隠してもだめ、あなたは恋をなさったことがあるんですから。それに、恋の話をなされば、哲学者みたいに固いところがすぐになくなりますわ」

「それにあなたって、いったんお話を終えるとすぐ、お話しされたことを恥ずかしがるでしょう」アグラーヤがふいに口をはさんだ。「それってなぜかしら？」

「あれまあ、なんてばかな口をきくの？」将軍夫人は憤慨したような表情で、アグラーヤをにらみながら断ちきるように言った。

「たしかに、ばかくさいわね」アレクサンドラも相槌を打った。

「公爵、この娘の言うことなんか真に受けちゃだめですよ」夫人が公爵に向かって言った。「なんの恨みがあるのか、わざとああいう口のきき方をしているんですから。ほんとうはこんな行儀の悪い娘じゃないの。この娘たちがなにやかやあなたを困らせるからといって、どうか悪くは思わないでくださいね。この娘たち、たしかに何かたくらんでいるかもしれないけど、あなたのことがもう大好きになっているんですから。それぐらい、この娘たちの顔色でわかりますよ」

「ぼくもお嬢さんたちの顔色はわかっています」公爵は、口にした言葉にとくに力を込めながら言った。

「それって、どういうこと？」好奇心にかられてアデライーダが尋ねた。

「わたしたちの顔について、何がわかっているっていうの？」ほかのふたりも、にわかに好奇心にかられたらしかった。

だが、公爵は神妙な顔をしたまま黙りこくっていた。一同が彼の返事を待っていた。

「あとでお話しします」穏やかな、まじめな調子で彼は答えた。

「あなたは、どんなことをしてでも、わたしたちの興味を引きつけたいわけね」アグラーヤが叫んだ。「どこまで思わせぶりなのかしら！」

「でも、いいわ」アデライーダが慌てて口をはさんだ。「もし、あなたがそれほど人の顔を判別できる名人なんだとしたら、やっぱり恋したことがある証拠ね。つまりわたしの言ったとおりってわけ。さあ、お話になって」

「ぼくは、恋をしたことなどありません」公爵は、あいかわらず穏やかな、まじめな調子で答えた。「ぼくが幸せだったのは……そういうことじゃないんです」

「それじゃ何が、なぜ幸せだったの？」

「わかりました。お答えしましょう」公爵は、まるで深い物思いに沈んでいるかのような調子で答えた。

6

「どうやら、みなさんはいま」と言って、公爵は話を切り出した。「知りたくてたまらないって目で、このぼくをごらんになってらっしゃる。ですから、もしみなさんの好奇心を満たしてあげられないとしたら、かんかんになって怒りだすかもしれませんね。いえ、これは冗談ですよ」彼はにこやかな笑みを浮かべ、慌てて言い添えた。「あの村には……そう、あそこにいたのは、子どもばかりでした。ですから、村ではぼくは、ずっと子どもたちと、そう、子どもたちばかりといっしょに過ごしていたんです。あれはみんな村の子どもたちで、同じ学校に通っている仲間たちでした。といって、ぼくがあの子たちに何かを教えたなんてことはありません。いえいえ、村にはそのために、ジュール・ティボーっていう名前のれっきとした学校の先生がいましたからね。あるいは何か、ぼくも少しは教えたかもしれませんが、どちらかといえば、たんにいっしょに遊んでいただけです。そんな感じで、ぼくの四年間がまるまる過ぎていきました。ほかに必要なものなど、何もありませんでした。あの子たちにあらいざらい打ち明け、何ひとつ隠しごとをするようなこともありませんでした。そのうち、あの子たちの父親たちや親戚《しんせき》筋の人たちが、こぞってぼくに腹を立てるようになりました。というのも、子どもたちはもう、ぼくがいないことには何も手につかないといったような具合になってしまって、いつもぼくのまわりに集まっていたからです。学校の先生は、ぼくの天敵にまでなってしまったほどです。村にはほんとうにたくさんの敵ができてしまいましたが、すべては子どもたちが原因です。シュナイダー先生まで、ぼくをたしなめるようになったほどです。それにしても、何をそんなに恐れたかということです。子どもたちには、何もかも話していいんです、何もかも。ぼくはいつもおどろいていました。大人たちって、どうしてああも子どものことがわかっていないのか、親たちにしても、どうして自分の子どもたちのことをああもわかっていないのか、とね。まだ幼いからとか知るには早すぎるからとかいって、子どもに隠しごとをする必要なんて、まるでないんです。そんなのは、ほんとうに悲しい、不幸な考え方です！　子どもっていうのは、ほんとうによく見ぬいています。自分たちはなんでもよく理解しているのに、父親たちが自分たちのことをあまりに幼すぎる、何もわかっていないとみていることをね。大人たちは、わかっていないんです。子どもというのは、どんなに困難な問題でも、びっくりするほど立派なアドバイスを与えることができるものだっていうことを。ほんとうにそう！　あのかわいらしい小鳥たちに、心から信じきったような幸せそうな目で見つめられたら、恥ずかしくてとても騙《だま》す気にはなれません！　ぼくがあの子たちを小鳥たちと呼ぶのは、小鳥たちに勝るすばらしいものは、この世にないからです。もっとも、村の人たちがこぞってぼくに腹を立てるようになったのは、むしろ別の事件がきっかけでした……ティボー先生なんかはもう、ぼくのことをほんとうに羨《うらや》ましがっていました。彼はしきりに首を傾《かし》げ、あなたの言うことはなんでもききわけるのに、自分の言うことは何もわかってもらえないと不思議がっていました。そこで彼に、ぼくたちふたりとも、子どもには何も教えられない、むしろぼくたちのほうが子どもたちに教わるのだ、と言ってやると、彼はぼくをばかにするようになったのです。それにしても、自分自身子どもたちといっしょに暮らしながら、どうして彼は、あんなふうにぼくに嫉妬《しっと》したり、悪口を言ったりできたんでしょう！　子どもと接していると気持ちが癒《いや》されるものなのに……で、例のシュナイダー先生の施設には、ひとり患者がおりました。これがじつに不幸せな男でしてね。しかもその不幸せ加減といったら、もう、ほかのだれとも比べようがないほどひどいものでした。精神錯乱の治療のためにこの施設に入れられたのですが、思うに彼は、精神錯乱というより、むしろあまりに恐ろしい苦しみを嘗《な》めただけ、それがまさにその男の病気の正体だったということです。でも最後に、その男にとってぼくらの子どもたちがどんなに大事な存在になったか、知っていただけたら……ですが、この病人の話は後回しにしたほうがよいでしょう。とりあえず今は、すべてのいきさつをお話ししておきます。子どもたちははじめ、ぼくのことを嫌っていました。ぼくは、大人といってもこんな感じですし、いつもぐずぐず、もたもたしていましたから。それに、見た目だってそうよくはない……おまけに外国人ということもありましたし。最初、子どもたちはぼくを見てからかっていましたし、そのあと、ぼくがマリーにキスをしているのを見たときなどは、石まで投げつけてきました。といって、ぼくが彼女にキスをしたのはいちどかぎりですけれど……いや、笑わないでください」そう言って公爵は、聞き手がくすくす笑いだすのを慌てて制止した。「だって、そこには愛とか恋といった感情は、まるでなかったのですから。このマリーという女性が、どんなに不幸せな身の上かお聞きになったら、きっとぼくと同じくらい、かわいそうでたまらなくなると思います。彼女はぼくたちの村の出身でした。で、そのお母さんというのがよぼよぼのお婆さんで、彼女たちの家というのが、これまたぼろぼろの小さな家なんです。窓がふたつついていましたが、村役場の許可が下りて、そのうちのひとつを外し、そこから紐だとか、糸だとか、たばことか、石鹸《せっけん》とかを、ごくごく安い値段で売って、なんとか口すぎをしていたのです。おまけにこのお婆さんは病弱で、両足がすっかり腫《は》れているものですから、いつも同じ場所にすわりっきりでした。で、マリーはこのお婆さんの娘でして、年は二十歳前後、体が弱くてひょろひょろに痩せていました。だいぶ前から結核の兆候があったのですが、日雇いの苦しい仕事で、いつも家から家を回り歩いていたものです。——床洗いとか、下着の洗濯とか、庭掃除とか、家畜の追い込みといった仕事です。あるとき、村にやって来たフランス人の手代《コミ》が彼女に手を出し、どこかに連れ去ったあげく、一週間後にはたったひとり彼女を道端に放りだしたまま、こっそり姿をくらましてしまいました。彼女は泥だらけになり、ぼろぼろの身なりで、破れた靴をはいたまま、道々、物乞いをしながら家に戻ってきました。まる一週間というもの歩きっぱなしで、野宿しながら帰ってきたものですから、ひどい風邪をひいてしまいました。両足とも傷だらけで、手は腫れ、あかぎれに覆われていました。といっても、マリーが綺麗《きれい》だったことは以前だってありませんでしたが。ただ、目だけはおだやかで、人が好《よ》さそうで純な感じがしました。おそろしく無口でした。いつでしたか、それより以前のことですが、あるとき仕事中、急に歌を口ずさみだしたのです。みんながびっくりして笑いだしたのを覚えています。《マリーが歌を歌った！　ええっ？　マリーが歌を！》というわけで、彼女はおそろしくまごついてしまいまして、それからあとは、もう永久に口を閉ざしてしまいました。当時はまだいろんな人にかわいがられていましたが、病気になり、ずたずたの姿で村に戻ってきたときは、同情を寄せる人はまったくおりませんでした！　ああいうことにたいして、世間はほんとうに冷たいものです！　ほんとうに、きびしい考えをもっているものです！　彼女を迎えた母親の目にさえ、はじめは憎しみと軽蔑がこもっていました。『あんたのせいで世間に顔向けできない』と、こうです。母親はそうして、まっ先に娘をさらしものにしました。マリーが帰ってきたと聞きつけると、それこそ村じゅうの人々が、マリーをひと目見ようと駆けつけてきました。老人も、子どもも、女も、娘たちも、ほとんど村人全員が、好奇心もあらわにあたふたと群れをなして、そのお婆さんの小屋に殺到したのです。マリーは老母の足もとの床のうえに身を投げだし、腹を空かし、ぼろぼろの服に身をつつんだまま、しくしく泣いていました。人々が集まってくると、彼女は乱れた髪で身を隠して、うつぶせのまま床にぴたりと体をはりつけていました。まるで毛虫でも見るように、村人たちは彼女を眺めていました。年寄りたちは、あれこれ言い立てては罵《のの》り、若い連中はけらけらと笑い、女たちは罵ったり責め立てたりし、蜘蛛《くも》か何かでも見るような軽蔑の目で眺めていました。母親はすべてなすがまま、そこに腰を下ろし、しきりにうなずきながら村人たちに同調していたのです。この母親も、当時すでに重い病で、ほとんど死にかけていました。そして、ふた月後にはじっさいに死んでしまいました。死期が近いことがわかっていながら、それでも死ぬまでがんとして娘と仲直りしませんでした。ひとことも口をきかず、寝るときも玄関口に追いやって、ろくに食べ物も与えませんでした。母親のほうは、病んだ足をひんぱんにお湯につからせなくてはなりませんから、マリーは毎日、母親の足を洗ってやり、あれこれ面倒を見ていたのです。母親はそうした娘の介護をだまって受け入れるだけで、やさしい言葉など、ひとこともかけてやることはありませんでした。マリーは何もかも辛抱していました。あとになって彼女と友だちになり、気づいたのですが、彼女は自分でもそうされるのをあたりまえのように受けとめていて、自分をそれこそ人間の屑《くず》みたいに考えていたのです。老いた母親がすっかり寝ついてしまうと、村のおばあさん方が、順ぐりに彼女の面倒を見にやってきました。そういう村のしきたりだったのです。すると、マリーはまったく食べ物を与えられなくなり、村じゅうどこに行っても追っ払われるばかりで、以前のように仕事をくれてやろうという人もひとりとしていません。だれもが彼女に唾《つば》をかけんばかりで、男どもはマリーを人間扱いしなくなり、すさまじく汚い言葉を吐きかけるだけです。時には、といってもひじょうにまれでしたが、日曜日にさんざん酒をくらった連中が、気晴らしに地べたにぽいと小銭を投げ与えることもありましたが、マリーは何もいわずそれを拾いあげるのです。そのころにはもう、咳をするたびに血を吐くようになっていました。最後には、身にまとっているぼろ服もぼろきれ同然になって、村に顔を出すのも気がひけるようすでした。歩きまわるのも、村に戻ったときからはずっと裸足《はだし》でした。そこへもってきて、子どもたちがそれこそ徒党を組んで――そう、小学生ばかりで四十人以上いましたかね、――彼女をからかい、きたないものを投げつけたりするまでになりました。彼女はそのころ牛飼いのところに行き、牛の番の仕事を頼みこみましたが、牛飼いにも追っ払われる始末です。それでも彼女はまる一日家を空けて、断りもなしに、牛の群れといっしょに歩きまわるようになりました。マリーがそうしてくれるのは非常にありがたいことで、牛飼いもそれに気づいたので、もはや彼女を追っ払うようなこともしなくなり、ときどきチーズとかパンとか、自分の食事の残りをくれてやるほどになりました。牛飼いは牛飼いなりに、たいへんな恩を施しているような気になっていたのです。母親が死んだとき、牧師は教会で、恥じるようすもなく、マリーを公然と侮辱しました。マリーはいつものぼろ服をまとったまま、棺《ひつぎ》の傍《そば》に立って泣いていました。彼女が泣きながら棺のあとをついていくさまを見てやろうと、たくさんの村人が集まってきました。すると牧師は――まだ若い男で、彼の野望といえば偉大な宣教師になることがすべてでした――、一同に向かい、マリーを指さしてこう言ったのです。『この女こそ、あの敬うべき夫人が亡くなられた原因です』(これはでたらめです、なにしろ母親はもう二年も前から病気だったんですから)。『ほら、この女は、みなさんの前に立ったまま顔をあげることもできずにいます。なぜなら、神の指が彼女に標《しるし》をつけたからであります。ごらんのとおり、この女は、裸足で、ぼろをまとっています。――徳を見失った人たちへの見せしめであります! そもそも、この女は何者でしょう? 亡くなられたあの方の娘なのであります!』とまあ、何もかもこういう調子なのです。しかもですよ、こういう浅ましい言葉が、ほとんど全員の気に入ったのです。ところが……そこである出来事が生じました。教会に子どもたちが入ってきたのです。というのも、この時点で子どもたちはもう全員がぼくの味方につき、マリーのことが好きになっていたからです。事の顚末《てんまつ》というのは、じつはこういうことでした。ぼくは、マリーのためにに何かをしてやりたくなりました。なんとしても彼女にお金をくれてやる必要があったのですが、ぼく自身、一コペイカだってお金を持ったためしがありませんでした。ただぼくは、小さなダイヤの入ったピンを持っていましたので、これをある仲買人に売りはらいました。この仲買人は、村から村をわたりあるいて、古着を商っている男でした。彼はぼくに八フランをくれましたが、あの品は優に四十フランの値打ちがありました。ぼくは長いあいだ、マリーがひとりでいるところをつかまえようと努力していました。そしてとうとう、村のはずれで会うことができました。山につづく裏の坂道の木の陰です。そこでぼくはその八フランを彼女にくれてやり、こう言ったのです。『これ以上ぼくにはお金がないので、大事にするんだよ』。それからキスをしてやり、『ぼくに何かよくない下心があるなんて思わないでおくれ、おまえにキスをするのは、おまえに恋しているからではなく、おまえが憐《あわ》れでならないからだ、ぼくははじめから、おまえを悪い女などと考えたことはこれっぽっちもない、ただ不幸せな女だと思うだけなんだ』と、そう言って聞かせたのです。ぼくはすぐにも彼女を慰め、他の人と比べて自分をそんな卑しい女だと思ったりする必要はないと諭《さと》してやりたかったのですが、どうもそれが通じない様子でした。それにはぼくも、すぐに気づきました。彼女はそのあいだずっとほとんど口をつぐみ、うなだれたままひどく恥ずかしそうにしながら、ぼくの前に立っていたのですが。ぼくが話を終えると、彼女はぼくの手にキスをしました。ぼくもすぐに彼女の手をとってキスをしようとしたのですが、彼女はその手をすぐに引っ込めてしまいました。そのとき子どもたちの一団が、ぼくたちふたりを目撃してしまったのです。あとで知ったのですが、子どもたちは前々からぼくを付けまわしていたようです。で、子どもたちは、ヒューと口笛を鳴らすやら、手を叩くやら、笑うやらしたものですから、マリーは一目散に駆け出していきました。ぼくは何か言おうとしたのですが、子どもたちはぼくをめがけて石を投げつけてくる始末です。その日のうちに、村じゅうにこのことが知れわたり、再びマリーにごうごうたる非難が浴びせられたのでした。彼女は、以前にもまして嫌われるようになりました。彼女に罰を与えようという動きまであったと聞きましたが、ありがたいことに、何事もなくすみました。そのかわり子どもたちは、マリーを通せんぼして、前よりもひどくからかったり、泥をぶつけたりするのでした。みんなに追い回されて、あの悪い胸ではあはあ息を切らしながら逃げまわるうしろ姿を、子どもたちはきゃあきゃあ叫んで、罵ったりするのです。あるときなど、ぼくは喧嘩ごしに、子どもたちに飛びかかっていったこともあります。それから、ぼくは子どもたちにいろいろ話してやるようになりました、ひまさえあれば、毎日話をしてきかせるのです。子どもたちも、たまに立ち止まって、話に耳を傾けるようになりました。といっても、悪態はまだ止みませんでしたがね。ぼくが子どもたちに話して聞かせたのは、マリーがどんなに不幸せな娘か、ということです。子どもたちはたちまち悪態をつくのをやめ、何も言わず、よけて通るようになりました。ぼくたちは少しずつ話し合うようになりました。子どもたちには、いっさい隠しだてはしませんでした。すべてを話してきかせたのです。子どもたちは、ずいぶん興味深そうに話を聞いていましたが、そのうちマリーをかわいそうだと思うようになりました。何人かは、マリーと顔を合わせると、愛想よく挨拶をかわすようになりました。むこうでは習慣で、人と人が顔を合わせると、——知り合いでも知り合いでなくても——お辞儀をして『こんにちは』って挨拶するんです。マリーの驚きようが、目に浮かんできます。ある日、女の子がふたり、食べ物を彼女に差し入れしたあとぼくのところに来て、マリーが感激のあまりわんわん泣き出したので、今はもうあの人のことが大好きになりましたと、こう言うんです。やがて、子どもたち全員がマリーを好きになり、それと同時に、ぼくのことも急に好いてくれるようになりました。子どもたちは、ひんぱんにぼくのところに通ってきては、話をしてくれるようしきりにせがむのです。ぼくもなかなか話が上手だったみたいです。だって、あの子たち、ほんとうにぼくの話を聞きたがっていましたから。その後、ぼくもいろいろと勉強したり読んだりするようになりました。たんにもう、あとであの子たちに話して聞かせるためです。こうしてそれから三年間、ぼくはあの子たちにいろんな話を聞かせてやりました。あとになって、みんなから——シュナイダー先生もそのひとりでした、——どうして大人に聞かせるような話を子どもたちにするのか、どうして子どもたちに何も隠そうとしないのか、といった非難が浴びせられました。そのときぼくは、こう彼らに答えてやったものです。子どもたちに嘘をつくのは恥ずかしいことだ、何をどう隠そうとも、子どもたちは何もかも知っている、でもこのままでは、おそらく悪い理解でとどまることになるが、ぼくから学べばそういうことにはならない、たとえば、みなさんがまだ子どもだったときのことを思いだすだけでいい、と。でも、彼らは納得しませんでした……ぼくがマリーにキスをしたのは、彼女のお母さんが亡くなられる二週間前のことです。で、牧師が例の説教をおこなったとき、子どもたちはすでにもうぼくの味方でした。ぼくは彼らにすぐに話をし、牧師のとったふるまいについて解説してやりました。すると、子どもたちはみんな牧師に腹を立て、なかには牧師の家の窓ガラスを石で割ったりする子どももいたくらいです。ぼくは、それはよくないことだからといって制止しました。でも、村人はたちまちすべての事情を知り、子どもたちをだめにしてしまったといって、ぼくを責めはじめました。その後、村人たちは、子どもたちがマリーを好いていることを知ってものすごく驚いたわけです。ですが、マリーはもう幸せになっていました。子どもたちは、マリーとは会うことさえ禁じられましたが、村から半キロほど離れた、かなり遠い牧場にこっそり駆け出していきました。彼らはマリーにおみやげを届けるのですが、なかにはたんに彼女を抱きしめてキスをし、《Je vous aime, Marie !（あなたが好きだよ、マリー！〉》と言いたいばかりに駆けつけ、それから一目散に走って戻ってくる子もいました。このとつぜん訪れた幸せに、マリーはほとんど狂わんばかりでした。そんなことは、まったく考えていなかったからです。もう、恥ずかしいやら嬉しいやら。でも、それよりも子どもたち、とくに女の子たちが彼女のところに駆けていくのは、このぼくが彼女を好きだということ、そして彼女の話ばかりしているということを、マリー当人に知らせてやりたかったからです。子どもたちはマリーに、これはあの人が自分たちに話してくれたことだ、自分たちも今はあなたが好きだし、かわいそうと思っているし、これから先もずっと、そう思いつづけるにちがいないって言うのです。それから、またぼくのところに立ち寄って、ほんとうに嬉しそうな気づかいにあふれる顔で、いまマリーに会ってきた、ぼくにマリーがよろしく言っていた、といったことを伝えてくれます。毎晩、ぼくは滝のある場所に出かけていきました。そこには、村から完全にへだてられた場所がひとつあって、あたりにはポプラの木が生えていました。子どもたちも毎日夕方になると、ぼくに会いにそこに集まってきました。なかには、そっと家を抜け出してくる子どももいましたね。子どもたちからすると、ぼくがマリーを愛しているということが、とてつもなく愉快だったようです。村でずっと暮らすなかで、ぼくが子どもたちに嘘をついたことがあるのは、ほんとうにその一点だけです。ぼくはマリーをまったく愛してなんかいない、つまり、マリーに恋しているわけではないとか、ぼくはたんに彼女を憐れんでいるだけだ、などと言いわけして、子どもたちを失望させるようなことはしませんでした。いろんな点から、ぼくにはわかっていました。子どもたちはむしろ、自分たちが想像し、自分たちのあいだで決めたとおりであってほしいと、つよく願っていたのです。ですから、ぼくは何も言わず、言い当てられたようなふりをしていました。それにしても、あの子どもたちの小さな心というのは、どこまでデリケートで優しくできているのでしょう。自分たちの優しいLeon《レオン》（レフ・ムイシキンのフランス語名）おじさんが、マリーをあんなにも愛しているのに、よりによってそのマリーがあんなひどい身なりをし、靴もはいていないなんて、絶対にあってはならないことのように思えたんですね。で、どうでしょう。子どもたちはなんと、マリーのために靴や靴下や、下着からワンピースのようなものまで手にいれてきたのです。いったいどう知恵をしぼったのか、ぼくにはわかりません。ともかく、一致団結してがんばったんだと思います。で、ぼくが尋ねても、子どもたちは愉快そうに笑うばかりで、女の子たちなどはぱちぱち手ばたきして、ぼくにキスするのです。ぼくもときどき、こっそりマリーに会いに行きました。彼女はもう病気がかなりひどくなっていて、ろくに歩くこともできないありさまでした。そのうち、牛飼いの手伝いもすっかりやめてしまいましたが、それでも毎朝、家畜を引きつれて出ていくのです。彼女は牧場の隅に座っていました。そこには、ほとんど垂直に切り立った崖に、水平の出っぱりがひとつありました。彼女は、だれにも見えない、いちばん隅の岩の上に腰をかけていました。朝早くから家畜が帰っていく時刻まで、丸一日、ほとんど身動きもせずに座っているのです。もう結核のせいで衰弱しきっていましたから、マリーは岩に頭をもたせかけ、目を閉じて座ったまま、苦しそうに息をして、まどろんでいることが多くなりました。顔は骸骨《がいこつ》みたいにやせこけ、額やこめかみには汗がにじんでいました。ぼくが牧場に来てみると、彼女はいつもそんなふうな様子でした。そこに会いに行くのは、ほんのちょっとのあいだでした。ぼくとしても、人に見られたくなかったからです。ぼくが顔を出すと、マリーはぴくりと体を震わせて目を開け、飛びつくようにしてぼくの両手にキスをするのです。ぼくはもう手を引っこめるようなことはしませんでした。だって、彼女にとってそれが歓びだったのですから。ぼくが座っているあいだ、彼女は体を震わせつづけて、泣いていました。いや、彼女は何度かものを言いかけたことがありますが、何を言っているかよくわかりませんでした。まるで狂った人のように、恐ろしい興奮と喜びにかられていました。ときどき子どもたちがいっしょにやってきました。そんなとき、子どもたちは、ふつう少し離れたところに立って、ぼくたちふたりを、だれにも何にも近づけさせないといった態度をとってくれるのですが、子どもたちからすると、それがまた、えもいわれず愉快だったのですね。ぼくたちが帰ってしまうと、マリーはまたひとりぼっちになり、目を閉じ頭を岩にもたせかけたまま、さっきと同じようにじっと身動きもせずにいるのです。たぶん何か夢でも見ていたのでしょう。ある朝のことです。マリーはいよいよ家畜の群れのところに行く力もなくなって、がらんとした自宅で横になっていました。そのことを聞きつけた子どもたちは、ほとんど全員、その日一日、かわるがわる彼女のお見舞いに行きました。彼女はベッドにひとり、ひっそりと横たわっていました。二日間、子どもたちは代わりばんこに家に立ち寄り、自分たちだけで彼女の面倒を見ていましたが、そのうちマリーが瀕死《ひんし》の床にいることが村じゅうに知れると、今度は村のおばあさんたちがやってきて、彼女に付き添い、世話を焼くようになりました。村人たちもどうやらマリーを不憫《ふびん》に思うようになったらしく、少なくとももう以前のように、子どもたちを引き止めたり叱ったりするようなことはしなくなりました。マリーはずっとうとうとしていましたが、眠りは浅く、ひどく咳きこんでいました。おばあさんたちは子どもを追っ払っていましたが、子どもたちは負けじと窓辺に駆けよってくるのです。それも、ときとするとほんの一瞬、

《Bonjour, notre bonne Marie.（こんにちは、ぼくたちのすてきなマリー）》のひとことを言うためだけにです。で、マリーはというと、子どもたちの顔を見たり、声を聞いたりするだけでにわかに元気づいて、おばあさんたちの言うこともきかず、すぐさま必死に肘をついて起き上がり、こっくりこっくりうなずいては、感謝の思いを伝えるのでした。子どもたちは、あいかわらずマリーにいろんなおみやげをもっていきましたが、彼女はほとんど何も、口にすることはありませんでした。子どもたちのおかげで、そう、これだけは言っておきますが、マリーはほとんど幸福といってよい死を迎えることができたのです。子どもたちのおかげで、彼女は自分の暗い不幸を忘れ、子どもたちから許しを得たような気持ちになっていたのです。何しろ、彼女は最後まで自分を、とほうもなく大きな罪をおかした人間と思いこんでいましたからね。子どもたちは、まるで小鳥のように部屋の窓ガラスを小さな翼でたたいて、毎朝こう声をかけていたのです。《Nous t'aimons, Marie.（マリー、ぼくたちみんな、きみが好きだよ）》とね。彼女は、それからまもなく息を引きとりました。もっと長生きできると思っていたのですが。で、彼女が死ぬ前の日のことです、陽が暮れる前に、彼女の家に立ち寄りました。どうやら彼女はぼくのことがわかったようで、ぼくはこれが最後とばかり、彼女の手を握りしめました。その手はもう骨と皮だけでした！　そして翌朝、とつぜん人がやってきて、マリーが死んだと言われました。もう子どもたちを止めることはできませんでした。彼らは棺を花で飾り、頭には花冠をかぶせてやりました。牧師さんももう、死んだマリーを辱《はずかし》めるようなことは言いませんでしたが、そもそもお葬式に来た人は、ほんとうにごくわずかでした。何人かの人が、好奇心にかられてやってきたにすぎません。ところが、いざ棺を運ぶ段になると、子どもたちは自分が担ぐといっていっせいに飛び出していきました。子どもたちだけではとても担げませんから、大人たちにけっきょく手伝ってもらい、みんなは棺のあとについて走っていきました。全員が泣いていました。それからというもの、マリーの小さなお墓は、ずっと子どもたちが守っています。彼らは毎年、このお墓を花で飾り、まわりにバラの花を植えこみました。しかしこのお葬式以来、ぼくはこの子どもたちのことで、村じゅうの人々から迫害されるようになりました。その張本人が、例の牧師と小学校の先生です。子どもたちは、ぼくと顔を合わせることすら固く禁じられ、シュナイダー先生はそれを監視する役目まで負わされたのです。それでも、ぼくたちは顔を合わせていましたし、遠くからサインを出して意思疎通を図っていました。子どもたちは、ぼくに小さなメモ書きを送って寄こしました。あとになって、こうしたもめ事はすべてけりがつきましたが、当時はほんとうに愉快でした。村人たちから迫害されたおかげで、ぼくと子どもたちはかえって仲良しになったくらいです。最後の年は、ティボー先生や牧師さんとも、ほとんど仲直りすることができました。シュナイダー先生は、ぼくにあれこれ言い、子どもたちとつきあううえでの有害な《システム》のことで議論になりました。ぼくには《システム》なんて何もありませんでした！しまいに、シュナイダー先生は、ある非常に奇妙な考えをぼくに表明なさったのです。――ぼくがスイスを発《た》つ直前のことでしたが――先生は、こんなふうにぼくにおっしゃられたのです。きみは完全な子どもだ、つまり何から何まで赤ん坊だ、背丈や顔だけは大人のようだけれど、発育にしろ精神にしろ性格にしろ、いや、ひょっとすると、知力の点でも大人じゃないし、たとえ六十歳まで生きたとしても、今のままの状態がつづく、自分はそう信じて疑わない、とね。ぼくは大笑いしてしまいました。むろん、先生の言うことが間違っていたからです。だって、いったいぼくのどこが子どもだというんです？でも、ひとつだけ当たっているところがありましたね。ぼくはじっさい大人たちと、一般の大人たちとまじわるのが好きじゃないってことです。――そのことは、もう以前から自覚していたことです――好きじゃないのは、それができないからです。大人たちが、ぼくとどんな話をしても、ぼくにどんなに親切にしてくれても、やっぱり大人たちといっしょにいるだけで、いつもなぜか気が重くなるのです。そして、少しでも早く仲間たちのところに戻れるときは、もううれしくてうれしくて仕方がないのです。で、その仲間たちというのが、子どもたちだったわけですが、それはべつにぼく自身が子どもだったからではなく、たんに子どもたちに気持ちが引きつけられてきた、というだけのことなんです。まだ村での生活がはじまったころ――そう、ひとり山に登り、悩ましい悲しみにくれていたころです――ひとりぶらぶらしていると、ときどき、そう、とくに学校が引けるお昼どきでしたが、がやがやおしゃべりしながら、一団となって走ってくる子どもたちと顔を合わせるようになりました。子どもたちは、袋をぶらさげ、石盤を抱え、笑ったりふざけ合ったりしながら走ってくるんです。自分にもよくわからないのですが、子どもたちと顔をあわせるたびに、なんだか特別に強い幸福感を感じるようになったのです。ぼくはつい立ち止まり、幸せのあまり笑いながら、いつまでも走りつづける子どもたちの小さな足を眺め、いっしょに走りまわる男の子や女の子たち、そして彼らが泣いたり笑ったりするさまを眺めていると（だって学校から家に走って帰るまでのあいだに、子どもたちの多くはもう喧嘩をして泣いたりするかと思えば、仲直りしてふざけあっているくらいですもの）、ぼくはもう自分の悲しみなど、すっかり忘れてしまうのでした。それからまるの三年ものあいだ、ぼくには、人々がどうしてくよくよ悩んだり、苦しんだりするのかわからなかったくらいです。ぼくの運命は、彼らとひとつになっていたのです。ぼくは、いちどとしてあの村を去ろうなどと思ったことはありませんし、いつかこうしてロシアに帰ることになるなんて、頭にも浮かびませんでした。一生あそこで暮らすことになるような気がしていたのですが、そのうち、シュナイダー先生も、いつまでもぼくの面倒ばかり見てはいられないのだ、ということがわかりました。そしてそんな折りに、どうもひどく重要らしい事件が起きたのです。で、シュナイダー先生もぼくを急がせ、自前でこちらに帰す面倒を見てくださったわけです。ぼくは、いったいどういう事情なのかを見きわめ、だれかに相談しようと思っています。もしかすると、ぼくの運命はがらりと変化してしまうかもしれません。でも、それはあまり重要じゃない。重要なのは、ぼくの全人生が、すでに大きく変わってしまったことです。ぼくは、むこうにいろんなものを置いてきました。多すぎるくらいのものを、です。すべてが消えてしまった。列車のなかで、ぼくは考えていました。《ぼくは今、世界に出ていこうとしている。ひょっとして、ぼくは何ひとつわかっていないのかもしれない。でも、新しい人生がはじまった》とね。で、決心したんです、自分のなすべきことを誠実に、確実にやりとげようと。もしかしたら世間の人とつきあうのは、退屈でしんどいことかもしれない。でも最初は、だれにたいしても礼儀正しく、率直であろうと決めたんです。だって、ぼくからそれ以上のものを要求する人なんていませんもの。あるいはここでも、ぼくは子ども扱いされるかもしれません。——でも、それならそれでいいんです！　ぼくもどういうわけか、みんなから、おばかさん扱いされているんですから。じっさい、ぼくはかつてひどく健康を害して、白痴《ばか》そのものみたいでした。でも、今はもう、自分が人におばかさん扱いされているのがわかっているのですから、白痴とはいえないでしょう？　この部屋に入ってくるときも、ぼくはこう考えていたんですよ。《ほら、ぼくのことをおばかさんだと思っている、でも、ぼくはほんとうは頭がいいんだ、あの人たちにはそれがわからないだけだ》って。こんな考えが、しょっちゅう頭に浮かんでくるんです。ベルリンに着き、子どもたちが早々に村から書いてよこした小さな手紙を何通か受け取ったとき、自分がどんなに彼らを愛していたか、ようやく悟りました。最初の手紙を受けとったときは、ほんとうに辛かった！　ぼくを見送るときの、子どもたちの悲しがりようといったら！　まだ一カ月先だというのに、お別れの言葉がはじまりました。《Leon s'en va, Leon s'en va pour toujours!（レオンが帰っちゃう、レオンが帰っちゃう、永久に！）》と言って、別れを惜しみはじめました。ぼくたちは、いつものように毎晩あの滝のある場所に集まり、どんなふうにお別れしようかといったことばかり、話しあっていました。たまには、前と同じように陽気な気分になるときもありました。ただ、お休みなさいを告げる段になると、子どもたちは、以前とは比べようもないくらい固く熱く抱きしめるのです。なかには、ほかのだれもいないところで、ふたりだけで抱きあってキスしたいばかりに、だれにも見られないように、ひとりでこっそり走って来る子もいたくらいです。いよいよ出発という段になると、子どもたちはみんな勢揃いして、駅まで見送りに来てくれました。鉄道の駅は、村から一キロぐらいのところにありました。子どもたちは涙を必死にこらえていましたが、多くの子どもが、がまんできず声を出して泣いていました。とくに女の子たちがそうでした。ぼくたちは、列車に乗り遅れまいと急いでいましたが、子どもたちのひとりが、道のまんなかでいきなりぼくに抱きつき、小さな腕でぼくを抱きしめ、キスをするじゃないですか。で、そのためにみんなは足止めをくうのです。で、ぼくたちみんな急いではいましたが、それでも立ち止まって、その子が別れを告げるのを待っていました。ぼくが列車に乗り込み、列車が動きだすと、子どもたちはみんないっせいに『ばんざーい!』と叫び、列車が完全に見えなくなるまで、その場に立ちつくしていました。ぼくも、列車から見ていたんです……でも、いいですか。さっきぼくがここに入ってきて、あなたがたの愛らしいお顔を拝見して、――そう、ぼくは最近、人の顔をじっくり見るようになったのです。――あなたがたの言葉をはじめて耳にしたとき、あのとき以来、久しぶりに胸のつかえが下りたような気がしたんです。さっきはもう、ひょっとしてぼくはほんとうに幸せ者かもしれないと思ったほどです。だって、ひと目見て好きになれる相手なんて、そうかんたんには見つからないはずなのに、ぼくは列車から降りると、たちまちあなたがたにお目にかかれたわけですから。そりゃぼくだって、自分の気持ちをみんなに打ち明けるのが恥ずかしいことぐらい、十分に承知していますけれど、こうしてお話をしていても、相手があなたがただと、少しも恥ずかしい気がしないんです。ぼくは人づきあいがへたなものですから、もしかしたら、これからしばらくはお邪魔にあがれないかもしれません。だからといって、どうか悪くは受けとらないでくださいね。だって、けっしてあなたがたを軽く見て、そんなことを言っているわけじゃないのですから。それに、ぼくが何かで気を悪くしたとも、お考えにならないでください。そういえば、さっき、あなたがたのお顔について何か気づいたことがあるか、そうお尋ねになりましたね？　大いに喜んでこれにはお答えしましょう。アデライーダさん、あなたは幸せなお顔をなさっている。三人の顔のなかではいちばん感じのいい顔ですよ。とても美しいだけじゃなく、あなたを見ているとこう言いたくなりますよ。『この人の顔はやさしい妹の顔のようだ』って。あなたは気さくで、陽気に応対しておられますが、相手の心のなかをすぐに見抜くこともおできになる。あなたの顔を見ていると、そんなふうな気がしてきます。で、アレクサンドラさん、あなたですが、あなたのお顔もすばらしいし、とても愛らしい感じがします。でもひょっとすると、あなたの顔には何か、秘めた悲しみのようなものが感じられます。あなたは、まぎれもなくやさしい心の持ち主ですけれど、ほがらかとはいえません。あなたの顔には、そう、ドレスデンの美術館にあるホルバインの聖母像に似た、特別な影がありますよ。これがあなたの顔についての印象ですが、どうです、なかなかするどいでしょう? あなたご自身が、ぼくのことをするどい人っておっしゃったんですよ。でも、エリザヴェータさん、奥さまのお顔については」そう言って彼は、ふいに将軍夫人のほうに向きなおった。「あなたのお顔のことですが、これはもうたんに、そんな気がするとかいうのじゃなく、心から確信していることですがね。あなたは、そう、たしかにお年は召していらっしゃいますけど、すべての点で、そう、良いところも悪いところもすべてとりませて、ほんとうに子どもでいらっしゃいますね。こんな言い方したからって、怒ったりはしませんよね? だって、ご存じでしょう。ぼくが子どもたちをどんなふうに思っているかってことを? それと、ぼくがあなたがたの顔について、こんなふうにあけっぴろげにお話ししたのも、ただいたずらにそうしたなどとは、どうかおとりにならないでくださいね。いえ、ちがいます、とんでもありません！　あるいは、このぼくにも、ぼくなりの考えがあったのかもしれませんから」

7

公爵が口をつぐむと、一同は愉快そうに彼を見つめた。アグラーヤまでが楽しそうにしていたが、なかでもとくに上機嫌だったのが、エリザヴェータ夫人だった。

「これでひと通りテストがすんだわけね！」夫人は叫んだ。「いかがかしら、娘たち。おまえたちはきっとこの公爵を、まるで哀れな子どもみたいに保護してあげようとか考えていたんだろうけど、公爵のほうが、おまえたちをお仲間に入れてくださったんじゃないの、それもですよ、ごくたまにしか来られません、なんて条件付きですよ。わたしたちのばかさ加減といったらどうでしょう、でも、わたしうれしいんです。ただ、いちばんのおばかさんは、うちの将軍よ。でかしたわ公爵《ブラーヴォ》、ついさっきね、あなたを試験《テスト》してくれって命じていったんですから。で、あなたがわたしの顔についておっしゃったことですけど、あれってまさに図星なんですよ。わたしが子どもだってことは、自分でもよくわかっているんです。あなたに言われる前からもそのことは知っていましたけど、あなたはずばりひとことで、わたしの考えていたことを言いあててくださったの。思うのだけど、あなたの性格って、わたしの性格とまるでぴったったり一致しているわ。瓜《うり》ふたつってこと、それがうれしいわけ。違いといったら、たんにあなたが男性で、わたしが女性というのと、スイスにはわたし自身行ったことがない、それぐらいかしら」

「Maman（ママ）、そう話を急がないで」とアグラーヤが叫んだ。「公爵はおっしゃっていたでしょう。さっきの告白には特別な考えがあるので、ただいたずらにお話ししたわけじゃないって」

「そうよ、そうよ」ほかのふたりの娘たちもそう言って笑った。

「あなたたち、そうからかわないでちょうだい、ひょっとして公爵は、おまえたち三人を合わせたより、ずっとずるい人かもしれないんですから。いまにわかりますよ。でも公爵、アグラーヤについては、なぜひとこともおっしゃらなかったんです？　アグラーヤはそれを待っているし、わたしも待っているの」

「今は何も申し上げられません。あとでまた申し上げます」

「なぜかしら？　だって目立つでしょう？」

「ええ、もちろん目立ちますとも。アグラーヤさん、あなたは、すごい美人でいらっしゃる。美人すぎるので、おそろしくて見てられないくらいです」

「それだけ？　何か特徴は？」将軍夫人はくいさがった。

「美しさについて何かを言うのは、むずかしいです。ぼくにはまだその準備ができていません。美しさって、謎ですからね」

「ということは、つまりアグラーヤに謎をかけたということですね」アデライーダが口をはさんだ。「アグラーヤ、その謎を解いてごらんなさいな。でも、この子。美人でしょう、公爵、美人ですよね？」

「超がつきますね！」思わずアグラーヤをちらりと見やると、公爵は熱っぽく答えた。「顔のつくりがまるきりちがいますが、ナスターシヤさんといいとこ勝負です！……」

一同は愕然《がくぜん》としてたがいに顔を見合わせた。

「だ、だれとですって？」将軍夫人は言葉尻をひっぱった。「ナスターシヤさん？　どこであなた、そのナスターシヤさんをごらんになったんです？　どこのナスターシヤさんです？」

「さっき、ガヴリーラさんが、将軍に写真を見せておられましたが」

「なんですって、うちの主人のところに写真を持ってきたですって？」

「見せるためです。ナスターシヤさんが今日、ガヴリーラさんに自分のポートレート写真をプレゼントされたので、ガヴリーラさんがそれを見せに持って来られたというわけです」

「わたしも見てみたいものだわ!」将軍夫人は叫んだ。「その写真、どこにあります? ガヴリーラさんにプレゼントしたっていうんなら、ガヴリーラさんのところにあるはずだわね、とうぜん、今も書斎にいるはずよね。毎週、水曜日に仕事に来て、四時前に帰ったことはいちどもないから。さっそくガヴリーラさんをここに呼びましょう! いや、やめとくわ、べつに死ぬほど見たいってわけでもないし。ねえ公爵、お願いですから、書斎に行って、ガヴリーラさんからその写真を借りて、ここに持ってきてくださらない? ちょっと見たいのでっておっしゃって。いいでしょ?」

「いい人ね。ちょっとお人よしすぎる気もするけど」公爵が出ていくと、アデライーダが言った。

「そうね、なにか、そんな感じ」アレクサンドラが相槌を打った。「ちょっと滑稽な感じがするくらい」

ふたりとも、最後まで自分の考えをはっきりと口にできない様子だった。

「でも、わたしたちの顔のことでは、うまく逃げたわ」アグラーヤが言った。「みんなにお世辞使って、maman(ママ)にまで……」

「生意気言うんじゃないの、いい?」夫人は大声で叫んだ。「べつにあの人がお世辞を言ったんじゃなく、たんにわたしが乗せられただけですよ」

「あの人、なりゆきであんなお世辞、言ったと思う？」アデライーダが尋ねた。

「いえ、そんなお人よしじゃない気がする」

「ほうら、またはじまった！」そう言って夫人は怒り出した。「わたしに言わせたら、おまえたちのほうがはるかに滑稽ですよ。どんなにお人よしに見えたって、頭にはちゃんと何かありますとも、もちろん、うんと高尚な何かがね。わたしとほんとうにそっくり」

《写真のことをうっかり口にしたのは、ちょっとまずかった》書斎に入っていくときに、公爵はいくぶん気がとがめて、そうひとりごちた……《でも……もしかすると、ああして口を滑らせてかえってよかったのかもしれない》ある奇妙な考えが、頭のなかでちらつきだした。もっともその考えは、まだはっきりとかたちにはならなかった。

ガーニャはまだ執務室の机に向かい、書類の整理に没頭していた。彼はじっさいのところ、この株式会社から給料をただ取りしているわけではないらしかった。公爵が写真を貸してほしいと言い、どういうなりゆきでこの写真のことが知られるにいたったかを話すと、ガーニャは恐ろしいほど困惑してしまった。

「ええっ！　どうしてまた、そんなことをしゃべったんです！」いかにもいまいましそうに彼は叫んだ。「あなたは何も知らないでしょう……この、ばかが！」彼はそうひとりでつぶやいた。

「申しわけありませんでした。なんの気なしに、話の流れでつい出てしまって。アグラーヤさんのことを、ナスターシヤさんと同じくらいに美人だって、言ってしまったんです」

ガーニャは、もっと詳しく話してくれるように頼んだ。そこで、公爵は話してきかせた。ガーニャは嘲るような顔で公爵を見やった。

「ナスターシヤさんも、とんだ人に見こまれたもんだ……」ガーニャはそう呟いたが、最後まで言いきらないうちに考えこんだ。

ガーニャは、見るからにうろたえていた。公爵は写真のことで返事をうながした。するとガーニャは、とつぜん考えがひらめいたかのように、「いいですか、公爵」と語りはじめた。「あなたに大きなお願いがあるんです……ただ、そう、どうやって説明したらいいか……」

彼はどぎまぎし、最後まで言い切れなかった。何かを決断しようとして、自分と戦っているようだった。公爵は黙ったまま相手の出方を待った。ガーニャは、もういちど探るような目で公爵をじっと眺めた。

「公爵」彼は改めて切り出した。「あそこにいる女性たちは、いま、ぼくにたいして……ある、ものすごく奇妙で、……滑稽な事情のせいで……それもわたしのせいじゃないんですが……そう、要するに……いや、これは余分なことですが――、あの人たちは、わたしにたいして少し腹を立てているみたいなんです。そんなわけで、しばらくのあいだは呼び出しがないかぎり、あちらに出入りする気になれないんですよ。でもわたしはいま、どうしてもアグラーヤさんとお話ししなくちゃならないんです。で、万が一のときを思って、いま一筆したためたところです（彼の手には小さくたたんだ紙が握られていた）。――ところが、どうやって渡してよいものやら、それがわからない。で、公爵、ひとつあなたからこれを、アグラーヤさんに手渡してもらえませんか。今すぐ。でも、アグラーヤさんおひとりにだけですよ。つまり、ほかのだれにも見られないようにです、いいですか？　これは、けっして秘密がどうのっていうものじゃないんです、そんな秘密めいたことは、何も書かれていません……どうでしょう……渡してもらえますか？」

「こういうことはあまり気が進みませんが」と公爵は答えた。

「ああ公爵、これはもうわたしにとって、必要不可欠のことなんです！」そうガーニャは懇願しはじめた。「彼女は、たぶん、返事を書いてくださるでしょうから……そうなんです、わたしがいませっぱつまった状態になければ、こんなお願いはしません……いったい、ほかのだれに言《こと》づければいいっていうんです？……とても重要なことなんです……わたしにとって、ものすごく大事なことなんです……」

ガーニャは、公爵が承知してくれないのではないかとひどく怖気づき、懇願するようなおどおどした表情で相手の目をうかがった。

「では、まあ、なんとか渡してあげましょう」

「でも、だれにも気づかれないようにしてくださいね」ガーニャは小躍りして念を押した。「それと公爵、しっかり約束を守ってくださると思いますが、いいですね？」

「だれにも見せません」公爵は答えた。

「手紙には封がしてありませんが……」心配のあまりガーニャはそう言いかけたが、そのままうろたえた様子で口ごもった。

「いいえ、読んだりしません」きわめてあっさりした口調で公爵は答えると、写真を手にとり、執務室から出て行った。

執務室にひとりになると、ガーニャは両手で頭を抱えた。

「彼女のひとことがあれば、おれは……おれは、本気であれを破談にしてしまうかもしれない！……」

興奮と期待の念で、もはや書類に向かう気になれず、ガーニャは執務室の隅から隅を行ったり来たりしはじめた。

公爵は、歩きながら考えこんでいた。ガーニャからの依頼はもとより、ガーニャがアグラーヤに書きつけたということ自体に、不快な驚きを覚えていた。だが応接ホールまで二部屋というところで、彼はなにかを思い出したかのようにふと立ちどまり、まわりをぐるりと見回してから、窓辺の明るい場所に近づき、ナスターシヤのポートレート写真にじっくりと見いった。

彼は、ナスターシヤの顔に隠された何かを、そしてついさっき自分をうちのめしたものの謎を、解きあかしたいと思っているかのようだった。さっき受けた印象がなかなか心から離れず、いま改めてその何かを確かめようと、急いでいるふうにも見えた。顔の美しさばかりではない、ある何かが加わった異常なまでの美しさに、彼はいま、よりいっそう強烈な衝撃を受けていた。その顔には、はかりしれない傲慢さと、ほとんど憎悪とも見まごう軽蔑の色が浮かんでいたが、それと同時に、何かしら信頼に満ちた、驚くほど素朴な一面が感じられた。このふたつのコントラストが、見る者の心にどこか憐みの念に似たものさえ呼び起こすのである。そのまばゆいほどの美しさは、見るのも耐えがたいものにも思えてきた。青ざめた顔、心もち落ちくぼんだ頰、燃えたたんばかりの目……ふしぎな美しさだった！　公爵は一分ほど写真を眺めていたが、それから急にわれにかえり、まわりを見回してから、急いでその写真を唇に近づけてキスをした。一分後、応接ホールに入っていったとき、彼の顔はすっかり穏やかな表情に戻っていた。

ところが、食事室に一歩足をふみいれようとしたとたん（客間からさらにひと部屋隔てた先にあった）、同じ食事室から出てきたアグラーヤと、ドア口であやうくぶつかりそうになった。彼女はひとりだった。

「ガヴリーラさんから渡してほしいと頼まれました」そう言って公爵は、彼女に手紙を手渡した。

アグラーヤは立ち止まってその手紙を受け取ると、何やらふしぎそうに公爵の顔を眺めた。その目にはいささかのとまどいも見られず、ある種の驚きがうかがえただけで、それも、ひとり公爵にたいする驚きのように思えた。ガーニャともども、公爵がこの問題にどんなかたちでかかわっているのか、アグラーヤはその目で公爵から説明を求めているかのようだったが、――その求め方がじつに落ち着きはらっていて、上からの目線なのだった。ふたりは二、三秒間、たがいに向きあったままその場に立ちつくしていた。やがて、何やら嘲りをふくんだ表情が、うっすらとアグラーヤの顔に浮かびあがった。軽く笑みをもらすと、彼女はそのまま傍《かたわ》らを通り過ぎていった。

将軍夫人は黙ったまま、いくぶん軽蔑の色を浮かべながら、しばしのあいだナスターシヤのポートレート写真に目を凝らしていた。夫人は、腕を伸ばしてその写真を目の前に掲げ、ひどく大げさに目から遠ざけていた。

「たしかに、美人だわ」夫人はようやく口を開いた。「かなりの美人と言ってもいいわね。この人とは二度ほどお会いしたことがあるけど、ちょっと遠くからだったので。で、こういう美人があなたはいいって思うわけね」

「ええ……そういう……」公爵はいくぶん苦しげに答えた。

「つまり、ちょうどこんな感じの人ってことね」

「ちょうどこんな」

「理由は？」

「その顔には……たくさんの苦しみが表れています……」夫人の質問には答えず、公爵はまるでひとりごとを言うように、答えた。

「もっとも、あなたはひょっとして、寝ぼけてらっしゃるのかもしれないわ」夫人は決めつけるような調子でそう言い、いかにも高慢なしぐさで、写真をテーブルの上にほうり出した。アレクサンドラがそれを手にとると、アデライーダが近づいてきて、ふたりして写真に目を凝らしはじめた。と、そのとき、アグラーヤがまた応接ホールに戻ってきた。

「なんていう力かしら！」姉の肩越しに、食い入るようにして写真をのぞきこんでいたアデライーダが、とつぜん叫んだ。

「どこが？　どんな力だって？」エリザヴェータ夫人が語気鋭く問いかえした。

「こういう美しさって、力よね」熱くなってアデライーダが言った。「これくらいの美しさがあったら、それこそ世界だってひっくり返せる！」

何か思うところがあるらしく、アグラーヤは、その写真をちらりとのぞいただけで目をほそめ、下唇を軽く突き出すと、そのそばを離れて両手を組んだまま端のほうに腰を下ろした。

夫人はベルを鳴らした。

「ガヴリーラさんをこちらに呼んでおくれ、執務室におられるから」夫人は、応接ホールに入ってきた従僕にそう命令した。

「Maman（ママ）！」アレクサンドラが何やら意味ありげに叫んだ。

「わたしね、彼にひとこと言いたいことがあるの――、もううんざり！」反論を押しとどめるかのような、早口の鋭い調子で夫人は言い放った。見るからに苛立っている様子だった。「あのね、公爵、うちではいますべてが秘密扱いなんですよ。すべてが秘密なんです！　そうしなければだめなんですって。礼儀作法だとかなんとか言ってね、ばかげてますよ。率直さやら、透明性や、誠実さがいちばん求められているような問題だっていうのにですよ。いま縁談が進んでいるんですけど、この縁談、わたしは気に入らなくて……」

「Maman（ママ）、それってどういうこと？」アレクサンドラが、また慌てて母親を制止した。

「なにさ、おまえ！　おまえだってあの縁談、気に入っているわけじゃないだろう？　公爵が聞いてらっしゃっても、わたしたちお友だち同士じゃないの。少なくとも、わたしはそうですよ。神さまが探しておられるのは、良い人間なの、底意地が悪くて気まぐれな人間なんて、神さまはお呼びじゃないの。今日はこうと、はっきり言っておきながら、明日になるとまた別のことを言いだすような気まぐれな人間は、とくにね。わかるでしょう、アレクサンドラさん？　公爵、娘たちったらね、このわたしのことを変人扱いするんですよ、でも、わたしにだって物事の判断はつきますよ。なぜって、大切なのは心でね、あとはみんな、どうでもいいたわごとなんですから。頭もそりゃ必要ですよ、当然ね……ひょっとして頭がいちばん大切かもしれない。笑わないの、アグラーヤ、わたしべつに矛盾したことなんて言ってやしませんから。心があって頭のないばかはね、心がなくて頭のあるばかと同じで、不幸なばかですよ。これは、古くからの真実なんです。わたしはね、頭がなくて心のあるおばかさん、おまえは、心がなくて頭をもったおばかさん、だからわたしたち、ふたりとも不幸せなの、ふたりとも苦労するの」

「Maman（ママ）、どうしてママはそんなに不幸せなの？」一同のなかでどうやらひとり、陽気な気分を失わずにいたアデライーダが、がまんしきれずに尋ねた。

「まずはね、頭のいい娘たちのせいよ」夫人はずばり言ってのけた。「このことひとつでもう十分だからね、残りのこまごましたことは、何も言いませんよ。口数が多いのにはうんざりしました。おまえたちふたりが（アグラーヤは入りませんよ）、持っている頭と口数でこれからどう乗り切っていくのか、ひとつ見物させていただきます。尊敬するアレクサンドラさん、あなたがあの立派な紳士と幸せにやっていけるのかどうか、ね……ああ！」団欒の間に入ってくるガーニャの姿を認め、夫人は大声を上げた。「ほうら、また別のカップルのおでましさ。おはよう！」夫人はガーニャに椅子を勧めることもなく、そのお辞儀に応えた。「あなた、結婚なさるんですって？」

「結婚ですって？……どんな？……どんな結婚です？」度肝をぬかれたガーニャがつ

ぶやくように言った。彼は恐ろしいばかりに混乱していた。

「奥さんをもらわれるのよね？　って聞いたほうがいいのかしら。こういう表現のほうがお好みなら」

「いいえ、そんな……わたしは、……そんなことは」ガーニャは嘘を言った。恥ずかしさのあまり、その顔がみるみる紅潮した。彼は横にすわるアグラーヤのほうにちらりと目をやったが、それきりすばやく目を逸《そ》らした。アグラーヤはひややかに落ちつきはらった様子で、いっときも目を離すことなく、うろたえる彼を観察していた。

「いいえ、だって？　あなた、いいえ、っておっしゃったのね？」エリザヴェータ夫人は、容赦なくたたみかけるような調子でガーニャに迫った。「結構よ、わたし、覚えておきますから。今日、水曜日の朝、あなたはわたしの質問にたいして『いいえ』ってわたしに返事なさったこと。えっと、今日は何曜日だい？　水曜日かい？」

「たしか水曜日だったわ、maman（ママ）」とアデライーダが答えた。

「まったくあてにならないんだから。で、何日なの？」

「二十七日です」ガーニャは答えた。

「二十七日だって？　それって結構じゃないの、ある意味でね。それじゃ、また。あなたはまだたくさん仕事がおありになるんでしょう。わたしもそろそろ着替えして、出かけなくちゃなりませんので。あなたのその写真、持ってお行きなさい。お気の毒なニーナさんには、わたしからよろしくと伝えておいて。さようなら、かわいい公爵さん！　よかったらまた遊びにいらっしゃい。わたし、ベロコンスカヤのお婆さまのとこに立ち寄って、あなたのこと、お話ししておきますから。それに、よく聞くのよ、わたしはこう信じているの。わたしのために、神さまがわざわざあなたをスイスからペテルブルグにお遣《つか》わしになったって。ひょっとして、あなたにはほかの用事もあるかもしれませんけど、なんといってもわたしがお目当てですよ。神さまがそうお考えになったんです。おまえたちも、またあとで。アレクサンドラ、ちょっとわたしのところに来てちょうだい」

こうして、将軍夫人は出ていった。すっかり気が動転し、前後を見失ったガーニャは、いかにも憎らしげにテーブルの上の写真を手にとると、ひんまがったような笑みを浮かべて公爵に顔を向けた。

「公爵、これから帰宅します。もし、われわれの家に住むという気持ちに変わりがなければ、ついでにご案内しますが。家の住所もご存じないわけでしょう」

「ちょっと待って、公爵」アグラーヤはそう言い、急に肘掛け椅子から立ち上がった。

「わたしのアルバムに何かひとこと書いてくださるわね。父が言ってましたが、あなた、書家だとか。今すぐここに持ってきますから……」

そう言って、アグラーヤも部屋をあとにした。

「それじゃ、また。公爵、わたしも戻りますね」アデライーダが言った。彼女は公爵の手を固く握りしめ、にこりと優しく微笑みかけると出ていった。ガーニャのほうへはふり向きもしなかった。

「あれは、あなたですね」一同がいなくなると、ガーニャは歯がみしながら公爵に食ってかかった。「あなたが、あの人たちに言いふらしたんですね、ぼくが結婚するって話?」すさまじい形相を浮かべ、毒々しく目を光らせながら、ガーニャは半ばささやくように言い放った。「ったく、恥知らずなおしゃべりめ!」

「はっきり申しますが、あなたは勘違いなさっています」慇懃な口調で、公爵は平然と答えた。「あなたが結婚されようとしていることなんて、ぼくはまったく知りませんでしたから」

「あなたはね、今夜ナスターシヤさんのお宅で何もかも解決されますと、エパンチン将軍がさっき言っていたのを聞きつけて、それを告げ口したんですよ! 嘘をいいなさい! あの人たち、いったいどこからかぎつけたっていうんです? まったく、あなた以外のいったいだれが告げ口できたっていうんです? あのばあさん、わたしに嫌味たっぷりだったでしょう？」

「嫌味を言われた気がするのでしたら、だれが告げ口したかは、あなたのほうこそよくご存じのはずです。ぼくはひとことだって口にしていませんから」

「手紙は渡してくださったんですね？　で、返事は？」熱に浮かされたような苛立ちを浮かべて、ガーニャは話をさえぎった。ところがその瞬間、アグラーヤが部屋に戻ってきたので、公爵は何も答えることができなかった。

「これですわ、公爵」テーブルの上にアルバムを置くとアグラーヤは言った。「どこかページを選んで、ひとこと書いてください。はい、ここにペンもあります、まだ新しいものですわ。鉄のペンだけどだいじょうぶかしら？　書家は、鉄のペンは使わないって聞いたことがありますけど」

公爵と話をしているアグラーヤは、ガーニャがそこにいることなどまるで気づいていないかのようだった。しかし公爵がペンを試し、ふさわしいページを探したりして準備しているあいだ、ガーニャは公爵のすぐ右側、アグラーヤが立つ暖炉のそばに近づくと、とぎれがちな震える声で、耳打ちせんばかりに話しかけた。

「ひとこと、ほんのひとことでけっこうですから」

公爵は、くるりとふり返ってふたりを見やった。ガーニャの顔にはまぎれもなく絶望の色が浮かんでいた。彼はろくに考えもせず、無我夢中でこのせりふを口走ったらしかった。アグラーヤは何秒か、さっき公爵のほうを見やったときと寸分違《たが》わぬ、しずかな驚きの表情でガーニャの顔を眺めた。このしずかな驚きと、自分に言われたことがまるでわからないといった感じのとまどいの表情は、この瞬間のガーニャにとって、どんなはげしい軽蔑の念にもまして恐ろしいものだった。

「何を書けばいいでしょう?」公爵は尋ねた。

「それは、これからわたしが口述します」アグラーヤは公爵のほうをふり向いて言った。「準備はいいかしら? それじゃ書いてくださいね。『わたしは駆け引きには乗りません』。——次に日付を書いてくださいな。では、拝見」

公爵は彼女にアルバムを手渡した。

「まあ、すごい! びっくりするくらいきれいに書いてくださったわ。ほんとうにお上手なのね! お礼を言います。それじゃ、公爵……ちょっとお待ちになって」急に何か思い出したように、彼女は言い添えた。「あちらに参りましょう。記念に何かプレゼントしてさしあげたいんです」

公爵はアグラーヤの後ろについて行った。ところが食事室に入ったとたんアグラーヤは立ち止まった。

「これを読んでください」そう言って、ガーニャの手紙を差し出した。公爵はその手紙を受け取ると、怪訝《けげん》そうにアグラーヤを見やった。

「わたし、わかっています。あなたはこれをお読みになっていらっしゃらないし、ですからあの人の腹心のはずがないってこと。とにかく読んでください。あなたに読んでいただきたいんです」

手紙は見るからにあわてて走り書きされたものらしかった。

『今日、わたしの運命が決せられます、どういう状況かは、あなたもご存じのはず。今日こそ、わたしは意思表明しなければなりません、もう二度と後もどりのきかないかたちで。あなたの同情を買うべき一切の権利など、わたしは持ち合わせていませんし、どんな望みも持とうとは思いません。ただ、いつだったか、あなたはひとことを発してくださった、ひとことかぎり。そのひとことが、わたしの人生の闇夜を照らしだし、わたしの灯台となってくれました。あの時と同じひとことを、今いちど発してください。そうすれば、わたしは破滅から救われます！　せめてひとことでも。すべてを断ち切りなさい、と。そうすれば、今日こそ、わたしはすべてをご破算にします。ああ、そのひとことを口にすることが、あなたにとってどれほどの労だというのです！　そのひとことに請い求めているのは、わたしにたいするあなたの同情と憐みだけです。それだけ、ほんとうにそれだけです。いえ、それ以外の何も求めてはおりません、何も！　それに、何かしら希望を抱こうなどという勇気も、もっておりません。わたしは、それに値しないからです。でも、あなたのひとことを聞くことができれば、わたしはふたたび貧しさを受け入れ、今のわたしの絶望的な状況にも、喜んで耐えることにしましょう。戦いにも挑み、戦いを喜ぶことでしょう。そして、その戦いのなかで新たな力を得て、甦ることができるでしょう！

どうか、憐れみのひとことをわたしにかけてください（ただただ憐れみだけでいいのです。あなたに誓ってお願いします）！　どうか、破滅からわが身を救おうと、最後の力をふり絞っている、この無鉄砲で、藁《わら》にもすがる男の厚かましいお願いを、お腹立ちになりませんように。

G・I』

「この人はね、こう言いたいわけ」公爵が手紙を読み終えると、アグラーヤは皮肉っぽい調子で話しはじめた。「『すべてを断ち切りなさい』とひとこと吐いても、べつにわたしの名誉が傷つくことにはならないし、わたしを縛るようなことにもならないって。で、ご覧の通り、この手紙自体がそのことを保証しているというわけ。でも、いいですか、いくつかの言葉をほんとうに大人げなく、あわてて強調したものだから、あからさまに下心が見えているんです。もっともね、彼だってちゃんとわかっているのよ。かりに自分が、わたしの言葉なんか当てにせず、それについてひとことも言わず、わたしに望みをかけるようなこともいっさいせず、自分ひとりですべてを断ち切ることができれば、このわたしも自分にたいする気持ちを変え、ひょっとしたら親友になるかもしれないってことをね。まちがいなく知っているんです！　でも心が汚いものだから、それがわかっていながら決断できないでいるんです。わかっているくせに、やっぱり保証がほしいんですよ。つまり、信念を賭けて決断することができないわけ。十万ルーブルと引き換えに、わたしから希望をとりつけておきたいの。自分の人生を照らし出してくれたとか、この手紙で言っている以前のひとことについていうと、彼はあつかましくも嘘をついています。わたしはね、昔、いちど彼のことをかわいそうに思ったことがあるだけ。でも彼は厚かましいし、恥知らずだから、そのとき即座に、ひょっとして脈があるかもしれない、なんていう考えが頭をかすめたんです。わたしにも、すぐにそれがわかりましたもの。あれ以来、わたしをうまく釣りあげようとして、今もそうしているの。でも、もううんざり。この手紙を持っていって、彼に返してください。今すぐ。家を出たらすぐに。それより前はもちろんだめですからね」

「なんと返事をすればいいでしょう？」

「何も言う必要はありませんよ、当然です。それがいちばんの答えですから。それはそうと、あなた、彼の家に下宿なさるおつもり？」

「さっきあなたのお父さまから、じきじき紹介されたものですから」と公爵は答えた。

「だったら彼に注意なさい。前もって申し上げときますけど、あなたがこの手紙を返したとなったら、彼はこれから、あなたをただじゃおかないでしょうから」

公爵の手を軽くにぎると、アグラーヤは出て行った。その顔は重く曇り、別れの挨拶がわりに公爵にうなずいて見せたときも、にこりともしなかった。

「いまちょっと、自分の包みをとってきます」戻った公爵はガーニャに告げた。「それから一緒に出ましょう」

ガーニャは苛立ちのあまり、踵《かかと》でどんと床を鳴らした。その顔は怒りのせいで黒ずんでみえた。やがてふたりは通りに出た。公爵は両手で包みを抱えていた。

「で、返事は？　返事は？」ガーニャは食ってかからんばかりの調子で公爵に尋ねた。

「彼女、なんて言ってました？　手紙は渡してくれたんでしょう？」

公爵はだまって彼に手紙を渡した。ガーニャはぎょっとなった。

「なんです？　ぼくの手紙じゃないですか！」彼は叫んだ。「こいつ、渡しもしなかったのか！　いやはや、こっちも浅はかだった！　ったく、もう……そうか、だから、彼女はさっきぽかんとしていたんだ！　でも、どうして渡してくれなかったんです、ああ、まったく頭に来る……」

「いえ、失礼ですが、それとは反対です。あなたの手紙、うまいタイミングで、すぐに渡すことができました。あなたがぼくに手渡してくれた直後、しかも、あなたがおっしゃったとおりにです。それがまたぼくの手もとにあるのは、アグラーヤさんがさっき、あなたに返すようにぼくに手渡されたからです」

「いつ？　いつのことだ？」

「アルバムを書き終えてすぐです。アグラーヤさんがちょっとこちらへって、ぼくを呼びましたよね（聞いていたでしょう？）。食事室に入ると、彼女はぼくにこの手紙を渡し、読むようにとおっしゃられたそのあと、あなたにこれを返すように命じられたのです」

「読むように、だって！」ガーニャはありったけの声で叫んだ。「読むようにだって！　で、あなたは読んだんですか？」

彼はまた、金縛りにあったかのように歩道の真ん中に立ちつくしたが、あまりの驚きに、ぽかんと口を大きく開けたままだった。

「ええ、読みました、さっき」

「で、彼女が自分からあなたに読ませたわけですね？　自分から？」

「ええ、自分からです。でも信じてください。彼女にそう指示されなければ、読んだりはしませんでした」

ガーニャはしばらくのあいだ言葉を失い、何がどうなっているのかを見きわめようと苦しげな顔であがいていたが、やがてとつぜん叫びだした。

「そんなはずはない！　あなたに読ませるなんて、そんなはずはない。あなたは嘘を言っている！　あなたは勝手に読んだんだ！」

「ぼくが言っているのは、ほんとうのことです」公爵は、それまでとまったく変わらぬ落ちつき払った調子で答えた。「それに、いいですか、このことがあなたにそれほど不快な印象を与えたことが、ぼくとしても残念でならないんです」

「そりゃ残念だろうけど、いいか、そのとき彼女は、少しぐらいはあなたに何か言ったでしょう？　何か返事はしたんでしょう？」

「ええ、もちろんです」

「それを聞かせてほしいんです、さあ、言ってください、ああ、ちくしょう……！」

そう言ってガーニャは、オーバーシューズをはいた右足の踵《かかと》で、二度も遊歩道を鳴らした。

「読み終えるとすぐ、アグラーヤさんはぼくにこう言いました。あの人はわたしをうまく釣りあげようとしているって。あの人、わたしとの望みをつなぐために、わたしの面子《メンツ》をつぶそうとしている。それというのも、この望みにすがることで、損などせずに十万ルーブルという別の望みを断ち切るためだ、と。もしも、わたしと駆け引きなどせずにこれをやりとげ、前もって保証など求めずに、自分の一存ですべてを断ち切っていれば、ひょっとしてあなたの親友になったかもしれない。まあ、ざっとこんなふうなところです。いや、もうひとつ。ぼくが手紙を受け取ったあと、返事はどうなさいますって聞くと、あの人はこう言いました。返事のないのがいちばんの返事だ、と。——そんな感じだったと思います。アグラーヤさんが言った正確な表現を忘れてしまって、自分が理解したようにお伝えしているんだとしたら、ごめんなさい」

途方もない怒りがガーニャを呑みこみ、怒りが堰《せき》を切ってほとばしりでた。

「ああ！　そういうことだったのか！」ガーニャは歯ぎしりしながら叫んだ。「それなら、ぼくの手紙なんか窓の外に捨ててしまえばいいのに！　ああ！　彼女は取引に応じない、なら、こっちは取引に乗ろうじゃないか！　お手並み拝見ってとこだ！　こっちにはまだいくらだって隠し玉が……お手並み拝見！……ぎゃふんと言わせてやるさ！……」

ガーニャの顔はゆがみ、青ざめ、口もとには泡が浮かんでいた。威嚇するように拳《こぶし》を固めていた。こうしてふたりは何歩か歩いていった。彼は公爵にたいして少しも遠慮せず、まるで自分の部屋にひとりでいるみたいなありさまだった。公爵のことなど、まるで眼中になかったのだ。ところが何を思ったか、彼はふとわれに返った。

「それにしても、どうして」ガーニャはいきなり公爵に向かって話し出した。「いったいどうして、あなたみたいな（白痴《ばか》が！　と胸のうちで言い足した）、あなたみたいな人が、急にここまで信頼されるようになったんです、知りあって二時間しか経ってないでしょう？　どうしたっていうんです？」

これまでの彼のもろもろの苦しみに欠けているものがあるとすれば、嫉妬だった。その嫉妬が、いきなり心臓のど真ん中に突き刺さった。

「それだけはなんともお答えできません」と公爵は答えた。

ガーニャは憎々しげに公爵を見やった。

「プレゼントがあるとかいってあなたを食事室に呼びよせたのは、その信頼のことじゃなかったんですか？　だって、あなたに何かプレゼントするつもりだったわけでしょう？」

「そうとしか、ぼくもとりようがありません」

「でも、いったいなんのためです、まったく、いまいましい！　あそこでいったい何をなさったんです？　何が気に入られたんです？　いいですか」ガーニャはもう必死になって詮索していた（この瞬間、彼の頭のなかはもうすべてがばらばらで、混沌としきっており、いろいろな考えをひとつにまとめることもできなかった）。「いいですか。あそこであなたが何を話したか、一言一句をはじめから思い出して、なんとかうまく順序立てて話してくれませんか？　何か気づいたことはありませんでしたか、思い出すことはありませんか？」

「いや、よく覚えていますよ」公爵は答えた。「そもそもの初めから、ぼくが、そう、部屋に入って、自己紹介して、スイスの話をしだしたところからですね」

「いや、スイスの話なんかはどうでもいい」

「それじゃ、死刑の話から……」

「死刑の話？」

「そうです。あることがきっかけでね……それから、スイスで三年間暮らしたときの話をしました。ある貧しい村娘とのいきさつですが……」

「いや、その貧しい村娘なんてのもどうでもいい！　その先です！」ガーニャはもう忍耐の緒が切れかかっていた。

「それから、スイスのシュナイダー先生がぼくの性格について述べた意見や、先生がぼくをむりに……」

「シュナイダーなんてのも、そんなやつの意見もくそくらえ！　その先！」

「それから、ふとしたきっかけで顔の話をはじめました。つまり、人間の顔の表情のことです。ぼくはこう言ったんです。アグラーヤさんはナスターシヤさんとほとんど同じぐらい美人だって。そのときですよ、あの写真についてつい口を滑らせてしまったのは……」

「でも、話さなかったのですよね、さっきあなたが執務室で聞いた話は話さなかったんでしょう？　そうでしょう？　そうですよね？」

「改めて言いますが、話していません」

「だとしたら、どこから、まったく……ああ！　アグラーヤはあのばあさんに、手紙を見せてませんよね？」

「その点はこのぼくが百パーセント保証します、見せていません。ぼくはずっとそこにいましたから。それに、アグラーヤさんにもそんな時間はなかったはずです」

「でも、ひょっとしてあなた自身、何かを見落としているかもしれない……ああ！まったく、手に負えん、この白痴め！」彼はもう完全にわれを忘れて叫んだ。「話ひとつ満足にできない！」

いったん悪口を言いかけ、相手からなんの反発にも出合わなかったガーニャは、ある種の人間にはよくあるように、徐々に自制心を失っていった。それがさらに高じていたら、唾でも吐きかけていたのではないか、そう思われるほど逆上していた。だがほかでもないこの逆上ゆえ、彼は目が眩《くら》んでいたのだった。でなければ、ガーニャはとっくに注意を向けていたはずである。すなわち、自分が今これほどにも見下しているこの『白痴』が、何ごとにつけ、あまりにも迅速かつデリケートにものごとを理解し、じつに過不足なく、人にそれらを伝達できる能力をもっているということに。ところが、そこでふと思いもかけないことが起こった。

「あなたにひとつ注意しておきますよ、ガヴリーラさん」とつぜん公爵が話しだした。「以前、ぼくはたしかに体の具合もわるくて、じっさいに白痴同然でした。でも、今はもうすっかり体も回復しています。ですから、面と向かって白痴よばわりされるの

ことは、ぼくにもわかっていることですから。では、いっしょにあなたのお宅に参り

答えた。「あなたがとても不快な目にあわれていて、それでああした悪態をつかれた

「いえいえ、そんなに大げさに謝ってくださらなくてもいいんです」公爵はあわてて

せんが……」

ぼくを許してくれるはずです。といって、ぼくの罪が軽くなるわけじゃむろんありま

ますが、かりにもしも、何もかもすっかりお知りになったら、きっと多少なりとも、

苦境に陥っているか、おわかりですね。あなたはまだほとんど何もご存じないと思い

ガーニャは熱くなって叫んだ。「お願いですので、許してください！　ぼくがどんな

「許してください、公爵」それまでの罵り口調を、急にばか丁寧《ていねい》な調子に改めながら

ガーニャは恐ろしくどぎまぎしてしまい、恥ずかしさのあまり顔が真っ赤になった。

せがありますから、きっと安い旅館でも見つけられます」

くありませんか。あなたはご自宅のある右へ。ぼくは左に。二十五ルーブル持ち合わ

れるのが。ぼくたち、ちょうど十字路まで来ましたので、ここでお別れしたほうがよ

ぼくはそれがとても嫌なんです。とくに、こんなふうにいきなり初対面で悪態をつか

ともできるでしょうが、あなたは悔しまぎれに、もう二度もぼくに悪態をつきました。

が、いささか不愉快なのです。あなたの犯したミスを考慮すれば、多少大目に見るこ

ましょう。ぼくは喜んで……」

《いや、こうなったら、この男をただで放すわけにはいかん》ガーニャは道すがら、公爵を憎々しげに眺めながら胸のうちで考えていた。《このいかさま師め、人の秘密をすっかりほじくっておいて、いきなり仮面を脱ぎやがった……こいつは何かわけがある。とくと拝見しようじゃないか！　すべてが解決するんだ、何もかも、すべてが。今日じゅうに！》

ふたりはもう家のすぐ近くに立っていた。

8

ガーニャの住まいはたいそう清潔で、明るく、広々とした階段を上った三階にあった。ごくありふれた大小、六ないし七つの部屋からなっていたが、いずれにせよ、二千ルーブルからの俸給を得ている家族もちの役人の懐にとってさえ、必ずしも見合う家ではなかった。もっともこの住まいは、食事と女中付きで下宿人を置くことも想定し、ガーニャと彼の家族が二カ月ほど前に借りうけたものだった。ガーニャ当人からすると、おそろしく不快ではあったが、母親のニーナと妹のワルワーラのたっての願いを聞き入れたのだ。ふたりは、自分たちなりに役に立ちたい、少しでも家の収入をふやしたいという願いから、そう主張したのだった。ガーニャは渋い顔をし、下宿人を置くなど世間態が悪いとまで言い放った。この一件があってからガーニャは、多少とも輝きに満ち、将来性もある青年として出入りしてきた社交界に、顔を出すのが何やら恥ずかしくなった。運命にたいするこうした譲歩と、忌《い》まわしいせせこましさ、——こういったことすべてが、心の傷手《いたで》となっていた。ある時点からガーニャは、どんな些細《ささい》なことにも、どはずれといってよいほど癇癪を起こすようになった。そしてもし、いっとき相手に譲歩したり、がまんしたりする気になったとしても、それはひとえに、彼がごく短期間にそれらすべてを変えたり、作りなおす決心がついていたからである。しかしながら、そうした変化それ自体、また彼が行きついた結論そのものが、けっして小さからぬ課題となっていた。そしてその解決は、それ以前のどれにもまして、厄介かつ苦しいものになりそうな課題だった。

住まいは、玄関からまっすぐに延びている廊下によって、左右に仕切られていた。廊下の片側には部屋が三つあり、それらはいずれも、「とくに紹介された」下宿人用の賃貸に当てられていた。そのほかにも、同じ側のいちばん奥のキッチンと隣り合わせに、他の三つの部屋よりもいくぶん手狭《てぜま》な四つめの部屋があって、一家の主《あるじ》で退役したイヴォルギン将軍が住んでおり、幅の広いソファで寝起きしていたが、住居を出入りするときは、どうしてもこのキッチンを通りぬけて裏階段を上り下りしなくてはならなかった。同じ部屋には、ガーニャの弟で、十三歳になる中学生のコーリャも同居していた。この中学生もまたここで窮屈な暮らしを強いられ、勉学するにも眠るにも、もうひとつ別の、かなり古びた狭くて短いソファにかけてある、穴だらけのシーツの上ですませねばならなかった。それに、何よりも肝心なのは、あれこれ父親の面倒をみては監視する役目までになわされていたことである。事実、父親はそれなしではもう、にっちもさっちもいかなくなっていた。公爵にあてがわれた部屋は、三つあるうちの真ん中の部屋だった。最初の右隣の部屋はフェルディシチェンコが占有していたが、左隣の三つめの部屋は、まだ空室のままだった。だがガーニャは、まっさきに公爵を家族が住んでいる向かい側に案内した。家族用のスペースは、必要に応じて食事室に変わる広間と、朝のうちは客間、夜はガーニャの書斎兼寝室に早変わりする応接間、そしてもうひとつ、いつもカーテンを下ろしたままの狭い三つめの部屋からなっていた。こちらは、母親のニーナとその娘のワルワーラの寝室だった。ひとことで言えば、この住居のありとあらゆるものが窮屈そうにひしめき合っていた。ガーニャは、ひたすら内心で歯噛みしていた。彼としても、母親にたいしては礼儀正しくありたいと願っていたが、この家に一歩足を踏み入れたとたん、自分が家庭では大の暴君であることに気づかされるのだった。

応接間にいたのはニーナ夫人だけでなく、娘のワルワーラもそばに腰をおろしていた。ふたりは何やら編み物をしながら、客のイワン・プチーツィンと話をしていた。ニーナ夫人は五十前後の年格好で、頬がこけて痩せた顔だちをし、目もとに濃い隈《くま》ができていた。外見は病弱そうでいくぶん陰気な感じがしたが、顔立ちそのものと目つきはかなり感じがよかった。最初のひとことから、まぎれもない気品にあふれる真面目な性格が感じとれた。物悲しげな外見にもかかわらず、毅然とした性格だけではなく、決断力の強さまで感じとれた。ふだん身に着けている服はひどく質素で、黒っぽいものが多く、いかにも年寄りくさい感じがするのだが、その物腰やら話し方、そして身のこなしのいずれも、それなりに上流の人々を見聞きしてきた女性であることをのぞかせていた。

娘のワルワーラは、年のころ二十二か三の、中背でかなりスリムな体つきをし、顔立ちはとくに美しいというわけではなかったが、器量そのものとは別に、人を惹きつけ夢中にさせる秘密をうちに隠しもっていた。母親と瓜ふたつで、洒落っ気のようなものがまるでないため、日ごろまとっている服もほとんど母親と同じだった。灰色をした目の輝きはひどく陽気で、優しい感じになることもあったが、いつもは思いつめたような表情を湛《たた》えていることが多く、最近はとくにそれが過ぎると思えることがしばしばだった。毅然とした性格と決断力の強さは、彼女の顔にもうかがうことができたが、その毅然とした性格は母親よりもエネルギッシュで、進取《しんしゅ》の気性に富んでいるとさえ感じさせるところがあった。ワルワーラはかなり怒りっぽいところがあって、兄のガーニャも、ときとしてその怒りっぽさには恐れをなすことがあった。

いまこの家に客に来ているイワン・プチーツィンも、やはり彼女の怒りっぽさに恐れをなしていた。このプチーツィンという人物は、まだかなり若い、年のころ三十前後、質素ながら粋《いき》な身なりをしており、その物腰はなかなか好感がもてたが、何やらやけに堅苦しい感じのする男だった。亜麻色の濃いあごひげを見ると、この男が役所勤めをしている人物ではないことがわかった。気のきいた面白い話のできる男だったが、どちらかといえば無口で通すことのほうが多かった。総じて、好印象さえもたらした。彼はどうやらワルワーラに気があるらしく、自分のそうした気持ちを隠そうともしなかった。ワルワーラはその彼に友人として接してきたが、いくつかの問いにたいして返事を渋っていたし、むしろその問いそのものを嫌がっている様子だった。もっとも、プチーツィンのほうは一向にくじける様子がなかった。ニーナ夫人は彼に愛想よく接してきたが、最近では何かにつけ彼を頼りにするようになった。ただし彼は、多かれ少なかれ確実な抵当をとって高利の金を貸し付け、稼いでいることが知られていた。ガーニャと彼は、大の親友だった。

ガーニャの、入念ながら途切れ途切れの紹介に対して（ガーニャは母のニーナとひどくそっけない挨拶を交わし、妹のワルワーラとはひとことの挨拶もなく、すぐさまプチーツィンを部屋からどこかへ連れ出した）、ニーナ夫人は公爵にふたことみこと優しい言葉をかけ、ドアから顔をのぞかせたコーリャに、彼を真ん中の部屋に案内するように言いつけた。コーリャはかなり愛らしい顔をした陽気な少年で、その物腰にはいかにも信じやすい素朴な印象があった。

「あなたのお荷物は？」公爵を部屋に案内しながら、コーリャが尋ねた。

「じつはあの手荷物だけでしてね。玄関に置いてきました」

「ぼくが取ってきてあげましょう。ここは、召使といっても食事係とマトリョーナがいるだけで、ぼくもお手伝いをしているんです。姉のワーリャがぜんぶ取りしきっているんですが、いつも腹ばかり立てています。兄のガーニャが言ってましたが、今日スイスから着かれたんですって？」

「ええ」

「スイスって、いいところなんでしょう？」

「とても」

「山岳地帯ですよね？」

「ええ」

「いますぐ手荷物をお持ちしますから」

ワルワーラが部屋に入ってきた。

「マトリョーナがこれからシーツを敷きますので。あなたのスーツケースは？」

「いや、手荷物だけです。いま、弟さんに取りに行ってもらっています。玄関に置いてきてしまったもので」

「玄関には手荷物なんてありませんでしたよ、この包みのほか。どこに置かれたんです?」部屋に戻ってきたコーリャが尋ねた。

「ええ、手荷物はこれだけで、ほかにはありません」手荷物を受けとりながら、公爵はそう告げた。

「ああ、よかった! てっきりフェルディシチェンコがどこかに持っていったんじゃないかと」

「冗談も休み休みいいなさい」ワルワーラはきびしい口調で言った。公爵と話すときもひどく素っ気なく、たんに慇懃《いんぎん》というだけのことだった。

「Chère Babette(大好きなおバカ姉さん)、ぼくのこともう少しやさしくあつかってくれてもいいのに、だって、ぼくはプチーツィンじゃないんだから」

「あんたなんか、もっと鞭でひっ叩《ぱた》いてあげてもいいくらいよ、コーリャ、あんたってそれくらいばかなんだから。ご用がおありでしたら、なんでもマトリョーナに言いつけてください。食事は、四時半です。わたしたちと一緒でもかまいませんし、部屋でおとりくださってもけっこう。どうぞご随意に。さ、行きましょう、コーリャ、邪魔しちゃだめよ」

「行こう、ほんとうに、きかない姉さん！」

部屋を出ようとしたところで、ふたりはガーニャと鉢合わせした。

「親父は家か？」ガーニャはコーリャに尋ね、コーリャがええと返事をすると、相手の耳もとで何かささやいた。

コーリャはこっくりと頷き、ワルワーラのあとから出ていった。

「公爵、ちょっとひとことだけ、じつは、あの……いろんなごたごたのせいで、言い忘れていたことがあります。ちょっとしたお願いです。まことに申し訳ないのですが、あなたにあまり大きな迷惑がかからないようでしたら、ぼくとアグラーヤさんとのあいだで起こったことを、ここで洩《も》らさないでください、それと、あなたがここでご覧になることも、向こうではお話しにならないでください。なにしろ、わが家もまあ、かなりみっともないことになっていますから。でもまあ、どうなってもいいんですが、せめて今日一日ぐらいは控えてくださると」

「ぼくはあなたが考えておられるより、はるかに少ししか話していませんよ。そのことは誓います」公爵は、ガーニャの苦言にいくぶん苛立ちを覚えながら答えた。ふたりの関係は、目に見えて険悪なものとなりつつあった。

「しかし、今日はまあ、あなたのせいでかなりひどい目にあいましたからね。で、こうしてお願いしているわけです」

「それにもうひとつ、ガヴリーラさん、ぼくはさっきどんな制約も受けてはいなかったんです、どうして写真のことを口にしちゃいけなかったのです？　べつに、口止めされてはいなかったでしょう？」

「ふん、なんて嫌な感じの部屋だろう」蔑むような目でぐるりと見まわしながらガーニャは言った。「暗いうえに、窓が裏庭に向いている。どう見てもまずいタイミングでここに来られた。しかしまあ、ぼくの知ったことじゃありませんが。べつにぼくが下宿屋をやっているわけじゃないですから」

プチーツィンが顔をだし、ガーニャを呼んだ。ガーニャは他にもまだ言い足りないことがあったにもかかわらず、公爵を放ったらかしにしてすぐさま部屋を出ていった。切り出しにくいことがあったようで、見るからにもじもじしていたのだ。それに、部屋の悪口を言ったのも、たんなる照れ隠しのためにに思えた。

公爵が顔を洗い、なんとか身なりを整えることができたところで、またドアが開き、見慣れない人物が顔を出した。

その男は年のころ三十前後の、背丈がそれなりにあって、肩幅も広く、赤い巻き毛の大きな頭をしていた。まるまるとして赤みを帯びた顔、唇は分厚く、鼻は広くひしゃげて、細く小さな目は皮肉っぽく、ひっきりなしに瞬《まばた》きしているように見えた。総じて、顔だちはかなり厚かましい感じがした。身なりは薄汚かった。

男ははじめ、ちょうど首を突っ込むことができるくらいドアを開けた。ドアのあいだからのぞいた顔は、五秒ほど部屋をぐるりと見回していた。それからドアがゆっくりと開き、全身が敷居のうえに現れたのだが、客はそれでもなお部屋のなかに入ろうとはせず、敷居の上に立ったまま目を細め、じろじろと公爵の姿を観察しつづけた。やがて後ろ手にドアを閉じると、公爵のほうに近づいてきて椅子に腰をおろし、公爵の手を固くにぎりしめて、斜向《はすむ》かいのソファに彼をすわらせた。

「フェルディシチェンコといいます」問いかけるような目で、じっと公爵の顔をのぞきこみながら彼は言った。

「で、どうなさいました？」ほとんど吹き出しそうになりながら、公爵は答えた。

「ここの下宿人です」あいかわらず公爵の顔をのぞきこみながらフェルディシチェンコは続けた。

「近づきになりたいってことですか？」

「いや、そんなんじゃなくて！」髪をかきむしり、ため息をついてから客はそう言い、真向かいの片隅に目を走らせはじめた。「お金をお持ちですか?」公爵のほうに向き直ると、ふいに彼は尋ねた。

「少しなら」

「少しってどのくらい」

「二十五ルーブルです」

「ちょっと見せてくれますか」

公爵はチョッキのポケットから二十五ルーブル札を取りだし、フェルディシチェンコに渡した。フェルディシチェンコは、それを広げてしばし眺めやると、やがて裏返しにして光にかざした。

「ほんとうに妙だ」相手は、何やら思いをめぐらしながら言った。「どうしてこう赤茶けるんでしょう? この種の二十五ルーブル札ってやつは、どうかすると恐ろしく赤茶けてしまうんですが、種類によってはその反対で、まるきり色がさめてしまうんですよ。さあ、しまって」

公爵は紙幣を受けとった。フェルディシチェンコは椅子から立ちあがった。

「あなたに警告するために来たんです。だいいちに、わたしにはお金を貸さないこと。なぜって、かならず無心に来ますから」

「わかりました」

「ここの下宿代は、払うおつもりなんですね？」

「そのつもりです」

「ところが、こちらはその気がない。それじゃ、どうも。わたしは、この部屋の右並びのとっつきです。ごらんになりましたか？　わたしのところにはそう頻繁に来ないようにしてくださいよ。いいえ、ご心配にはおよびません、こちらから出向きますから。で、将軍にはお会いになりましたか？」

「いいえ」

「それじゃ、何も聞いておられない？」

「もちろん、聞いてません」

「だったら、そのうち見たり聞いたりなさいますよ。しかも彼は、このわたしにまで借金にくるんですから！　Avis au lecteur.（こんなのは序の口でしてね）。それじゃ、また。それにしても、フェルディシチェンコなんて苗字を背負って、このさき生きていけるんですかね？　え？」

「どうして生きていけないんです？」

「それじゃ、また」

そう言って彼はドアのほうに歩きだした。公爵はのちに知ることになるのだが、この男は、そのユニークな個性と陽気さでもって人を驚かせることを使命と心得ているような人物だった。だがどうしたわけか、いちどとしてそれがうまくいったためしがない。ある人たちには不快な印象さえ与えてしまうため、彼は真剣に心を痛めているが、それでいてその使命を捨て去ろうとはしなかった。ドア口で彼は、部屋に入ってこようとした人物と鉢合わせしたため、なんとか体勢を立て直すことができた。公爵の知らないこの新しい客人を部屋にとおすと、フェルディシチェンコは男の背中ごしに、何度か注意するように目配せしてみせ、とにもかくにもそれに満足げな様子で、悠然と引きあげていった。

入れかわりに入ってきた人物は、上背のある、五十五歳あたりかそれより少し上の、でっぷりと太った男で、皮膚がたるんだ肉づきのいい顔をし、顎のまわりに白髪のまじる濃い口ひげをたくわえ、ひどく飛びだした大きな目をしていた。その人物は、どことなく落ちぶれてすり切れたような薄汚れた印象さえなかったら、かなり押し出しの立派な男に見えたにちがいない。男は、肘がぬけた古びたフロックコートをまとっていた。おまけにシャツまでも脂じみていて、――要するに普段着の格好だった。近くに寄ると、少しばかりウオツカの匂いがした。しかし、物腰だけはなかなか印象的ながら、多少ともわざとらしいところがあって、そこにはおのれの威厳でもって相手を脅かしてやろうという願望があからさまに見てとれた。男は愛想のいい笑みを浮かべながら、落ち着いた足どりで公爵に近づいてくると、だまって彼の手をとった。そしてその手をとったまま、相手の顔に見覚えがあるかどうか確認せんばかりに、しばらくのあいだその顔をのぞき込んだ。

「あの男だ！　あの男だ！」低い厳《おごそ》かな声でその人物は言い放った。「まるで生き写しだ！　さきほど、なにやら聞き覚えのある懐かしい苗字を口にしているのを耳にしましてな、返らぬ昔を思い出しておったのです……ムイシキン公爵でしたな？」

「はい、そのとおりです」

「わたくしはイヴォルギン将軍。あわれな退役将軍でして。あなたのお名前と父称、おたずねしてもよろしいかな」

「レフ・ニコラーエヴィチです」

「そうですとも、そうですとも！　つまり、わが友人にして竹馬《ちくば》の友である、ニコライ・ペトロヴィチのご子息というわけですな？」

「わたしの父の名前は、ニコライ・リヴォーヴィチでしたが」

「さよう、リヴォーヴィチでしたな」将軍はそう言いつくろったが、べつに慌てる様子もない自信たっぷりの口ぶりで、自分は何ひとつ忘れてなどいない、つい言い間違えただけだとでもいわんばかりの態度だった。将軍は腰をおろし、またしても公爵の手をとってそばに座らせた。「あなたをこの両腕に抱いたこともありますぞ」

「ほんとうですか？」公爵は尋ねた。「父は、死んでもう二十年にもなりますが」

「さよう、二十年。二十年と三カ月。ともに学びました。わたしはそのまま軍務につきました……」

「ええ、わたしの父も、軍務についておりました。ワシリコフスキー連隊の少尉でしたが」

「いや、ベロミルスキー連隊ですとも。ベロミルスキー連隊への異動は、ほとんど亡くなられる直前のことでしてね。わたしはそこに居あわせておりまして、永遠の旅路を祝福してやりました。あなたの母上も……」

将軍はそこでふと、悲しい思い出に突き当たったかのように話を止めた。

「ええ、母もそれから半年ほどして、風邪で亡くなりました」公爵は言葉を継いだ。

「いや、風邪なんかではありません。断じて風邪ではありませんとも、どうか年寄りの話を信じてくだされ。わたしはその場に居あわせておりましたし、あなたの母上の葬儀にも立ち会いました。亡くなられた公爵を思う悲しみが原因でしてな、風邪なんかじゃありません。さよう、公爵夫人もわたしには忘れられぬお人です！　あれが青春ってものなんですな！　あなたの母上が原因で、竹馬の友であるわたしと公爵が、あやうく殺しあいをしでかすところだったのですから」

話に耳を傾けているうち、公爵はいくぶん不審の念を抱きはじめていた。

「わたしは、あなたのお母上に熱烈に恋しておりました。お母上がまだ婚約者、そう、わたしの友人の婚約者だったころです。公爵はそれに気づいて、ひどく驚かれた。ある朝の六時過ぎ、わたしの家にやってきて叩き起こすじゃないですか。わたしはびっくりして身なりを整えましたが、ふたりとも押し黙ったままです。わたしはすべてを悟りました。するとお父上は、ポケットからピストルを二丁取り出されました。至近距離からの撃ち合いです。介添人もおりません。五分後にはもうおたがいを永遠の道に送り出そうというのに、介添人がなんの役に立ちます？　弾《たま》をこめ、ハンケチを広げ、おたがいの心臓にピストルを押しあて、おたがいにじっと顔を見つめあいました。するとふいに、ふたりの目から大粒の涙があふれ、手が震えだしましてな。ふたりとも、ふたりとも、同時にです！　こうなるともう、ふたりはおのずと抱きあい、われがちに寛大さ比べがはじまりました。公爵は叫んでおりました。きみのものだ、と叫べば、こちらも、きみのものだ！　と叫ぶ始末です。要するに……要するにです……

で、あなたが来られたのは……ここに下宿されるおつもりで？」

「は、はい、たぶん、しばらくのあいだ」公爵はいくらかつっかえながらそう答えた。

「公爵、母さんがこちらに来てくださいって」コーリャがドアから顔をのぞかせ、大声で言った。公爵はそちらに向かおうとして立ち上がりかけたが、将軍は右の手のひらで彼の肩を押さえ、いかにも親しげにふたたびソファに腰かけさせた。

「お父上の心からの友として、あらかじめひとこと注意しておきますが」将軍は言った。「わたしは、ごらんのとおり、ひどい目にあわされましてな、ある悲劇的というべき大事件ですよ。裁判もなしに！　裁判もなしにですぞ！　妻のニーナは、えがたい女性です。娘のワルワーラも、えがたい娘です！　しかし、よんどころない事情があって、部屋を賃貸に出しておる次第です。まったく、前代未聞の零落ぶりです！　県知事ぐらいにはなれたはずのわたしが！……ですが、われわれとしても、いつでも大歓迎。さはさりながら、わが家ではいまたいへんな悲劇が起こっておりまして！」

公爵は大きな好奇心にかられ、いぶかしげに相手を見やった。

「結婚の準備がはじまっておるんですが、これがまた、世にもまれな縁組みでしてな。あるいわくありの女性と、片や侍従武官にもなれそうな青年の結婚、というわけです。その女性を、わが娘、わが妻のおるこの家に連れて来ようっていうんですから！　ですが、わたしの目の黒いうちは、断じて入れさせませんとも！　敷居のうえに横になって、入れるものならこのわたしをまたいで行きなされと、言ってやるつもりです！……息子のガーニャとは、今じゃもうろくに口もきいておらず、面《つら》つき合わすこともいたしません。あなたにはとくに注意しておきますよ。わが家に下宿されるとなれば、どのみち同じことですし、そうでなくてもいずれはその証人になられるわけですから。ですが、あなたはわたしの友人のご子息であられるわけで、わたしとしても当然、あなたには大いに期待を……」

「公爵、恐れ入りますが、わたしどもの客間にお越し願えませんか」ニーナ夫人がわざわざドアから顔を出して公爵を呼んだ。

「いいかい、ニーナ」と将軍が大声で叫んだ。「こちらの公爵はね、わたしがこの両腕に抱いてお守《も》りしたことがあるんだ！」

ニーナ夫人は、たしなめるような目で将軍を、それから探るような目で公爵を見やったが、ひとことも口にしなかった。公爵は夫人のあとについて出ていった。ところが、ふたりが客間に来て腰をおろし、ニーナ夫人が小声でひどく慌ただしく、公爵に何かを伝えようとしたとたん、将軍がいきなり客間に姿をあらわした。ニーナ夫人はすぐに口をつぐみ、見るからに腹立たしげな様子で、体をかがめて編み物と向かい合った。将軍も、どうやら夫人の腹立ちには気づいていた様子だったが、あいかわらず上機嫌がつづいていた。

「親友のご子息でな！」ニーナ夫人に向かって、将軍は声を高めた。「いや、じつに思いがけない！　もうとうの昔から思い出すこともしなくなっていた。しかし、おまえ、ほんとうに覚えていないのかね、亡くなられたニコライ・リヴォーヴィチのことを？　たしかおまえも会ったことがあるだろう……トヴェーリだったか？」

「ニコライ・リヴォーヴィチなんて人、記憶にありませんわ。それ、あなたのお父上？」ニーナ夫人は公爵に尋ねた。

「ええ、父です。でも、父が死んだのは、トヴェーリじゃなくて、エリサヴェトグラードだったように記憶していますが」公爵はおどおどした様子で将軍に答えた。「パヴリーシチェフさんから、そううかがいました……」

「いや、トヴェーリですな」将軍は断言した。「亡くなられる直前に、トヴェーリに異動となられてな、病気が進行するよりまだ前のことです。あなたは、まだあまりに幼かったもので、覚えておられないのですよ、その異動のことも、旅行のことも。パヴリーシチェフさんにだって、思いちがいはある。そりゃ、たいそう立派な人物でしたが」

「パヴリーシチェフさんもご存じでしたか？」

「世にもまれなる人物でしたが、わたしはなんといっても、個人的にお会いしているわけですから。臨終の床で祝福もしてさしあげましたし……」

「父は、裁判の途中で死んでいるはずですが」公爵は、またもや将軍の言《げん》を正した。

「といって、それがいったいどんな裁判だったのか、まったく知ることができませんでした。死んだのは軍の病院と聞いています」

「ええ、あれはですな、コルパコフという一兵卒に関わる事件でして。公爵は、まちがいなく身の証《あかし》を立てることができたはずです」

「そうですか？　確かなところを、あなたはご存じなのですね？」公爵は格別の好奇心を浮かべて尋ねた。

「当然ですとも！」将軍は叫んだ。「何ひとつ結論を出さず、審理中止となりました。ありえない事件でした！　神秘的といってよいくらいの事件です。中隊長のラリオーノフ二等大尉が死に、お父上の公爵が、臨時にその代理に任命された。これはこれでよかった。ところが、コルパコフという一兵卒が盗みを働いた。仲間のブーツを盗み、それを酒代にあてた。まあ、これもこれでよろしい。公爵は、そこで——いいですか、これが軍曹と伍長の立ち会いのもとで行われたのですがね——このコルパコフをこっぴどく叱りつけ、次は笞刑《ちけい》だぞといって脅したわけですよ。これもじつによろしい。で、コルパコフは兵舎にもどり、寝台にごろりと横になり、それから十五分後に死んでしまった。それはそれでよろしい。ですがまあ、じつに唐突で、ほとんど起こりえない事件です。それはともかく、コルパコフの葬式が行われ、公爵はこれを上層部に報告し、そのあとコルパコフは登録を抹消された。これ以上望むところはないと、一見思えました。ところがそれからちょうど半年が経ち、旅団の閲兵が行われたとき、一兵卒のコルパコフが、ノヴォゼムリャンスキー歩兵連隊の、第二大隊第三中隊に、何食わぬ顔でいるじゃありませんか。しかも、同じ師団の同じ旅団にですよ！」

「まさか！」驚きのあまり、公爵はわれをわすれて叫んだ。

「そんなことありえないわ、何かのまちがいです！」ニーナ夫人がふいに、ほとんど悲しみの色さえうかべて、公爵を見やりながら叫んだ。「Mon mari se trompe.（主人の思いちがいです）」

「そうはいうがな、ニーナ、se trompe（思いちがい）って決めつけるのはかんたんなことさ。だがな、これと同じような事件に出くわしたと仮定して、謎を解いてみろ！　全員が面食らってしまったんだぞ。わたしだって、qu'on se trompe（みんな思いちがい）していると、まっさきに言ってやりたかったくらいだ。だがな、不幸にしてわたしは、証人として委員会にも加わった。だれと対面させても、これは正真正銘、半年前、通常の儀礼で太鼓の響きとともに葬られた、当の一兵卒コルパコフに絶対まちがいありませんと証言する。まったくもって世にもまれな、ありえない事件だし、わたしもそう考えるんだが、しかし……」

「パパ、食事の用意ができました」ワルワーラが部屋に入ってきてそう告げた。

「ああ、それはよかった、大いにけっこう！　ちょうど腹が空いてきたところだ……だがな、あの事件というのは、言ってみりゃ、その、心理学的とでも……」

「スープがまた冷めますよ」ワルワーラがいらいらしながら言った。

「すぐに行く、すぐに行く」部屋を出ながら将軍はつぶやくように言った。『しかしいくら調査しても』という声が廊下から聞こえてきた。

「もし、わたしどもの家にお住まいになるのでしたら、主人のアルダリオンのことは、いろいろ大目に見ていただかないと」ニーナ夫人が公爵に言った。「そうはいっても、さほど心配をおかけするようなことはしないと思いますが。食事もひとりですませますし。おわかりいただいていると思いますが、ひとにはそれぞれ欠点もあれば、自分なりの……特徴というものがあります。ひょっとしたら、後ろ指をさされることに慣れている人より、そうでない人のほうが、むしろ欠点が多いかもしれません。ただ一点だけ、折り入ってお願いがあるのです。もしも主人が、家賃のことであなたに何か言ってくるようなことがあったら、主人には、わたしにすでに渡してあると、ひとことおっしゃってくださいい。つまり、主人のアルダリオンにお渡しになった分も、どのみち支払い分ということになりますが、わたしとしてはきちんとしておきたいので、こうしてお願いしているのです……どうしたの、ワーリャ？」

部屋に戻ってきた娘のワルワーラが、無言のままナスターシヤの写真を母親に手渡した。ニーナ夫人は体をぎくりとふるわせ、はじめは何やらおっかなびっくりの様子で、やがて抑えつけられた苦々しさを感じながら、しばらくのあいだその写真に見入っていた。とうとう、いぶかしげな目でワーリャのほうを見やった。

「今日、あの人が自分から、兄にプレゼントしたんですって」とワーリャは言った。「今晩、あの人の家ですべてが決まるそうよ」

「今晩！」途方にくれた様子で、ニーナ夫人は小声でくり返した。「いったい何が？こうなったらもう疑う余地はないし、なんの望みも残されていないのね。あの人はこの写真で宣言した……で、なに、ガーニャが自分でおまえに見せたのかい？」ニーナ夫人が不思議そうに言い添えた。

「わたしたち、もうまるひと月もろくに口をきいていないの、知っているでしょう。

プチーツィンさんが、何もかも話してくれたの。で、この写真はね、テーブルのわきの床のうえに落ちていたのを、わたしが拾ってきたわけ」

「公爵」ニーナ夫人は、ふいに公爵のほうに向き直った。「あなたにひとつお聞きしたいのですけれど（あなたにここに来てくださるようにお願いしたのは、じつはそのためでしてね）、あなたはうちの息子のことは、前々からご存じなんですか？　息子が言うには、あなたは今日、どこかからお着きになられたばかりのようだ、とのことでしたが」

公爵は、大半をはしょりながら、ごく手みじかに自分自身のこれまでを説明した。ニーナ夫人とワーリャは、しまいまで話に耳を傾けていた。

「いろいろお尋ねして、息子のガヴリーラについて何か探りだそうってつもりじゃありませんのよ」ニーナ夫人が弁解した。「この点については、どうか誤解のないようにお願いします。自分から打ち明けられないようなことがあの子にあるなら、わたしだって、あの子を抜きにそれを知ろうだなんて思いませんもの。わたしが知りたいと思っているのは、つまりこういうことなんです。さっきガーニャが、あなたのいる前でも、それからあなたが出ていかれてからも、あなたがどういう人かって質問すると、『彼はなにもかもわかっているから、遠慮することなんて何もない！』と、こう答えたのです。あれは、いったいどういうことなんでしょう？　つまり、わたしが知りたいのは、どの程度……」

そこへ突然、ガーニャとプチーツィンが入ってきた。ニーナ夫人は、ただちに口をつぐんだ。公爵は夫人のとなりの椅子に腰を下ろしたままでいたが、ワーリャは脇のほうに引っこんでしまった。ナスターシヤの写真が、ニーナ夫人の仕事机のもっとも目立つところ、つまり夫人の真ん前に置いてあった。それに目をとめたガーニャは、眉をひそめ、いらつきながらそれを拾い上げると、部屋の反対側の隅に置いてある自分の書き机のほうに、ぽいと放りだした。

「今日なんだね、ガーニャ？」ニーナ夫人が、ふいに尋ねた。

「何が、今日なんです？」ガーニャははっと体をふるわせると、いきなり公爵に食ってかかった。「そうか、わかった、あなたはここでも！……なるほど、あなたの病気って、要するにこういうことなんですね？　抑えがきかないわけですね？　ほんとうにもう、少しはわたしの身にもなってください、公爵閣下……」

「ガーニャ、これはぼくが悪いんで、ほかのだれでもありません」プチーツィンが割って入った。

ガーニャは、いぶかしげに彼のほうを見やった。

「たしかに、このほうがむしろいいのかもしれないよ、ガーニャ。まして、見方によっちゃ、問題はもう片がついているともいえるのだし」プチーツィンがつぶやくように言って、それから部屋の脇のほうに歩いていくと、テーブルに着き、鉛筆で書き散らされた紙切れのようなものをポケットからとりだして、それをじっとながめはじめた。ガーニャは顔を曇らせたまま立ちつくし、不安そうな面持《おもも》ちで、ひと騒ぎ起こるのを待ち受けていた。公爵に謝るなどという気はさらさらなかった。

「すべて片がついてるというなら、プチーツィンさん、むろんあなたのおっしゃるとおりですよ」ニーナ夫人が口を開いた。「そうむずかしい顔をしないでおくれ、それに、あまりいらいらしないでおくれ、ガーニャ。わたしはね、おまえが話したくもないことを、根掘り葉掘り聞いたりする気なんてありませんから。だいじょうぶ、わたしはもう、すっかり諦めがついていますから、だからお願い、あまり心配しないでおくれ」

仕事の手を休めることなくニーナ夫人はそう口にしたが、その様子はたしかに落ち着き払って見えた。ガーニャもそれには驚いたが、注意深く口を閉ざしたまま母親の様子をうかがい、彼女がもう少しはっきり言ってくれるのを待ち受けていた。ガーニャにとって、家庭内でのこの悶着の代償は、あまりに高くつきすぎていたのだ。

ニーナ夫人はガーニャの警戒心に気づくと、苦笑を浮かべてこう言い添えた。

「おまえはまだわたしを疑って、信じようとしないんだね。安心していいよ、前みたいに泣いて頼んだりはしないから、少なくともわたしからはね。おまえが幸せになってくれることが、いちばんの望み、それはおまえだってわかっているでしょう。わたしはね、運を天にまかせたの。でも、わたしの心はいつだっておまえといっしょですよ。ここにいっしょにとどまろうと、離ればなれになろうともさ。もちろん、責任を持てるのは、自分のことだけですからね。同じことを、妹のワーリャに求めるわけにはいきません……」

「ああ、またあいつが！」嘲りのこもる憎々しげな目で妹を見やりながら、ガーニャは叫んだ。「かあさん！　かあさんにいつか約束したことをもういちど誓います。ぼくがここにいるかぎり、ぼくが生きているかぎり、だれにも絶対に、かあさんに指一本ささせませんから。いま話題になっている相手がだれだろうと、ぼくは、あなたにたいする最大限の尊敬を要求します。だれがこの家の敷居を跨《また》ごうとも……」

ガーニャはもう感きわまって、ほとんど仲直りしたような、優しげな目で母親を見つめた。

「わたしはね、自分のことなど、何ひとつ心配してはいませんよ、ガーニャ、おまえもそれはわかっているね。わたしがこの間ずっと心配したり、苦しんできたのは、べつに自分のことなんかじゃないの。今日、すべてに片がつくとかいう話だね？　いったい、なんの片がつくんだい？」

「今晩、彼女が、自宅で、結婚に同意するかどうか、はっきりさせると約束したんです」ガーニャは答えた。

「わたしとおまえは、もうかれこれ三週間近く、この話を避けてきたわけだけど、それでよかったのさ。で、すべて片がついた今だから、あえて聞かせてもらいたいのさ。どうしてあの女は、おまえに結婚の承諾を与えたり、自分の写真なんかプレゼントできるのかってこと。おまえがあの女のことを愛していないのを知っていてさ。ほんとうにおまえは、あんな女を、あの……なんというか……」

「そう、あんなすれっからしの、ってことでしょう？」

「いや、そんな言い方をするつもりはなかったけどね。でも、ほんとうにおまえ、そこまであの女の目をごまかすことができたのかい？」

この母の問いには、ひどくささくれだった気持ちが読めたので、ガーニャは立ちつくしたまま一分ばかり考え込んでしまった。そして嘲りの色を隠そうともせず、彼ははっきりとこう言ってのけた。

「かあさん、かあさんは、むきになると、ほんとうに抑えがきかなくなるんだから。ぼくたちのあいだでは、いつもそんなふうなちょっとしたことから火がついて、大火事になるんです。かあさんは言いましたよね、うるさく問いつめたり、非難したりしないって。でも、それがもうはじまってるじゃないですか！　もうやめにしたほうがいい。ほんとうに、やめにしましょう。すくなくともかあさんには、やめるつもりがあったんですから……ぼくはね、ぜったいに、何があっても、かあさんを見捨てたりはしません。ほかの人間だったら、少なくともこんな妹は捨てて逃げ出してしまいますよね、——ほら、あいつが今こっちを見ている目つきときたら！　これでおしまいにしましょう！　さっきもう、ほんとうに嬉しかったんですから……それにどうして、ぼくがナスターシヤの目をごまかしているなんてわかるんです？　ワーリャのことなら、もう好きなようにさせておけばいいんです、それに、もううんざりです。ええ、今はもう、ほとほとうんざりしきっているんです！」

ガーニャはひとこと口にするごとに熱くなっていき、むやみやたらと、部屋のなかを歩きまわった。こういうやりとりはたちまち、家族全員の痛いところを突く結果となった。

「あの女がこの家に入ってきたらここを出ますって、わたし言いましたし、約束はきちんと守ります」ワーリャは言った。

「強情だものな！」ガーニャが叫んだ。「強情だから、結婚だってできないんだ！　ぼくにたいして何が『ふん』だい？　こっちはへでもないぜ、ワルワーラさん！　好きになさいな――なんなら今すぐ、ご自分の計画を実行したらいい。おまえにはもうほんとうにうんざりしているよ。おや！　あなたもとうとう、ここを出ていこうって腹ですか、公爵！」公爵が椅子から立ちあがるのを見て、ガーニャは叫んだ。

ガーニャの声には、やるかたない、いらつきのひびきが聞きとれた。いらいらもそこまで達すると、人はほとんどそれに快感を覚え、いっさいの歯止めを失ったまま、どうともなれといわんばかりにそうした感情に身をゆだね、快感をいよいよふくらませていくものだ。公爵はドア口で振り返り、何ごとか返事をしかけたが、自分を罵倒してかかる相手の病的な顔つきから、怒りがもう一滴であふれ出そうとしているのを察すると、再びくるりと背を向け、何も言わず部屋から出ていった。それから数分後、客間から漏れ聞こえてくる声の様子から、自分がいなくなると同時に彼らのやりとりがよりいっそう騒がしく、露骨なありさまになったのがわかった。

公爵は広間を抜けて玄関に向かった。いったん廊下に出て、そこから自分の部屋に戻るためだった。階段に通じるドア口のすぐそばを通りぬけようとしたところで、ふと物音を聞きつけ、だれかがドアの向こうで、必死に呼び鈴《りん》を鳴《よ》らそうとしているのに気がついた。だが呼び鈴はどこか故障しているらしく、カチカチと震える音がするだけで、まともに音がしない。公爵は掛けがねを外して、ドアを開けた。と、そのとたん驚きのあまり後じさりし、はげしく身震いした。目の前にナスターシヤ・フィリッポヴナが立っていたのだ。写真を見ていたので、すぐに彼女だとわかった。公爵の姿を見ると、彼女はこみあげる怒りできらりと目を輝かせた。彼女は公爵に肩をぶつけ、そそくさと玄関に入りこむと、毛皮のコートを脱ぎすてながら腹立たしげに言った。

「呼び鈴を直すのが面倒でしたら、せめて玄関で待機していたらどうなの。人がノックしたらわかるようにね。まあ、今度はコートまで落として、ほんとうにばかなんだから!」

毛皮のコートはたしかに床に落ちていた。ナスターシヤは公爵がコートを脱がしてくれるのを待ちきれず、背中を向けたまま、ろくに相手も見ず彼の手に放りなげたのだが、それを公爵は取りそこねたのだ。

「あなた、くびね。さあ、向こうに行って取り次ぎなさい」

公爵は何か言おうとしたが、うろたえるあまりひとことも発することができず、床から拾いあげたコートを抱えたまま、客間のほうに歩きだした。

「まあ、こんどはコートを抱えたまま歩いている！　どうしてコートなんて持っていくの？　ほ、ほ、ほ！　そう、あなた頭がおかしいのね、でしょ？」

公爵は引き返してくると、石像と化したかのように、呆然と彼女をながめやった。彼女が笑いだすと、彼もにこりとしたが、それでも口を動かすことができなかった。ドアを開けて彼女を迎えた最初の瞬間、彼の顔は青ざめていたが、いまやその顔には急に赤みがさしてきた。

「あらまあ、なんておばかさんなの？」腹立ちまぎれに足を踏みならしながら、ナスターシヤが叫んだ。「まあ、いったどこへ？　いったいなんていって取り次ぐ気？」

「ナスターシヤ・フィリッポヴナと」公爵はぼそりと言った。

「どうしてわたしのこと、知っているのよ？」早口に彼女は尋ねた。「あんたなんて、いちども見たことないわよ！　さあ、さっさと取り次いでちょうだい……あら、あれはいったいなんの騒ぎかしら？」

「口げんかしているんです」公爵はそう答え、客間に向かった。彼が客間に入って行ったのは、まさに決定的ともいうべき瞬間だった。ニーナ夫人は、自分が言った「運を天にまかせた」のひとことを、完全に忘れかけていた。もっとも夫人は、娘のワルワーラの肩を持とうとしていたのだ。ワルワーラのそばにはプチーツィンも立っていた。彼は、すでに鉛筆書きの紙切れを放りだしたままだった。当のワーリャもひるんではいない。そもそも、人前で物怖《ものお》じするような娘ではなかった。だが、兄の粗暴な言動は、ひとこと加えるごとにますます無遠慮で、耐えがたいものとなってきていた。そんなときの彼女は、口をきくのをやめ、ただ黙りこんだきり、相手から目を離さず嘲るようにじっとにらんでいるのが普通だった。彼女の思いどおり、兄の忍耐の緒を切らすのには、何よりもこのやり方が有効だった。公爵が部屋に足を踏み入れ、高らかな声で告げたのは、まさにこの瞬間であった。

「ナスターシヤ・フィリッポヴナさんです！」

9

沈黙が一同を支配した。だれもが、公爵の言っていることがわからない、いや、わかりたくないといった顔付きで彼を見つめた。ガーニャは、驚きのあまり茫然《ぼうぜん》と立ちつくしていた。

ナスターシヤの来訪、とくにこのような瞬間の突然の来訪は、一同にとっておそろしく奇怪で、かつわずらわしいものだった。ナスターシヤがはじめて訪問してきたということ自体からして、一大事だった。これまで彼女はひどく傲慢で、ガーニャとの話し合いでも、彼の肉親たちと近づきになりたいといった希望は、いちども口にしたことがないし、最近ではまるでガーニャの肉親など存在しないかのように、名前にふれることもなくなっていた。ガーニャは、ある部分では自分にとって面倒な話をせずにすむことを喜んでいたが、しかしそれでも、胸のうちでこうした彼女の傲慢さを根にもっていた。どちらにしても彼は、彼女からの自分の家族にたいする嘲りや嫌味を覚悟はしていたものの、まさか家にまでやって来るとは想像もしていなかった。現に、この婚約について彼の家で何が起こっているか、また彼の肉親たちがどんな目で彼女を見ているか、すべてが彼女に漏れ伝わっていることを、ガーニャは確実に知っていた。したがって彼女の訪問は、写真のプレゼントを受けとった直後のことであるばかりか、彼の運命を決すると約束した彼女自身の誕生日にあたるだけに、ほとんど彼女の決断そのものを意味しているように見えた。

公爵を見つめながら一同がとらえられていた訝《いぶか》しさは、さほど長くは続かなかった。ナスターシヤは客間のドアから勝手に姿を現し、部屋に入りしな、また軽く公爵に体をぶつけたからだ。

「やっとのことで入れましたわ……どうしてこちらでは、玄関のベルを縛っておくのかしら?」大急ぎで駆け寄ったガーニャに手を差しだしながら、ナスターシヤは愉快そうに言った。「あなた、目が点になっているけれど、どうなさったの? どうかわたしをみなさんに紹介してくださいな……」

完全に度を失ってはいたものの、ガーニャはまず彼女を妹のワーリャに紹介した。たがいに手を差し伸べる前に、ふたりの女は奇妙な目で見交わした。それでもナスターシヤは笑い顔をつくり、陽気さを装ってみせたが、ワーリャは本心を隠そうともせず、陰気な表情でじっと相手を見すえていた。その顔には、礼儀上求められる笑みのかけらさえ浮かんでいなかった。ガーニャは茫然自失となった。口説《くど》きおとそうにも材料がなく、その余裕もなかったので、彼はきびしく脅しつけるような目でワーリヤをにらんだ。妹はその目つきの凄まじさから、この瞬間が兄にとってどのような意味を持っているかが理解できた。そこで彼女は一歩、兄に譲歩する気になったらしく、かすかながらナスターシヤに向かって微笑みかけた（ふたりとも家庭内ではまだ大いに愛し合っていたのである）。母親のニーナ夫人が、いくばくかその場をとりつくろった。狼狽《ろうばい》しきっていたガーニャが、母親の紹介を後回しにしたばかりか、母親のほうを先にナスターシヤのそばへと連れていったのだ。だが、ニーナ夫人が「たいへん嬉しく……」と切り出すが早いか、ナスターシヤは最後までそれを聞かず、ガーニャのほうにさっと向き直り、窓際の隅に置かれてあった小ぶりのソファに腰を下ろしながら（まだ勧められてもいないうちに）、大声で叫んだ。

「あなたの書斎はいったいどこなのかしら？　それと……そう、下宿の人たちは？　だって、お宅では下宿人を置いているんでしたよね？」

ガーニャの顔がおそろしく真っ赤になり、まわらぬ舌で何かを言いかけたが、ナスターシヤがすぐに言い足した。

「これじゃ、下宿人の置きようもありませんね？　書斎だってないんですから。で、利益は出るんですか？」そう言いながら、彼女はいきなりニーナ夫人のほうに向き直った。

「すこし手間がかかりましてね」夫人はそう答えかけた。「もちろん、利益は出ますよ。といっても、わたしどもはついこのあいだ……」だがナスターシヤは、またしても、もう話を聞いてはいなかった。彼女はガーニャを見やり、ひとしきり笑ってから叫んだ。

「あなた、いったいなんて顔なさっているの？　ああ、ほんとうに、いまのあなたの顔って！」

ナスターシヤの笑いがおさまってから何秒か経った。ガーニャの顔は、たしかにひどく歪みはじめていた。彼の茫然自失としたところや、途方に暮れたような、滑稽かつ臆病な印象がふいに彼の顔から消えた。顔色は真っ青にかわり、への字に曲がった唇はぴくぴくと震えていた。そうして彼は無言のまま、不気味な目付きで相手を見つめつづけ、いまも笑いつづけている客人の顔をまじまじと見やっていた。

そこにもうひとり、べつの観察者がいた。彼もやはり、ナスターシヤの姿にじかに接し、ほとんど茫然自失の状態から抜け出せずにいた。もっとも彼は、客間のドアに近い場所に《棒立ち》になってはいたものの、ガーニャの青ざめた顔や不穏な変化には、かろうじて気づくことができた。この観察者こそが公爵だった。ほとんど怯えきった様子で、彼はとつぜん機械的に足を前へ踏み出した。

「水を飲んでください」彼はガーニャにそう囁きかけた。「そんな目で見つめちゃいけない……」

公爵がなんの計算も特別な意図もなく、とっさの思いにかられてそう口にしたことは明らかであった。ところが、彼のひとことが異常な反応を引き起こした。ガーニャのすべての憎しみが、いきなり公爵にぶちまけられたかのようだった。ガーニャは公爵の肩をつかんで、何も言わず、恨みと敵意のこもる目で、もはや言葉すら失ったとでもいわんばかりに彼をにらみつけた。その場が騒然となった。ニーナ夫人はきゃっと悲鳴を上げたほどだったし、不安にかられたプチーツィンは、一歩前に出、ドア口に姿を現したコーリャとフェルディシチェンコのふたりは、驚きのあまりそこに立ちどまった。妹のワーリャだけが、あいかわらず上目づかいながら、しっかり事態を見守っていた。彼女は腰をかけることもせず、母親の脇で胸の前に両手を組んだまま立っていた。

だがガーニャは、ほとんど動作を起こすと同時に自分をとりもどし、は、は、は、と高笑いをはじめた。彼はすっかり正気にかえっていた。

「あなたはなに、お医者でしたっけ、公爵？」ガーニャはできるかぎり陽気に、素朴な感じを取りつくろって叫んだ。「びっくりするじゃないですか。ナスターシヤさん、ご紹介してもよろしいでしょうか。この方はもう、じつに貴重な人物でしてね。といっても、ぼく自身、今朝お近づきになったばかりですが」

ナスターシヤは怪訝そうな表情で公爵のほうを見やった。

「公爵？　この人が公爵ですって？　ちょっと待ってください、わたし、さっき、玄関でこの人をお宅の従僕と勘違いして、取り次ぎをお願いしたところなんですよ！　ふ、ふ、ふ！」

「どうってことありませんよ、どうってことね！」フェルディシチェンコは、急いでそばに寄りながら話に割って入った。一同が笑いだしたのを見て、すっかり気をよくしたらしい。「どうってことないです、se non e vero.（まちがったって）」

「そう、あなたを叱りつけるところでしたわ、公爵。ごめんなさいね。フェルディシチェンコ、あなた、こんな時間にどうしてここに？　わたし、あなたとだけは顔を合わせたくないって思っていたの。で、どういう方ですって？　何《なに》公爵？　ムイシキン？」彼女は畳みかけるようにして、ガーニャに質問を浴びせた。その間ガーニャは、公爵の肩を押さえたままのかっこうで、どうにか紹介をすませた。

「うちの下宿人です」ガーニャはそう繰り返した。

一同は、あきらかに公爵を何かめずらしい（そしてみんながこの不自然な状況から脱するきっかけとなった）人物として紹介し、ナスターシヤに押しつけんばかりだった。公爵はどうやら、フェルディシチェンコがナスターシヤに彼のことを説明するとき、「白痴ですよ」と囁く声まではっきり耳にしたらしかった。

「ねえ、わたしがさっき、あんなひどい……人ちがいをおかしたとき、どうして注意して直そうとなさらなかったの？」ナスターシヤは、公爵を頭のてっぺんからつま先まで、ひどくぶしつけな態度でねめまわしながら話をつづけた。彼女はじりじりする思いで返事を待っていたが、それはあたかも、相手の返事はきっと思わず噴き出さずにはいられないほど間の抜けたものにちがいないと、決めてかかっているような態度だった。

「びっくりしてしまったんです、お目にかかるのが、あまりにとつぜんだったものですから……」公爵はつぶやくように言った。

「でも、どうして、わたしだってことがおわかりになりました？　前にどこでわたしをごらんになったんです？　でも、ほんとうに変ですわ、わたしもどこかであなたをお見かけしたことがあるような気がする！　失礼ですけど、ひとつ質問させて。で、あなたはどうしてさっき、棒のように立ちすくんでしまわれたわけ？　わたしの何におどろいて、あんなふうに、立ちすくんでしまったのかしら?」

「さあ、さあ!」フェルディシチェンコはふざけた顔でつづけた。「さあって言ってるでしょ! ああ、ったく、おれがこんな質問されたら、いくらだって答えてやれるのに! さあさあ……そんな調子じゃもう公爵、間抜けもいいところですぜ!」

「いや、ぼくだって、あなたの立場なら、いくらでも答えられますよ」そう言って、公爵はフェルディシチェンコに笑い顔を向けた。「さっき、あなたのお写真を見てほんとうにびっくりしたんです」公爵は、ナスターシヤに向かって話をつづけた。「それから、エパンチン家の方々とあなたの話をしたんです……それに朝も早いうちに、まだペテルブルグに到着するまえ、列車のなかでパルフョーン・ロゴージンさんがいろいろとあなたの話をしてくれたものですから……で、ぼくがこの家の扉を開けたあのときも、やはりあなたのことを考えていたんです、そうしたら、あなたが急に目の前に……」

「でも、どうして、わたしだっておわかりになったんです?」

「写真を見ていましたし、それと……」

「それと?」

「それと、あなたはきっと、こんなふうな方にちがいないって、想像していましたから……ぼくも、どこかでお会いしたことがあるような気がします」

「どこで？　どこで？」

「あなたの目を、ほんとうにどこかで見たことがあるような……でも、そんなことがあるはずない！　ただなんとなくそんな気が……だって、いちどもここに来たことがなかったんですから。ひょっとして夢ででも……」

「いよう、公爵！」フェルディシチェンコがひと声叫んだ。「こいつはだめ、さっきの se non e vero（まちがったって）、撤回しますよ。それにしても……それにしても、この人の場合、すべてこれ無邪気に言っているだけですからねえ！」悔しそうに彼は言い足した。

　公爵はいくつかの文句を、落ちつきのない声でとぎれとぎれに、何度も息をつぎながら話した。すべてが、彼の内心の異常なまでの興奮を物語っていた。ナスターシヤは、興味津々といった様子で彼を見つめていたが、すでに笑顔は消えていた。ちょうどそのとき、公爵とナスターシヤを隙間《すきま》もなく取り巻いていた人々の背後から、とつぜんべつの甲高い声がひびいてきて、その人の群れを、大きくふたつに押し割った。ナスターシヤの目の前に、一家の主である、当のイヴォルギン将軍が立っていた。将軍はフロックコートを着込み、さっぱりとした白い胸当てをつけていた。口髭は染めてあった……。

ガーニャもこれには、さすがに耐えられなかった。

疑心暗鬼や心気症におちいるほど自尊心が強く、見栄っぱりな彼は、この二カ月にわたって何か自分をしっかりと支え、自分をもっと上品に見せることのできる足場のようなものを探しつづけてきた。自分はまだこんな世界の新規参入者にすぎず、最後まではたぶん持ちこたえられないと感じていたので、ついやけくそな気持ちから、自分が暴君でいられるわが家ではとことん傍若無人にふるまってやると、腹をくくっていた。しかしその彼も、ナスターシヤの前に出ると、最後まで手玉《てだま》にとられ、冷酷無惨に支配されて、たちまち腰くだけとなるのだった。ナスターシヤ自身が彼について、いつだか口にしたという「こらえ性のない乞食」という言葉も、すでに耳に届いていた。こうした仕打ちにたいして、あとでこっぴどく意趣返ししてやると天地神明にかけて誓い、同時に、ときとして内心ではつじつまを合わせて、たがいに矛盾しあうものすべてを融和させようと子どものように夢見ていた。そのガーニャが、今またこの恐ろしい杯《さかずき》を、よりによってこんな時に飲みほさなくてはならないのだ！　さらにもうひとつの予期せざる、虚栄心のつよい男にとってはこのうえなく恐ろしい拷問が、――自分の身内のことで、自分の家で赤っ恥をかかされるという苦しみが、彼に降りかかったのだ。《はたしてあの見返りは、こんな思いまでして手に入れる価値があるのか!》——そんな考えが、ふいにガーニャの頭に閃《ひらめ》いた。

まさにこの瞬間、彼がこの二カ月間、夜ごと悪夢にうなされてきた場面が現実となった。彼はその悪夢の恐怖に凍りつき、恥ずかしさに焼き焦がされてきた。すなわち、自分の父親とナスターシヤの顔合わせが、ここについに実現したのである。彼は自分自身をからかったり、苛立たせたりするつもりで、結婚式に臨んだ将軍の姿をあえて思い浮かべることがたまにあった。だが、その苦しい光景を最後まで描き切ることはどうしてもできず、早々にそれを放り出した。ことによると、彼はその災難を突拍子もなく大げさに考えていたのかもしれない。だが、虚栄心の強い人間というのはえてしてこうなのだ。この二カ月間、彼は考えに考え、たとえいっときでも父親をなんとか黙らせ、できるものならばペテルブルグの外に追い出してしまおう、母親が賛成しようがしまいがかまわないと、固く腹を決めていた。十分前ナスターシヤが入ってきたとき、彼は驚きうろたえるあまり、この場に父親のイヴォルギン将軍が顔を出す可能性など完全に失念していたので、事前の策は何も講じてはいなかった。そこへ、ついに将軍が、一同の前に姿を現したというわけである。しかも物々しいいでたちで、フロックコートまで着用して。それも、よりによってナスターシヤが『ひたすらガーニャと彼の家族に嘲笑を浴びせる好機を探っていた』ときのことだった(彼はそう確信していた)。それにじっさい、彼女のこの訪問は、そうでなくして何を意図しているというのか? 彼女が訪ねてきたのは、母親や妹と友だちになるためか、それとも彼の家で彼女たちふたりを侮辱するためか? だが両者の今いる場所からみて、もはや疑念の余地はなかった。母親と妹が、まるで唾をかけられでもしたかのようにひっそり隅に座っているのにたいして、ナスターシヤのほうは、彼女たちが同じ部屋にいることさえ忘れているかのように見えた。……そんなふうなふるまいを見せるからには、むろん彼女には彼女なりの目的があるにちがいない!

フェルディシチェンコは将軍の肘をつかみ、彼女のそばに連れていった。

「アルダリオン・アレクサンドロヴィチ・イヴォルギンと申す者です」腰をかがめ、笑みを浮かべながら、将軍は重々しい調子で口を開いた。「幸《さち》薄き老兵にして、かくも美しきお方をわが家にお迎えできるという希望に、幸せを感じている一家の主であります……」

最後まで言い切らぬうちに、フェルディシチェンコがすばやく後ろから椅子をあてがったので、昼食後でいささか足もとがおぼつかない将軍は、そのままぺたんと腰を下ろした、というか椅子に尻もちをついてしまった。といって、そのことに動じる気配もなかったのだが。将軍は、ナスターシヤの真向かいに腰を落ち着けると、心地よさそうに気取ってみせ、受けねらいのゆったりとしたポーズで、彼女の指先を自分の口もとに運んだ。総じて、将軍をまごつかせるのはかなり困難なことだった。その風采にしても、ややだらしない点をのぞけば、今なおなかなか立派なものであったし、そのことは彼自身よくわきまえていた。以前は、かなり上のほうの社交界に出入りしていたこともあったが、そこから彼が完全にしめ出されるにいたったのは、つい二、三年前である。そのとき以来、彼はもうとめどなく、ある種の誘惑に身をゆだねるようになった。それでもなお、老獪かつ感じのいい身のこなしは、今も失われることがなかった。ナスターシヤはどうやら、むろん人づてに耳にしていたイヴォルギン将軍の出現を、とりわけ嬉しがっているように見えた。

「うけたまわりますれば、わが息子が……」と将軍は切り出した。

「ええ、あなたの息子さんがね！　でも、お父さまだってご立派じゃありませんか！　どうして、わたしの家にいちどもお越しくださらなかったんです？　ひょっとして、どこかに身を隠してらっしゃるの、それとも息子さんがあなたを隠しているとか？　あなたぐらいの方なら、べつにわが家に来てくださっても、だれの体面も傷つけることにはなりませんわ」

「十九世紀の子どもたちとその親というのは……」将軍はまた、何か言いかけた。

「ナスターシヤさん！　どうか少しのあいだだけ夫を放してあげてくださいな、向こうでちょっと用がありますので」ニーナ夫人が大声で言った。

「まあ、放すですって！　とんでもありません、いろいろと噂をうかがっておりましたし、前々からお会いしたいと思っていたんですよ！　どんな用事がおありなの？だって、退役されておられるんでしょう？　将軍、わたしをひとりにして、あちらに行ったりはなさいませんよね？」

「わたしがお約束します。夫はいずれ、自分からあなたのところに伺います。でも、今は休息が必要なんです」

「イヴォルギンさん、どうやら休息が必要とのことらしいですよ！」ナスターシヤは、まるで玩具《おもちゃ》を取り上げられたお転婆《てんば》娘のようにふくれっ面《つら》をし、不満そうな声を上げた。将軍のほうも、自分の立場をよりばかげたものに見せてやろうと、ことさら励んでいるかのようだった。

「おいおい！　ちょっと待たんか！」もったいぶって妻のほうに向きなおり、胸に手を押し当てながら、将軍は叱りつけるような調子で言った。

「どこかに行ったら、母さん」甲高い声でワーリャが尋ねた。

「いいえ、ワーリャ、わたしは最後までここに残るわ」

ナスターシヤの耳にふたりの問答が入らないはずはなかったが、しかしそのせいで、彼女のはしゃぎぶりにいちだんと拍車がかかったようだった。ただちに彼女が将軍に質問の雨を再度降らせはじめたので、五分もすると将軍は勝ち誇ったような気分になり、まわりの者たちが大笑いするのにもめげず、大演説をぶっていた。

コーリャは公爵の袖を引いた。

「ねえ、父さんをなんとか連れ出してくださいよ！　だめですか？　どうか！」かわいそうに、少年は怒りの涙で目を真っ赤にしていた。「ったく、兄貴のくそったれ！」

少年はひとりごとのように言い添えた。

「エパンチン将軍とは、嘘いつわりなくたいへんに親しい間柄でして」ナスターシヤの問いに、将軍は堰を切ったように話しはじめた。「わたしとエパンチン将軍、そして今は亡きレフ・ムイシキン公爵、そう、その息子さんを今日、じつに二十年ぶりにこの腕に抱くことができたわけですが、この三人は、言ってみれば切っても切れぬ三銃士、そう、アトス、ポルトス、アラミスでした。ですが、悲しいことに、ひとりは誹謗と銃弾に斃《たお》れて今は墓のなか、もうひとりはこうして、今もって誹謗と銃弾と戦っておる次第でして……」

「銃弾とですって！」ナスターシヤが叫んだ。

「ここにあります、この胸のなかに。カルスの戦いで被弾しましてな、天候のすぐれぬ日などは、しくしくと痛みを感じるのであります。しかしそこをのぞけば、哲学者のごとく暮らしておりましてな、歩き回ったり、散歩したり、行きつけのカフェでは、一線を退いたブルジョワとして西洋碁を楽しんだり、《Indépendance（アンデパンダンス・ベルジュ紙）》を読んだりしております。ただし、われらが三銃士のひとりポルトス、そう、エパンチン将軍とは、一昨年でしたか、汽車のなかで起こったむく犬の一件以来、すっぱり縁を切らせていただいております」

「むく犬の一件ですって！　それっていったいなんのことですの？」ナスターシヤは、格別の好奇心を浮かべながら尋ねた。「むく犬がからんでいるんですね？　ちょっと待って、その汽車のなかって！……」ナスターシヤには、何か思いあたるふしがあったらしい。

「ええ、ばかげた話でして。ここで蒸しかえすには及びません。もとを辿《たど》れば、例のベロコンスカヤ公爵夫人の家で家庭教師をしている、ミセス・シュミットという女性に原因があります、ですが……今さら繰りかえしてもはじまりません」

「いいえ、ぜひともお話しになって！」ナスターシヤは愉快そうに叫んだ。

「こいつは、聞いたこともないぞ！」フェルディシチェンコが、口をはさんだ。

「C'est du nouveau.（初耳だ）」

「あなた！」ふたたび、懇願するようなニーナ夫人の声が響きわたった。

「父さん、呼んでるよ！」コーリャが叫んだ。

「ほんとうにばかげた話でしてな、ほんのひとことで尽きてしまいます」将軍は得意気に話しだした。「二年前のことです、そう！　二年にはちょっとかけますか。あれは、新しい……本線が開通してまもなくのことで、わたしは（そのころはもう平服を着けておりました）、任務の引き継ぎに関する、わたしとしてはかなり大事な案件を片づけるために、一等車の切符を買いました。で、汽車に乗りこみ、腰を下ろして葉巻を吸っておったのですよ。つまり、汽車に乗る前に火をつけた葉巻を吸いつづけていたわけです。そのコンパートメントには、わたしひとりきりでした。車内での喫煙は禁止されているわけではありませんが、かといって許可されているわけでもありません。まあ、習慣からなんとなく許可されていたようなものでして、人物によりけりというわけです。窓は開け放たれておりました。で、発車の汽笛が鳴る直前になり、とつぜん、むく犬をつれた女性がふたり乗り込んできまして、わたしの真向かいに座ったというわけです。いわゆる駆け込み乗車です。ふたりの女性のうちひとりは、やけに派手な身なりをしておりまして、ライトブルーのワンピースをまとっていました。もうひとりの女性は、それよりかは多少地味で、小さなケープのついた黒いシルクのワンピースを着ておりました。ふたりともなかなかの美人さんでしたが、何やらやけに高慢ちきな感じがしましてな、英語をしゃべっておるんです。こちらはむろん、なんのお構いもなく葉巻を吸いつづけておりました。というか、ちょっとは気にしていたのですが、やっぱり吸いつづけていたわけです。窓は開いていましたし、窓のほうに向かって煙を吐き出していましたからね。ライトブルーの夫人の膝のうえでは、むく犬が寛《くつろ》いでおりました。わたしのこぶしくらいしかないちっこい犬でして、毛並みは真っ黒、足の先だけ白っぽい、なかなかの珍種でしたよ。銀の首輪には、何やら文句らしきものが刻まれていましてね。わたしはべつに気にもせず座っていました。ただ、ご婦人がたが腹を立てているらしいことはうすうす勘づいていました。むろん、葉巻のことです。片方の夫人は、鼈甲《べっこう》の鼻眼鏡《ロルネット》をかけてこっちをじろじろにらんでいます。わたしは、それでも平気な顔をしておりました。べつに相手から何も言われていないからです！　ちゃんと声に出して、注意するなり頼むなりすればいいじゃないですか。だって人間には口ってものがあるわけでしょう！　ところが、ふたりともだまったままでした……そこでいきなり、――いいですか、まるで前置きなしに、いやいや前置きなんてまるきりなしです、頭の箍《たが》がはずれでもしたみたいに――ライトブルーの女が、わたしの手から葉巻をひったくり、窓の向こうにポイっとやったんです。列車は矢のごとく走り過ぎ、わたしは茫然と眺めるばかりでした。なんとも野蛮な女ですな、野蛮な階級から出た、とことん野蛮な女ですよ。もっとも、たいそう恰幅《かっぷく》のいい女ではありましたがね。まるまると太って上背もありまして、髪はブロンド、血色もよく（よすぎるくらいでしたよ）、目をぎらつかせながらこのわたしをにらむのですな。で、わたしはですよ、ひとことも発せずにです、バカっていねいに、そう、慇懃無礼というまでにていねいにです、なんといいますか、もうていねいとかいっても、繊細さの限りをつくしてです、この二本の指をむく犬に近づけ、そいつの襟首をデリケートな手つきでつかまえると、窓の向こうに、ぽいと投げすててやったわけです、葉巻と同様にね！　むく犬は、キャンとひと声吠えただけでしたよ！　列車は矢のごとく走りつづけています……」

「ひどい人！」ナスターシヤはひと声そう叫ぶと、まるで小娘のように手をたたきながら笑い転げた。

「ブラーヴォ、ブラーヴォ！」フェルディシチェンコが叫んだ。将軍の出現をひどく不快に思っていたプチーツィンも、にやりと笑みを浮かべた。おまけにコーリャまでが笑いだし、あとにつづいて「ブラーヴォ！」と喝采を送った。

「それに、わたしは正しかったのです、正しかった、何倍も正しかった！」勝ち誇ったように熱っぽい調子で、将軍は話をつづけた。「なにしろ、もし列車の車内で葉巻が禁じられているのだとしたら、犬を連れ込むなんて、もってのほかじゃありませんか」

「ブラーヴォ！　父さん！」コーリャは有頂天になって叫んだ。「立派！　ぼくだってきっと、絶対にそれと同じことをしてやったもの」

「でも、そのご婦人はどうしました？」ナスターシヤはじれったそうに尋ねた。

「その女ですか？　いや、そこがなんとも不愉快なところでして」顔を曇らせながら将軍は話をつづけた。「ひとことも、それこそこれっぽちの前置きもなしにですよ、いきなりわたしのほっぺたをぶっ叩いたんです！　野蛮な女ですな。とことん野蛮な階級の出だ！」

「で、あなたは？」

将軍は目を伏せて眉根《まゆね》をつりあげ、肩をいからせて唇をぎゅっと結び、両手を広げたまましばらく黙りこんでいたが、やがてふいに口を開いた。

「つい、かっときましてね！」

「で、やっつけたってわけね？　こっぴどく？」

「いえ、やっつけたなんてことはありません！　ひと騒動もち上がりはしましたが、べつに大したことはありませんでした。わたしはただ、いちどだけ腕を払いましたが、それもたんに相手を払いのけるためにです。しかしまあ、魔がさしたとでもいうんですかな、ライトブルーの女はイギリス人でしてね、ベロコンスカヤ公爵夫人宅の家庭教師、というより、むしろ友人ともいう人物でして、で、もうひとりの黒いワンピースは、じつにベロコンスカヤ公爵家の長女で、年は三十五歳ぐらいの未婚女性だったわけです。で、エパンチン将軍夫人と、このベロコンスカヤ夫人一家がどういう関係にあるかは、みなも知るとおり。公爵家のお嬢さん方は、みんな卒倒するやら、大好きなむく犬が死んじまったっていうんで、わんわん泣くわ、喪に服するわ、六人のお嬢さん方や、イギリス女が泣き叫ぶ声で、もうこの世も終わりかという騒ぎようでした！　そりゃ改悛の情を示しに出かけていって、許しを請いましたし、手紙だって書きましたよ、ですが、受け入れてはもらえませんでしたな。わたしも、手紙も、ね。で、エパンチン君とも軋轢《あつれき》が生じまして、出入り無用、そして追放、ってな結果になったわけです！」

「でも、失礼ですけど、これってどういうことでしょう？」ふいにナスターシヤが尋ねた。「五、六日前のことですけど、わたし、《Indépendance（アンデパンダンス）》で読んだんです。――わたし、日ごろから、《Indépendance（アンデパンダンス）》を購読しているものですから――、それとよく似た話を読みましたの！ いえ、それとまったく同じ話です！ 事件が起こったのは、ライン鉄道のひとつでしてね。その車内で、フランス人男性とイギリス人女性とのあいだで起こった話です。葉巻をひったくられたのも同じなら、むく犬が窓から放り出された話もまるきり同じ、結末も、まったくあなたのお話と同じような終わりかたをしているんです。着ていた服までライトブルー！」

将軍はおそろしく真っ赤な顔になり、コーリャもまた顔を赤らめ、両手で頭を抱えた。プチーツィンはぷいと顔をそむけた。あいかわらず大声を立てて笑っていたのはフェルディシチェンコだけだった。ガーニャについては、もはや何ひとつ言うべきことはなかった。この間、彼はずっと立ちっぱなしで、ひそかな耐えがたい苦しみに耐えていたのである。

「いや、嘘じゃありません」将軍はつぶやくように言った。「わたしの身にも、それとまったく同じことが起こりまして……」

「父さんはほんとうに、ベロコンスカヤさんちの家庭教師のミセス・シュミットさんとのあいだでもめたんです」コーリャが叫んだ。「ぼく、ちゃんと覚えています」

「嘘でしょう！　まったく同じだなんて？　ヨーロッパの両端で、まったく同じことが起こるなんて、細かいところまで、ワンピースのライトブルーまで同じなんて！」ナスターシヤは容赦なく言い募った。「あなたに《Indépendance Belge（アンデパンダンス・ベルジュ紙）》、届けますわ！」

「しかしですよ」将軍は、それでもひるまず主張した。「わたしの事件のほうが二年も早く起こっているんですからね……」

「あら、たしかにそうだったわね！」

ナスターシヤは、ヒステリーに襲われたかのようにげらげらと大笑いした。

「父さん、ちょっと話があるので外に出てください」ガーニャは機械的に父親の肩をつかむと、ひどく疲れきったように声を震わせながら言った。その目には、底知れぬ憎しみが沸《わ》き立っていた。

ちょうどそのとき、玄関から、けたたましく鳴る呼び鈴の音が響いてきた。呼び鈴の紐が切れてしまいそうな、はげしい鳴らし方だった。その響きにはただならぬ訪問が予告されていた。コーリャがドアを開けに駆けだしていった。

10

玄関の周辺がひどく騒がしくなり、やにわに大勢の人の気配が感じられた。客間で聞いていると、外から何人もの人が入ってきたが、それでもまだひきもきらず押しかけてくるような様子だった。何人かの声がいちどきにものを言ったり、わめいたりしている。階段を昇る途中のおしゃべりや、どなり声も聞こえていた。その様子からして、玄関のドアが開けっぱなしらしかった。これは、どうも恐ろしく珍妙な訪問だった。部屋にいた全員が顔を見合わせた。ガーニャはあわてて客間に出ていったが、すでに何人かの男が入りこんでいた。

「おお、いたいた、あれが裏切り者のユダだ！」公爵の耳に、聞きおぼえのある声が叫んだ。「おいガーニャ、この腹黒め！」

「こいつです、まさしくこいつです！」別の声が相槌を打った。

公爵にはもはや疑いの余地がなかった。ひとりはロゴージンの声、そしてもうひとりがレーベジェフの声だった。

ガーニャは客間の敷居に呆然と突っ立ったまま、パルフョーン・ロゴージンのあとについて、十人ないし十二人ばかりの男どもが続々と部屋に入ってくるのを押し止《とど》めようともせず、ただ黙ってその様子を眺めていた。一行の顔ぶれは恐ろしく雑多だったが、たんにその雑多さばかりでなく、その不作法ぶりもきわだっていた。一行のうちの何人かは、通りを歩いていたときと同じコートや外套を身に着けたまま、部屋に入ってきた。それでも、酩酊しきっている男はひとりもいなかったが、ただしだれもがほろ酔い気分らしかった。どうやら一行は、入ってくるのにおたがいの助けを必要としているようで、だれひとり自分から乗り込んでくる勇気がなく、たがいの背中を押し出そうとしているありさまだった。ロゴージンまでが、一同の先頭に立って注意深く歩を進めていった。しかし、彼には何か思うところがあるらしく、むっつりとした、いらだたしげで心配そうな表情を浮かべていた。残りの連中はといえば、もはやたんなる合唱団、ないしは、よくて応援団といった風情だった。レーベジェフのほかに、巻き毛のザリョージェフもいた。彼は外套を控室にぬぎすて、いかにも伊達《だて》男をきどりながら、飄々《ひょうひょう》とした態度で入ってきた。これに類した、ひと目で小商人《こあきんど》とわかる男が二、三人いた。軍隊用のコートを着ているもの、ひっきりなしに笑っている小柄で恐ろしく太った男、身長が二メートルもありそうな、これまた異様なほど肥満した大男もいた。この男は、ひどく陰気くさくて口数は少なく、見るからに自分の拳《げん》骨《こつ》にたのむところがありそうだった。医学生もひとりいたし、やけにでれでれした小柄なポーランド人もいた。ほかに、部屋に入りかね、階段口から玄関のほうを覗きこんでいる婦人がふたりいた。そこでコーリャが、その鼻先でばたんとドアを閉め、鍵をかけてしまった。

「よう、ガーニャ、卑劣漢！　なに、パルフョーン・ロゴージンさまが来るとは思ってもみなかったようだな？」客間まで来たロゴージンは、ドア口に立ちどまると、ガーニャに面とむかって繰りかえした。ところがその瞬間、彼は客間のなかに、自分の真向かいに立っているナスターシヤの姿を認めた。彼女の姿にただならぬ印象を受けた様子からすると、どうやらここで彼女に出くわすことになろうとは思ってもみなかったらしい。彼は顔色を失い、唇まで紫色になってしまった。「てことは、あれは嘘じゃなかったんだ！」彼はあっけにとられたまま、ひとりごとのようにちいさくつぶやいた。「終わりだ！……いいか……こうなったが最後、きさまがおれの相手だ！」

彼はふいに、憎しみのこもった凄まじい形相でガーニャをにらみ、歯ぎしりしながら叫んだ。「いいか……いくぞっ！」

ロゴージンは息を切らし、口をきくのもやっとという状態だった。彼はなかば無意識のまま客間に入りこんでいったが、敷居をまたいだとたんニーナとワーリャの姿がふと目にとまり、興奮のきわみにありながら、いくぶんきまり悪げな様子で足を止めた。ロゴージンのあとから、影のように彼にぴたりと寄り添い、すでにけっこう酩酊しているレーベジェフが続いて、医学生と例の拳骨男、そしてザリョージェフは左右にぺこぺこお辞儀をしながら入ってきた。最後は例のちびの太っちょが、人垣をかき分けるようにして入ってきた。ご婦人方が居合わせているせいで彼らはいくぶん士気が落ち、腰が引けた様子だったが、むろんそれは幕が切って落とされるまで、つまり最初に大声をあげて始めるまでのことだった……そうなればもう、ご婦人方がそこにいようがいまいが、遠慮をすることはなかったろう……。

「なんだい？　公爵、おまえさんもここに？」公爵との顔合わせにいくらか面食らった様子で、ロゴージンが放心したような調子で言った。「あいかわらずゲートル巻いたままでねえ、ああ！」大きくため息をつくと、ロゴージンはもう公爵のことなど忘れて、ふたたびナスターシヤのほうに目をやった。そうして彼は、まるで磁石に引きつけられるみたいににじり寄っていった。

ナスターシヤもまた、不安のいりまじる好奇の目で客たちを見つめていた。

ガーニャがようやく自分を取りもどした。

「失礼ですが、これはそもそもどういうことです？」入ってきた連中をきびしくにらみながら、とくにロゴージンに向かって大声でそう切りだした。「諸君、諸君たちが入って来られたのは厩《うまや》じゃありません。ほら、ここにはわたしの母も妹もおりますからね」

「見りゃわかるぜ、おふくろさんと妹がいることぐらい」ロゴージンがぼそぼそと答えた。

「母親と妹さんがいることぐらい、わかりまさあねえ」レーベジェフは、後押しするかのように相槌を打った。

あの拳骨男もついに出番だと思ったのか、もそもそと何かをつぶやきはじめた。

「しかし、それにしても！」ガーニャがとつぜん、度を越した大声を張りあげた。

「何よりもまずみなさんには、ここじゃなくて広間のほうに移ってもらいましょう、それからお名前を……」

「ほらみろ、すっとぼけやがって」その場から動こうとせず、ロゴージンは憎々しげに歯を剝《む》いた。「ロゴージンを知らねぇか？」

「かりに、どこかでお目にかかったことがあるにしても……」

「ほらみろ、どこかでお目にかかったことがある、なんて言ってやがる！　いいか、おれはきさまにだな、三カ月前、カードで親父の金二百ルーブルを巻き上げられた。

うまいこと、親父はそれを知らずにぽっくりいってくれたがな。きさまがおれを引っぱりこんで、クニッフのやつがいんちきやりやがった。ここまで言ってもしらばっくれる気か？　プチーツィンが証人だ！　そうとも、きさまは、このおれがいまルーブル銀貨三枚でもポケットから出して見せりゃ、その金ほしさに、それこそワシリエフスキー島までだって這っていこうってやつさ、――そうとも、そういう男だ！　それがきさまの根性だ！　おれはいまも、きさまをまるごと買いたたくために来たってわけだ。こんな汚いブーツをはいて来たからって、心配は無用。おれにはな、兄弟、金があるんだ。うなるほどな。きさまをまるごと、それこそ身ぐるみ買い取ってやるぜ……その気になりゃ、きさまら全員を、まるごと買いたたいてやる！　何もかも買いたたいてやる！」ロゴージンは興奮し、いよいよ酒がまわっていくかのように見えた。「おっと！」彼は叫んだ。「ナスターシヤさん！　おれを追い出すまえに、ひとこと答えてくれ。あんたはこいつと結婚する気なのか、どうなんだ？」

ロゴージンがそう問いかける姿には、すっかり自分を見失ったあげく、何か神にでも祈るような趣《おもむき》があったが、そこにはまた、もはや失うものを何ひとつもたない死刑囚のような大胆さも含まれていた。死ぬほど悩ましい苦しみにかられながら、彼は答えを待っていた。

ナスターシヤは、まるで秤《はかり》にでもかけるかのように、嘲りをふくんだ、高慢ちきな目でロゴージンを眺めまわしていたが、やがてふいにワルワーラとニーナ夫人のほうに目をやり、さらにガーニャをちらりと眺めてから、とつぜんがらりと口調を変えた。

「そんなこと、まったくありませんわ。あなた、どうなさいました？　どうしてそんなことを尋ねようって気になられたんです？」真剣な調子で穏やかに彼女は答えたが、そこにはいくぶん驚きのひびきが混じっていた。

「しない？　しないだと？」ロゴージンは、嬉しさのあまり有頂天になって叫んだ。「じゃ、ほんとうに結婚しないんだな⁉　でも、やつらの話じゃ……ああ！　そうさ！……ナスターシヤさんよ！　じつは、あんたがガーニャと婚約したとか言う連中がいるもんだから！　あんなやつと？　そんなことあるはずがねえ（連中にはそう言ったんだがな！）。そうとも、この男なんざ、百ルーブルで身ぐるみ買いたたいてやるわ。なんなら千ルーブルくれてやってもいい。いや、三千でもいい。お引きとり願うためにさ。そうすりゃ、結婚式の前の晩にさっさと逃げだすにちがいねえ。花嫁さんをそっくりおれに残してさ。そうだろうが、ガーニャ、このいかさま野郎！　いいから三千もらっておけ！　その金なら、ほらここにあるさ！　おれが来たのはな、きさまから証文とりあげるためなんだ。買うと言った以上は、買わせてもらうぜ！」

「ここから出ていけ、この酔っ払い！」赤くなったり青くなったり、交互に顔色を変えていたガーニャがひと声叫んだ。

この叫び声に続いて、何人かの炸裂するような声が響きわたった。ロゴージンの一党は、最初の呼び水をいまや遅しと待ち受けていたのだ。レーベジェフが、ひどく躍起になってロゴージンの耳に何ごとか囁きかけていた。

「そのとおりさ、小役人！」ロゴージンはそれに答えた。「そうとも、この酔っぱらい！　ええい、どうとでもなりやがれ。ナスターシヤさんよ！」ロゴージンはまるで狂ったように、おずおずと彼女を見つめたかと思うと、ふいに厚かましいほど元気づいて叫んだ。「ほら、ここに一万八千ルーブルある！」ロゴージンはそう叫ぶと、紐で十字にしばって白い紙に包んである札束を、彼女の前のテーブルにどんと放り出した。「ほれ見ろ！　それに……金はほかにもまだあるぜ！」

だが、言いたいことを最後まで言い切るだけの勇気はなかった。

「だ、だ、だめです！」レーベジェフが、恐ろしく怯えた様子で彼にささやきかけた。示された額のあまりの大きさに度胆をぬかれ、それよりはるかに少ない額からはじめるようにと進言したものらしかった。

「いや、そうはいかねえ。この点にかけてはな、おめえは阿呆《あほう》もいいところだ。何もわかっちゃいねえ……しかしまあ、おれさまもおめえといっしょで、大ばか者にはちげえねえ！」ナスターシヤのぎらぎら光る目に射すくめられ、ロゴージンはふとわれに返るや、ぎくりと身をふるわせた。「ったく！　ばか言っちまったぜ。きさまの言うことなんぞ聞いたからさ」深い後悔の念にかられた様子で、ロゴージンはそう言い添えた。

消沈しきったロゴージンの顔をじっと眺めてから、ナスターシヤがとつぜん笑いだした。

「一万八千ルーブルを、このわたしに？　やっぱり田舎者の地金《じがね》が出たわね！」ナスターシヤは、厚かましいほどなれなれしい口調でそう言い添えると、そのまま暇請《いとまご》いをするかのようにソファから腰を上げた。ガーニャは、心臓が止まりそうな思いで事のなりゆきを見つめていた。

「それじゃ、四万、四万でどうだ。一万八千じゃなく」ロゴージンは叫んだ。「プチーツィンとビスクープが七時までに四万ルーブル、耳をそろえて持ってくるって約束してくれた。四万だ！　そいつをぜんぶテーブルに並べてやる」

その場の光景はおそろしく醜悪なものと化していたが、ナスターシヤはなお笑いつづけるばかりで、立ち去る気配はなかった。じっさいに何か思惑でもあるのか、その場を長引かせようとしているかのようだった。ニーナ夫人とワーリャも椅子から立ち上がり、この先どうなることかと、怯えたようすで黙ったまま見守っていた。ワーリャの目にはぎらつく輝きが宿っていた。ニーナ夫人は何もかもが病的に作用したらしく、体をふるわせ、いますぐ卒倒するのではないかと思われた。

「それなら、十万だ！　今日じゅうに十万、耳をそろえてやる！　プチーツィン、頼んだぜ。そうすりゃ、てめえの懐《ふところ》だってあったまるだろう！」

「きさま、ついに狂ったな！」プチーツィンがロゴージンのほうにつかつかと歩みより、手首をつかまえながら囁くように言った。「この酔っ払い、交番に突き出されるぞ。どこだと思ってる？」

「酔っ払ってでたらめ言っているのよ」ナスターシヤがからかうような調子で言った。

「いや、でたらめなど言っちゃいねえ。そろえてやるとも！　晩方までにな、耳をそろえてやる。プチーツィン、まかせたぜ。この業突《ごうつ》く張《ば》り、利息はいくらでもいい。晩方までに十万そろえるんだ。これしきのことであとには引かねえって、とことん見せてやらあ！」ロゴージンはにわかに活気づいて有頂天になった。

「それにしても、いったいどういうことだね？」すっかり腹を立てたイヴォルギン将軍が、ロゴージンにつめ寄りながら、すさまじい剣幕で怒鳴り立てた。それまで沈黙を守っていた老人の突拍子もない行動は、相当に滑稽味を帯びるものだった。ひとしきり笑い声が聞こえた。

「こいつはいきなり、どこのどいつだい？」ロゴージンが笑いだした。「行こうぜ、ご老人、しこたま飲ませてやるから！」

「なんて卑劣なんだ！」恥ずかしさといまいましさのあまり、コーリャはすっかり泣き顔になって叫んだ。

「ここにはほんとに、だれひとりいないのね、この恥知らずな女をここから連れ出してくれる人は！」怒りに全身を震わせながら、とつぜんワルワーラが声を上げた。

「その恥知らずな女って、わたしのことなんだよ！」ナスターシヤが、いかにも人を小ばかにしたように、陽気な口調で言い返した。「わたしもばかみたいさ。この人たちをパーティに招くために来たんだから！　よくって、ガヴリーラさん、あなたの妹さんときたら、わたしをこうまで蔑《さげす》んでるんですよ！」

ガーニャはしばらくのあいだ、妹の思いもかけないふるまいに、落雷にでも打たれたかのように突っ立っていた。だがナスターシヤが、このときは本気で立ち去ろうとしているのを見ると、逆上したようにワルワーラのほうに突進していき、怒り狂ってその腕をつかんだ。

「なんてことしてくれる？」相手をその場で焼き払おうとするかのようにワルワーラをにらみながら、ガーニャは叫んだ。完全に切れて、見境もつかなくなっていた。

「なんてことしてくれるですって？　どこに引っぱっていくのよ？　それじゃ、なに、彼女に謝れっていうの？　あんたの母親に恥をかかせ、あんたの家を侮辱しに来たこの女に。兄さんもほんとうに見下げはてた人間だわ」勝ち誇ったような、挑みかかるような目で兄を見やりながら、ワルワーラが再び叫んだ。

それから数秒間、ふたりはたがいに顔と顔を突き合わせたまま、その場に立ち尽くしていた。ガーニャはその手で彼女の腕をつかみつづけていた。ワルワーラは、一度、二度、力いっぱいその手を振りほどこうとしたが、ついにこらえきれず、とつぜん逆上して兄の顔に唾を吐きかけた。

「あら、お嬢さん、なかなかやるじゃない！」ナスターシヤが叫んだ。「やったわね、プチーツィン、あなたにおめでとうを言うわ！」

ガーニャの目は朦朧《もうろう》としていた。彼は前後の見境を失い、妹をめがけて思いきりこぶしを振り上げた。そのままいけば、そのこぶしは妹の顔に命中するはずだった。ところがふいに別の手が、振り下ろされようとするガーニャのこぶしを押しとめた。

ガーニャと妹のあいだに公爵が立っていた。

「いいかげんにしてください、もうたくさんです！」公爵はむきになってそう言い聞かせたが、その彼も極度のショックを受けたかのように、全身を震わせていた。

「そうか、きみはどこまでも、ぼくの邪魔をする気だな！」ワーリャの腕を離したガーニャは、吠えるようにそう叫ぶと、凶暴な怒りにまかせ、自由になったその手で思いきり公爵の頬を張りとばした。

「ああ！」コーリャが両手を打って叫んだ。「ああ、神さま！」

四方から叫び声が上がった。公爵の顔は蒼白になった。彼は、奇妙な責めるようなまなざしで、ガーニャの目をじっと見つめた。唇は震え、言葉を何か口にしようとあがいていた。奇妙な、まるでとってつけたような笑みに、口元が歪んでいた。

「いや、ぼくはいいんです……でも、彼女に対しては……やっぱり許せない！……」

公爵はやっと穏やかな声でそう言ったが、ふいにこらえきれずにガーニャを押しのけ、両手で顔を覆ったまま部屋の隅に向かい、壁に顔を向けて立ったまま、とぎれとぎれの声でつづけた。

「ああ、あなたはいずれ、ご自分のふるまいを恥じることになります！」

ガーニャは事実、打ちひしがれたように突っ立っていた。コーリャは走り寄って公爵に抱きつき、キスしはじめた。コーリャに続いてロゴージン、ワーリャ、プチーツィン、ニーナ夫人、そしてイヴォルギン将軍までが彼を取り囲んだ。

「大丈夫です、大丈夫です！」公爵は、例の場ちがいな笑みを浮かべながら四方に向かってつぶやいていた。

「そうとも、後悔するぜ！」ロゴージンが叫んだ。「きさま、恥を知れ、よくもこんな……子羊を（彼には別の言葉がなかった）侮辱しやがって！　公爵よ、おれはおめえさんが大好きだぜ、こんな連中、うっちゃっときな。唾でもひっかけて、いっしょに出かけようぜ！　ロゴージンがどんなにおめえさんを好きか、わからせてやるから！」

ナスターシヤもまた、ガーニャのふるまいと公爵の対応に、つよいショックを受けていた。わざとらしいさっきの笑いとはまるでそぐわない、いつもの青ざめた悩ましい顔が、今は明らかに新しい感情で波立っていた。とはいうものの、彼女としてはそれをやはり表に出したくないらしく、その顔には嘲りの色がますます強く滞《とどこお》っていくようだった。

「この人の顔、ほんとうにどこかで見たことがある！」彼女は、さっきの自分の問いをふいにまた思い出し、急にきまじめな調子でそう口にした。

「でも、あなたも恥ずかしくないんですか！　あなたって、ほんとうに今のあなたのような人なんですか？　いや、そんなはずない！」公爵はとつぜん、心の底から相手を責めるような口ぶりで叫んだ。

ナスターシヤは呆気《あっけ》にとられ、にこりと笑みを浮かべたが、その笑みの下に何かを隠そうとするかのように、いくぶんどぎまぎした様子でガーニャを一瞥し、そのまま客間をあとにした。だが、玄関口にたどり着かないうちにふいに引き返すと、ニーナ夫人のほうにつかつかと歩みより、夫人の手をとって唇を押しあてた。

「わたし、こんな女じゃありませんから、あの人が言ったとおりです」ナスターシヤはふいに顔を紅潮させ、早口で熱っぽく囁きかけると、そのままくるりと身をひるがえし、今度はすばやく客間から出ていった。その身のこなしの早さに、彼女が何のために戻ってきたのか、だれひとり見当がつかなかった。彼らに理解できたのは、彼女がニーナ夫人に向かって何ごとか囁きかけ、夫人の手に口づけをしたらしいということだけだった。だがすべてしっかりと見届け、耳にしたワーリャだけは、驚きの表情を浮かべながら彼女を見送っていた。

ガーニャはふとわれに返ると、ナスターシヤを見送ろうとして駆け出した。だが、彼女はすでに玄関の外にいた。ガーニャは階段の途中でようやく彼女に追いついた。

「送ってくださらなくてもいいわ！」ナスターシヤは、彼に向かって叫んだ。「それじゃまた、明日の晩に！　きっとよ、いいわね！」

ガーニャは、当惑したような、難しい表情をして引き返してきた。彼の胸のうちに重苦しい謎が、以前にもましてますます重くのしかかっていた。公爵の姿がちらちらと脳裏をかすめた……あまりに茫然としていたので、ロゴージンの一党が自分のわきをどやどやと通りすぎ、ロゴージンに続いてわれ先にとばかりに部屋を出るとき、ドア口で自分を突き飛ばしたことさえ、ほとんど気づかなかった。一行は甲高い声で何ごとか話しあっていた。ロゴージンはプチーツィンと並んで歩きながら、何やら重要そうな、明らかに差し迫った案件についてしつこく念を押していた。

「きさまの負けさ、ガーニャ！」すれちがいざまにロゴージンが叫んだ。ガーニャは不安そうな面持ちで一行を見送っていた。

11

公爵は客間から出ると、自分の部屋に閉じこもった。その彼を慰めようと、コーリャがすぐさま彼のもとに駆けつけた。このかわいそうな少年は、今となってはもう、公爵から離れるに離れられないようすだった。

「出てこられて、ほんとうによかった」コーリャは言った。「向こうじゃこれから、さっきよりもっとひどい修羅場がはじまりますから。うちじゃ、毎日がこんなふうなんです、それもこれも、すべてナスターシヤさんが原因で」

「コーリャ、きみの家では、いろんな病気が積もりつもってここまで来ているんです」公爵は言った。

「そうです、いろんな病気が。うちの連中のことなんか口にするだけむだです。ぜんぶ自業自得です。それより、ぼくにはひとり大の親友がいるんですが、そいつなんか、それに輪をかけて不幸なんですよ。よかったら紹介しましょうか？」

「ええ、ぜひ。きみの仲間ですね？」

「ええ、まあ、仲間みたいなもんです。そのうちすっかり全てお話ししてあげますこれまでどう思います？　ナスターシヤさんって美人ですね、よ……それはそうと、ナスターシヤさんって美人ですね、どう思います？　これまでいちどもあの人を見たことがなかったんです。ひと目見てやろうといろいろがんばってきたんですけど。ほんとうに目が眩んでしまいました。もしも兄が愛情ひとすじっていうなら、すべて水に流してやってもいいのにな。でも、どうしてお金なんて受けとるんだろう、そこがだめなところなんです！」

「ええ、ぼくも、あなたのお兄さんのことはあまり好きじゃないですね」

「そりゃそうですよ！　あんなことがあったんですから……いいですか、ぼくは、あいった意地の張り合いが耐えられないんです。どこぞの狂った奴か、馬鹿か、それとも頭のおかしなふりをした悪党が平手打ちを食わせる、するともうその相手は一生、名誉を汚《けが》されたことになります。とうぜんその復讐のために血を流すか、相手の男をひざまずかせて許しを請わせるかしないかぎり、恥をすすげない。ぼくに言わせると、こんなのはほんとうにばかみたいだし、野蛮もいいとこです。レールモントフの書いた、『仮面舞踏会』っていうドラマが土台にしているのがこれですよ。ぼくに言わせると、ほんとうにばかげている。つまり、不自然だって言いたいんです。といっても、レールモントフがあれを書いたのは、ほとんど子どもといってもいいときですけどね」

「ぼくはね、きみの姉さんがとても気に入りました」

「ああやってガーニャの顔に唾を吐きかけたんですから。度胸ありますよ、うちの姉さん！　あなたは唾はかけませんでしたが、べつに勇気が足りなかったからじゃないって思います。ほら、姉さんがやってきました。噂をすれば影だ。来ると思っていた。姉さんは立派です、そりゃ欠点だってありますが」

「あんたこそ、ここにいる理由はないわね」ワーリャはまず弟に矛先《ほこさき》を向けた。「お父さんのところに行きなさい。この子にはうんざりでしょう、公爵？」

「いいえ、ちっともそんなことありません。むしろ逆です」

「ほらね、また姉さんぶっちゃって！　これですよ、姉さんの悪いとこって。ところで父さん、とうぜんロゴージンさんといっしょに行くと思ったけど。たぶん今ごろ後悔してるんじゃないの。ほんとうに何しているか、見てこよう」そう言い足してコーリャは出ていった。

「母さんをうまい具合に寝かしてきました、とくに変化はありません。ガーニャのほうは、もうすっかり取り乱して、考えこんでいます。まあそれだけのことをしましたものね。いい教訓ですよ！……わたし、もういちどお礼かたがたお聞きしたいことがあってまいりました、公爵。あなたこれまで、ナスターシヤさん、ご存じなかったんですか？」

「ええ、存じあげませんでした」

「それじゃ、どうしてあの人に面と向かって、『あなたはそんな人じゃない』なんておっしゃれたんです？　おまけにそれが図星だったらしくて、ひょっとしたら、ほんとうにそんな女じゃなかったみたいじゃないですか。もっともわたしには、あの人がさっぱりわかりませんけど！　むろん、あの人には侮辱するという目的がありました。それは明らかです。今までも、あの人についてはいろいろと変わった話を耳にしています。でも、あの人がもし私たちを招待しにやってきたんだったら、どうして母に対してあんなふうな態度をとったのかしら。プチーツィンさんはあの人のことをよく知っていますけど、さっきのあの人の心のうちはわからないって、言っていました。それにロゴージンへのふるまいは？　かりに自尊心ってものがあるのだったら、あんな口のきき方はできないでしょう、しかも自分の……なんとかの家でなんか。母さんもあなたのことをとても心配しています」

「いえ、心配なさらないでください！」公爵はそう言って、払いのけるように、手を振った。

「でも、どうしてあの人、あなたの言うとおりにしたがったんでしょう……」

「したがったって、何に？」

「あなた、あの人に向かって、よくも恥ずかしくないですねって、おっしゃいましたよね、そしたらあの人、がらりと態度を変えたじゃないですか。あなた、あの人に影響力をおもちなんですわ、公爵」ワーリャは、微《かす》かににやりと笑みをもらして言い足した。

ドアが開き、まったく意外なことに、ガーニャがやってきた。

ワーリャの姿を目にしても、動揺するそぶりひとつ見せなかった。敷居の上にしばらく立っていたかと思うと、急にきっぱりとした足どりで公爵のほうに近づいてきた。

「公爵、ぼくは卑劣なまねをしました、許してください、どうかぜひ」ふいにつよい感情に打たれてガーニャが言った。その顔つきは、内心のはげしい苦しみを表していた。公爵はあっけにとられて彼を見つめ、すぐには答えられなかった。「許してください、ね、許してくれますね、ね」ガーニャは、いかにもせっかちな調子で懇願した。

「ええ、よければ、あなたの手に今すぐにでもキスします！」

公爵はひどく打たれ、何も言わずその両腕でガーニャを抱きしめた。ふたりはたがいに、心からのキスを交わしあった。

「こんな人だなんて、ほんとうに夢にも思いませんでした！」苦しそうに息をつぎながら、公爵はようやく口を開いた。「ぼくはてっきり、あなたは、こんなことができる人じゃないって……」

「自分の非を認めること、ですか？……それにしてもどうして、さっきあなたのことを白痴だなんて思ったんだろう！　あなたは、他の人が絶対に気づかないことに気づける人なんです。あなたとならいろいろ話ができそうです、でもまあ……話さないほうがいいんでしょうが！」

「ここにもうひとり、謝るべき相手がいますよ」ワーリャのほうを指さしながら、公爵は言った。

「いやいや、ここの連中は、みんなぼくの敵です。公爵、いいですか、これまでいろいろ試してはみたんですが、この家では、心から許すということはしないんです！」ガーニャの口から熱っぽい言葉がほとばしり、彼はワーリャから顔をそむけた。

「いいえ、わたしは許すわ！」ふいにワーリャが言った。

「それなら、今晩、ナスターシヤさんのところに行くかい？」

「命じられれば、行くわ、でもその前によく考えることね、今さらどんな顔してあの家に行けるっていうの？」

「彼女はだいたい、ああいう女じゃない。そう、とんでもない謎をかけたもんさ！

トリックだよ!」そう言って、ガーニャは憎々しげに笑いだした。

「そんなことわかってるわよ、ほんとうはあんな女じゃないし、それにトリックを使っていることぐらい、それも、みごとなものね? それによ、いいガーニャ、あの人、兄さんのことをどう思っているのかしら? そりゃあ、母さんの手にキスはしたわよ。それが何かのトリックだとしてもね、でもあの人はやっぱり、兄さんのこと、笑いものにしたじゃないの! あの人、七万五千の価値なんてないの、絶対に、兄さん! 兄さんはね、まだ気高い気持ちを持てる人だから、こういう言い方しているの。いいわね、兄さんも行くのはやめて! そう、用心なさい! こんな話、うまくまとまるはずなんてないんだから!」

ここまで言うと、ワーリャはすっかり興奮して、そそくさと部屋から出ていった。

「連中はね、一事が万事こんな感じなんです!」ガーニャは苦笑いをしながら言った。「ほんとうにあの連中、ぼくが自分で、こんなことがわからないとでも思ってるのかな? こっちのほうが、ずっとよくわかっているのに」

そう言うとガーニャは、どうやら長居を続ける気らしく、ソファに腰を下ろした。

「それがわかっておいでなら」ひどくおどおどした調子で公爵が尋ねた。「どうしてこんな苦しみをわざわざ選ばれたんです? それがじっさい、七万五千には値しないってことをわかっていながら」

「ぼくが言っているのは、そのことじゃありません」ガーニャはつぶやくように言った。「ちょうどいい、あなたがどうお考えか、ひとつお教えねがえませんか、ぼくとしては、何よりあなたの意見が知りたいんです。この『苦しみ』が七万五千に値するか、しないか？」

「値しないと思います」

「そう、聞くだけ野暮でしたね。すると、こういう結婚は恥ずべきことでしょうか？」

「とても恥ずかしいことです」

「それじゃ、いいですか、ぼくは結婚します、こうなったら是が非でも。ついさっきまでは迷っていましたが、こうなったらもう迷うことはしません！　何も言わないでください！　わかってますから、あなたがおっしゃりたいことは……」

「ぼくが言わんとしているのは、あなたが考えられていることとちがいます。あなたのあまりの自信に、とても驚いているんです……」

「どこがです？　どういう自信です？」

「ナスターシヤさんが必ずあなたのところにお嫁に来る、それはすでに決まったことだと考えておられる点です。第二は、お嫁に来てくれさえすれば、七万五千ルーブルはすっかり自分の懐に収まると思っておられることです。そうは言っても、むろんぼくの知らないことがたくさんありますけど」

ガーニャは公爵のほうに詰め寄ってきた。

「もちろん、あなたのご存じないことはあれこれあるんです」と彼は言った。「だいいち、どうしてこんな面倒を、わざわざ引き受けることになったと思いますか?」

「世間にはよくあることのような気がしますが。お金目当てで結婚したものの、お金は奥さんに握られている、といったようなことが」

「いやいや、ぼくたちの場合はそうなりません……じつのところ……これにはいくつか事情がありまして……」心配そうに考えこみながら、ガーニャはつぶやいた。「それに、彼女の返事のことなら、べつに疑問の余地なんてありませんよ」彼は早口にそう言い添えた。「あなたは、どんな理由から彼女が断ってくるとお考えなんです?」

「ぼくには、何もわかりません、自分が目にしたこと以外は。ほら、さっき、ワルワーラさんがおっしゃっていたでしょう……」

「なあに! あれが、連中の言いぐさなんですよ。ほかに何を言ったらいいのか、わかっちゃいないんです。ロゴージンのことをばかにしていましたが、いいですか、これはぼくが、この目でちゃんと確かめています。火を見るより明らかですよ。さっきはちょっとびくびくしていましたが、今はもうこの目で確かめていますから。それとも、あるいはあの女の、うちのおふくろや親父や、ワーリャにたいしてとった態度のことですか？」

「それと、あなたにたいしてね」

「それもきっとありますね。でも、あれは古臭い女の意趣返しってやつで、それ以上のものじゃありません。彼女、ものすごくいらだちやすい性格で、猜疑心がつよくて、自尊心のかたまりみたいな女なんです。まるで人に昇進を抜かれた役人ですよ！　自分を誇示したくてたまらない、だからうちの連中にたいする、……っていうか、このぼくにたいしてもそうで、自分はへでもないといったところを、見せつけたくてたまらない。これは事実です。否定しません……。それでもね、やっぱりぼくと結婚するんです。あなたはわかっておられない。人間の自尊心ってものが、どんな手品をやらかすか。現にあの女は、このわたしを下司《げす》な男とみています。金が目当てで、他人の愛人である女と、こうも露骨に結婚してみせようっていうんですから。それでいて、べつの男だったら、もっと下劣なやりかたで自分をだますかもしれないってことに、気づいていない。彼女にべったり言いよっては、何やらリベラルで進歩主義的な言葉をふりまき、女性解放問題からあれこれ話題を引っぱりだしてやる、するともう、針の穴に糸がとおるみたいに、すっぽり丸めこまれてしまうんですよ。あなたと結婚するのは、ただただ『あなたは心が高潔で不幸せだからなんです』とか言って、自尊心のつよい馬鹿女を信じこませ（そんなのはじつに簡単です！）、そのくせ金が目当てで結婚するんですよ。ぼくが彼女に気にいられないのは、そういうごまかしを嫌っているからです。でも、仕方ありませんよね。それじゃ、当人がしているのは何かってことですよ。わたしと同じことじゃありませんか？　だったら、どうしてこのわたしを軽蔑したり、あんなお芝居に打って出たりするんですか？　それはね、こっちが降参せずに、プライドを見せつけているからですよ。まあ、お手並み拝見といきましょう！」

「あなたはこうなる前、あの人のことを好きだったことがあるんですか？」

「はじめのうちは好きでしたね。そう、それもかなり……世の中には、愛人には向いていても、それ以外まるきりだめって女がいます。彼女がぼくの愛人だった、などといっているわけじゃありません。いっしょにおとなしく暮らしていく気があるなら、ぼくもおとなしく暮らします。かりに謀反を起こそうっていうのなら、こっちはただちに放り出してやります。お金だけかっさらってね。ぼくは笑いものになりたくないんです。何はさておき、笑いものにだけはなりたくない」

「ぼくには、こんなふうな気がしてしかたないんです」公爵は慎重な口ぶりで話しだした。「ナスターシヤさんは賢い、って。でも、こういう苦しみを予感しながら、なぜわざわざ罠にかかろうとするのか？　ほかの男とだって結婚できるじゃないですか。そこのところが、ぼくには解《げ》せないんです」

「計算っていうのは、まさにそこにあるんです！　あなたは、その点がかならずしもよくわかっていらっしゃらない、公爵……その点がね、……おまけにです、彼女は確信している、ぼくが彼女のことをくるわんばかりに愛しているってね。誓って言います。いいですか、ぼくは真剣に疑っているんです。彼女もぼくのことを愛しているんじゃないかとね、つまり彼女なりの愛し方でですよ。よく言うじゃないですか。『いじわるは好きのはじまり』とか。彼女はきっと、ぼくのことを死ぬまで懲役人扱いするでしょうが（そう、彼女にはたぶんそれが必要なんでしょう）、でもやっぱり、自分流のやり方で愛するでしょうね。彼女は、そのための準備をしているんです、ほんとうにそういう性分なんです。はっきり言って、彼女はものすごくロシア的な女です。で、仕方なくこっちは自分の贈り物を用意しているってわけ。さっきのワーリャとの一件にしても、偶然に起こったことですが、ぼくには都合がよかったんです。彼女はあれを見て、このぼくが彼女を献身的に愛していて、彼女のためならどんな関係だって断ち切ってしまうってことを確信したはずですから。つまり、ぼくたちはおたがい馬鹿じゃないっていうことです。ま、そういうことです。ところであなたは、このぼくのことを、とんでもないおしゃべりだとお思いになってませんか？　ねえ公爵、ひょっとして、今ぼくは、ほんとうにばかなことをしでかしているのかもしれません、あなたをこうまで信用するなんて。でもそれというのは、そう、これまでぼくが出会った人間のなかで、あなたがいちばん高潔だからです。で、あなたに飛びついたってわけです。でも『飛びついた』と言ったからといって、これをさっきの洒落《しゃれ》とはとらないでくださいよ。あなたはもう腹を立ててはおられませんよね、どうです？　ぼくがこんなふうに腹を割ってお話しするのは、ひょっとしてこの二年間で初めてのことかもしれない。ここには、誠実な人間なんて数えるほどしかいませんから。あのプチーツィン君がいちばん誠実だっていうくらいですよ。おや、笑ってらっしゃいますが。笑ってません？　卑劣な人間というのは、誠実な人間を好むんです。――そういうことはご存じなかった？　そこへいくとぼくなんか……。それにしても、ぼくのどこが卑劣なんです？　正直におっしゃってください。彼女の尻馬に乗っかって、みんながこのぼくを卑劣漢呼ばわりするのはどうしてなんです？　しかも、いいですか。

そういう連中や彼女の尻馬に乗っかって、当のぼくまでが、自分のことを卑劣漢呼ばわりしているありさまですよ！　それこそ、卑劣で、情けない話です！」

「ぼくはあなたのことを、もう二度と卑劣漢などとは思いません」と公爵は言った。「さっきはもう、まるきり悪人だって思いましたが、なんだか急にうれしくなりました。──ろくに知りもせずに人を裁くな、っていう教訓ですね。今は、ぼくにもよくわかります。あなたのことを悪人扱いするどころか、堕落した人間とみるわけにもいかないって。ぼくに言わせると、あなたはもしかすると、これ以上ないくらいきわめてありふれた人間なんです。ただとても弱いだけで、ちっともオリジナリティなんてありません」

ガーニャは心のなかで毒々しい苦笑いをもらしたが、口には出さなかった。公爵は、自分のこの人物評が相手の意に沿わなかったのを見てどぎまぎし、同様に黙りこんだ。

「父はあなたにお金をせびりましたか？」ガーニャがふいに尋ねた。

「いいえ」

「そのうちします、でも、やらないでくださいよ。あれでも昔はけっこう礼儀正しい人間だったんですが。はっきりと覚えていますよ。上流の人たちの家にも、出入りを許されていました。そういう人たちがみんな早く死んでしまうものでね、古い世代のちゃんとした人たちです！　状況が少し変わっただけで、以前のものはもう何もなくなってしまうんです。火薬が燃えつきたみたいに。父も以前は、あんな嘘はつきませんでした。ほんとうです。昔は、ちょっと有頂天になりすぎる程度だったのですが、それが今じゃ、あんなふうに変わってしまうんですから！　むろん、悪いのは酒ですよ。父が愛人を囲っているの、ご存じですか？　今ではもう、たんに無邪気な嘘つきとは言えなくなりました。ああして黙って耐えている母の気が知れません。あなたにカルス包囲戦の話はしましたか？　それか、自分の灰色の副馬《そえうま》が急にしゃべりだしたっていう話は？　親父はもう、それくらい変になっているんですよ」

そこでガーニャは急に腹を抱えて笑いだした。

「どうしてそんな目でぼくを見るんです？」ガーニャが公爵に尋ねた。

「いえ、あなたがそんなふうに本気で笑いだされたので、驚いているんです。あなたには、そう、まだ子どもらしい笑いが残っているんですね。さっき仲直りをしにあなたが部屋に入ってきて、『よかったらあなたの手にキスします』とおっしゃられたとき、まるで子ども同士が仲直りするみたいだったでしょう。ということは、あなたもまだ、ああいう言葉を吐いたり、行動したりできるわけですね。かと思ったらいきなり、あんな闇取引や、さっきの七万五千ルーブルみたいなこと、滔々《とうとう》と話しはじめるんですもの。じっさい、ああいったことは何もかもばかげているし、そもそもありえないことです」

「あなたはそうおっしゃるけど、結論はいったいどうなんですか?」

「あなたの行動は少し軽率すぎるのじゃないか、前もってまわりをよく見まわすべきじゃないか、ということです。もしかすると、ワルワーラさんのおっしゃっていることが、本当かもしれません」

「ああ、精神論ですか! ぼくがまだ子どもだってことは、自分でもよくわかっています」ガーニャは熱くなって公爵の話をさえぎった。「あなたとこんな会話をはじめたってこと、ひとつとってもね。公爵、ぼくはべつに計算ずくで、このわけのわからない闇取引に挑もうとしているわけじゃないんです」ガーニャは話を続けたが、まるで自尊心を傷つけられた青年のように口をすべらせた。「計算があってやるなら、ぼくはきっと間違いをおかすでしょうね。だって、頭も根性もまだ固まっていませんもの。ぼくはね、自分の情熱のおもむくまま、気持ちのおもむくまま進んでいるんです。自分には大きな目標があるからです。七万五千ルーブルが入ったら、すぐにでも箱馬車を買い込むと思ってらっしゃるのでしょう。それはちがう。ぼくは、一昨年買ったフロックコートをぼろぼろになるまで着古してやりますし、クラブづきあいなんかぜ貸しばかりですよ。ロシアにはがまん強い人間が少ない、そのくせ高利貸しばかりですよ。でも、ぼくは耐えてみようと思っているんです。この場合、だいいちに、最後までやり抜くということが最大の課題です！　プチーツィン君はですよ、十七年間、道端に寝てペンナイフなんか商い、一コペイカから始めたんですから。それが今じゃ六万ルーブルもため込んでいますが、それだって長い下積みの成果ですよ！　ぼくはね、ああいう下積みをいっさい省略して、いきなり大資本からはじめるんです。十五年したらこう言わせますよ、《ほら、あれがユダヤ王のイヴォルギンさ》。あなたはさっきぼくのことを、オリジナリティがない人間とかおっしゃってましたね。いいですか公爵、現代人にとって、おまえはオリジナリティに欠ける、弱い性格、特別な才能もない、並の人間だって言われるほど、おとしめられることはないんです。あなたはぼくを、卑劣漢の一端とすら見てはくださらなかった。で、そう、それを聞いてぼくはさっき、あなたのことを頭から食いちぎってやりたいくらいでした！　あなたはぼくのことを、エパンチン将軍以上に侮辱したんですよ。将軍はね、このぼくのことを、自分の女房だって売ってもいいと思っている男とみなしているんです！（これはね、無邪気にも、なんの取引や代償もなしにそうなるって思いこんでのことですが）、ねえ公爵、ぼくはそのことでもう前から頭にきているので、それでお金が欲しいんですよ。お金が儲りさえすれば、そう、最高にオリジナルな人間になってみせますとも。お金がほかの何よりも卑しくて憎むべきものなのは、それが才能まで人間に与えてくれるからですよ。この世の終わりまで与えてくれるからです。あなたは言うでしょうね、そんなのは子どもじみているとか、そう、絵空事だとか。でもいいんです。ぼくにはそのほうが愉快だし、それでも計画は成就《じょうじゅ》されますから。最後まできっと耐えぬいてみせますとも。Rira bien qui rira le dernier!（最後に笑うものがもっともよく笑う！）のたとえですよ！　それにしても、エパンチン将軍はどうしてああもぼくを侮辱するんでしょう？　恨みでもあるんですかね？　いえ、ぜったいにそんなことはない。ぼくが、あまりにちっぽけな人間だからです。それならそれで……でも、もううんざりです、そろそろ時間ですね。コーリャがもう二度ものぞきに来ましたから。あなたを食事に誘おうとしています。でも、ぼくはこれから出かけますので。ときどきお部屋に遊びにうかがいますよ。ここはそう悪くありません。これからは、そのまま家族扱いしてもらえますしね。しかし、いいですか、裏切ってはだめですよ。あなたとは、友人か敵同士か、どちらかになるような気がする。で、どう思われます、公爵？　さっきあなたの手にキスをしていたら（真剣にそう申し出たんですがね）、ぼくはそうしたことが許せなくて、あとで敵にまわったでしょうか？」

「きっとそうでしょうね、でも一生ってわけじゃありません、そのうち耐えきれなくなって、許してくれるでしょう」公爵はしばらく思案し、笑いながらそう言い切った。

「ほう！　なるほど、あなたにはもっと警戒してかかる必要がありそうだ。まいりましたよ。こんなときでも、毒が盛れるんですから。でも、わかりません。あるいはあなたこそ、ぼくの天敵かもしれませんしね。いや、冗談です、は、は、は！　そうだ、聞くのを忘れていました。あなたはどうもナスターシヤさんのことがひどく気に入ったように見えましたが、そうじゃありませんか、え？」

「ええ……気に入っていますよ」

「恋をしてたりして？」

「ま、まさか」

「そう言いつつ、顔が真っ赤で苦しそうだ。いやいいんです、なんでもありません。からかう気はありません。それじゃまた。それはそうと、彼女って、けっこうきちんとした女性ですよ。――それって信じられます？　彼女、例のトーツキーさんと同棲してると思いますか？　それが大違いでね！　もうかなり前から別々です。それと、気づかれました？　ああ見えて彼女、人見知りがひどくて、さっきもけっこうどぎまぎした感じだったでしょう？　いや、そうなんです。そう、ああいった女が、えてして人を支配したがるもんでしてね。それじゃこれで！」

ガーニャは、入ってきたときよりもずっと打ちとけた感じで、機嫌のいいまま出て行った。公爵のほうは、そこに十分ばかり立ちつくしたまま、何ごとか考えこんでいた。

コーリャが、またドアから顔をのぞかせた。

「食欲ありませんよ、コーリャ。さっきエパンチンさんのところで、たくさん朝食をいただきましたから」

コーリャはドアを開けてすっかり体を現すと、公爵に手紙を手渡した。将軍からの手紙で、ていねいに折りたたまれ、封がしてあった。コーリャの顔には、これを手渡すのがどんなに辛いことかがありありと見えていた。手紙を読みおえた公爵は、立ちあがって帽子を手にした。

「ここからほんのちょっとのところです」コーリャはいかにも決まり悪そうに言った。「いまそこで一杯やっています。酒代をどうやってツケにできたのか、まったくわかりません。ねえ公爵、ぼくが手紙を取り次いだこと、あとで家の者に告げ口しないでくださいね。もう千回も誓ってきたんですよ、こういう手紙の取り次ぎはしないって。でもかわいそうで。それに、そう、父にはあまりやさしくしないでいいんですよ。小銭を少しやってくだされば、もうそれでけっこうです」

「コーリャ、じつはぼくにも考えがあってね、あなたのお父さんとお会いしなければならないんです……ちょっとした用件で……じゃ、行きましょう」

12

コーリャは、さほど遠くないリテイナヤ通りのビリヤード・カフェまで、公爵を案内した。カフェは、通りから直接入れる建物の一階にあった。右手の隅の個室には、アルダリオン・イヴォルギン将軍が、古くからの常連といった顔で陣取っていた。目の前のテーブルにはボトルが一本置いてあり、案のじょう、《Indépendance Belge（アンデパンダンス・ベルジュ紙）》を手にしていた。公爵が来るのを待ちかねていたのだった。彼の姿を見ると、さっそく新聞を脇に置き、熱っぽい調子でくどくどと言いわけをはじめたが、公爵はほとんど何ひとつ理解できなかった。というのも、将軍はほぼできあがっていたからである。

「十ルーブル札は持っておりません」公爵はさえぎるように言った。「でも、二十五ルーブル札ならここにありますから、これをくずして十五ルーブル返してください。でないと、ぼくも一文なしになってしまいます」

「そりゃ、もちろん、そうさせていただきますとも、どうかご心配なく、いますぐに……」

「それにもうひとつ、あなたにお願いがあります、将軍。あなたは、これまでナスターシヤさんのお宅を訪問されたことが、いちどもおありにならないんですか？」

「わたしがですか？　訪問したことはないかですと？　わたしにそう尋ねておられるのですかな？　いえ、何度かお邪魔したことがありますよ、何度かね！」将軍は、いかにも得々と勝ち誇ったような大声で、つい皮肉っぽく叫んだ。「でも、最後はこちらから遠慮させていただきました。なんせ、あんな不体裁な結婚を後押しするわけにはいかんですからな。あなたも今朝、ごらんになられたでしょう。目撃者となられたわけですよ。わたしは父親として、できることはすべてやりました。――といっても、やさしくて、情の深い父親としてですがね。しかし、こうなった以上、次は別の種類の父親として舞台に立つことになりそうですな。ここは見どころですぞ。名誉ある老戦士が、陰謀を粉砕するか、それとも恥知らずの淫売が、由緒ある家庭に乗り込んでくるか？」

「で、あなたにお願いしたいと思ったのは、そう、あなたの知り合いだってことで、ぼくを今晩、ナスターシヤさんのところに連れていっていただけないかということなんです。どうしても、今日でなくちゃいけないんです。ぼくには用事があるんですが、どうすれば中に入れるのか、まったくわからないものですから。さっき紹介はしてもらいましたが、といって招待されているわけではありませんので。じつは今晩、あそこで、招待された客だけの集まりがありましてね。そうとはいえ、ぼくとしても多少の礼を失することになるのは覚悟していますし、べつに笑われたっていいんです、ともかく、その集まりにもぐりこめれば」

「あなたのお考えは、わたしの意図とどんぴしゃ一致しておりますぞ、公爵」将軍は有頂天になって叫んだ。「わたしがあなたをお呼び立てしたのは、こんなはした金のためじゃないんです！」と言いながら将軍はしっかりと金をつかみ、ポケットに押し込んだ。「あなたをお呼び立てしたのは、ほかでもありません、ナスターシヤさんのところに向かう遠征軍といいましょうか、ナスターシヤ征服の遠征隊に、同志として加わっていただくためでして！　どうです、イヴォルギン将軍とムイシキン公爵！　これがあの女の目にどう映りますかな！　誕生日の祝いにかこつけ、今日こそ自分の意志をきっぱり言明してやりますとも。――ストレートにではなく遠回しにですが、それでも、何もかもストレートに言明したのと同じ結果になります。そうすればガーニャも、自分で気づくでしょう、今後、どう生きるべきか。地位も名誉もある父親が……なんというか……ことによると……でも、起こるべきことは起こるのです！　あなたのアイデアはかなりの程度、効果的ですとも。九時にここを出ましょう、まだ時間はありますな」

「彼女はどこに住んでるんです？」

「ここからだとけっこうありますよ。大《ボリショイ》劇場近くの、ムイトフツォワの館《やかた》でして。おおよそ、そこの区画に面した建物の、二階です……誕生日の祝いといっても、たいした集まりじゃありません、客も早々に引きあげてしまいます……」

とうに日は暮れていた。公爵はそれでもまだ腰をおろし、将軍の話をじりじりする思いで聞いていた。将軍は、次から次と果てしなく小話をはじめては、どれひとつしまいまで話し切ることがなかった。公爵が来ると早々に新しいボトルを一本注文し、一時間ほどかけてようやく飲み終えると、さらにもう一本所望し、そちらもやがて飲みほしてしまった。この間、将軍は自分の人生をほとんど語りつくしたとも思えるほどだった。公爵はしびれを切らして立ち上がり、これ以上待てませんと言った。将軍は、ボトルの残りを一気に飲み干すと立ち上がり、かなり怪しい足取りで店を出た。公爵は途方に暮れていた。なにゆえ、こう愚かにも相手を信用してしまったのか、われながら理解に苦しんだ。事実、彼としても、相手をけっして信頼していたわけではない。たとえ多少の騒ぎは覚悟してでも、なんとかナスターシヤの家に入り込もうと将軍をあてにしたのだが、その彼も度を過ぎた騒ぎを見込んでいたわけではなかった。

将軍は酩酊状態にあって、おそろしく多弁であり、魂の奥の涙にむせぶようにして、のべつまくなしにしゃべりつづけていた。しかもその話題といえば、家族ひとりひとりのよからぬふるまいのせいで、すべてがだめになってしまった、こういう状態にけりをつけるべき時が来た、といったようなことばかりだった。ふたりはやがてリテイナヤ通りに出た。雪どけの陽気がまだ続いていた。通りは、陰鬱でなまぬるい饐《す》えたような臭いの風が吹き、馬車はどろをはねあげ、駿馬も駄馬もひづめで敷石を蹴《け》りあげ、甲高い音をかき鳴らしていた。陰気に濡れそぼった人の群れが、両側の歩道を行き交《か》っていた。酔っぱらいの姿もあった。

「明かりのついた二階の部屋が、いくつか見えますかな」将軍は言った。「あそこに住んでいるのは、みなわたしの同僚ばかりです。それなのに、あの連中のうちでもいちばん長く勤めあげ、ほかのだれより苦労も忍んできたこのわたしが、こうして大劇場近くに住む怪しげな女のもとに、とぼとぼ向かっている体《てい》たらく！　胸に十三発の弾丸を食らった男がです……信じられんでしょうが？　でも、じつのところ、このわたしひとりのために、外科医のピロゴフがですよ、パリに打電してくれるというので、包囲下のセヴァストーポリをいっとき離れ、それでパリの宮廷医ネラトンが科学のためと称してフリーパスの証明書を手に入れ、このわたしを診察しに包囲下のセヴァストーポリにわざわざ姿を現したのですからな。この件は軍の最上層部の耳にも入っており、『なんと、胸に十二発も弾丸を食らったイヴォルギンが！……』とまで言われておる次第でして！　あの家、見えますかな、公爵？　あの二階に住んでおるのが、古い同僚のソコローヴィチ将軍、これがまたじつに上品、じつに大所帯の家族と暮らしております。この建物以外に、ネフスキー大通りにあるほかの三軒、それとモルスカヤ通りにある二軒、これがいまのところわたしの交際範囲、つまり、わたし個人の知り合いといったところでして。家内のニーナは、もうとうの昔から今の境遇に甘んじておりますが、わたしなどはまだまだ、昔の記憶から抜けきれず……言ってみれば、そう、わたしのことを今もって尊敬してくれている昔の同僚や、部下たちのいる上流階級の仲間に混じり、教養ある連中とのんびり楽しんでいる毎日でして。このソコローヴィチ将軍というのは（といっても、あの男のところには長らくご無沙汰しておりまして、奥方のアンナさんとも、しばらくお目にかかってはおりません）、……そう、公爵、こちらが客を招かなくなるというと、なぜかしらおのずと、よそさまの家からも足が遠のくもんですよ。といっても、……ふうん……どうも本気になさってておらん様子だが……そうは言っても、わたしの最良の友人でありかつ幼なじみのご子息ですからな、この素的な家に案内せずにはいられません！　イヴォルギン将軍とムイシキン公爵！　目が覚めんばかりのお嬢さん方にお目にかかれますぞ、それもひとりではなくふたり、いや、三人とです。わがペテルブルグの華、わが社交界の華とでもいうべき存在でしてな。美、教育、思想……女性解放の問題、詩、――それらもろもろがひとつとなり、渾然一体となって、幸せなアマルガムをなしておるんです。少なく見つもって八万ルーブルの持参金、それも現金ですよ、それがひとりひとりの娘につく。女性解放の問題や社会の問題がどうあっても、けっして邪魔にはなりません……要するにわたしには、是が非でもあなたをあそこにお連れする義務がある、いや、お連れしないわけにはいかないということです。なんといっても、イヴォルギン将軍とムイシキン公爵の取り合わせですからな！」

「いま？　これから？　あなた、お忘れになっていますよ」公爵はそう言いかけた。

「いや、大丈夫、大丈夫ですとも、忘れてなどおりません、さあ、行きましょう！こちらです。あの豪華な階段がそうです。これは驚きですな、門衛がおらん、しかしまあ、……祭日ってことで門衛もどこかへ出かけたんでしょう。あの酔っ払い、まだクビにはなっておらんようだ。あのソコローヴィチという男は、私生活上、そして職務上の幸運は、すべてわたしのおかげで手に入れることができたのです。そう、わたしひとり、ほかの誰でもありません。ですが……どうやら着いたようですな」

公爵はもうこの訪問に反対のしようもなく、将軍を怒らせまいと、おとなしくあとからついていった。公爵としては、ソコローヴィチ将軍とその家族全体がいずれ蜃気《しんき》楼《ろう》のように消え、じつのところは存在していなかったとわかって、ふたりとも淡々とした思いで階段を下り引き返してくる、といった展開を切に願っていた。ところが、恐ろしいことに、公爵はその望みを失いかけていた。階段を上りながら公爵を道案内する将軍は、いかにもここに知人がいるとでもいった風情で、しかも彼らの経歴や地政学的ともいうべきディテールを、数学のような正確さでこまごまと説明していったからである。やがて二階にたどりついたふたりが、右手にある豪勢な住居のドアの前に立ち、将軍が呼び鈴の取っ手をにぎったとき、公爵はついにそこから逃げだそうと決意した。だがそこで奇妙な事実に気づき、一瞬足を止めた。

「間違えておられますよ、将軍」公爵は言った。「表札にクラコーフと書いてあります。あなたが呼び出そうとされているのは、ソコローヴィチさんでしょう」

「クラコーフね……クラコーフなんぞ、なんの証明にもなりません。ここはソコローヴィチの家ですから。わたしは、ソコローヴィチの家のベルを鳴らしておるんです。クラコーフなんぞくそくらえだ……ほら、見たまえ、ドアが開く」

じっさいにドアが開いた。召使が顔をのぞかせ、「ご主人がたは留守にしてございます」と告げた。

「これは残念、じつに残念、これはなんとも生憎《あいにく》な話だ！」慙愧《ざんき》に堪えないとでもいった様子で、イヴォルギン将軍はなんども繰り返した。「すまんがきみ、ちゃんと伝えてくれたまえ。イヴォルギン将軍とムイシキン公爵のふたりが表敬のために伺ったが、お目にかかれず、たいそう残念がっていた、とな……」

そのとき、開かれたドアの向こうからもうひとつ別の顔がのぞいた。この家の家政婦か、ことによると家庭教師と思われる四十がらみの女性で、黒っぽい服を身に着けていた。イヴォルギン将軍とムイシキン公爵という名前を耳にし、好奇心と不審の念にかられて近づいてきたのだ。

「奥さまのマリアさまは、お留守でございます」とくに将軍の顔をじっくりとみやりながら、女は答えた。「お嬢さまのアレクサンドラさまとごいっしょに、おばあさまの家にお出かけになりました」

「アレクサンドラさんもごいっしょですか、いやはや、こいつはなんとも運が悪い！しかしまあ、お嬢さん、わたしにはいつもこういう運の悪さがついて回るんですよ！どうか、くれぐれもよろしくとお伝えください。アレクサンドラさんにはひとこと、……そう、木曜日の夜、ショパンのバラードが流れるなか、あの方のなさった願いごとが叶いますよう、わたしも心から念じておりますと、そうお伝えください。なに、そう言ってくだされればわかりますとも。わたしの切なる願いですとな！　イヴォルギン将軍とムイシキン公爵ですぞ！」

「承りました」疑いも晴れて、婦人は返礼した。

将軍は階段を降りながら、熱に浮かされたままの状態で、相手が留守だったこと、公爵がこれほどすばらしい家族と知りあう機会を逸したことを、返すがえすも残念がった。

「いいかね公爵、わたしにはいくぶんか詩心ってものがありましてな。お気づきになりましたか？　とはいっても、……といっても、どうやらまったく見当はずれのお宅を訪ねたようですな」将軍はふいに思いがけなく言い放った。「いま思い出しましたよ。ソコローヴィチ一家の住まいは別の建物で、それもどうやらモスクワに住んでいるようです。そう、ちょっと勘違いしておりました、ですが、そんなのは……たいしたことじゃありません」

「ひとつお聞きしたいのですが」公爵は沈んだ調子で尋ねた。「あなたを頼りにするのをすっぱり諦めて、自分ひとりで出かけていったほうがよくないですか？」

「諦めるだって？　頼りにするのを？　ひとりで行く？　それはまた、どういうことです？　わたしにとっちゃ、これは一大事業でしてな。わが家の運命が、すべてここにかかっておるのです。いや公爵、あなたはどうやらイヴォルギンという人間を、よくご存じではなさそうだ。『イヴォルギン』と口にすることは『鉄壁』と言うも同然。鉄壁同様、イヴォルギンは頼りになる、わたしが奉職した騎兵中隊時代に、すでにそう言われていたもんです。ところで、これからある家に一分ほど寄り道しなければなりません。そこは、かつていろんな心配ごとやら、事件以来、何年になりますか、わが心の憩いの場といったようなところでして……」

「ご自宅にお寄りになりたいと？」

「いいや！　行き先は……テレンチエフ大尉夫人の家ですよ。わたしの部下だった……というか友人でもあった、テレンチエフ大尉の未亡人の家です。この大尉夫人の家に寄るというと、大いに元気が出てくるので、いろんな生活上や家庭内の悩み事を、ここに持ち込んでおる次第です……今日もわたしは、その、大きな精神的な重荷を抱えているものですから、それで……」

「ぼくはそもそも、とんでもない見込みちがいをおかしたみたいだ」公爵は、つぶやくように言った。「さっきあなたにあんな相談をもちかけて。しかも、あなたは今ごろ……それじゃ！」

「いや、それはまずい、今さら君を手放すわけにはいかんのです、公爵！」将軍は食ってかかった。「その未亡人というのはですな、つまり一家の母親のことですが、わたしの心に、妙なる響きをかき鳴らして、わたしの存在全体を満たしてくれる女性でして。訪問するといっても、せいぜい四、五分のこと。あの家ではべつに遠慮もいりません、ほとんどわが家同然ですから。顔を洗って最低限の身だしなみを整え、それから辻馬車を拾って大劇場に向かうとしましょう。よろしいですかな。わたしは今夜ひと晩、あなたがいなくては困るんですよ……ほら、この家です。もう着きましたぞ……おや、コーリャ、おまえももう来ていたのか？　で、マルファさんはいらっしゃるのかね、それともおまえも来たばかりか？」

「いいえ、ちがいます」建物の入口でふたりとばったり出くわしたコーリャが答えた。「さっきからここに来ていたんです。イッポリートのところに。具合が悪くなって、今朝から寝たままなんです。で、いまトランプを買いに階段を下りてきたところです。マルファさん、お待ちですよ。でも父さん、なんて格好してるんです！……」将軍の歩きぶりや、立っている様子に目を凝らしながら、コーリャはきっぱり言った。「そう言ってももうしょうがない、さ、行きましょう！」

コーリャと出くわしたことで、公爵はようやく将軍に付き添い、マルファ夫人を訪ねてみようという気になった。といっても、一分かぎりである。公爵はコーリャに用があった。将軍のほうは、いずれにせよ、ここに放り出していこうと心に決めた。さっき、この将軍に頼ろうなどと思いついた自分が許せなくなった。四階をめざし、長いことかけて裏の階段を上って行った。

「公爵を紹介する気？」コーリャは途中で尋ねた。

「そうとも、コーリャ、紹介するんだ。イヴォルギン将軍とムイシキン公爵、悪くなかろう。で、どんな様子だね……マルファさんは……」

「ねえ、父さん、ここには来ないほうがいいよ！　とんでもない目にあうから！　一昨日から顔を見せてないけれど、マルファさん、お金を待っているんですよ。どうしてお金の約束なんてしたんです？　父さんはいつだってそうなんだから！　今度こそ仕返しされますよ」

四階まで上りきると、低いドアの前で彼らは立ち止まった。将軍はあからさまに怖気づき、公爵を前に押し出そうとしている。

「わたしはここに残ります」将軍はつぶやくように言った。「ちょっと驚かせてやりたいので……」

コーリャがまず入って行った。白粉《おしろい》と頬紅をたっぷりと塗りたくった見知らぬ婦人が、ドアの向こうから顔をのぞかせた。スリッパを履き、短いジャケットをはおり、髪を小さくお下げに編んだ四十がらみの女性だった。驚かせてやるという将軍のもくろみは、あえなく潰《つい》えてしまった。将軍の姿をみとめるやいなや、夫人はたちまち喚《わめ》きだした。

「ほうらね、卑怯者のいじわるじじいがやって来た、そんなことだろうと思っていたんだ！」

「入りましょう、いつものことですから」将軍は、あいもかわらず何食わぬ笑みを浮かべながら、公爵にむかってつぶやいた。

だが、いつものこと、どころの話ではなかった。天井が低くて暗い玄関口を過ぎ、半ダースほどの籐椅子と、二台のカードテーブルを並べた狭い応接間に入ると、女主人はいきなり、何やら年季の入った、いつもの哀れな声で話を続けた。

「それにしても、まあよく恥ずかしくないものだ、この野蛮人の独裁者、人の家をさんざ荒らしまわって、ロクデナシの野蛮人！　このあたしを食い物にしやがって、しゃぶるだけしゃぶったうえに、それでもまだ足りないっていうんだ！　どれだけ、がまんすりゃいいっていうのさ、あんたって男は、ほんとうに恥知らずの大嘘つきだよ！」

「マルファさん、マルファさん！　こちらは、……ムイシキン公爵。イヴォルギン将軍とムイシキン公爵、そろってのお出ましってわけで」将軍はすっかり度を失い、声を震わせながらつぶやくように言った。

「信じられますか、あなた」大尉夫人はいきなり公爵のほうに向き直った。「いいですか、あなた、この恥知らずはですよ、父親のいないこの孤児《みなしご》同然の子どもたちにもちょっかい出したんだ！　何もかもかっさらい、何もかも持ち出して、売っ払って、質入れしたもんだから、もう何も残っちゃいないのさ。あんたが書いてよこした証文なんて、どれも紙切れ同然じゃないか、このずるがしこい恥知らず！　さあ、返事をおし、この悪党、さあ、返事しなさいってば、この欲ばりじじい。この父《てて》なし子を、どうやって育てろっていうんだ？　もうすっかりできあがって、まともに立ってもいられないじゃないか……このわたしの何が、神さまの怒りに触れたっていうんだ、見るのも汚らわしい、この悪党、さあ、返事をし」

だが将軍は、もうそれにかまうどころではなかった。

「マルファさん、さあ、二十五ルーブルだ……これが、わたしにできるすべてだ、それも、こちらの、非常に立派な友人の助けでな。公爵！　わたしはとんでもない思いちがいをしておりました！　これが……人生ってもので……しかし、こうなったからには……失礼、わたしもすっかり弱りきって」将軍は部屋のまんなかに突っ立ち、四方にお辞儀をしながら続けた。「わたしもすっかり弱りきって、失礼！　レーノチカ！　枕を……いい子だから！」

レーノチカという八歳の女の子は、さっそく枕をとりに駆け出していき、戻るとその枕を、ぼろぼろになった固い革張りのソファの上に置いた。なおも将軍はあれこれ話しつくす心づもりで座ったが、ソファに触れるとたちまち体を横向きに倒し、壁のほうにくるりと顔を向けてそのまま深い眠りに落ちた。マルファ夫人は、畏《かしこ》まった情けなさそうな顔で、公爵にカードテーブルの椅子を勧めた。そして自分もその向かいに腰かけ、頬杖を右手でつき、公爵の顔をながめながら無言のため息をつきはじめた。三人の小さな子どもたち、つまりレーノチカを頭《かしら》にした女の子ふたりと男の子ひとりもテーブルに近づき、三人ともがテーブルに手を置いて、三人ともみんな公爵のほうをながめだした。そのとき別の部屋から、コーリャが現れた。

「ここで会えてほんとうによかった、コーリャ」公爵はコーリャに声をかけた。「ぼくを助けてくれませんか？　どうしてもナスターシヤさんの家に行かなくてはならないんです。さっききみのお父さんに頼んだのですが、ほら、あのとおり、寝てしまいました。ぼくを案内してください。住んでいる通りも道順もわからないんです。ただ、住所はここにあります。大劇場脇、ムイトフツォワという人の家です」

「ナスターシヤさんだって？　あの人、大劇場脇に住んでいたことなんていちどもありませんよ。それに、なんなら言いますが、うちの父さんだってナスターシヤさんの家に行ったことなどまったくありません。父さんに何かを期待するなんて、変ですよ。あの人は、ウラジーミルスカヤの近くに住んでいるんです、ピャチ・ウグロフのそばにね。でも、こっちのほうがずっと近いです。今からですか？　もう九時半ですね。よかったらぼくが案内します」

公爵とコーリャはすぐに家を出た。なんと！　辻馬車を雇おうにも持ちあわせがなく、ふたりは徒歩で行かなくてはならなかった。

「イッポリートを紹介したかったのに」とコーリャは言った。「彼はね、あの短い上着を着た大尉夫人の長男で、別の部屋にいたんです。体の調子が悪いもんだから、今日は一日じゅう横になっていました。でも、ほんとうに変なやつなんです。ものすごく敏感で、あなたに会ったらきっと恥ずかしがるだろうなって気がして。だって、あんなときにいらっしゃるんですもの……ぼくは、あいつほどには恥ずかしがりやじゃありません。だって、ぼくの場合は父さんだけど、やつのほうは母親でしょう。やっぱり、これは違うと思います。だってああいう場合でも、男性にとって恥ということにはなりませんから。もっとも、これはひょっとして偏見かもしれませんけどね、この場合、どっちの性が優位かなんていうのは。イッポリートはほんとうにりっぱな青年なんですが、ある種の偏見にこり固まってまして」

「結核とか言ってましたね」

「ええ、早く死んだほうがいいような感じです。ぼくがやつだったら、きっと死にたいって思うでしょうね。やつは弟や妹たちがかわいそうでしかたないんです、あのちっちゃな子どもたちのことが。できることなら、せめてお金さえあれば、いっしょに別のアパートを借りて家族と縁を切るのに。これがぼくらの夢なんです。それはそうと、ぼくがさっきあなたの事件について話して聞かせたら、やつ、すごくいきり立ってこんなこと言うんですよ。人に平手を受けながらそのまま決闘を申しこまないような者は、人間の屑だとね。もっとも、やつは今ひどく気持ちがすさんでいるので、議論するのは止めにしていますが。それはそうと、こうやって出かけていくからには、ナスターシヤさん、さっそく、あなたを家に招待したってことなんですね?」

「じつは、そういうわけでもないんです」

「それじゃ、どうして出かけていくんです?」コーリャは急に大声を張りあげ、歩道の真ん中で立ち止まった。「それに……そんな身なりで。招待客だけの集まりなんでしょう?」

「いや、じつを言うと、どうしたら入れてもらえるのか、それさえわからないんです。入れたらラッキー、断られたらつまり、この一件は終わりってことです。で、この服装のことですが、こっちはもうどうにもなりません」

「用事がおありなんですね? それとも、そう《由緒正しい人たちの集まり》で、たんに pour passer le temps（暇つぶし）をするつもりなんですか」

「いや、ちがうんです、ぼくは、そもそも……つまり、用事があって……どう言ってよいかわからないのですが……」

「いや、どういう用事でも、それはあなたのご勝手です。ただぼくにとって大切なのは、あなたにはそれなりの理由があって、あの夜会に、そう、高級娼婦やら将軍やら高利貸しのいる、あの魅力的な集まりに行くことを望んでらっしゃるってことなんでしょうね。もしそうじゃなかったら、公爵、ごめんなさい、ぼくはあなたを笑って軽蔑したです。だいたいこの町には、誠意ある人間が数えるくらいしかいないし、尊敬できる相手なんてまるきりいないんですから。ですから、否応なく偉そうな目線になりますが、それでも連中はみんな尊敬を要求してくるんです。うちのワーリャがその見本ですよ。お気づきになったかもしれませんが、公爵、現代はだれかれの別なく、全員がペテン師ですから！　それもね、ぼくたちのロシア、ぼくたちの愛するロシアが、とくにそうなんです。で、どうして何もかもがこんな具合になってしまったのか、わからないんです。あれほど堅固なものに思えていたものが、今はどうでしょう？　これはね、だれもが話したり、いろんなところで書かれたりしていることですよ。さかんに暴露しあっているじゃないですか。ロシアじゃ、猫も杓子《しゃくし》も暴露合戦です。親たちがまず態度をひるがえし、自分たちの昔のモラルを恥じている始末ですからね。現にモスクワでは、父親が息子に、金儲けのためには一歩も引き下がるなって説教したとかいうじゃないですか、新聞に載っていましたよ。うちの将軍を見てください。ほんとうにひどいもんです。それでも、いいですか、うちの将軍はああ見えてなかなか誠実な人間です。ほんとうにそう！　ふしだらな生活と酒のせいで、ああなっただけですから。ほんとうに、そう！　かわいそうなくらい。みんなに笑われるのが怖くて言えないだけです。でも、ほんとうにかわいそうです。だってほかの連中、ほかの賢い連中はいったいどうなっています？　みんな高利貸しですよ、猫も杓子も。イッポリートは、高利貸しのどこが悪い、それだって必要なんじゃないのとか言ってますけど。でも経済的な大変動だの、何かの潮の満ち干《み ひ》だの、もうくそ食らえです。やつがそんなことを口にするんで、ぼくは癪《しゃく》でたまらないのですが、やつは敵意まるだしです。いいですか、やつのお母さん、そう、あの大尉夫人なんて、うちの将軍から金を受け取っておきながら、それを短期の利子つきで同じ将軍に貸しつけているんですからね。ほんとうにひどい話ですよ！　なのにですよ、母さんはね、そう、うちの母さん、将軍夫人のニーナ母さんはですよ、イッポリートにお金や服や下着を与えたりして、いろいろ助けているんです、イッポリートを通じて、いくらかはあの子どもたちまで助けているんです。だって、あそこの家の子どもたちは、なんの世話も受けていないんですから。ワーリャも助けていますよ」

「ほらごらんなさい。誠実な人間や強い人間がいないとか、猫も杓子も高利貸しだとか言っているけど、強い人間もいるじゃないですか、あなたのお母さんや、ワーリャ姉さんがそう。いまそんな事情がありながら、それでも人助けをするなんて、精神力のしるしじゃないですか？」

「ワーリャはね、見栄でやっているんです、母親に後れをとるまいっていう自意識ですよ。そりゃ母さんのやっていることは、じっさい……大事だと思っていますよ。そう、ぼくは、それを大事なことだと思っているし、支持もしています。イッポリートだってそれを感じているんですが、あいつはもうほとんど、がちがちにこり固まっていますからね。はじめは皮肉に笑って、母親のやり口は卑劣だとか言っていました。

でも今じゃ、少しは感じるようになってるみたいです。ふうん！　で、あなたはそれを精神力とおっしゃるわけですね。覚えておきますよ。ガーニャはこのことを知りませんが、知ったらきっと、そんなのは偽善にすぎないって言うでしょうね」

「ガーニャさんは知らないですって？　どうもガーニャさんの知らないこと、まだいろいろありそうですね」ふと考えこんだ公爵は、とつぜんそう言った。

「あのね、公爵、ぼくはあなたのことがとっても気に入りました。ですから、さっきのあの事件が頭にこびりついているんです」

「いや、ぼくもあなたのことがとても好きですよ、コーリャ君」

「で、これからどうやってこの町で暮らしていくつもりです？　ぼくもそのうち仕事を見つけて、いくらかお金も稼ぎますから、いっしょに暮らしましょうよ。ぼくと、あなたとイッポリートの三人、みんなでアパートを借りましょう。で、うちの将軍も引き取るんです」

「それは大賛成。でも、少し様子を見ましょうか。ぼくは今、とても……気持ちが動揺しているものですから。おや？　もう着きましたか？　この建物ですよね……それにしても立派なポーチだ！　玄関番もいる。それじゃ、コーリャ君。この先どうなるか、見当もつかないけど」

途方にくれたように、公爵は立ちつくしていた。

「明日また、話を聞かせてくださいね！　そんなにびくびくしないで。どうかうまくいきますように。だって、ぼくはもう何もかもあなたと同じ考えですから！　さようなら。ぼくは、これから帰ってイッポリートに話します。きっと入れてもらえますよ、まちがいありません。だから心配しないで！　あの人、ものすごく変わった人ですから。この階段を上った二階ですからね、玄関番が教えてくれますよ！」

13

つよい不安を覚えながら公爵は階段を上っていったが、それでもなんとか自分を励まそうと努力していた。《おそらく十中八九》と彼は思った。《中に通してはもらえず、何かしら悪く思われるか、かりに通してもらえたところで、面と向かって笑いものにされるのが落ちだ……でも、かまうもんか！》。しかしじっさいに彼がびくびくしていたのはそのことではなく、次のような問いだった。《自分はいったいあそこで何をしようとしているのだ、そもそもなんのために行くのか？》。この問いにたいし、納得のいく答えがまったく見いだせなかったのである。たとえ何かの拍子でうまく機会がつかめ、ナスターシヤに「あの男に嫁いでわが身を滅ぼすようなまねをしてはいけない、あの男はあなたを愛してなんかいない、愛しているのはあなたのお金だ、自分の口からそう言ったのです、アグラーヤさんもそうおっしゃっていました、ぼくはそのことをお伝えするために来ました」と言えたところで、それですべてがうまく収まるわけではおそらくない。それにもうひとつ、いまだ未解決の問いが浮かんだが、それはもう公爵自身、考えることも恐ろしいほど重大で、またそれを受け入れることもできなければ、その勇気もなく、どう言葉でまとめあげてよいかもわからないまま、考えるだけで顔が赤くなり震えがでてくるありさまだった。しかし結局のところは、こうした不安や疑念にもかかわらず、公爵は中にはいり、ナスターシヤとの面会を求めるにいたった。

ナスターシヤは、さほど大きくはないものの、たいそう豪勢な飾り付けをほどこしたアパートメントを借りていた。ペテルブルグ暮らしをはじめて五年になるが、当初のある時期、アファナーシー・トーツキー氏が、とくに彼女のために惜しまず金をつぎ込んだことがあった。当時、彼はまだナスターシヤの愛情を当てこみ、何よりも安逸で贅沢な暮らしをさせることで、彼女の歓心を買おうと思っていた。それというのも彼は、贅沢な習慣というものがいかに簡単に人の心に根づき、その贅沢が徐々に必要不可欠のものに変わっていくと、こんどはそれから離れることがいかに困難かということを、よく承知していたからだ。この場合トーツキーは、古きよき言い伝えを守って何ひとつそれらに手を加えることなく、肉体が精神に影響をもたらす圧倒的な力をどこまでも信頼していたわけである。ナスターシヤは、そういう贅沢な暮らしを拒まず、むしろそれを愛していたくらいだが、――そしてじつにふしぎに映るのだが――けっしてそこに溺《おぼ》れるようなことはなく、いつでもそんな贅沢なしでやっていけるといった様子がうかがえた。おまけに、トーツキーを打ちのめすような不快なそのことを、ずばり言ってのけようとしたことも何度かあった。もっともナスターシヤのなかには、トーツキーを不快にも打ちのめすようなものが（のちにそれが軽蔑に至るのだが）いくつとなくあった。たとえば彼女が身近に受け入れていた人種、ということはつまり、彼女が往々にして近づけたがっていた連中のことだが、彼らの無粋さは言うにおよばず、彼女には他にももはや奇妙というしかない性癖を、いくつかかいま見ることができた。要するにふたつの趣味がなにやら野蛮にからまりあって、人並みに教養ある繊細な人間なら、その存在さえ許しがたいような物事や手段にも、平気で甘んじることができた。ナスターシヤはじっさい、たとえて言うなら、どことなく愛らしく品のいい無知を突如さらけ出すことがあった。たとえば、百姓娘は自分が身にまとうようなバチスト織りの下着を着けることができないことを知らなかったのだが、トーツキーはどうも、彼女のそういった点がいたく気に入っていたようである。この種の無知の魅力というものを知りつくしていたトーツキーの思惑によれば、ナスターシヤの教育は当初、すべてこういう結果を想定していたものだった。ただ残念なことに、その結果は奇妙なものとなってしまった。しかしそうとはいえ、ナスターシヤのなかにも 某《なにがし》かのものは残った。それが、ときとして異常ともいえる魅力的なオリジナリティや、ある種の力となってトーツキー自身をもうちのめし、ナスターシヤにたいする過去の目算がすべて無に帰してしまった今なお、彼の心を虜にすることがあった。

公爵の応対に出たのは年ごろの娘だったが（ナスターシヤの家の召使はつねに女性だった）、驚いたことに、取り次いでほしいとの頼みを、なんら怪しむ様子もなく聞きとどけてくれた。汚れたブーツも、鍔の広い帽子も、袖なしマントも、もじもじした様子も、この娘にかすかなためらいすら生まなかった。客のマントを脱がせ、応接間で待っているようにというと、娘はさっそく来訪の取り次ぎに向かった。

ナスターシヤの家に集まった客たちの顔ぶれは、ごく日常的につきあいのある常連ばかりだった。かつて同じ時期に開かれてきた、年に一度の夜会にくらべ、客の数はかなり少なかった。まず主賓として、アファナーシー・トーツキーとイワン・エパンチンのふたりが出席していた。彼らはふたりとも愛想が良かったが、例のガーニャへの態度表明の約束がいつ果たされるか気になっているようで、いくらか内心の落ち着きを失っているかに見えた。ふたりのほか、当然のことながらガーニャ本人も顔を出していたが、こちらもまたひどく沈みこみ、何やらしきりに考え込んでいた。その表情はほとんど「無愛想」といってよいもので、ほぼ最初から最後まで、部屋の隅のほうに立ちつくしたまま、むっつりと黙りこくっていた。決心がつかず、妹のワーリャを連れて来なかったのだが、ナスターシヤも彼女については何も触れなかった。そのかわり、ガーニャと挨拶を交わすや、ナスターシヤは彼と公爵とのあいだで起こった先ほどの悶着《もんちゃく》について話した。その件について何ひとつ聞かされていなかったエパンチン将軍は、好奇心にかられて尋ねた。するとガーニャは、そっけない控えめな口調で、しかもじつにあっけらかんと、さっき起こったことや許しを請いに公爵のところへ行ってきたことまで、あらいざらい話して聞かせた。話のなかで、彼は熱っぽく自説を披露し、あの公爵はじつに奇妙にもみんなから「おばかさん」呼ばわりされているが、まったく腑に落ちない、自分はまるで正反対の見方をしていて、彼はほんとうは抜け目のない男だと思う、と述べた。ナスターシヤはその意見にたいそう注意深く耳を傾け、興味深げにガーニャの顔を見つめていたが、話題はただちに、今朝がた起きた事件と関わりのあるロゴージンに移り、これにもトーツキーとエパンチン将軍は並外れた好奇心を示した。ロゴージンに関する特別の情報を伝えることができるのは、プチーツィンであることがわかった。彼は依頼された仕事の件について、夜の九時近くまでロゴージンとやりあっていたのだ。ロゴージンは、今日中に十万ルーブルを調達するよう、必死に言いつのってきたらしかった。「むろん酔っぱらっていましたがね」説明のさい、プチーツィンはそうつけ加えた。「でも、どんなに困難でも、十万ルーブルは手に入れるでしょうね、ただ、今日中に全額そろえられるかどうかはわかりません。とにかく、いろんな人間が走り回っています。キンデール、トレパーロフ、ビスクープといった連中です。利息は、好きなだけ支払うと言っているそうです。むろん、酔っ払った勢いもあるし、金が入って有頂天になっているせいもあります……」プチーツィンは決めつけるように言った。これらの知らせは、いくらか陰鬱な興味をもって受けとめられた。ナスターシヤはどうやら胸のうちを明らかにしたくないらしく、押し黙っていた。ガーニャも同じだった。エパンチン将軍は、内心、ほかのだれよりも気をもんでいた。まだ朝のうちに彼がプレゼントした真珠を受けとっている彼女の態度が、あまりにもそっけなく、しかも何かしら意味ありげな薄笑いが口もとに浮かんでいたからである。すべての客人たちのうち、ひとりフェルディシチェンコだけがひどく陽気なお祭り気分であり、ときおり、なぜともわからない高笑いをあげていたが、それというのも、たんに自分から道化の役割を引き受けていたからにすぎない。繊細かつ洗練された話し手として聞こえが高く、以前はこうした夜会での話題を意のままにリードしてきたトーツキー自身は、どうにも気が乗らない様子で、何やら彼らしからぬ混乱ぶりを見せていた。残りの客たち、といっても数は少なかったが（なんのために招《よ》ばれたのかおよそわからぬみすぼらしい老教師、おどおどした様子でずっと押し黙ったままの、正体不明のたいそう若い男、四十前後とおぼしき女優あがりの元気のいいご婦人、とびきりの美人で、驚くばかりに美しく豪奢な装いを身にまとい、並外れて無口な若いご婦人、という顔ぶれだった）、夜会での語らいの盛り上げ方も知らないだけでなく、ときとして何を話してよいものか、それすらわからない様子だった。

このようなわけで、公爵の登場は、むしろ好都合といえるものだった。公爵が見えられたとの取り次ぎがあると、一同は怪訝そうな顔をし、何人かは奇妙な笑みをもらした。とくに、ナスターシヤの驚いたような表情から、公爵を招く気は少しもなかったということがわかったので、なおさらだった。だが、最初の驚きのあと、ナスターシヤがふといかにも嬉しそうな表情を浮かべたので、客の大半は、ただちにこの思いがけない客人を笑顔で明るく迎えようという気になった。

「これは、まあ、彼の無邪気さから出たことですな」エパンチン将軍が言い放った。「いずれにしても、こういう傾向におもねるのはかなり危険なことですな。ただし、今日のところはまあ、ああして多少は奇妙なやり方でも、ここにお邪魔しようって気になったのは悪いことじゃない。ひょっとして、われわれを楽しませてくれるかもしれませんから。少なくとも、わたしの判断にまちがいがなければ」

「そもそも、自分から押しかけてきたんですから!」フェルディシチェンコがすかさず口をはさんだ。

「だからどうだっていうんです?」フェルディシチェンコを毛嫌いしている将軍が、そっけない調子で尋ねた。

「入場料を払ってくれるってことですよ」フェルディシチェンコは説明した。

「いやいや、ムイシキン公爵は、フェルディシチェンコ君とはわけがちがいます」将軍はたまりかねて言い返した。将軍はいまだ、自分がフェルディシチェンコごとき輩《やから》と対等の立場で席を同じくしているという思いに、わだかまりを感じていたのだ。

「いやはや、将軍、どうかこのフェルディシチェンコにはお手柔らかに」にやにやしながら相手は答えた。「なんせ、わたしには特権ってものがありますもので」

「なんだね、きみのいうその特権というのは?」

「それについては、前回みなさまにも詳しくご説明させていただきました。ですが、閣下の手前、改めてお話し申し上げます。よろしいでしょうか、閣下、人間だれしもウイットというものが備わっておりますが、わたしにはそのウイットというものがないのであります。その償《つぐな》いといたしまして、わたしは真実を口にしてもよいという許しを得ているのであります。なぜなら、だれもがご存じのとおり、真実を口にすることができるのは、ウイットをもたない者たちだけですから。おまけにわたしは、ひじょうに復讐心のつよい人間です。それもまた、ウイットがないからでして。わたしはどんな屈辱にもおとなしくしたがいますが、それは、わたしを侮辱した相手が最初のしくじりをしでかすまでのこと。相手が最初のしくじりを犯すや、わたしはただちに昔を思いおこし、なんらかのかたちで即座に復讐する。プチーツィンさんが、いつかこのわたしについて表したとおり、『足蹴に』してやるわけです。プチーツィンさんご自身は、むろん人を『足蹴に』するようなことはけっしてなさらない方ですが。クルイロフの寓話をご存じですか、閣下。『ライオンとロバ』という寓話を？　そう、あれこそはわたしとあなた、ふたりの話なんです。そう、わたしたちのことを書いたものなのです」

「きみはまた、ほら話をはじめたみたいだ、フェルディシチェンコ君」将軍はいきり立った。

「何をおっしゃいます、閣下？」フェルディシチェンコは相手の言葉尻をとらえた。相手の言葉を餌に、長広舌《ちょうこうぜつ》をふるってやろうと彼は当てこんでいたのである。「心配はご無用、閣下、わたしは立場というものを心得ておりますから。わたしとあなたが、クルイロフの寓話に出てくるライオンとロバみたいなもの、などと申し上げたからには、むろんこのわたしがロバの役を引き受け、閣下、あなたはライオンであります。クルイロフの寓話にこう書かれているとおり。

森の雷、強きライオンも
寄る年波に力を失えり

で、わたしめは、閣下、ロバでございまして」

「その点は同感だが」将軍はうっかり口をすべらせた。

こうしたもろもろの言動は、むろん礼を失するものであり、計画的に仕組まれたものであったが、フェルディシチェンコには一同の了解ということで、道化を演じることが許されていたのである。

「いえ、わたしなんぞが追っ払われずに、ここにこうして出入りさせていただけるのも」フェルディシチェンコがひときわ大声で叫んだ。「こんな調子でお話しするのを期待されているからでして。でなくば、わたしごときものを客として扱うなど、できるはずのないことです。わたしだって、それぐらいは承知しておりますとも。いえ、こんなフェルディシチェンコごとき輩《やから》を、トーツキーさまのような洗練されたジェントルマンと同席させるなど、ありえないことです。そこで、いやおうなくひとつの理屈が残ることになるわけでして。つまり、わたしがここに同席を許されているというのは、それが想像だにできないことだからです」

しかし、下品というのならまだしも、ところどころ辛辣なところもあり、それが時として度を越すこともあるので、そのあたりがどうやらナスターシヤの意に沿っていたらしい。ナスターシヤの家にどうしても出入りしたいと望むものは、フェルディシチェンコの毒舌に耐える覚悟が必要だった。自分がここに通されるようになったのは、その存在がトーツキーにとっては最初から許しがたいものだったからと想像したが、ことによると、それはみごとに真実を衝《つ》いていたかもしれない。ガーニャはガーニャで、この男からはもういやというほど煮え湯を飲まされていたので、その点でもフェルディシチェンコは、大いにナスターシヤの役に立ったことになる。

「公爵には、まずもって、流行のロマンスでも歌っていただくとしましょう」フェルディシチェンコは、ナスターシヤの反応をうかがいながらそう言い放った。

「それはないでしょう、フェルディシチェンコさん、それにお願いですから、そうかっかなさらないで」ナスターシヤはそっけない調子で応じた。

「ほう！　この方が特別の庇護のもとにあるというのでしたら、わたしも少しおとなしくしていましょう……」

だが、ナスターシヤは、それには耳も貸さずに立ち上がり、自分から公爵を出迎えに向かった。

「ほんとうに残念に思っていたんです」ふいに公爵の前に姿を現したナスターシヤは、そう切り出した。「先ほどはとても慌てていたものですから、あなたを家にご招待するのをつい忘れてしまって。でも、とてもうれしいですわ。こうしてお出かけくださったおかげで、お礼をいう機会もできましたし、あなたの勇気をお褒めすることができますもの」

そう言いながらナスターシヤは公爵の顔をじっとみつめ、彼の行動が意味するものを少しでも解読しようとつとめていた。

好意のこもるその言葉に対し、公爵はことによると何かしら答えることもできたかもしれない。だがそのあまりの輝きに目がくらみ、茫然としてしまったため、ひとことも発することができなかった。それに気づいたナスターシヤは、いかにも満足そうだった。この夜、全身を着飾ったナスターシヤは、異様ともいえる印象を与えていた。彼女は公爵の手をとり、客たちのいるほうに案内した。客間の入口まで来たところで、公爵はふいに立ちどまり、異常に興奮しながら早口でこう囁いた。

「あなたのすべてが完璧です……痩せて、顔色がお悪いところまで……いま以外の姿は想像したくないほどです……ほんとうにこちらにお邪魔したくて……ぼくは……許してください……」

「謝ることなんてありませんわ」ナスターシヤは笑いだした。「それじゃ、あなたの風変わりなところや、ユニークさがぜんぶ帳消しになってしまいます。あなたのことを変わった方とか言ってるけど、こうしてみると、ほんとうのことなんですね。で、あなたは、このわたしのことを完璧と思ってらっしゃるわけ、そうなのね？」

「はい」

「あなたは人を見ぬく達人かもしれないけれど、でも、今のは外れね。今日にもその証拠を見せてあげるわ」

ナスターシヤは客たちに公爵を紹介したが、その半分以上がすでに知り合いだった。トーツキーはさっそくお愛想のようなことを口にした。一同はいくぶん生気を取りもどしたようで、いちどにおしゃべりをはじめたり、笑いだしたりした。ナスターシヤは自分のそばに公爵を座らせた。

「しかしですよ、公爵の登場が、いったいなぜ驚きなのでしょう？」フェルディシチェンコが、ひときわ甲高い声でそう叫んだ。「自明のこと、事実がそれを物語っています!」

「事実はひどくはっきりしています、自明すぎるほどだ」それまで黙り込んでいたガーニャが、ふいに話を引きとった。「今日、公爵が、エパンチン家のテーブルの上にあったナスターシヤさんの写真を初めて目にしたときから、ほとんどずっと彼に注目してきました。そのとき、ちらりと思ったことを非常によく覚えているんですが、今ではそれが完全に確信に変わっています。ついでながら言わせてもらいますが、これは公爵が、自分からぼくに告白したことでもあります」

ガーニャはこのセリフを、おそろしくきまじめな調子で言い切った。そこにはかすかな冗談もなければ、むしろ陰気ともいえる口ぶりだったので、いくぶん奇異な感じがしたほどだった。

「ぼくはあなたに告白などしていません」顔を赤くして公爵は答えた。「あなたの質問に答えただけです」

「おみごと、おみごと!」フェルディシチェンコが叫んだ。「少なくとも率直な感じですな。狡猾にして、率直ってやつだ!」

一同は大声で笑った。

「そう大声を張り上げなさんな、フェルディシチェンコ君」プチーツィンがいまいましげに小声で注意した。

「公爵、あなたがそこまで大胆な行動に出るとは」エパンチン将軍が口をはさんだ。「だって、いかにも場違いじゃありませんか。わたしはね、あなたを哲学者だと思っていましたからね！　涼しい顔をしておられるが、なかなか！」

「いいえ、この公爵、ごく罪のない冗談にも、おぼこ娘みたいに顔を赤くなさっている、そのあたりを見ると、この高潔な青年、見上げるべき思いを胸に秘めてらっしゃるんじゃないですか」これまで黙りこくってきた七十歳の、歯が欠けた老教師がふいに口を開いた、というより、もぐもぐしゃべり出した。今日の夜会の席で、この老教師が何かをしゃべり出すなど、だれひとり予想しなかったことなので、一同はますます大声で笑いはじめた。老教師は、どうやら自分のウイットが受けて笑っているものと考えたらしく、一同を眺めやりながらまたひとしきり大声で笑いだしたが、その拍子にはげしく咳き込んでしまったため、ナスターシヤはすぐにその老教師の介抱にかかり、キスをしたり、お茶のお代わりを持ってくるように言いつけた。ナスターシヤはなぜかしら、この種の変わり者の老人や老婆、あげくのはては、神がかりの連中やらをひどく気に入っていた。入ってきた小間使いに自分のケープを持ってくるよう頼むと、それに体をくるみ、暖炉にもう少し薪《まき》をくべるように言いつけた。いま何時かとの問いに、小間使いはもう十時半ですと答えた。

「みなさん、そろそろシャンパンでもいかが?」ふいにナスターシヤが提案した。「向こうに用意してありますので。そうすれば、もっと楽しくなると思いますが。どうか遠慮などなさらずに」

ナスターシヤがこうして酒を勧めるのは、しかもこのような率直な物言いで勧めるのは、きわめて異様な感じがした。これまでの夜会がきわめて礼儀正しいものであったことを、だれもが知っていたからだ。いずれにせよ、夜会はしだいに活気を増していったが、ただしいつもとはどこかちがった感じがした。もっとも、エパンチン将軍その人がまっさきに勧めにしたがい、次に例の元気のいい婦人、老教師、フェルディシチェンコと続いて、最後は全員がグラスを手にした。トーツキーもまたグラスを手にとったが、それはにわかに改まった雰囲気に、できるかぎり冗談めかした気分を添えることで、全体の調子に合わせようとの腹づもりだったからだ。ひとりガーニャだけは、まったく口をつけようとしなかった。ナスターシヤもまた、シャンパングラスを手にし、今日は三杯いただきますと宣言してみせたが、奇矯な、ときとしてひどくきついせっかちな言動があり、とくに意味もなくヒステリックに笑うかと思えば、ふいに黙りこみ、何やらむっつり考えこむといった様子から、何かを読みとることは困難だった。熱があるのではないかと疑う者もいたが、やがて一同は、彼女が何か待ちかまえているかのように、しきりに時計をのぞきこんではしだいにじれていき、心ここにあらずといった顔に変わっていくのに気づいた。

「あなた、ちょっと熱がある感じだけど？」例の元気のいい婦人が尋ねた。

「ええ、ちょっとどころじゃなくて、かなりね、だからこうしてケープにくるまっているの」ナスターシヤはそう答えたが、事実、彼女の顔色はますます青ざめ、ときどきつよい震えに耐えているかのように見えた。

一同は心配になり、ざわつきだした。

「そろそろ彼女を休ませてやってはどうかな？」トーツキーが、エパンチン将軍の顔を見ながら言った。

「いや、みなさん、それはぜったいにだめ！　どうかこのまま残ってください。とくに今日、みなさんがここにおられるということが、わたしにとっては必要不可欠なことなんです」ナスターシヤは執拗に、しかも意味ありげな口ぶりでそう言い放った。ほぼ全員の客が、今晩ここで、ひどく重大な決断が下される予定であることを知っていたので、ナスターシヤのこのひとことは、ことのほか重みがあるものとして響いた。

将軍とトーツキーはあらためて目配せし、ガーニャはぴくりと体を震わせた。

「何かゲームでもしたらいいんじゃないかしら」例の活発な婦人が提案した。

「ひとつ知っていますよ、ものすごく面白くて、新手のゲームをね」フェルディシチェンコがすばやく飛びついた。「知るかぎり、世界でこれまでたったいちどしかやられたことがなくて、しかも失敗に終わっている、そんなゲームです」

「どんなふうにやるの？」元気な婦人が尋ねた。

「昔、われわれ仲間同士が集まりましてね、正直、ちょっと飲んでたんですが、そのうちひとりがいきなり提案したんです。つまり、めいめいがテーブルを囲んだまま、自分について何かを話して聞かせるというものです、それも、自分の胸に手をあてて、これまでの人生のなかで犯した悪い行いのなかの、きわめつきの悪いものに限ります。それも、正直じゃなくてはだめ、要はぜったいに嘘をつかず、正直に話さなくてはいけない、ということです！」

「妙なアイデアだ」将軍が言った。

「でも閣下、妙だからこそ面白いんですよ」

「ばかげたアイデアだ」トーツキーが言った。「といって、わからん話でもないが。まあ、一種の自慢話だな」

「たしかに、でもそこが味噌なんですよ、トーツキーさん」

「いやあ、そんなゲームだったら、笑うより先に泣きだしちゃうんじゃないですか」元気のいい婦人が口をはさんだ。

「そんなのまったくありえない、ばかげた話だ」プチーツィンが反応した。

「で、うまくいきましたの？」ナスターシヤが尋ねた。

「それなんですが、結果はさんざんでしたね。みなさんそれぞれに、何やかや話はしました。大半は真実を語ってくれました。しかも、そのうちの何人かは得々として語っていたくらいです。ところがあとになって、みんな気恥ずかしくなり、耐えきれなくなった！　まあ、全体としてはかなり盛り上がりましたよ。といっても、ほどほどにってところではありましたが」

「でも、それ、ほんとうに面白そう！」ナスターシヤが急にいきいきした様子で言った。「みなさん、じっさい試してみましょうよ！　だって、なんだか変に白けた感じですもの。わたしたちがそれぞれ、何か話をしてみてはどうかしら……さっきの話みたいに……むろん同意した人たちだけですよ、ここはあくまで自由意志ということでね、いかが？　きっとやってのけることができるでしょう？　とにかく、これはかなり独創的ですわ……」

「そいつは名案だ！」フェルディシチェンコが口をはさんだ。「ただし、女性のみなさんは除外ということで、男性からはじめます。順番は、前回と同様、籤《くじ》引きで決めることにしますね！　ぜひとも、籤引きでなきゃ！　ぜったいにいやだという人は、もちろん話さなくてけっこう。でも、それはきわめて礼を失することになりますよ！　ではみなさん、籤をこちらへ、この帽子に入れて、公爵に引いてもらいますから。べつにどうってことはないですって。自分の人生でいちばん悪い行いについて話すだけですから。――みなさん、じつに単純なことじゃないですか！　すぐにわかりますよ！　もしお忘れになった方がいれば、このわたしが思いださせてあげます！」

このアイデアに乗り気になったものは、ひとりとしていなかった。ある者は憮然とし、またある者はずるそうににやにやしていた。なかにはこれに反対の意を唱える者もいたが、とくに強くというわけではなかった。たとえば、エパンチン将軍がそうだった。彼は、ナスターシヤがこの奇妙なアイデアに夢中なのに気づき、彼女に異を唱えることを望まなかった。ナスターシヤは何ごとにつけ、いったんこうと言いだすと、たとえそれがごくきまぐれな思いつきで、自分にとってまるきり無益な望みとわかっていても、抑えがきかず、加減できなくなるところがあった。そして今も、まるでヒステリーの発作に見舞われたかのようにあれこれ気をもみ、とりわけ心配そうに異を唱えるトーツキーにたいして、けらけらと発作的な笑い声を立てるのだった。黒い目の輝きがつよくなり、青白い頰には大きく赤みがさしていた。ことによると、何人かの客たちの顔に浮かんだ、いかにも興ざめといった嫌そうな表情を見て、彼女はもちまえの冷笑願望をあおられたのかもしれない。あるいは、このアイデアの冷笑的かつ残酷なところこそが、とくに彼女が気にいった核心かもしれなかった。客人たちのなかには、ナスターシヤが何か特別のもくろみを抱いていると信じているものもいた。そうはいいながらも、一同は徐々に同意していった。いずれにしても好奇心をそそるものではあったし、多くの客たちにとっては、きわめて魅力的に映ったからである。だれよりも気を吐いていたのが、フェルディシチェンコだった。

「でも、もし、話すに話せない場合は……つまりその、女性の前で」それまで口を閉ざしていた青年が、おどおどした調子で言った。

「そういう話はしてくださらなくっていいんですよ。でも、それ以外にも恥ずかしい行いはいくらだってあるでしょう」フェルディシチェンコが答えた。「いやもう、今の若い連中なんて！」

「わたしの場合、自分がしてきた行いで、どれがいちばん悪かったかなんて、決められませんわ」元気のいい婦人が割り込んできた。

「女性の方は話をする義務を免除されています」とフェルディシチェンコが繰り返した。「でも、たんに義務を免除されているというだけのことですので、ご自分からぜひ告白したいということであれば、それはいっこうにかまいません。男性の方でも、あまり気が進まないという場合は、免除もありということで」

「でも、ぼくが嘘をつかないってことをどうやって証明できる?」ガーニャが尋ねた。「もしも嘘をついたら、このゲームの意味なんてまるでゼロじゃないか。それに、嘘をつかない人なんているのか? ここにいる全員が嘘をつくに決まっている」

「だけど、ここでどう嘘をつくかってことひとつとっても、面白いじゃないか。ガーニャ、きみは嘘のことをとくに気にすることなんてないのさ。だって、きみのいちばんの恥ずべき行いは、そうでなくてもみんなに知られているからね。ただし、みなさん、この点だけは考えておいてくださいよ」フェルディシチェンコは、何かしらインスピレーションを受けたかのようにふいに大声をあげた。「この点だけはね。つまり、われわれはこのあと、おたがいどんなふうに目を合わせられるかってことです、たとえば明日、この告白のあとで!」

「だいたい、こんなことが可能なのかね? これって、ほんとうにまじめな話なんですか、ナスターシヤさん?」トーツキーがしかつめらしく尋ねた。

「虎穴に入らずんば虎子を得ず、っていいますでしょ」ナスターシヤは薄笑いを浮かべながら答えた。

「失礼ながら、フェルディシチェンコ君、こんなので、はたしてゲームが成り立つのかね？」ますます不安にかられてトーツキーが質問を続けた。「言っておくが、こんなゲーム、絶対にうまくいかんな。きみだってさっき、いちど失敗しているって言ったじゃないか」

「失敗ですって！　わたしは前回、三ルーブルくすねたときの話をしましたよ、それも、ほんとうにありのまま話してみせたんですから！」

「なるほど。でも、きみが何か真《しん》に迫った話をしたとして、それを真《ま》に受けてもらえたなんてちょっと考えられんがね？　ガヴリーラ君の指摘はまったくその通りで、ほんの少しでも嘘がまじって聞こえたら、ゲームの意味なんてまるきりゼロになってしまう。この場合、たとえ真実が現れるとしても、たんに偶然でね、一種独特のきわめて悪趣味な自己アピールにかられたときだけで、そんなもの、ここじゃ考えられもしないし、それこそ悪趣味ってものだ」

「それにしても、トーツキーさん、あなたってけっこう繊細な方なんですね、ほんとうに驚きました！」フェルディシチェンコが叫んだ。「いいですか、みなさん、トーツキーさんはこのわたしが、さっきの盗みの件で、それこそ真に迫るみたいな話し方ができたはずはないと指摘されました。つまり、それでもって非常にデリケートに、わたしがじっさいに盗みを働けたわけはないということを仄《ほの》めかされているわけです(なにしろ、こんな話を大声でするなんて悪趣味そのものですからね)。ところが、ひょっとして心のなかではですよ、フェルディシチェンコなら盗みくらい大いにやりかねないと考えていらっしゃるんです！　でもみなさん、そろそろ本題に入りましょう、本題に。籤も集まりました。そう、トーツキーさん、あなたもご自分の籤を入れられましたね、っていうことは、棄権者はゼロってわけです！　では公爵、籤を引いてください！」

公爵は黙ったまま、帽子のなかに手を突っ込み、最初の籤を引いた――フェルディシチェンコだった。次がプチーツィン、三番目が将軍、そして四番目がトーツキー、五番目が自分、そして、六番目はガーニャと出た。女性たちは、籤引きに加わらなかった。

「ああ、ついてない！」フェルディシチェンコが叫んだ。「最初は公爵、二番目が将軍と読んでいたんですがね。しかし幸い、プチーツィン君がわたしのすぐあとに控えておられますから、せめてもの慰めってことで。さてみなさん、わたしには、みなさんの立派な見本となるお話をする義務があるわけですが、何より残念でならないのは、いかんせんこのわたしがどうしようもない小者で、おまけに何ひとつ特長のない男だということです。役所での地位にしたところで、最低の低ですしね。じっさい、フェルディシチェンコごときがよからぬ行為におよんだからといって、面白いところなど何もありません。だいたい、わたしの行いのいちばん悪いことって、なんでしょう。フランス語でいう、embarras de richesse（富める者の悩み）ってやつです。なんなら、さっきの盗みの話を改めてお聞かせしましょうか。泥棒とならずとも盗みはできるってことを、トーツキーさんにご納得いただくためにも」

「おかげで納得がいきました、フェルディシチェンコ君。たしかに人間というのは、とくに請われたわけでもないのに、自分の良からぬ行いを人に聞かせることで、うっとりするほどの満足感を得られるものらしい……おっと……失礼、フェルディシチェンコ君」

「そろそろはじめましょう、フェルディシチェンコさん、あなたって、ほんとに無駄口ばかりできりがないんですから！」ナスターシヤが、じれったそうないらいらした調子で命令した。

さっきの発作的な笑いのあとで、彼女が急に気むずかしくなり、何やら不満そうでいらいらしだしていることに、だれもが気づいた。にもかかわらず、彼女はまるで暴君のように、その途方もない気まぐれを頑として捨て去ろうとはしなかった。トーツキーは恐ろしく滅入っていた。エパンチン将軍にまで、怒りを覚えていた。というのも、将軍がこともなげに淡々とシャンパンを飲み、自分の順番が回ってきたときの話のネタを考えているふうに見えたからである。

14

「ウイットに欠けているからですよ、ナスターシヤさん、だから無駄口たたいているんです！」話をはじめるにあたって、フェルディシチェンコは声を張り上げて言った。「このわたしにも、トーツキーさん、プチーツィンさんぐらいのウイットがあればねえ、今日にしたって、トーツキーさん、プチーツィンさん同様、なにもしゃべらずにずっとすわったままでいることもできるんですがね。で、公爵、あなたにひとつお聞きしますが、この世の中には泥棒でない人間よりも、泥棒のほうがはるかに数が多いような気がしてならないんですが、どう思われます？　それに、たとえどんなに正直な人であっても、死ぬまでにいちども、何かしら盗みを働いたことのない人なんていないって。これはわたしの考えですが、だからといって、この世は泥棒だらけだなどと決めつける気はさらさらありません。でもときどき、ほんとうにそう言ってしまいたくなることがあるんです。どうでしょう？」

「ほんとうに、なんてばかな話をされるのかしら」例の元気のいいダーリヤ夫人が反応した。「そんなのはぜんぶでたらめですよ、だれでも何かしら盗みをしたことがあるだなんて、そんなばかなことあるはずないでしょう。わたしだって、これまでいちども、何も盗みをした覚えはありませんから」

「あなたはいちども盗みをしたことはないとおっしゃいましたね、ダーリヤさん。でも、こちらの公爵はなんと言うでしょう。急に顔を赤くされたようですが」

「あなたのおっしゃることはほんとうだとは思いますが、ちょっと大げさすぎます」たしかに、なぜか顔を真っ赤にして公爵は答えた。

「では、公爵、あなたご自身は何も盗まれたことがないんですね?」

「いやはや！　なんてばかげた話を！　少し冷静になりたまえ、フェルディシチェンコ君」将軍が割って入った。

「この人、いよいよ本番となって、話すのが急に恥ずかしくなっただけですよ。それで、公爵を仲間に引き込もうとしているんです、この人がおとなしくしてるのをいいことに」元気のいいダーリヤがずばり言ってのけた。

「フェルディシチェンコさん、お話をするか黙るか、どちらかにして、人のことはかまわずに。あなたにはほんとうにうんざりですよ」ナスターシヤが語気するどく、腹立たしげな声で言った。

「いますぐに、ナスターシヤさん。でも、もし公爵まであぁして自白されたからには、と言いますか、公爵は自白なさったも同然とわたしは主張しますが、たとえば、だれかほかの方が(べつにだれとは申しませんが)、かりにいつかほんとうのことを話そうという気になったら、いったいどこまでお話しされるんでしょうか? で、このわたしについて申しますと、みなさん、じつはこれ以上わたしには話すことが何もないんです、まるきり。ほんとうに単純で、ばかばかしくて、忌まわしい話があるだけです。でも、はっきり言っておきますが、わたしは泥棒ではありませんからね。それとは知らずに盗みを働いていたってわけです。あれは二年前のことです。セミョーン・イシチェンコという人の別荘であったことです。日曜日のことでした。客人たちは、そこで食事をご馳走になりました。食後、男連中はみな残って酒を飲んでいたのです。わたしはふと思い立って、そこの家のお嬢さんのマリヤさんに、ピアノで何か弾いてくれるよう頼みに行こうとしたのです。で、角の部屋を通りぬけて行こうとしたとき、この家の女主人であるマリヤさんの仕事机に、緑色の三ルーブル紙幣が載っているのに気づきました。何か家事の支払いでもあって、財布から出しておいたのですね。部屋にはだれもいませんでした。わたしはその紙幣を手にとって、ポケットに押し込みました。なんのためかわかりません。魔がさしたとしか言いようがありません。とにかくわたしは急いで客間にもどり、席につきました。わたしはそのまま、かなりつよい興奮にかられながら、腰をかけてひっきりなしにおしゃべりをし、小話を披露したり、笑ったりして時間をやりすごしました。それから、女性陣のほうに席を移しました。三十分ほどしたころ、ようやく事態が明らかになったらしく、小間使いたちを問い質《ただ》す声が聞こえてきました。ダーリヤという小間使いに疑いが向けられました。わたしは、異常なくらい好奇心と同情を示してみせました。今でもよく覚えていますが、すっかりしょげているダーリヤを見て、マリヤ夫人は優しい方だから正直に罪を認めれば大丈夫と、そう説得にかかりました。しかもみんなが見守るなか、声に出して言ってやったのです。みんながこちらを見ていましたが、わたしはもう途方もない満足を感じていました。それはそうです、そんなふうに説教するわたしのポケットには、肝心の紙幣が納まっているのですから。その三ルーブルは、その夜のうちにレストランでの酒代に使ってしまいました。レストランに入るなり、ラフィットのワインをボトルで注文したのです。わたしはそれまで、ワインをボトルごと注文するなんてことは、いちどだってありませんでした。でも、一刻も早く使いきってしまいたかったんですね。良心の呵責《かしゃく》など、そのときもそれ以後も、特別に感じるようなことはありませんでした。でも、そんなことはおそらく二度と繰り返すことはないでしょう。みなさんがそれを信じようが信じまいが勝手です。わたしは、関心ありません。とまあ、わたしの話はこんなところです」

「でも当然、それがあなたのいちばん悪い行いってわけじゃないんでしょう」嫌悪の色を浮かべながら、ダーリヤが言った。

「それは心理学的な症例であって、行い、ってほどのものではありませんな」トーツキーが口をはさんだ。

「で、その小間使いさんは？」嫌悪の情もあからさまにナスターシヤが尋ねた。

「そう、その翌日にはもう追っ払われましてね、当然です。なんといっても厳しい家でしたから」

「で、あなたはそれを黙って見過ごしたってわけ？」

「そりゃそうですとも！　それじゃ、なんです、こちらから出かけていって、やったのは自分ですとでも言えばよかったんですか？」へらへら笑いながらフェルディシチェンコは答えたが、彼自身、居合わせた人々がみな自分の話にひどく不快な印象を受けているらしいことに、いくぶんショックを覚えている様子だった。

「なんて汚らわしい！」ナスターシヤは声を荒らげた。

「おや！　人のいちばん悪い行いの話を聞きたがりながら、そのうえ人格の高貴さまで要求されるわけですか！　いちばん悪い行いというのは、つねにきわめて汚らわしいものですよ。そんなことは、お次のプチーツィンさんの話を聞けばわかることです。そりゃ世間には、外面はいかにもきらびやかで、立派そうに見せかけようという連中が掃いて捨てるほどいます。それも、たんに自家用の馬車があるというだけでです。いまどき、自家用の馬車を持っている連中なんて腐るほどいますから……でも、どういった手段で手に入れたのか……」

要するにフェルディシチェンコは、堪忍袋の緒を切らし、とつぜんわれを忘れんばかりに怒りだして、つい度を越してしまったのだ。顔全体が怒りで歪んでいた。じつに奇妙なことだが、彼が自分の話から、まったく別の成功を期待していたということも大いにありそうな話である。この悪趣味な「失敗」や、トーツキーがいみじくも言った「独自の自己アピール」は、フェルディシチェンコからすると日常茶飯事であり、いかにも彼の性格に似つかわしいものだった。

ナスターシヤは怒りのあまり体をぎくりとさせ、フェルディシチェンコをにらみつけた。相手はたちまちしゅんとして黙りこみ、内心の怯えから凍りついたようになってしまった。調子にのりすぎたと悟ったのだ。

「これでもうすっかりやめにしてはどうです」トーツキーは抜け目なく尋ねた。

「次はわたしの番ですが、特典を利用し、お話はなしということにさせていただきます」プチーツィンがきっぱりと言い放った。

「話したくないんですね？」

「とても話せませんよ、ナスターシヤさん。だいいちこんなゲーム、ぜんぜん成り立たないと思いますね」

「将軍、次はあなたの番のようですが」ナスターシヤが将軍のほうに向き直った。「もし、あなたまでお断りになるというと、あとがぜんぶ狂ってしまいますわ。それに、わたしとしても残念。だって、最後のしめくくりに『自分の人生のなかから』あるる行いをお話しする心づもりでいたんですもの。ただしそれは、あなたとトーツキーさんのあとでお話ししたいと思っていました。おふたりのあとなら、きっと勇気が出るにちがいありませんから」ナスターシヤは急に笑いだしながら言った。

「いや、あなたがそう約束されるなら」将軍は熱くなって叫んだ。「わたしも自分の全人生についてお話ししてもかまいません。ただ、じつをいえば、順番を待っているあいだに自分の話をひとつ用意してしまったもので……」

「閣下のお姿を拝見するだけで、はっきり申し上げることができます。閣下がどれほど特別な文学的満足をもって、そのお話とやらを準備されたか」あいかわらず、いくぶんばつが悪そうな表情のフェルディシチェンコが、刺《とげ》のある笑みを浮かべながら思いきって口をはさんだ。

ナスターシヤはちらりと将軍の顔をうかがうと、同様にひそかな笑みをもらした。だが、彼女のなかで憂鬱と苛立ちがますます強くなっている様子が見てとれた。トーツキーは、彼女が話をすると約束するのを耳にして、二重に怖気づいた。

「みなさん、このわたしも人後に落ちず、この長い人生では、必ずしも上品とは言いかねる行いを重ねてきました」将軍はそう切り出した。「しかし何よりも不思議なのは、これからご紹介する小話こそが、私のこれまでの人生のなかで、もっとも忌まわしい話であると考えていることです。それはともかく、この話はもう三十五年近く前のことなのですが、この出来事を思い出すたびに、何か胸をかきむしられるようなある印象から、これまでいちどとして逃れることができませんでした。とはいえ、この事件はじつに愚かしいものです。当時わたしはまだ少尉補になりたてでして、軍隊ではなんとも辛い単調な作業に明け暮れしておりました。ご存じのように、少尉補ってやつは、血潮は沸きたてど懐《ふところ》さびしく、でしてね。わたしには当時、ニキーフォルという名前の従卒がついておりまして、この男がすべてわたしの身の回りの世話は焼いてくれました。金も貯《た》めてくれれば縫いものもする、雪かきから拭き掃除、あげくの果てはわが家の財産を増やしたい一心から、いたるところから盗めるものはなんでも盗んでくるといった次第で、じつに忠実で誠実な男でしたよ。むろん彼に手加減はしませんでしたが、公正さを欠くといったようなことはありませんでした。一時期、われわれの軍隊が、ある小さな町に駐留することになりました。わたしは、町の郊外にある退役少尉夫人、それも未亡人の家に部屋を割りあてられました。年は八十前後か、少なくともその年齢に近い老婆でした。その家といえば、もう朽ちかけた木造のあばら家でして、貧しいがゆえに女中すらおりませんでした。要するに、昔と何が違っていたかといえば、この老婆にはかつて大人数の家族があり、親戚もいたようなのですが、時とともにある者は死に、ある者はどこかよそにいなくなり、またある者はこの老婆のことを忘れ去ってしまった、といったぐあいで、その亭主についていえば、かれこれ四十五年も前に葬式を済ませていたわけです。つい数年前までは、姪がいっしょに住んでいたとかで、人の噂ですと、それは背がまがった魔女のように底意地の悪い女で、その老婆の指に噛みついたことが一回はあるとのことでした。しかしその姪も死んでしまったため、老女はもう三年ものあいだ、ひとりでひっそりと生きのびてきたわけです。その老婆の家での暮らしは退屈そのものでした。そもそも頭など空っぽといってよい感じの女でして、話題ひとつ引き出すことができませんでした。そのうちその老婆に、わたしが飼っていた鶏を一羽盗まれたのです。この事件は今もってあいまいなところがあるのですが、老婆以外に犯人は考えられませんでした。この鶏のことで口論になりました。それも、かなり激しいものでした。ところがちょうどそのとき、わたしは折よく、最初の上申で別の住まいに移されることになりました。町の反対側の郊外にある、大所帯の商人の家です。今も覚えていますが、その商人はたいそう立派なひげを生やしていました。従卒のニキーフォルと大喜びで引っ越しをし、その老婆には腹を立てたまま、彼女を置き去りにしてきたのです。三日ほど経ち、軍事教練から戻ってみると、ニキーフォルがこう報告します。『少尉補殿、前の家主の家にスープ皿を置いてきてしまいました。スープをお出ししようにもできません』。わたしは、むろん愕然として尋ねました。『いったいどういう理由で、うちのスープ皿があの家主の家に置いてある？』。うろたえたニキーフォルが報告を続けてくれたのですが、それによると、われわれがあの家を出るとき、家主の老婆が彼にスープ皿を渡さなかったというのです。その理由というのは、わたしがその老婆の持ちものだった壺を割ってしまったので、その見返りとしてわれわれのスープ皿を取り押さえている、しかもこのわたしがそのように申し出た、とかいうのです。その老婆の卑劣な仕打ちには、さすがのわたしも堪忍袋の緒が切れました。もう頭に血がのぼり、椅子から飛び上がるとそのまますっ飛んで行きました。老婆の家についたときは、言ってみれば、もう忘我状態でした。ところが、見ると婆さんは、玄関の隅にまるで太陽の光を避けてでもいるかのように、頬杖をついたまましょんぼり腰を下ろしています。わたしはただちに、そう、老婆にむかって思いきり雷を落としてやりました。『このあま、きさまってやつは！』とまあ、ご存じのロシア式にやったわけです。ところがよく見ると、何か様子が変なのです。老婆は腰を下ろした姿で、ひたとこちらに顔を向け、目をかっと見開いたまま、ひとことも答えようとしません。なにやら非常に奇妙な目つきのまま、体をゆらゆらさせているようなんです。そこでわたしもとうとう罵倒するのをやめ、相手の顔をじっとのぞきこみながら、どうしたのかと質問したのですが、ひとことも答えは返ってきません。わたしは態度を決めかね、しばらくそこに立ちつくしていました。ハエがぶんぶんと唸り、太陽は傾き、あたりはしんと静まり返っています。すっかり困惑したまま、わたしはやがてその家をあとにしました。ところが、家にたどり着かないうちに少佐のところに呼ばれて、中隊に立ち寄る用ができたりしたため、家に着いたときはとっぷり日も暮れていました。開口いちばん、ニキーフォルに告げられた言葉が次のようなものでした。『少尉補殿、ご存じでしょうか。なんとあの家の家主が亡くなられたとのことです』『いつだ？』『ええ、本日の夕刻、一時間半ほど前のことであります』。ということはつまり、わたしが老婆を罵倒していたころあいに、息を引き取ったということになります。これには、さすがのわたしも愕然とさせられ、じつのところしばらく正気に戻れなかったほどです。それからというもの、このことが頭から離れず、夜には夢も見るようになりました。わたしはもちろん迷信など信じる人間ではありませんが、さすがに三日目には、教会での葬儀に出かけていきました。要するに、時が経つほどにあれこれ考えることが多くなったわけです。べつにどうということもないのですが、折にふれてなんとなく思い浮かんできては、どうにも気が塞《ふさ》いでくるんですな。しかし肝心なのは、ここでわたしが最終的にどう判断するにいたったか、っていうことなのです。まずだいいちに、あの女は、つまり今風にいうヒューマンな人間存在としての女性、ということになりますが、長いこと生きて、結局のところは長生きしすぎたということです。かつては子どももいれば夫もいて、家族も親戚もあった。彼女のまわりにはそうしたものが、要するに溢れかえっていた。つまり笑顔、笑顔だったわけです。ところが、それらが忽然《こつぜん》とかき消えてしまった。……そしてひとり残された、まるで……そう、太古の呪いを背負って生きるハエかなんかのように。で、いよいよ、神さまの思《おぼ》し召しで臨終のときがやってきた。しずかな夏の夜、落日とともに老婆も天に召されました。——むろん、そこには教訓的な意味合いがないでもありません。ところがまさしくその瞬間、血気さかんな若い見習い士官が、言ってみれば告別の涙をひとしずく流すかわりに、片手を腰に当て、ロシア式の無分別な悪態をつきながら、彼女をこの地上から見送ったんです！　それも、消えた一枚の皿のことで！　わたしが悪いことは疑いようもありません。もうだいぶ前から、自分のこの行いについて考えてきまして、ずいぶん年月も経ち、性格も大きく変わりましたから、どこか人ごとのようにも思えるわけですが、でもやっぱり、いまだに後悔しつづけているのですよ。というわけで、くどいようですが、わたしには妙な気がするんですね。まして、このわたしが悪いにしても、ぜんぶがぜんぶわたしのせいというわけでもないでしょう。そもそもその老婆は、どうしてあのとき死ぬなんて気になったんでしょうか？　むろん、ここにはひとつ弁解も含まれています。あの行いというのは、ある程度は心理的なものですからね。でも、それでもわたしは安心立命というわけにはいかず、とうとう、十五年ほど前のことですが、ふたりの病身の老婆をわたしの金で老人ホームに入れてやりました。彼女たちにそれなりの暮らしをさせ、この地上での最後の日々を、少しでも楽なものにしてやるためにです。今でも遺産の一部は、永代供養のために残したいと思っているところです。しかしまあ、わたしの話はこれくらいにしましょう。あらためて言いますが、たぶんわたしもこれまでいろいろとあやまちを犯してきたでしょう、しかし良心にかけて申しますが、この事件こそが、これまでの人生でもっとも醜悪な行いだと思っています」

「閣下、あなたはいま、もっとも醜悪な行いといっておきながら、じつのところは、人生で最良の行いのひとつをお話しされたわけですよ。フェルディシチェンコは一杯食わされました！」フェルディシチェンコはそう締めくくった。

「ほんとうにそうですわ、善良な将軍。わたし、想像もしていませんでした。あなたにそれだけのお心がおありになるなんて。ちょっと残念な気がするくらい」ナスターシヤはぞんざいな調子で言い放った。

「残念な気がするって？　それはまたどうして？」将軍は愛想よく笑みを浮かべながら尋ね、まんざらでもない様子でぐいとシャンパンを飲み干した。

しかし順番は、すでに準備もすんでいるトーツキーとなった。プチーツィン同様に彼が断ろうとはだれも予想していなかったし、むしろだれもが彼の話を、あるいくつかの理由から一種特別の好奇心をもって待ちうけ、と同時にナスターシヤの様子をちらりちらりとうかがっていた。トーツキーはその堂々たる押し出しにみごとにマッチした異様なまでの貫禄とともに、低いていねいな声で「とっておきの話」のひとつをはじめた（ついでに述べておくと、この人物は人目をひくほど押し出しが立派で、背は高く、いくぶん禿げあがっており、多少は白髪もまじっていた。かなりでっぷりした体格で、ふくよかな頰は赤みがさし、いくらか垂れ気味で、歯は入れ歯だった。身に着けている服はゆったりとしたエレガントなもので、シャツは驚くほど上等なものだった。白くふっくらした両手は、見とれるばかりだった。右手の人差し指に、高価なダイヤモンドの指輪をはめていた)。トーツキーが話をしているあいだ、ナスターシヤは自分の袖口のフリルのレースにじっと目を落としたまま、左手の二本の指でそれをいじりつづけていたので、最後までいちどとして話し手のほうに目をあげることはなかった。

「わたしに課せられた問題をいちばん楽にしてくれるのは」トーツキーは切り出した。「ほかでもありません、自分の生涯でもっとも悪い行いを話す、という不可欠の義務です。こういう場合、むろん迷う余地などありえません。ここで何を話すべきかは、良心と胸に刻まれた記憶がすぐにも教えてくれるからです。胸の痛みとともに告白しますが、わたしが自分の人生でおかした無数の、ひょっとして軽率、かつ……浮わついた行いのなかに、ひとつだけ、あまりにも重苦しい印象として記憶にのしかかっているものがあります。二十年ほど前のことです。わたしはあるとき、田舎に住んでいるプラトン・オルドゥインツェフという人の領地に立ち寄りました。貴族団長に選ばれたばかりの彼は、冬の休暇を過ごそうと、若い細君といっしょに自分の村に来ていました。ちょうど細君であるアンフィーサ夫人の誕生日が近づいており、舞踏会がふたつ開かれる予定になっていました。当時は、小デュマの書いたすばらしい小説『La dame aux camélias（椿姫）』が凄まじい人気でして、上流の人たちのあいだでもその名が轟《とどろ》きわたったばかりでした。わたしの考えでは、この小説はけっして滅びたり古びたりすることのない名作ですよ。地方でもご婦人方はみな魅了され、少なくともこの作品を読んだ人たちは、もう無我夢中でした。物語の面白さ、主人公の境遇のユニークさ、細部まで調べつくされたあの心そそられる世界、おまけに、小説のそここにちりばめられた魅力的な小道具（たとえば、白い椿と赤い椿の花束を順繰りに用いるくだりなんかがそうです）、要するに、これらの素晴らしいディテールがひとつにあいまって、ほとんどショックにちかいものを引き起こしたわけです。そこで、椿の花が異常ともいえるほど流行しました。猫も杓子も椿をほしがり、椿を探し出そうとしていました。みなさんにお尋ねしますが、どこかの地方で、だれもがみな舞踏会用に椿の花を求めたら、たとえ舞踏会の回数がそう多くなくても、いったいそれをたやすく手に入れることができるでしょうか。当時ペーチャ・ヴォルホフスコイという男が、かわいそうに、先ほどのアンフィーサ夫人に死ぬほど恋い焦がれていたのです。じつのところ、ふたりに何かあったのか、つまりその、たしかな期待を抱かせる何かがあったのかどうか、そのあたりはわかりません。かわいそうに彼は、まるで狂ったように、アンフィーサ夫人の舞踏会用の椿を、夜までに手に入れようとしていました。ペテルブルグから県知事夫人の客としてやってきたソーツカヤ伯爵夫人や、ソフィア・ベッパーロワが、確実に白い椿を持ってやってくることが知れわたっていたからです。アンフィーサ夫人は、ある特別な効果をねらって赤い椿を欲しがっていました。かわいそうに、夫のプラトンは窮地に立たされました。しかしそこはなんといっても夫です。そこで、赤い椿の花束を手に入れると確約しました。ところがどうでしょう? その前日、万事につけアンフィーサ夫人の恐るべきライバルであるムイチーシチェワ、つまりカテリーナ夫人が、すべて買い占めてしまったのです。なんといっても天敵でしたからね。アンフィーサ夫人はもう、ヒステリーを起こすやら、失神はするやらで、てんてこ舞いの騒ぎ。夫のプラトンも万事休す、です。この好機に、当のペーチャがかりにどこかで首尾よく花束を入手できれば、それこそ彼の株も一躍上がるはずです。こうした場合、女性の感謝の度合いというのは、もう限度知らずですから。ペーチャは狂ったように走り回りました。しかし、もともとができない相談です。結果はいわずもがな。ところがそのペーチャと、誕生日と舞踏会の前日、もう夜の十一時にわたしは、オルドゥインツェフ家の隣人のマリヤ・ズプコーワ夫人の家で、ばったり出くわしたのです。顔が輝いています。で、『どうした？』と尋ねると、『見つけたんだよ！　われ発見せり、ってやつでね！』という答えが返って来ました。『へえ、それはまた驚かせるな！　どこで？　どうやって？』『エクシャイスクさ（そういう町が二十キロばかり行ったところにありました、ただし郡は別ですが）、そこにトレパーロフっていう商人がいてさ、髭をはやした金持ちなんだが、年よりの女房と一緒に暮らしていてね、子どものかわりにカナリヤなんか飼っている。ふたりとも花に目がなくて、そこに椿があるらしいんだ』『まさか、いやそれは怪しい、それに、もし分けてくれなかったらどうする？』『ひざまずいてさ、分けてくれるまで足もとにはいつくばってやるよ。分けてくれるまでは帰らんつもりだ！』『で、いつ出かける？』『明日、夜が明ける前、五時にね』『そうか、うまくやれよ！』。こんなわけで、やがてわたしも彼のために良かったと思いながら、プラトンの家に戻っていきました。やがて、一時も過ぎるというのに、なぜかこう、しきりと頭をよぎるものがあります。そしてもう眠ろうとしたとき、おそろしく奇抜なアイデアが浮かんだのです！　わたしはいそいでキッチンに入り、御者のサヴェーリーをたたき起こし、十五ルーブルをつかませて、『三十分以内に馬車の準備をしろ！』と命じました。すると三十分後には、もちろん玄関の門のところに馬車が止まっていました。あとで聞いた話ですが、その夜アンフィーサ夫人は、もう頭痛がするわ熱が出るわ、うわごとをいうわの大騒ぎだったそうです。わたしは馬車に乗り込み、出発しました。四時過ぎにはもうエクシャイスクのホテルに着き、夜明けを待ちましたが、待ったのは夜明けまで。六時を回るころにはトレパーロフの家に着いていました。『これこれの事情で、椿はありませんか？ 恩に着ます、お願いです、助けてください。救ってほしいんです。これ、このとおり、土下座してお願いします！』見ると、相手は上背があり、白髪混じりで、いかめしい顔付きの老人です。──なんとも恐ろしげな年寄りでした。『ぜ、ぜっ、絶対にだめ！ 応じられません！』わたしは、がばと相手の足元に土下座しました！そうして、そのままねばりました！──『何をなさるんです、あなた、どうなさったんです、あなた』相手が怖気づいたほどでした。『なんせ、人の命がかかっているんです！』彼に向かってわたしは叫びました。『それじゃ仕方ありません、さあ、お取りなさい』。わたしはすぐにもう、好きなだけ赤い椿を切りとりました！ そのみごとさ、その美しさといったら。小さな温室に爛漫と咲き誇っていました。老人はため息をついています。わたしは百ルーブルを取り出しました。『いや、そいつはいけない、あなた、そんなまねをしてわたしに恥をかかせる気ですか』──『もしそのようなお気持ちがあるのでしたら、ご主人、その百ルーブルは当地の病院に寄付してください。施設や食事の改善のためにね』――『なるほど、それなら話は別です、じつに結構な、神の意志にかなう立派な行いです。あなたの息災を祈って寄付するとしましょう』。そう、わたしはこのロシア気質の老人といいますか、根っからのロシア人、de la vraie souche（骨の髄までってやつですよ）がすっかり気に入ってしまいました。成功に浮かれたまま、わたしはただちに帰途に就きました。ペーチャと鉢合わせしないよう、わざと回り道をして帰ったほどです。町に着くが早いか、アンフィーサ夫人の目覚めに合わせて、花束を届けさせました。夫人の喜びようといったらありませんでした、感謝感謝の涙、それはご想像におまかせします！　昨日はもうしょげかえって、死んだも同然だった夫のプラトンなどは、わたしの胸に顔をうずめてむせび泣くありさまです。ああ！　天地創造の昔から……これこそが結婚した男の宿命というものです！　これ以上、何ひとつつけくわえるつもりはありませんが、かわいそうにペーチャの話は、このエピソードでもって一巻の終わりとなりました。わたしは当初、ペーチャがいずれこのことを知って切りかかってくるのではないかと思い、いざ顔を合わせたときの準備までしていたのですが、自分にも信じられないようなことが起こりました。つまり彼は失神し、晩方にはうわごとまで言いだし、明け方には熱病にかかってしまったのです。体を震わせながら、まるで赤ん坊のように声をあげて泣いていたそうです。それから一カ月ほどして体が回復すると、ただちにカフカース行きを志願しました。まさに小説を地で行ったのでした！　で、最後はクリミアで戦死しました。当時はまだ、彼の兄にあたるステパン・ヴォルホフスコイが連隊を率い、数々の殊勲を立てていました。正直申して、わたしはそのあと長年にわたって、良心の呵責に苦しめられたものです。いったいなんのために、なぜわたしはああまでして、彼を打ちのめすようなまねをしたのか、と。あのとき、このわたしが夫人に恋をしていたというなら、まだ救いもあります。ところがじっさいには、たんなるおふざけで夫人の尻を追っかけていたにすぎず、それ以上の何ものでもなかったわけですから。それにもし、わたしが花束を横取りしていなかったら、あの男は今もまだ達者で幸せに暮らし、成功も収めて、トルコ人相手の戦いに出かけていこうなどと、夢にも思わなかったにちがいないのですから」

トーツキーは、物語をはじめたときと同じ、どっしりした態度で口をつぐんだ。何人かの聞き手は、ナスターシヤの目がなぜか強い輝きを帯び、トーツキーが話を終えたときには唇まで震えているのに気づいた。一同は好奇心にかられ、かわるがわるふたりの様子をうかがった。

「フェルディシチェンコは、一杯食わされました！　まんまと食わされましたよ！　これじゃもう、一杯食わされたとしか申せませんな！」そろそろ口をはさんでもよい、いや、はさまなくてはならないと悟ったフェルディシチェンコが、あわれっぽい声で叫んだ。

「それにしても、あなたってどうして、そうものわかりが悪いの？　賢い人たちに、少しは学んだらどうなんです！」ほとんど勝ち誇ったような声で、ダーリヤが一蹴した（彼女はトーツキーの古くからの忠実な女友だちであり、仲間だった）。

「おっしゃるとおりです、トーツキーさん。これって、退屈きわまりないゲームね。すぐに切り上げましょう」ナスターシヤがぞんざいな調子で言った。「約束した話は、これからします。それが終わったら、みんなでカードをしましょう」

「しかし、まずはなんといっても、約束なさったお話ですな！」熱っぽい調子で将軍が後押しした。

「公爵」ナスターシヤがふいに語気するどく、ゆるぎない口調で話しかけた。「いま、ここにいらっしゃる古いお友だちの将軍とトーツキーさんは、わたしをしきりにお嫁に行かせたがっているの。ひとつ、あなたのお考えを聞かせてくださいな。わたしはお嫁に行くべきでしょうか、どうでしょう？　あなたのおっしゃるとおりにします」

トーツキーの顔が青ざめ、将軍は茫然となった。一同はひたと目をこらし、首筋を伸ばした。ガーニャはその場に凍りついた。

「だ……だれのところへ？」消え入りそうな声で公爵は尋ねた。

「ガヴリーラ・イヴォルギンさんです」ナスターシヤはあいかわらず語気するどく、確固たる調子ではっきりと言葉を継いだ。

沈黙のうちに数秒が過ぎた。公爵は、何かを言おうと躍起になっているのだが、恐ろしい重さで胸をおさえつけられているかのように、ひとことも発することができないといった様子だった。

「だ、だめです……お嫁に行ってはいけない！」やっとの思いでそうつぶやくと、彼は苦しげに息を吸い込んだ。

「それじゃ、そうします！ ガヴリーラさん！」有無をいわさぬ勝ち誇ったような調子で、ナスターシヤはガーニャに言った。「公爵がなさった決断、お聞きになって？ そう、わたしの答えもそれと同じです。この話はもうこれで終わり、二度としないってことにしましょう！」

「ナスターシヤ！」トーツキーが声を震わせて叫んだ。

「ナスターシヤさん！」将軍は、諭すような、それでいていかにも不安そうな声を発した。

一同はにわかにざわつき、動揺しはじめた。

「どうなさいました、みなさん?」客たちの顔をふしぎそうに見やりながら、ナスターシヤは言葉をつづけた。「そんなにびっくりなさって? みなさん、なんて顔をなさっているの!」

「でも……思い出してください、ナスターシヤ」トーツキーが、口ごもるようにしてつぶやいた。「約束なさいましたよね……まったくの自由意志で、と。それに、少しは気をつかってくれたら……困るな……むろん、困惑しているんだが……要するに、いま、こういうときに、みなさんの……おられる前で、すべてをこんなふうに……まじめな問題を、名誉と心の問題を、こんなふうなゲームでもって……それに、結果いかんでは……」

「何をおっしゃっているのかわかりません、トーツキーさん。すっかり取り乱されてらっしゃるようね。だいいちに、『みなさんのおられる前で』って、どういうことでしょう? わたしたち、ほんとうに親密な仲間うちじゃありませんこと? それに、どうして『ゲーム』が出てくるんです? わたし、本気で自分の話を披露したかったので、ああして、お話ししたまでですよ。よくなかったかしら? それと、どうして

『ふまじめ』なんでしょう？　さっきのって、ほんとうにふまじめかしら？　あなた、聞いてらっしゃいましたよね。わたしが公爵に、『おっしゃるとおりにします』って言ったのを。ですから、公爵がもし『かまいません』って言っていたら、わたし、すぐにも結婚に同意しました。でもあの人が『だめです』とおっしゃったので、わたし、お断りしたんです。さっき、わたしの人生は首の皮一枚でつながっていたんです。これ以上にまじめなことって、ほかにあります？」

「でも、公爵が、どうして、公爵がここに関係してくるんです？　そもそも、公爵がいったいなんだというんです？」あまりに公爵が持ちあげられていることに屈辱を覚えた将軍は、みずからの怒りをほとんど抑えきれずにつぶやいた。

「でも公爵は、わたしのこれまでの人生ではじめて、身も心も捧げてくれた人として、わたしが心より信頼した方です。あの方はひと目見ただけで、このわたしを信じてくださったんです。だから、わたしも彼の言うことを信じているんです」

「ぼくにできるのは、これほどにもデリケートな心くばりでぼくに対してくださったナスターシヤさんに、ひとことお礼を言うことだけです」顔面蒼白となったガーニャが、ついに声を震わせ、口をひん曲げながら言った。「これは、むろん、こうであってしかるべきなのです……ですが……公爵……公爵はこの問題で……」

「七万五千ルーブルにありつこうとしている、とでも?」ナスターシヤがふいに断ち切るように言った。「そうおっしゃりたかったんでしょう? 正直に言いなさい、あなた、まちがいなくそう言いたかったんでしょう! トーツキーさん、わたし、ひとつ言い忘れてました。例の七万五千ルーブル、そのまま引っこめてください。いいですね、わたし、あなたをただで自由にしてあげますから。もうたくさん! あなただって息をつかなくちゃ! 九年と三カ月! 明日から出直しよ。でも、今日は誕生日の主役ですから、好きにさせてもらうわ! 生まれてはじめてね! 将軍、あなたのその真珠、お引き取りなさいな。奥さまにプレゼントしてあげることね。ほら、ここにありますから。わたしも明日には、もうこの部屋をすっかり引き払います。夜会はこれでおしまい、みなさん!」

そこまで言うと、どこかへ行ってしまうかのように、彼女は急に立ち上がった。全員が色めき立って椅子を離れ、彼女を取り囲んだ。彼らは一様に不安そうな面持ちで、彼女の、「ナスターシヤさん! ナスターシヤさん!」四方から声が上がった。全員が色めき立って椅子を離れ、彼女を取り囲んだ。彼らは一様に不安そうな面持ちで、彼女の、とぎれがちで、熱に浮かされたように舞い上がった言葉を聞いていた。だれもがある種の無秩序を感じとっていたが、意味をつかめず、何も理解できてはいなかった。と、その瞬間、けたたましく甲高い玄関のベルが鳴りわたった。それはさっきガーニャの家で鳴りわたったのと、寸分かわらぬ響きだった。

「ああ！ ああ！ いよいよ大詰めってわけね！ ついに来たわ！ 十一時半だもの！」ナスターシヤが叫んだ。「みなさん、お願いですから席におすわりになって。いよいよ大詰めですから！」

そう言うなり、彼女は自分から腰を下ろした。その口もとには奇妙な笑みが漂っていた。彼女は何も言わず、はげしい焦燥にかられた様子で、腰を下ろしたままドアのほうを見つめていた。

「ロゴージンと十万、ほかにはありえない」プチーツィンがひとりごとのように言った。

15

小間使いのカーチャが、ひどくうろたえた様子で入ってきた。

「いったいどういうことでございましょう、ナスターシヤさま、男の方が十人ばかり押し入ってこられました。みなさん、お酒に酔っているようでございます。取り次ぎを請うておられまして、ロゴージンだ、ナスターシヤさんはご存じのはずだ、とこう申しております」

「その通りよ、カーチャ、全員をすぐに通してあげて」

「ほんとうに、よろしいんでしょうか、……全員お通しして、ナスターシヤさま？もう、ほんとうにひどい格好の人たちばかりです。おっそろしく！」

「全員よ、全員、通してあげて、カーチャ、怖がることなんてないの、ひとり残らずね、おまえの取り次ぎがなくたって、どうせ入ってきますから。ほら、あの騒ぎよう、さっきとまるで同じじゃないの。ひょっとして、みなさん気を悪くしておられませんか？」ナスターシヤは客たちのほうに向き直った。「せっかくみなさんがお揃いのところへ、ああいう連中を通すなんて？わたしとしてはたいへん不本意なのですが、どうかお許しくださいただ、どうしてもそうせざるをえないんです、わたしとしては、切にお願いしたいことがございます。みなさん、どうか今日の夜会の大詰めにあたって、わたしの立会人になることを、ご承知いただきたいんです。そうはいっても、みなさんのお気に召すようにしていただいて結構ですけれど……」

客人たちはなおも、驚きあったり囁きあったり、たがいに顔を見合わせたりしていたが、こういったことはすべて事前に計算しつくされ、仕組まれたものであって、いまそのナスターシヤの気持ちを――彼女はむろん正気ではなかったが――挫《くじ》くことができないのは火を見るより明らかだった。一同は、恐ろしいほどの好奇心を掻き立てられていた。おまけに、とくに怖気をふるわなくてはならない人物も、だれひとりいなかった。女性の客はふたりだけ。例の、世の酸《す》いも甘いも嚙み分けてきた、元気のいい、物ごとにそう容易には動じることのないダーリヤ夫人、そして、美人ながら口数の少ない見知らぬ女のふたりである。ところがこの口数の少ない女は、事のなりゆきを理解しているかどうかも怪しかった。なぜなら、こちらはロシアに来たばかりのドイツ女で、ロシア語がさっぱりわからなかったからだ。おまけに美人であるぶん、おつむの回転が悪いようにも見えた。ロシアに来たてということもあり、あちこちの夜会に招かれては、ど派手な衣装に身を包み、これ見よがしのヘアスタイルをし、夜会に花を添える目的から一幅の美しい絵のごとく座らされる、というのが慣行になっていた。それはちょうど、自分の家での夜会用に、いちどかぎりということで、絵や花瓶や彫像や、衝立《ついたて》を知人宅から借りてくるのに似ていた。男性客のほうは、たとえばプチーツィンなどはロゴージンの友人だったし、フェルディシチェンコは水を得た魚だった。ガーニャはまだ正気に戻ってはおらず、頭がぼうっとしていたとはいえ、最後までさらし台に立ちつくしてやるという、つよい欲求を抑えることができずにいた。事情がほとんど呑みこめていない老教師などは、周囲の雰囲気や、まるで孫娘のように崇《あが》めてきたナスターシヤの様子を見てただならぬ不安を覚え、ほとんど泣き出さんばかりになり、文字通りのおそろしさに身を震わせていた。しかしその彼も、このようなときに彼女を見捨てるくらいなら、むしろ死んだほうがましと考えただろう。トーツキーはどうかというと、むろんこうしたスキャンダルにまみれて面目を失うわけにはいかなかった。だが彼は、常軌を逸する展開を見せはじめたこの事件に、あまりにも興味を引きずられていた。それに、ナスターシヤが自分について、二、三、気になる言葉を漏らしたあとだけに、事の本質を徹底的に見きわめることなく、引きあげるわけにはいかなかった。そこで彼は、この先はまったく口を閉ざし、たんなる傍観者として最後までそこに留まろうと腹を固めた。もちろんそれは、彼の体面が要求したのである。ただひとりエパンチン将軍だけは、その直前に、ああして不作法かつ滑稽にもプレゼントを突き返され、屈辱を嘗めさせられたばかりなので、当然のことながらこうした異常なまでにエキセントリックなできごとや、たとえばロゴージンの出現に、さらなる屈辱を覚えかねなかった。それに、彼のような人間からすれば、プチーツィンやフェルディシチェンコごとき輩《やから》と同席しようとするだけで、とんでもない譲歩だったのである。だが、情熱の力が何をなしえるにせよ、結局のところそれは、義務感、責任感、官位、価値観、さらには自尊心の総体によって、克服されることになる。そんなこんなで、ロゴージン一党が、いずれにせよエパンチン将軍閣下と同席する事態など、あってはならないことだった。

「あら、将軍」何かを言って聞かせようと、将軍がナスターシヤに向き直ったとたん、彼女はすぐさま彼を制した。「わたし、すっかり忘れていました！　でも、ほんとうのところ、将軍のこともちゃんと考えていたんですよ。そんなにお腹立ちでしたら、どうしてもとは言いませんし、強いてお引き留めはいたしません。といっても、あなたにこそ、今ここに残って、しっかりと見届けていただきたいという気持ちは山々ですが。とにもかくにも、あなたにお見知りおきいただき、うれしいお心遣いまでいただいたこと、心から御礼申し上げます。でも、もし体面をお気にされているのでしたら……」

「失礼ですが、ナスターシヤさん」騎士道的な寛大な心にかられて、将軍は叫んだ。「だれに向かっておっしゃっているんです？　そう、あなたへの献身の思いゆえ、今あなたのおそばに留まらせていただきますし、たとえばもし何か危険が……そればかりか、正直申し上げてわたし自身、興味を覚えておりますものですから。わたしが心配するのは、その、連中が絨毯《じゅうたん》を汚したり何かを壊したりするのではないかと……ですから、ああいう連中は門前払いがいちばんかと、ナスターシヤさん！」

「ロゴージンのお出ましだぞ！」フェルディシチェンコが叫んだ。

「どう考えます、トーツキーさん」うまく隙をついて、将軍は早口で耳打ちした。「彼女、気が変になったんじゃないですかね？　つまりその、比喩《ひゆ》じゃなくって、ほんとうに医学的な意味で、え？」

「だから言ったでしょう、彼女はいつもその傾向があったって」トーツキーは茶目っ気たっぷりに囁きかえした。

「おまけに、熱で浮わついていますから……」

ロゴージンの一行は、先ほどとほとんど同じ顔ぶれだった。ただしそこには、かつて、とあるろくでもない暴露新聞の編集長をつとめ、金の入れ歯を質に出して飲んでしまったとかいう小話の持ち主の、どこぞの放蕩老人と、もうひとり退役少尉が加わっていた。この退役少尉というのは、その職責と役回りからいって、先ほどの拳骨男の断固たるライバルであり、競争相手だったものの、ロゴージン一党のうちだれひとりとして知るものはなく、たまたまネフスキー大通りの陽だまりで拾われたのである。彼はそこで道行く人の袖を引いては、「はぶりのよかった時代は物乞いどもに十五ルーブルずつめぐんでやったもの」という、作家マルリンスキー流の人を食ったようなセリフを唱えては、喜捨を乞うていたのだった。ライバル同士のふたりは、たちまち敵対するようになった。先ほどの拳骨男は、この『物乞い』が仲間として受け入れられると、逆に自分が侮辱されたと感じ、根が無口なところにますます口数が減り、今はごくたまに熊のように唸るだけで、世慣れた政略家らしい『物乞い』が、自分に取り入ったりへつらったりするさまを、深い軽蔑のまなざしで眺めるばかりだった。見たところ、こちらの退役少尉は、腕力よりもむしろ老獪さと敏捷さをもって『事に』あたるタイプの人物らしく、背丈も拳骨男よりは少しばかり低かった。露骨な議論には与《くみ》することなく、デリケートながら自慢たっぷりの口調で、すでに何度もイギリス式ボクシングの長所をほのめかしてきた、端的に、生粋《きっすい》の西欧派だったのである。拳骨男は、『ボクシング』という言葉を聞くたびに、見くだしたような腹立たしげな笑いをもらすばかりだった。こちらから、あからさまに口論する相手でもないとたかをくくり、ときおり無言のまま、まるで誂《あつら》えたようにというか、完璧に純国産というべき代物《しろもの》――つまり何やら赤茶けた毛のはえた、筋ばって節だらけのばかでかい拳骨を見せる、というより、ひけらかしてみせた。かりにこの純国産の拳骨が、打ち損じることなく相手に振り下ろされでもしたら、なんであれぺしゃんこになることは、だれの目にも明らかだった。

終日、ナスターシヤを訪問することばかり頭にあったロゴージンの努力の甲斐《かい》もあって、さっきと同様、連中のなかで極限まで「できあがっている者」は、だれひとりとしていなかった。当のロゴージンは、その間ほとんどしらふに戻っていたが、これまでの人生で味わったことのない醜悪な一日から受けた、ありとあらゆる印象のせいで、半ば意識がもうろうとしていた。ただひとつの考えが、たえず彼の念頭に、彼の記憶や心に、毎分毎秒よみがえってきた。そしてその「ひとつの考え」のために、彼は五時から十一時までのあいだ、果てしない憂鬱と不安にまみれつつ、キンデールだのビスクープだのといった金貸したちを相手に、時をすごしてきたのである。これらの連中もまた彼の求めに応じ、気もくるわんばかりに、血眼《ちまなこ》になって走りまわっていた。しかしそのおかげで、ナスターシヤが嘲るような調子でちらりと、しかもごくあいまいに仄めかした十万ルーブルの現金を用意することができた。ただし、その利子たるや、当のビスクープが、キンデールとの話し合いでは恥ずかしくて声に出すのもはばかられ、こそこそと耳打ちをして決めたほどの高率だった。

先ほどと同様、ロゴージンは、全員の先頭をきって登場した。残りの連中は、自分たちの優位を十分に意識しながらも、いくぶんびくつき気味であとについてきた。面白いのは、どういう理屈なのか、彼らが一様にナスターシヤを恐れていたことである。自分たち全員が、今すぐ『階段から突き落とされる』とおびえる連中もいた。そんな考えを抱いた連中のひとりには、例の伊達男で女たらしのザリョージェフもいた。しかしほかの連中は、とりわけ拳骨男のように、口には出さぬものの、ナスターシヤには内心すさまじいばかりの軽蔑や憎しみすら抱いており、さながら城攻めに出撃する勢いだった。だが、最初に通りぬけたふたつの部屋のあまりに豪華な飾りつけや、これまで聞いたことも見たこともない品々、稀少な家具、絵画、巨大なヴィーナス像を見ると、――敬意と、ほとんど恐怖の念にも似た圧倒的な印象を呼びさまされた。そうはいっても、連中はむろん、なんら尻込みせず、恐怖の念にもめげず、厚かましくも好奇心をむき出しにし、押し合いながらロゴージンのあとについて客間に入ってきた。ところが、客のなかにいるエパンチン将軍の姿に気づくと、拳骨男と『物乞い』、さらにほかの何人かはたちまち意気阻喪《そそう》し、少しずつあとじさりして、隣の部屋へと退却してしまった。だれにも負けない胆力と自信の持ち主であるレーベジェフだけが、ほとんどロゴージンと肩を並べるようにして登場した。遺産の百四十万にくわえ、現にいま両手に携えている十万ルーブルという金のじっさいの威力を、十分に心得ていたからだ。しかし、ここで注意しておこうと思うが、わけ知りのレーベジェフも含めた全員が、自分たちの優位のもつ限度と範囲の認識という点に、いささかとまどいを覚えてはいたのだ。現実に自分たちは今、どんなことをしても許されるのかどうか？レーベジェフも、ある瞬間には、すべて問題なしと請けあうくらいの気構えでいたが、別の瞬間には万が一に備え、法律全書から二、三の、主として自分を励まし落ち着かせてくれるような条項を思い浮かべておかなくては、という不安すら感じていたものだった。

当のロゴージンだが、ナスターシヤの客間について、自分に同道してきたほかの連中とは正反対の印象を受けた。ドアのカーテンが上がって、ナスターシヤを目にした瞬間、――彼にとっては、残りすべてのものが存在しなくなった。それは先ほどと同じだったが、その度合いはさらに強烈だった。顔が青ざめ、その瞬間に足を止めた。心臓がはげしく脈打っている様子が見てとれた。数秒間、彼は目も離さず、怯えたような、気抜けしたような様子でナスターシヤを見つめていた。ふいに、いっさいの理性が失われたかのように、よろけるようにしてテーブルのそばに歩み寄った。その途中、プチーツィンが腰をかけている椅子に衝突し、さらに汚いブーツで、無口なドイツ美人の、みごとな明るいブルーのドレスに付いたレース飾りを踏みつけた。だが謝りもしなければ、そもそもそれに気づいてもいない様子だった。テーブルまで来ると、客間に入ったときから両手で前に抱えていた奇妙な代物を、その上に置いた。厚さ十三センチ、幅が十八センチばかりある大きな紙包みで、「株式報知」紙で強くきつく包まれ、棒砂糖をしばるような細い紐で、四方から十字形にふた巻きほどくくってあった。そのまま彼はひとことも発することなく、両手をだらりと垂らしたまま、まるで判決でも待ち受けるかのように立ちつくしていた。身につけた服は先ほどとまるで同じだったが、首に巻いた、鮮烈な緑と赤が入り乱れた真新しい絹のマフラー、カブトムシをかたどった大きなダイヤモンドのピン、右手の汚れた指に嵌《は》まる巨大ダイヤモンドの指輪だけが異なっていた。レーベジェフは、テーブルの三歩手前で立ち止まった。残りの者たちは、すでに述べたとおり、少しずつ客間に集まってきた。ナスターシヤの小間使いのカーチャとパーシャのふたりも走り込んできて、深い驚きと恐怖の念にかられながら、押し上げられたカーテンの陰から事のなりゆきを見つめていた。

「いったいそれはなんです?」——好奇の念にかられロゴージンをじっとみやってから、ナスターシヤは、目配せするかのように、その「代物」を示して尋ねた。

「十万ルーブルさ!」ほとんど囁くような声で相手は答えた。

「そう、やっぱり約束を守ったわけね、なんていう人! さあどうぞ、お座りになって、ほら、こちら、こちらの椅子に。あなたにはあとでお話ししますから。いっしょの方はどなた? みなさん、さっきの仲間の人たち? さあ、なかに入って、お座りになるといいわ。ほら、あそこのソファに座ってくださって結構よ、ほら、あそこにもソファがありますよ。あそこに肘掛け椅子がふたつ……どうなさったの、座りたくないのかしら?」

たしかに、仲間のうちの何人かは、すっかり当惑して別の部屋に姿を消し、座って待機していた。しかしなかには、そのまま客間に残って、勧められるままに腰掛ける者もいた。といっても、テーブルからできるだけ離れた部屋の隅のほうでのことであった。またある者は、姿をくらましたいような顔をしていたが、ほかの連中は、なにやら時とともに、不自然なほどみるみる活気づくのだった。ロゴージンもまた、指示された椅子に収まったものの、そこに座っていたのは少しのあいだで、じきに立ち上がると、そのまま二度と腰を下ろすことはなかった。客人たちの見分けも徐々につきはじめたので、彼はその様子を眺めだした。ガーニャの姿を認めると、毒々しく笑って、「へっ！」と吐き捨てるようにつぶやいた。将軍とトーツキーをちらりと見たが、べつに戸惑いの色を見せることもなければ、格別に好奇心をそそられたふうもなかった。だが、ナスターシヤのそばに公爵がいるのに気づくと、ひどく驚き、この出会いがなんとも解せないといった様子で、しばらくのあいだ彼から目を離すことができなかった。ときとして、ほんとうにうわごとを口走っているのではないかと思われることもあった。この日に受けた衝撃の数々とはべつに、昨夜はずっと列車のなかにいたため、ほとんど二昼夜にわたって睡眠をとることができなかったからだ。

「これが十万ルーブルです、みなさん」客間の一同に向かって、ナスターシヤはどこか熱に浮かされたように、苛立たしい挑みかかるような口ぶりで言った。「ほら、こんな汚い紙包みのなかに入ってるんです。さっきこの人が、まるで気が触れたみたいに、今晩十万ルーブル持って来るって叫んでいたものですから、わたし、ずっとこの人が来るのを待っていたんです。この人、わたしを競《せ》りにかけたんですね。一万八千からはじめて、いきなり四万ルーブル、そして最後はこのとおり、十万ルーブルで落札したってこと。とにもかくにも、約束は守ったわ！　あら、真っ青な顔してる！……これはね、みんなガーニャの家で起こったことなんです。わたし、挨拶がわりに彼のおうちを訪ねていったの。未来のわたしの家族ですもの。そしたらそこに彼の妹さんがいらして、わたしに面と向かってこう喚くんです。『この恥知らずな女をここから追い出してくれる人はほんとうにいないの』って。で、お兄さんのガーニャの顔に唾を吐きかけるじゃないですか。ほんとうに、しっかりした娘さんですよ！」

「ナスターシヤさん！」諫《いさ》めるような調子で将軍が言った。将軍も、彼なりに少しずつ事情が呑み込めてきたらしかった。

「なんです、将軍？　礼を失したかしら？　でも、お上品ぶるのなんていい加減にしたいの！　フランス劇場のボックス席に人が寄りつけない貞淑な女みたいな顔で座っていたり、この五年間、わたしの尻を追い回してくる殿方を避けて、まるで男嫌いな娘みたいに逃げまわったり、プライドの高い生娘《きむすめ》を気どってきたのは、何もかもわたしがばかだったせいなのよ！　で、こうしてこの純潔の五年のあげく、ほらこのとおり、この人がみなさんの前に現れて、十万ルーブルをテーブルに置いてくれた。外にはもうトロイカが待機していて、わたしを待っているにちがいないの。このわたしに、十万ルーブルの値をつけてくれた！　ガーニャ、わたしにはわかるわ、あなたは今もわたしのことを怒っているようね？　でもあなた、このわたしをほんとうに自分の家に迎える気だった？　このわたし、ロゴージンの女を！　公爵はさっきなんて言ったんだっけ？」

「ぼくは言っていません、ロゴージンの女だなんて、あなたはロゴージンの女なんかじゃないんですから！」震える声で公爵は言った。

「ナスターシヤ、もうたくさん、ねえ、もういいの、ほんとうに」こらえきれずに、元気なあのダーリヤが急に口をはさんだ。「この人たちのせいで、そこまであなたが苦しい思いをしたんなら、こんな人たちなんか放り出せばいいでしょう？　でもあなた、本気でこんな連中と出かけていこうってわけ、いくら十万ルーブルくれるからって！　十万ルーブルっていえば、たしかにたいしたお金！　でもそれよりか、十万いただいて、あいつを追い出してやんなさいよ、ああした連中には、それぐらいしてやらなくちゃだめ。まったく、わたしがあんただったら、こんな連中……ほんとうに、どうしたっていうの？」

ダーリヤはすっかり腹を立てていた。彼女は、それほどにも人のいい、たいそう繊細な女性だった。

「怒らないで、ダーリヤさん」ナスターシヤはダーリヤにむかって苦笑いをして見せた。「だってわたし、ガーニャに腹を立てたからああ言ったわけじゃないもの。このわたしが、あの人を責めたりした？　わたしね、自分でもさっぱり理解できないのよ。どうしてあんなまっとうな人の家に入ろうなんて、ばかな気を起こしたか。わたしね、あの人のお母さんに会って、手にキスまでしたのよ。それとガーニャ、わたしがさっきあんたの家でからかったのは、これが最後と思って、どうしても確かめておきたかったからなの。どこまで覚悟ができているかね？　いや、あんたにはほんとうに驚かされたわ。いろいろあるとは思っていたけど、まるでその覚悟がないじゃない！ほんとうにあんた、結婚の前日といってもいい日に、この人がこんな真珠をわたしにくれて、わたしがそれを受けとることを知ってて、それでもこのわたしをもらう気でいたわけ？　そう、ロゴージンのことだってあったでしょう？　だってあの人は、あんたの家で、あんたのお母さんや妹さんの目のまえで、わたしを競りにかけたのよ。そんなことがありながら、あんたはあとでまた求婚をしにやって来た、しかも、妹さんまで連れてきかねなかったじゃないの？　そう、あんたについてロゴージンが言ってたことって、嘘じゃなかったのね。あんたは、三ルーブルのためにだってワシリエフスキー島まで這っていく男だって？」

「這っていくさ」低い声ながら、ロゴージンが自信満々の様子で言い放った。

「あんたが飢えで死にかけているならまだしも、けっこうよい給料をもらっているっていうじゃないの！　おまけに、そんな恥っさらしだけでは足りずに、好きでもない女房を家に入れようっていうんだから！（だってあんた、わたしのこと憎んでいるじゃないの、わたし、それぐらいわかっているの！）。そうよ、今ならわたしにも信じられる。こういう男って、お金のためなら人殺しだってしかねないわ！　だってね、いまどきの人間はみんな欲に目がくらみ、金の亡者《もうじゃ》になって、まるでばか丸出しみたいじゃない。まだくちばしの黄色い子どもまで、高利貸しになんかなりたがっているのよ！　でなきゃね、最近なにかで読んだけれど、カミソリに絹を巻きつけて、しっかり結んで、後ろからそっと友人を斬り殺したりするのよ。そうよ、あんたって人は、ほんとに破廉恥《はれんち》な男なのよ！　わたしも破廉恥だけれど、あんたのほうがずっと上手《うわて》。さっきの花束男なんて、かわいいもんだわ……」

「あなたがそこまで。耳を疑います、ナスターシヤさん！」まぎれもない悲嘆に暮れながら、将軍はぱんと両手を打ちならした。「あんなにデリケートな心をもったあなたが、あんな繊細な考えをもつあなたが、なんていう！　なんていう、ものの言いよう！　なんていう言葉づかい！」

「将軍、わたしね、いま酔っているの」ナスターシヤがふいに笑い出した。「わたし、浮かれたいの！　今日はわたしの誕生日、わたしの祝日。わたしの記念日。前からずっと、この日を楽しみにしていたの。ダーリヤさん、ほらそこの花束男さんのこと、おわかりになるでしょう、このmonsieur aux camélias（椿紳士さん）よ。あそこにすわって、こっちを見て笑っている……」

「笑ってなんかいません、ナスターシヤさん、ただ、たいへん興味深く拝聴しているだけです」トーツキーは落ち着き払って受け流した。

「それにしても、どうしてこの人を五年間も苦しめて、自由にしてやろうとしなかったのかしら？　そんな値打ち、どこにあったかしら！　この人はね、たんにそれだけの人なの……それでも、わたしがこの人に悪いことをしたみたいに思ってるんだわ。教育を授けたし、伯爵夫人のような暮らしもさせたし、お金もね、そう、お金だって相当にかけたし、向こうにいたときも、それなりにりっぱな結婚相手を探してやったし、ペテルブルグではガーニャを紹介してやったし、というわけ。なのに、わたしはどう思っていたかってことよ。五年間いっしょに過ごしたわけじゃないのに、お金だけはちゃんといただいて、それで自分は正しいって思っていたんですからね！　つまり、わたしはまるきりわけがわからなくなっていたわけ！　ダーリヤ、あなた、さっき言っていたわよね、もし嫌ならば十万ルーブルだけいただいて、さっさと追ん出してしまえばいい、って。たしかに嫌なことは嫌かもしれない……わたしね、行こうと思えば、もうとっくの昔にお嫁に行けたのよ、むろん、こんなガーニャのとこなんかじゃない。でも、それだって嫌なことには変わりなかった。それにしても、どうしてわたし、こんなに意地はって、大切な五年間を棒に振ってしまったの！　信じてもらえるかどうかわからないけれど、わたし、四年前にね、ときどき考えたこともあったくらい。もういっそのこと、お世話になったトーツキーさんのところにお嫁に行ってしまおうかしらって。そのころは意地悪な気持ちから、そんなことを考えていたのよ。当時、ほんとうにいろんなことが、次から次と頭に浮かんできたものだった。だって、そうすることもできたんですから！　この人、自分からなんども申し込んできたのよ、信じてもらえる？　でも本当のところ、この人、嘘をついていたの。根が堕落しているからがまんできないわけ。でもありがたいことに、そのうちこう思い直したの。こうして意地悪してやるだけの価値があるのか、って！　すると、急にこの人がいやでたまらなくなってきて、たとえ求婚してきてもその気になれなくなった。で、まる五年間、こうして大見得きって生きてきたってわけ！　でももうだめ、町に出ていったほうがいい、わたしにはそっちがお似合いなのよ！　ロゴージンさんといっしょに遊んで暮らすか、でなけりゃ明日の朝にも洗濯女に雇われるか、どっちかだわ！　だって自分の持ちものなんて何ひとつないんですから。わたし、出ていきます……何もかもこの人に投げ返してね。最後のぼろきれ一枚までここに置いていくわ。それで、すかんぴんになったわたしをだれがもらってくれるか、ほら、このガーニャに聞いてごらんなさい、もらってくれるかどうか？　フェルディシチェンコさんだって、そんなわたし、もらってくれないでしょう！……」

「フェルディシチェンコは、ひょっとしてお断りするかもしれませんね、ナスターシヤさん、わたしは開けっぴろげな人間ですので、申しますが」フェルディシチェンコが口をはさんだ。「そのかわり、公爵がもらってくださいます！　あなたはそうしてすわったまま泣いてばかりいるけど、公爵をごらんなさいな！　わたしはさっきからずっと観察していますが……」

好奇心にかられた様子で、ナスターシヤは公爵のほうを振り向いた。

「ほんとうですか？」彼女は尋ねた。

「ほんとうです」公爵はささやくように言った。

「このままのわたしをもらってくれます？　何もなくても！」

「もらいます、ナスターシヤさん……」

「ほうら、新しい話のタネが見つかった！」将軍がつぶやいた。「まあ、予想できなくはなかった話だが」

公爵は、自分をじっと見つめるナスターシヤの顔に、悲しげで厳しい、突き刺すような視線を向けていた。

「ほうら、もうひとり現れた！」彼女は急にまたダーリヤのほうを向いて言った。「でもこっちは嘘じゃなく、真心から出た言葉ね、この人のことはわかっているもの。慈善家が見つかったってわけ！　でもほんとうかもしれない、みんながこの人のことを……あれだとか言っているのは。でもどうやって暮らしていくの、ロゴージンの女なんかにそんなに惚れこんで、公爵家の自分のところに引きとろうとか言って……」

「ナスターシヤさん、ぼくが迎えるのは純潔なあなたです。ロゴージンさんの女なんかではありません」公爵は言った。

「純潔って、わたしが？」

「はい」

「まさか、そんなのは……小説のなかの話よ！　公爵さま、それって古臭い夢物語、今どきは世間の人も賢くなってしまったの、だからそんなのはぜんぶ戯言《たわごと》ってわけ！それに、あなただって結婚どころじゃないでしょう、ご自分の世話を焼いてくれる乳《う》母《ば》が必要だっていうのに！」

公爵は立ち上がり、おどおどと声を震わせながら、と同時に深い信念を持った人のような口調でこう言い放った。

「ナスターシヤさん、ぼくは何もわからないし、何ひとつ経験もありません。あなたのおっしゃるとおりです。でも、ぼくは、……ぼくはこう思っています。名誉を与えるのはあなたであって、ぼくじゃないって。ぼくは、本当にとるにたらぬ人間です。でも、あなたは苦しみぬいて、それでもあの地獄から清らかなまま出てこられた。これはたいへんなことです。いったいなぜ、あなたは自分を恥じて、ロゴージンさんなんかといっしょに出ていこうとなさるんです？　それこそ熱病というものです……あなたはトーツキーさんに七万ルーブルを返して、ここにあるものすべてを捨てていくとおっしゃいました。そんなことができる人は、ここにはおりません。ぼくはあなたを……ナスターシヤさん……愛しています。ナスターシヤさん、あなたのためなら死んでもいい……ナスターシヤさん、ぼくはだれにも、あなたの陰口など叩かせませせん……ナスターシヤさん、ぼくたちがもし貧乏になったら、ぼくが働きます……」

最後の言葉を聞いたフェルディシチェンコとレーベジェフの口から、くすくす笑いがもれ、将軍までが何やらひどく不満げにうめいた。プチーツィンとトーツキーは、思わずにやりとしたが、笑いを押し殺した。残りの者たちは、呆れた様子でぽかんと口を開けているだけだった。

「……でも、ナスターシヤさん、ぼくたち、ひょっとして貧乏になるどころか、たいへんなお金持ちになれるかもしれないんです」あいかわらずおどおどした声で、公爵はそうつづけた。「といっても確かなことは不明だし、残念ですが、これまでまる一日かけても何ひとつ知ることができませんでした。ただスイスにいるとき、モスクワのサラスキンという方から手紙を受け取ったんです。で、その人の知らせによると、どうやらとても大きな遺産を引き受けることになるかもしれないんです。ほら、これがその手紙です……」

事実、公爵はポケットから一通の手紙を取りだしてみせた。

「まさか、うわごとでも言っているんじゃないだろうな？」将軍がつぶやくようにそう言った。「これじゃ、もうほんものの精神病院だ！」

それから一瞬、微妙な沈黙がつづいた。

「公爵、あなたはいま、サラスキンという人から手紙をもらったとかおっしゃっていましたね」プチーツィンが聞いた。「その人は、その筋ではひじょうによく知られた男でしてね。いろんな事情に通じている、かなり有名なやり手の人物ですよ。その人がほんとうに通知してきているというのなら、それはもう、十分に信じるに足る話です。幸い、彼の筆跡を覚えています、仕事でつい最近、関わりがありましたものですから……もし、その手紙を見せていただけるのでしたら、あるいは何か申し上げられるかもしれません」

公爵は何も言わず、震える手でその手紙を差し出した。

「いったいなんのことです、何がどうしたっていうんです？」ふいにわれに返った将軍が、狂ったような目つきで一同を眺めやった。「まさか、遺産相続？」

一同の目が、手紙を読んでいるプチーツィンに注がれた。一同は、新たな、異常ともいえる衝撃に好奇心をかき立てられていた。フェルディシチェンコはもうじっとしていられなかったし、ロゴージンは怪訝そうにあたりを見まわし、恐ろしい不安にかられながら、公爵とプチーツィンの双方をかわるがわる見やっていた。ダーリヤは、まるで針のむしろにでも座らされたかのようにそわそわしていた。レーベジェフまでが、たまりかねた様子で部屋の隅から出てきて、思いきり腰をかがめながらプチーツィンの肩越しに手紙をのぞきこんだ。その腰つきから、今にもどやしつけられるのではないかとびくついている様子がうかがえた。

16

「まちがいありません」手紙をたたみ、公爵にそれを手渡しながら、プチーツィンはそう言い放った。「あなたは、あなたの伯母さんの正しい遺言状にしたがって、なんら問題なく、莫大な資産を手にされます」

「まさか、そんな！」将軍は、さながら銃でもぶっ放したかのような大声を上げた。

一同は、またしてもぽかんと口を開けた。

プチーツィンは、おもにエパンチン将軍にむかってこう説明した。今から五カ月前、これまで個人的にはまったく面識のなかった伯母が死去した。彼女は、公爵の母の実の姉にあたる人で、かつて破産して貧窮のうちに死んだ、第三ギルドのモスクワ商人パプーシンの娘だった。ところが、つい先ごろ死去したパプーシンの実兄にあたる人物が、有名な豪商だった。一年ほど前に、彼はほぼひと月のあいだに、ふたりしかいない息子をあいついで失った。そのショックから、この豪商の老人もまもなく病床に臥《ふ》し、死んでしまった。この豪商は男やもめで、パプーシンの実の姪にあたる公爵の伯母以外、だれひとり相続人がいなかったのだが、この実の姪というのがたいそう貧しい女で、他人の家に居候していたのだった。この遺産を相続したころには、この伯母もすでに浮腫で死にかけていたのだが、サラスキンという人物に委託して、ただちに公爵を捜しはじめ、遺言状を認《したた》めておいた。どうやら公爵も、彼がスイスで身を寄せていた医師も、公式の通知を待ったり照会をかけたりする気もなかったようで、公爵はサラスキンの手紙をポケットに携えたまま、自分からこちらに出向く決心をしたものらしい、とのことだった……。

「ひとつ、これだけは申し上げられます」プチーツィンは、公爵のほうを見やりながらしめくくった。「これはすべて、何ひとつ文句のつけようのない、確かなものだということとです。サラスキン氏がこの件について、争う余地のない合法的なものと書いているからには、すべては現金として懐に入ったも同然と受けとめてよい、ということです。おめでとうございます、公爵！　ひょっとするとあなたも、百五十万ルーブルぐらいの額が手にはいるかもしれません。いや、もしかするとそれ以上かもしれない。パプーシンといえば、もうたいへんな豪商でしたからね」

「よう、一族の末裔《まつえい》ムイシキン公爵！」フェルディシチェンコが声を張りあげた。

「たいしたもんだ！」レーベジェフが、酔っぱらいらしい、しゃがれた声で叫んだ。

「このわたしなんか、さっき二十五ルーブルを貸してやったんですからな、金がないっていうんで、は、は、は！　奇っ怪としかいいようがありません、ほんとうに！」驚いてあぜんとした将軍が言った。「しかし、まあ、おめでとう、おめでとう！」そう言うと将軍は、椅子から立ちあがって、公爵を抱きしめようと近づいていった。将軍のあとにつづいて、ほかの連中も立ちあがり、公爵に近寄っていった。カーテンの向こうに姿を消していた連中までが、客間に顔を出した。話し声や叫び声でざわつきはじめ、シャンパンを出せといった声まで響きわたった。客間全体が、まるで蜂の巣をつついたような騒ぎになった。

一瞬、ナスターシヤのことを、ナスターシヤが何より今日の夜会の主役であることまで、ほとんど忘れかけていた。しかし一同は、徐々に、そしてほぼ同時に、公爵がナスターシヤに結婚を申し込んだばかりだったことを思い出した。そうなると、事態は以前より三倍も狂気じみ、尋常ならざるものに見えてきた。深いショックに見舞われたトーツキーは、何度か肩をすくめて見せた。腰をかけていたのはほとんど彼ひとりで、ほかの連中は無秩序のまま、テーブルのまわりにごったがえしていた。のちに一同は、ナスターシヤが狂ったのは、まさにこの瞬間だったと主張しあった。彼女は腰をおろしたまま、しばらくのあいだ、奇妙な、何かしらふしぎそうな目で一同を眺めていた。わけがわからず、必死に何かを理解しようとしているかのようだった。それから、ふいに公爵のほうに向き直ると、けわしく眉根を寄せて、まじまじとその顔を見た。が、それも一瞬だけだった。ことによると、何もかもが冗談で、自分はたんにからかわれているにすぎないと思ったのかもしれない。だが公爵の様子を見て、すぐに自分の思いちがいだと悟った。彼女はじっと考えこみ、かと思うと、それからまた微笑みを浮かべた。だが、何に微笑みかけているのか、自分にもわからない様子だった……。

「ということは、ほんとうに公爵夫人なわけね！」嘲るようにそうつぶやくと、彼女はふとダーリヤのほうに目をやり、笑いだした。「思いもかけない結末だわ……わたし……まさかこんなことになるなんて……ねえ、みなさん、どうして立ってらっしゃるの、お願いですから、どうかお座りになって、わたしと公爵を祝ってくださいな！どなたか、シャンパンを注文なさってらっしゃいましたね。フェルディシチェンコさん、行って、出すように言ってくださいな。カーチャ、パーシャ」彼女はふいにドア口に小間使いの娘がいるのに気づいた。「こっちにいらっしゃい、わたしね、お嫁に行くの。聞いてた？　この公爵のところよ、この人、百五十万ルーブルも持ってらっしゃるのよ、ムイシキン公爵っていうんだけど、この人がわたしをお嫁にもらってくれるんだって！」

「ええ、それがいい、あなた、潮時だもの！　せっかくのチャンス、逃すことなんてない！」事のなりゆきに深く揺り動かされたダーリヤが叫んだ。

「さ、わたしのそばにおすわりになって、公爵」ナスターシヤは続けて言った。「そうね、ほらシャンパンが来たわ、みなさん、祝ってちょうだい！」

「万歳《ウラー》！」客たちの多くが声をあわせて叫んだ。多くの連中が、酒にありつこうとむらがったが、そこにはロゴージン一党も、ほぼ全員が含まれていた。彼らは大声でわめいたり、この先もわめいてやろうと身構えていたが、その多くの者たちは、その状況や局面の奇怪さにもかかわらず、徐々に舞台の背景が入れ替わろうとしているのを感じとっていた。ある者は困惑し、腑に落ちないといった顔で、なりゆきを見守っていた。しかし大半の連中は、たがいに、こんなのはごくありふれた話だ、公爵さまが素姓あやしき女と結婚したり、転々とするジプシーの群れから嫁をもらいうけることだってざらにあると囁きあっていた。ロゴージンは顔をゆがめ、怪訝そうな笑みを口もとに凍りつかせたまま、その場に立ちつくし、事態のなりゆきを眺めていた。

「公爵、きみ、しっかりするんだ！」横あいから近づいてきた将軍が、怯えた様子で公爵の袖をひっぱりながら囁いた。

それに気づいたナスターシヤが、声をあげて笑い出した。

「だめですよ、将軍！　わたしはもう公爵夫人なんですからね、聞いていたでしょう？――公爵は、このわたしに恥なんてかかせたりしませんから！　トーツキーさん、あなたもわたしを祝福してくださいな。こうなれば、どこに行ってもあなたの奥さまととなり合って腰かけられるんですから。いかが、こんなふうな旦那さまを持つのって、得でしょう？　なんといっても百五十万ルーブルですし、しかも、公爵、おまけがついて、おばかさんときてるんですから、申し分ないでしょう？　これからやっと、ほんものの生活がはじまるんだわ！　ちょっと遅かったわね、ロゴージンさん！　その紙包み、片づけてちょうだい。わたしね、公爵と結婚して、あんたよりお金持ちになるの！」

いっぽう、ロゴージンは事の次第を悟ったらしかった。彼の顔に名付けがたい苦しみがくっきりと浮かび上がった。彼はぴしゃりと両手を打つと、胸の奥からうめき声をほとばしらせた。

「手を引け！」ロゴージンは公爵に向かって叫んだ。

まわりの連中が笑い出した。

「あんたのために、手を引けって？」ダーリヤが、勝ち誇ったように水をさした。「なんですか、テーブルに札束を投げ出したりして、この百姓が！　公爵はお嫁さんをもらうって言ってるのに、あんたはたんに乱暴しに来ただけじゃないの!」

「おれだってもらってやるぜ! 今すぐにもらってやる、この場でな! なんでもくれてやるわな……」

「そら見なさい、酒場から来た酔っ払いじゃないの、あんたなんか追んだしてやるわよ!」憤然として、ダーリヤはくり返した。

笑いが一段と大きくなった。

「お聞きになったでしょう、公爵」ナスターシヤが公爵のほうに向き直った。「百姓のくせして、ああやってあなたの花嫁を競っているの」

「この人は酔っているんです」公爵は言った。「あなたがほんとうに好きなんです」

「あとで恥ずかしくならないかしら。あなたの花嫁は、あのロゴージンと駆け落ち寸前だったのよ」

「あれは、あなたが熱に浮かされていたせいです。あなたは今だって、夢にうなされているんです」

「あなたの花嫁は、トーツキーの囲い者だったたって、あとで言われても、恥ずかしくならない?」

「いいえ、恥ずかしくなんかありません……あなたがトーツキーさんのところにいたのは、ご自分の意志ではなかったんですから」

「ぜったいに責めたりしない？」

「責めたりしません」

「でも、だめ、一生責めませんとか、かんたんに請《う》けあっちゃ！」

「ナスターシヤさん」憐れみのこもる低い穏やかな調子で、公爵は言った。「ぼくはさっきこう言いました。あなたが承諾してくださったことを名誉と思っていますし、あなたがぼくに名誉を与えてくださるのであって、ぼくがあなたに与えるのではないと。その言葉を聞いて、あなたは薄笑いを浮かべておられましたし、まわりの方々も笑っておられた。ぼくにはそう聞こえました。ひょっとすると、ぼくの物言いはものすごく滑稽だったかもしれないし、だいたいぼく自身が滑稽でした。でも、ぼくにはこんなふうな気がしてならなかったのです。自分は……名誉のなんたるかを心得ているし、自分の言ったことにまちがいはないって。あなたはさっき、ご自分を滅ぼそうとされた。取りかえしがつかなくなるところでした。だって、あなたはきっと、あとになってご自分のことが許せなくなるからです。でも、あなたは何も悪くないのです。あなたの一生がもうまるで台無しになったなんて、そんなばかなことがあるはずないんです。あなたの家にロゴージンさんが来られたり、ガヴリーラさんがあなたを欺こうとしたからといって、それがなんです？　どうして、いつまでもそんなことにこだわっておられるのです？　あなたがなさった決断は、だれにもできるものじゃありません。くどいようですが、言わせてください、あなたがロゴージンさんといっしょに出て行かれようとしたこと、あれは、病的な発作にかられて決心なさったことです。あなたは今もまだ発作がつづいている、ですから、早くお休みになったほうがいい。明日、たとえ洗濯女になったとしても、ロゴージンさんと一緒になることはありません。ナスターシヤさん、あなたは誇り高い方ですが、もしかすると、不幸のあまり、ご自分にほんとうに罪があると思いこんでおられるのかもしれない。ナスターシヤさん、あなたには、いろいろと世話をしてあげなくてはならない。ぼくがその世話をします。さっきあなたの写真を見たとき、昔なじみの顔に出合ったような気がしました。そのときすぐに、あなたがぼくを呼んでいるような気がしたのです……ぼくは……ナスターシヤさん、あなたのことを一生大切にします」公爵はそこで、ふいに自分を取りもどしたかのように、唐突に話を切り上げた。顔を赤らめ、自分がどんな人たちの前で話しているかということに思いいたった。

プチーツィンは、初心《うぶ》なはにかみから首を垂れ、床を見つめていた。トーツキーは内心こう考えていた。《白痴《ばか》のくせして、お世辞がいちばんの手ってことを心得てる、天性ってやつだ！》。公爵はふと、自分を焼き殺そうとするかのようなガーニャのぎらぎらした視線に気づいた。

「まあ、なんていい人なの！」感極まったダーリヤが高らかな声で叫んだ。

「教育はできてるが、救われん男だ！」将軍が小声でつぶやくように言った。

トーツキーは帽子をとり、ひっそり姿を消そうと立ちあがりかけた。彼と将軍はたがいに目配せし、いっしょに出ていこうとした。

「ありがとう、公爵、いままでだれひとり、そんなふうに話してくれた人はなかったわ」ナスターシヤは言った。「わたしはこれまで、取引の材料にされてきただけ。ちゃんとした人で、わたしの結婚の面倒をみてくれた人なんてひとりもいないの。そうでしょ、トーツキーさん？　さっき公爵がおっしゃったこと、どんなふうにお聞きになったかしら？　不《ぶ》しつけだ、くらいにしかひびかなかったかしら？……ロゴージンさん！　あなたは帰らずに待っていて。といって、帰りはしないでしょうけど、わかりきったことね。もしかして、あなたといっしょに出かけることになるかもしれない。どこに連れていく気だったの？」

「エカテリンゴフです」部屋の隅からレーベジェフが答えたが、ロゴージンはぎくりと体を震わせただけで、自分の耳を疑うかのように、目を大きく見開いたままだった。

まるで頭をがんと殴られたみたいに、茫然自失の状態にあった。

「いったいどうしたっていうの、ねえ、あなた！ これってもう、正真正銘の発作ね。ねえ、あなた、頭がおかしくなったの？」驚いたダーリヤが声を張りあげた。

「それじゃ、あんたは、真に受けていたってわけ？」大笑いしながらナスターシヤはソファから立ちあがった。「こんな赤ん坊みたいな人を破滅させるなんて？ それじゃ、昔のトーツキーさんと同じじゃない。だってあの人、赤ん坊が大好きなんですよ！ 行きましょう、ロゴージン！ お金の紙包みを用意してちょうだい！ あんたが結婚したいっていうなら、それでいい、でもお金はちょうだい。ひょっとして、あんたとは結婚しないかもしれないから。自分と結婚するんだったら、紙包みは手もとに残るとでも？ 嘘でしょ！ わたしってね、ほんとうに恥知らずな女なの！ なんてったって、トーツキーさんに囲われていたんですもの……公爵！ あなたがいま必要なのは、アグラーヤ・エパンチナさんね、ナスターシヤ・フィリッポヴナなんかじゃないの、でないと、フェルディシチェンコさんに後ろ指差されますよ！ あなたは恐くないかもしれないけど、あなたをだめにしたとか言われて、あとで責められるのはいや！ それにね、わたしがあなたに名誉を授けるとか言っていたけど、そのことはトーツキーさんがよくわかっている。それと、ガーニャ、アグラーヤさんのことだけど、あんたは彼女を見誤っていたわ。それがわかっている？　駆け引きなんてしなければ、あの子はきっとあんたと結婚していたのに！　あんたたちって、みんなそんななの。自堕落な女とつきあうか、堅気な女とつきあうか——選択はひとつなのに！　でなかったら、きっと虻蜂《あぶはち》取らずになるのが関の山……まあ、見てごらんなさい、将軍の顔、何か口を開けて……」

「ソドムだ、ソドムだ！」両肩をすくめながら将軍はくり返した。彼もソファから立ちあがったので、ふたたび全員が立ちあがっていた。ナスターシヤはもう、無我夢中の状態だった。

「ああ、なんてことだ！」公爵は、両手をもみしだきながら呻《うめ》くように言った。

「あなた、こうはならないと思っていたの？　ひょっとしたら、わたしってものすごく傲慢な女なのかもしれない、恥知らずだってべつにいいじゃない！　あなた、わたしのことをさっき、完璧だとか言ってくれたわね。見あげた完璧ぶりじゃないの！　だってたしかに、百万ルーブルと公爵の爵位を蹴ったと自慢したいために、わけのわからない巣窟に身を沈めるっていうんだもの、そう、こんなので、どうしてあなたの奥さんになんかなれるもんですか。トーツキーさん、わたしね、百万ルーブルのお金をほんとうに窓の外に投げ捨てたわ。あなたが用意した七万五千ルーブルと引きかえにガーニャと結婚するって、そんなこと、わたしが幸せと思うだなんて、よくも考えられたものね。トーツキーさん、七万五千ルーブルは持ち帰ってください（それに十万ルーブルに届かなかったわけですから、ロゴージンの勝ちってわけね！）。ガーニャはわたしが慰めてやるわ。いいアイデアが浮かんだもの。でも、これから遊び呆けてみたいわ、なんてったって町の女なんですから！　わたしね、十年間も牢獄に入っていたの、これからがわたしの幸福よ！　どうしたのかしら、ロゴージンさん？　準備して、さあ行きましょう！」

「行こうぜ！」歓喜のあまり有頂天のロゴージンが吠えた。「おい、きさまら……まわれ右……これから酒だ！　そら！……」

「お酒を用意して、わたし、飲むから。で、音楽はあるの？」

「あるとも、あるとも！　そばに寄るな！」ダーリヤがナスターシヤのほうに歩み寄っていくのを見たロゴージンが、夢中になって叫んだ。「おれのものだ！　ぜんぶ、おれのものなんだ！　女王さまだ！　これで決まりだ！」

歓びのあまり息が切れていた。ナスターシヤのまわりをぐるぐる歩きまわりながら、だれかれの見境なく「そばに寄るな！」とどなりつけていた。仲間の一党もすでに全員が客間に詰めかけていた。それぞれ酒を飲み、わめいたりげらげら大笑いしていたが、だれもがおそろしく上気し、くつろいだ気分に浸っていた。フェルディシチェンコはあれこれ手を尽くして、一党の仲間入りを果たそうと躍起になっていた。将軍とトーツキーはまた、一刻も早く姿を消したそうなそぶりを見せていた。ガーニャも帽子を手にしていたが、黙ったままその場に立ちつくし、目の前で展開している光景からなんとしても目を離せないでいるようだった。

「そばに寄るな！」ロゴージンが叫んだ。

「何をそう怒鳴りちらして！」ナスターシヤが彼にむかって大笑いした。「わたしはまだここの家の主《あるじ》なんですからね。あんたなんか、その気になればすぐにだって追い出せるんだ。お金だってまだ受けとっちゃいないし、ほら、まだそこに転がっているじゃないの。それをこっちに寄越して、紙入れを、まるごと！ このなかに十万ルーブルが入ってるって？ まったく、なんておぞましいの！ どうしたのさ、ダーリヤさん！ なに、この人をだめにすりゃよかったってわけ？（そう言って彼女は公爵を指さした）。この人はね、結婚どころじゃないの、だってまだ乳母が必要なんだもの。なに、そこにいる将軍が乳母役になってくれるわよ。ほうら、ごらんなさいな、あの通りそばにぴったりくっついて！ 見てごらん、公爵、あなたの花嫁さんはお金を受けとりました。だって、わたしは自堕落な女ですからね、なのに、あなたときたらそんな女をお嫁にほしがった！　どうして泣いてなんかいるのさ？　辛いっていうの？　そうなの？　笑いなさいよ、わたしと同じに」ナスターシヤはつづけた。その目には、ふたつの大粒の涙がきらきら光っていた。「時間というのを信じるのね、──何もかも過ぎていってしまうから！　あとでくよくよするより、いま思い直したほうがずっといい……どうしてそう泣いてばかりいるのさ──あら、カーチャも泣いてる！　あんたもどうしたっていうの、大好きなカーチャ！　あんたとパーシャにはいろいろ残しておきましたよ。もう指図してあります、でも、今はお別れ！　あんたみたいに心のきれいな娘に、こんな自堕落な女の世話をさせてきたのね……これでいいの、公爵、ほんとにいいの、そのうちわたしを軽蔑しだすにちがいないんだ、わたしたち、幸せになんかなれっこないの！　誓ったりしちゃだめ、わたし、信じないもの！　それに、ほんとうにばかなまねをするところだった！……そう、それよりも、気持ちよく別れましょう、でないと、わたしだって、こう見えて夢多き女ですから、なんの得にもなりゃしないから！　わたしがあんたのこと、夢に見なかったと思う？　あんたの言ったとおり。もうずっと夢に見ていたんだから、まだあの人の村で、五年間ひとりぼっちで過ごしていたときからよ。考えて、考えて、夢に見て、夢に見て。そうしてずっと、あんたみたいな人を空想していたの。優しくて、誠実で、いい人で、あんたみたいなちょっとしたおばかさんが、いきなりこんなことを言い出すの。『ナスターシヤさん、あなたは悪くない。わたしはあなたを崇めている』って。そう、そんな夢をさんざん見てきたの。ほんとうにおかしくなるほど……そうしているところへ、ほら、この男がやって来るの。一年に二カ月ずつお客にきては、さんざはずかしめて、いたぶって、熱くして、堕落させて、そして行ってしまう。──それこそ、なんど池に飛びこもうとしたことか、でも根が卑劣だから、どうしても勇気が出ない、でも、今度はちがう……ロゴージンさん、用意はできた？」

「できてるさ！　そばに寄るんじゃねえ！」

「できてるとも！」何人かの声が響きわたった。

「鈴つきのトロイカが待ってるぜ！」

ナスターシヤが金の包みをつかんだ。

「ガーニャ、ひとつ、いい考えが浮かんだわ。あんたに褒美をくれてあげる。だって、あなただけが丸損なんて理屈はないでしょう？　ロゴージン、この人、たった三ルーブルのためにワシリエフスキー島まで這っていくかしら？」

「行くともさ！」

「そう、それじゃ、ガーニャ、聞きなさい。最後にあんたの性根を見きわめたいの。

あんたはまるまる三カ月間、このわたしを苦しめてきたんだから、今度はわたしがお返しする番よ。この紙包み、見えるわよね、ここに、十万ルーブル入っている！ わたし、これからこの紙包み、暖炉の火にくべてやるわ、ほら、みんなの見ている前で、全員が証人ってわけ！ 紙包みに火がまわったら、すぐに暖炉のなかに手を突っ込むの。でも、手袋したままじゃだめ、素手でよ、腕まくりして、火のなかから包みをつかみ出すの！ 指にちょっとは火傷《やけど》するかもしれないけれど、なんといっても十万ルーブルだもの、よく考えなさい！ つかみ出すのに手間はかからない！ でも、わたしね、あんたの性根をうっとり眺めてみたいの、あんたがわたしのお金をとりに、火に手を突っ込むところをね。紙包みはあんたのもの、みんなが証人だわ！ 手を突っ込まなきゃ、そのまま灰になるだけ。ほかのだれにも触らせない。さあ、どいて！ みんな、どくの！ わたしのお金よ！ ひと晩の仕事でロゴージンから受けとったお金。わたしのお金よね、ロゴージンさん？」

「あんたのもんさ、かわいいあんたの、な！ あんたのもんさ、女王さま！」

「それじゃ、みんな、どいて、わたし、したいようにしますから！ 邪魔はしないで！ フェルディシチェンコさん、薪をおこしてちょうだい！」

「ナスターシヤさん、手が動きません！」呆然とした様子のフェルディシチェンコが答えた。

「まったく、もう！」ナスターシヤはひと声叫ぶと、みずから暖炉の火掻き棒を手にとり、ちろちろ燃えている二本の薪の火を掻き起こした。やがて火が燃え立ったところで、すぐに紙包みを投げ込んだ。

悲鳴が周囲に響きわたり、多くの者が十字を切った。

「気が狂った、気が狂ったんだ！」周囲に叫び声が起こった。

「し、し、縛らなくていいのか？」将軍がプチーツィンに囁いた。「それとも、人を呼びにやるとか……だって、ほんとうに狂ってるじゃないか、ほんとうに？　狂ってるだろうが？」

「い、いいえ、これは、たぶん狂ったなんてのとはちがいます」紙のように白くなって震えているプチーツィンが、囁くように答えた。彼はもう、火がつきはじめた紙包みから目を離すことができなかった。

「だって、狂ってるじゃないか？　ほんとうに狂ってるじゃないか？」将軍はトーツキーのほうにしつこく問いかけた。

「あなたに言いましたよね。めちゃくちゃな色合いの女って」トーツキーも、いくぶん青ざめた顔でつぶやくように言った。

「そうはいっても、十万ルーブルだぞ！……」

「ああ、神さま！」叫び声が周囲に響きわたった。一同は暖炉のまわりにひしめき合い、ひと目見ようとし、それぞれに叫び声を上げていた。他人の頭ごしに見てやろうと、椅子に上がるものもいた。ダーリヤは別の部屋に駆けこみ、恐怖に震えながらカーチャとパーシャを相手に何ごとかささやいていた。ドイツ人の美人はすでに家を逃げだしていた。

「ナスターシヤさま！　女王さま！　全能の女神さま！」ナスターシヤの前にひざまずき、暖炉に向かって両手を差しだしながら、レーベジェフが呻くように叫んでいた。「十万が！　十万が！　この目で見ていたんです、目の前で包んでいたんです！　母上さま、慈悲深いマリアさま！　このわたしに暖炉に飛びこめ、と命じてください。体ごと這っていきます。この白髪頭をまるごと火のなかに突っこんでみせます！……病気で足のきかない女房がおります。子どもが十三人おります……孤児ばかりでございます。先週、父の葬式を出しました、空《す》きっ腹《ぱら》抱えて暮らしております、ナスターシヤさま‼」呻くように言うと、彼は本気で暖炉のなかに入っていこうとした。

「どいて！」ナスターシヤはそう叫んで、彼をはじきとばした。「みんな、後ろに下がって！　ガーニャ、何をぼんやり突っ立っているの？　恥ずかしがることなんてないでしょ！　手を突っこみなさいよ！　あんたの幸せのためじゃないの！」

　だがこの日、そしてこの夜、すでにあまりに多くのことに耐えてきたガーニャは、最後のこの思いもかけぬ試練にたいする心の準備ができていなかった。人垣が彼の前で左右に分かれたため、ガーニャは、ナスターシヤと三歩ほど隔てて面と向かいあうかたちになった。彼女は暖炉のすぐそばで、火のように燃える目で彼をじっとにらみつけながら待ちかまえていた。フロックコートを着て、帽子と手袋を手にしていたガーニャは、腕組みして暖炉の火を見つめながら、無言のままおとなしく彼女の前に立っていた。ハンカチのように青ざめた彼の顔には、狂気に近い笑みが漂っていた。事実、彼は暖炉の火から、いや、くすぶりだした紙包みから、目を離すことができなかった。だが、何かしら新しい思いが、彼の胸のなかにせり上がっているかのようだった。あたかもこの拷問を耐えぬこうと心に誓ったかのように、彼はその場を動こうとはしなかった。そして数秒後、一同の目に明らかになった、彼は紙包みを取りに行かず、取りに行く気もない……。

「何よ、燃えちゃうじゃないの、みんなに笑われるわよ」ナスターシヤは彼に叫んだ。

「あとで首を吊る気ね、わたし、冗談言ってるんじゃないの！」

　はじめ、二本の燃えさしのあいだからぱっと燃え上がった炎は、投げこまれた紙包みの重さに押しつぶされ、いったん消えかかった。だが、小さな青い炎が、下の燃えさしの一角に下からからみついてきた。やがて、細長い炎の舌が紙包みを嘗めると、火はそこに燃え移り、紙包みの四隅を伝っていった。すると紙包みは、まるごと暖炉のなかで燃え上がり、明るい炎がその表面に勢いよく燃え広がっていった。一同は思わず、ああっと声を上げた。

「ナスターシヤさま！」ふたたび前に飛び出そうとしたレーベジェフが、相変わらず哀れな声で叫んだが、ロゴージンがまたもや彼をひきずり戻し、後ろに突きとばした。

ロゴージン自身が、それこそ動かざる視線と化していた。ナスターシヤから、もはや一歩も離れることができなかった。彼は酔っていた。天にも昇る心地だった。

「いいか、これでこそ女王さまだ！」まわりの連中にだれかれかまわず顔を向けながら、ひっきりなしにくり返していた。「いいか、これがおれたちの流儀ってもんだ！」われを忘れて叫んだ。「ふん、このペテン師ども、きさまらのうちのだれに、こんな芸当ができる、え？」

公爵は、悲しげに黙りこんだまま成り行きを見守っていた。

「たった千ルーブルでけっこう、このわたしが歯でくわえ出してやりましょう！」フェルディシチェンコが提案した。

「歯でなら、おれにだってやれるさ！」はげしい絶望の発作にかられて、一同のいちばん後ろにいた拳骨男が、歯がみしながら叫んだ。「ち、ちくしょう！　燃えている、ぜんぶ燃えちまう！」燃え広がる炎を見て、彼は大声で叫んだ。

「燃えてる、燃えてる！」一同は口々に叫びながら、暖炉にむかってなだれをうった。

「ガーニャ、強情はるんじゃないの！　これが最後よ！」

「さあ、這ってでもとるんだ！」感きわまってガーニャに飛びかかり、その袖を引っ張りながら、フェルディシチェンコが吠えるように叫んだ。「取りにいくんだよ、このほら吹き野郎！　ぜんぶ燃えちまうじゃないか！　ったく、このくそったれめ！」

ガーニャは思いきりフェルディシチェンコをはじきとばすと、くるりと背中を向けてドアのほうに歩きだした。だが、二歩と歩かぬうちに体がよろめきだし、どすんと床に倒れこんだ。

「気を失った」まわりの連中が叫んだ。

「ナスターシヤさま！　燃えてしまう！」レーベジェフがわめいていた。

「灰になっちゃう！」四方から叫び声があがった。

「カーチャ、パーシャ、あの人に水を、アルコールでもいい！」ナスターシヤはひと声そう叫び、暖炉の火ばさみをつかんで紙包みを取りだした。

外側の紙はほとんど燃えつき、火がちろちろしていたが、中身が無事であることはすぐに見てとれた。紙包みは新聞紙で三重にくるんであり、おかげで金は無事だった。

一同はほっとしてため息をついた。

「千ルーブルちょっとは傷んだかもしれませんが、残りはだいじょうぶのようです」レーベジェフが感動に声をうるませた。

「みんな、この人のものよ！　紙包みぜんぶね！　みなさん、聞こえてるわよね！」紙包みをガーニャの傍《わき》に置いて、ナスターシヤは宣言した。「よくお金を取りにいかずに、がまんしたわ！　つまりお金の欲より、自尊心が優ったたってわけね。だいじょうぶ、今に気がつきますから！　もし気絶していなかったら、斬りかかってきたわね、きっと……ほら、もう意識が戻った。将軍、プチーツィンさん?、ダーリヤさん、カーチャ、パーシャ、ロゴージン、聞いてたわね?　紙包みはこの人のもの、ガーニャのものよ。わたし、この人にすべて譲るの、ご褒美としてね……そう、このさき何が起ころうと！　この人に言って。この人の脇に置いていけばいいのよ……ロゴージンさん、さあ、行きましょう！　さようなら、公爵、わたし、はじめてほんとうの人間に会えた！　さようなら、トーツキーさん、merci（ありがとう）」

ロゴージンの一党は、ロゴージンとナスターシヤのあとを追い、騒々しい物音を立てたり、がやがやと声を上げながら、いくつかの部屋を抜けて出口のほうに向かって行った。玄関ホールで小間使いの娘たちが、ナスターシヤに毛皮のコートを手渡した。そこへ、料理女のマルファがキッチンから走り出てきた。ナスターシヤは、娘たちみんなとかわるがわるキスを交わした。

「でも、奥さま、わたしたちをすっかりお見捨てになるんですか？　それにしても、いったいどちらへ行かれるっていうんです？　しかもお誕生日だというのに、よりによってこんな日に！」泣きはらした小間使いの娘たちは、ナスターシヤの手にキスをしながら尋ねた。

「町に出るの、カーチャ、あなた、聞いてたでしょう、わたしにはあそこがお似合いの場所だって、でなければ洗濯女になるって！　トーツキーとの生活は、もうたくさん！　あの人には、わたしからよろしくと伝えて。それに、わたしのことは悪く思わないで……」

公爵は、車寄せに向かってまっしぐらに走っていった。そこではロゴージン一党が、すでに四台の鈴つきトロイカに乗りこもうとしていた。階段のところで、将軍はなんとか公爵に追いつくことができた。

「だめだ、公爵、しっかりするんだ！」公爵の腕をつかんで、将軍は言った。「あきらめろ！　彼女がどういう女か、わかってるだろう！　父親として言うが……」

公爵は将軍の顔をちらりと見やったが、ひとことも言わずにその手を振りきり、駆け下りて行った。

たった今トロイカが走り出していった車寄せで、公爵が最初にやってきた辻馬車をつかまえ、トロイカのあとを追ってエカテリンゴフにやってくれと叫んでいるのを、将軍はじっと見守っていた。やがて、将軍用の灰色の駿馬が車寄せにすっと近づいてきて、彼を自宅へと運び去っていった。新しい希望とさまざまな打算を胸に、先ほどの真珠も怠りなく持ち帰ることになった。あれやこれや計算をめぐらすうちに、ナスターシヤの悩ましい姿が二度ばかり脳裏をかすめ、将軍はふっとため息をついた。

「残念！　ほんとうに残念！　破滅した女！　狂った女！……さあて、こうなった以上、公爵に必要なのはナスターシヤってことではないぞ……」

これと同じような、いくぶん教訓的なはなむけの言葉は、ナスターシヤのふたりの客人も口にしていた。ふたりは、少し歩いて帰ることに決めたのである。

「ねえ、トーツキーさん、聞いた話ですが、これとよく似たことが、日本人同士でもあるんですってね」プチーツィンが言った。「侮辱を受けた者が、侮辱した相手のところに出かけていって、『貴公は拙者を侮辱した、その腹いせに拙者は貴公の目前にて腹を切る』とか言うんだそうですよ。で、そう言い訳しながら、じっさいに相手の前で腹を切って見せるんですが、それでじっさいに仇討《あだう》ちができたような気になり、たいそうな満足感を覚えるらしいんです。この世のなかには、変わった性格をもった人間がいるもんなんですね、トーッキーさん！」

「それじゃ、あなたは今回も、それと似たケースが起こったと考えるわけですね」

トーッキーは、笑みを浮かべながら答えた。「なるほど！　それにしても、なかなかウイットに富んだじつにうまいたとえですな。でもプチーツィン君、あなたもよくごらんになったでしょうから言いますが、わたしだって、自分にやれることをすべてやったんです。これ以上、やれと言われても自分にはできないってことです。そこは、あなたも賛同してくださいますね？　ただ、それはそれとして、あの女性がじつにすばらしい素質といいますか……輝かしい美点の持ち主であるってことは、認めてくださいますよね……わたしはね、さっきあのソドムめいた場所にいて、もしも許されるのだったら、彼女にこう叫んでやりたかったくらいです。つまり、あなたが浴びせかけるもろもろの非難にたいするわたしの最良の釈明は、あなた自身だ、って。いえ、どうかすると、理性といいますか……そう、何もかも忘れてしまうくらい、あの女の虜《とりこ》にならない男なんていません、だれひとり！　いいですか、あのロゴージンといまあ、う男にしたって、十万ルーブルの大金をひっさげてきたわけじゃないですか！　まあ、かりにです、さっきあそこで起こったことが一夜かぎりの、ロマンチックで下品な出来事だとしても、そのかわり、そうとうにへんてこりんで、オリジナリティに溢れているじゃありませんか、そうでしょう。ああ、あれだけの気性とあれだけの美貌があれば、できないことなんて何もないはずなのに……でも、あれだけ力を尽くし、あそこまで教育を授けたにもかかわらず、……ぜんぶ台なしになってしまいました！　ダイヤモンドの原石……何度そう言ってきたかしれません……」

トーツキーは深々とため息をついた。

読書ガイド

亀山郁夫

フョードル・ドストエフスキー（Фёдор Достоевский）の五大長編の第二作にあたる『白痴』（Идиот, The Idiot）第1巻を、ここにお届けする。

『白痴』は、全四篇からなるが、この第1巻に収められるのは、その第一篇にあたる全16章である。今後、順を追って、第2巻、第3巻、第4巻が刊行される。

では、さっそく『白痴』が成立した背景からはじめよう。

1　作品成立の背景　ドレスデンから

一八六六年十月、『罪と罰』の完成をまぢかに控えたドストエフスキーは、ある大きな問題に頭を悩ませていた。前年七月、三度目の外遊に出るに際して、彼が悪徳出版業者ステロフスキーとのあいだで結んだ契約のことである。それによると、翌年十一月一日までに長編小説を提供しない場合、作家は前借りした三千ルーブルの肩代わりとして、恐ろしく劣悪な条件による全集の刊行を、呑まざるをえないことになっていた。契約からすでに一年三カ月が経ち、『罪と罰』の執筆にほとんどの時間を費やしてきたドストエフスキーは、期限切れを目前に控えて非常手段に出た。知人の薦めにしたがい、最新の速記術採用を決断するのである。

速記の仕事を請け負ったのは、アンナ・スニートキナという、当時まだ二十歳を越えたばかりの若い女性だった。作家は、彼女の献身的なサポートを得て、契約期限ぎりぎりの期日にあたる十月三十日、『賭博者』を完成させる。その日は奇《く》しくもドストエフスキー四十五歳の誕生日に当たっていた。

ひと月足らずの『賭博者』執筆のプロセスで、四十五歳のドストエフスキーと、二十歳以上若い女性速記者とのあいだに愛がめばえた。翌年二月、ふたりはめでたく結婚にゴールインするが、この再婚には、先妻マリアの連れ子や、作家自身の兄の遺族たちのつよい反対、さらには種々の債権者たちとの軋轢《あつれき》もあり、同年四月には、ヨーロッパへの旅立ちを余儀なくされた。ただし金銭面では、「ロシア報知」の編集者カトコフへの無心が功を奏し、無事難局を打開することができた。当初、ふたりは三カ月という比較的短い滞在を想定していたが、滞在は延びに延び、ついに四年の長きにわたる異国放浪となった。ドストエフスキーはこの間、ドイツ、スイス、イタリア、チェコの四つの国、合計十六の主な都市を転々としつつ、『白痴』と『永遠の夫』のふたつの小説を書き上げ、『悪霊』の執筆に入っている。

恋人アポリナーリアとの苦い記憶に塗り込められたヨーロッパではあったが、ベルリンを経由してドレスデンに着いた作家は、王立絵画美術館（現在の「アルテ・マイスター絵画館」こと、ドレスデン美術館）やコンサートに足を運ぶなりして、英気を養っている。とりわけ絵画美術館では、『白痴』のなかでも言及される一連の絵画（ラファエロ『サン・シストの聖母』、ハンス・ホルバイン・ジュニア『聖母』）や、のちに『悪霊』で言及されるクロード・ロラン『アシスとガラテア』に接している。

他方、ドストエフスキーは、小説の構想や美術館めぐりの合間を縫って、熱に浮かされたように賭博場に足を運んだ。ドレスデン到着から二週間後の五月上旬、ひとりホンブルグに赴き、十日間にわたってルーレット漬けとなった。だが、ホンブルグに到着した日の午後には、十時間ぶっつづけで賭けに賭けたあげく、惨敗。時計、鎖などの金品を売り払い、ドレスデンで帰りを待ちわびる妻に「『罪と罰』をしのぐ新作を書く」と手紙に書き、金を無心する始末だった。

同年六月、ふたりはドレスデンを発ち、フランクフルトを経由して、バーデン・バーデンに着く。しかしここでも、作家のルーレット熱は治まる気配がなかった。妻のアンナは絶望を隠しながら、野放図に荒れ狂う夫の姿を見守った。懇願、後悔、謝罪、そしてまた金の無心――、四年間にわたるヨーロッパ放浪の、最初の一年に書かれた手紙は、ルーレットに狂う作家の、読むも痛ましい引き裂かれた内面を映し出している。

同年八月、バーデン・バーデンからスイスのジュネーヴに向かう途中、ドイツとの国境に近いバーゼルの町で下車し、市の美術館を訪れた。カラムジン『ロシア旅行者の手紙』やジョルジュ・サンドの小説をとおして、かねてより関心を抱いていた一枚の絵画を観るのが目的だった。それは、ドイツ・ルネサンスの巨匠ハンス・ホルバイン・ジュニアが描いた『死せるキリスト』――。傷だらけの骸《むくろ》のまま横たわるキリストの像を目の当たりにし、ドストエフスキーは、尋常ならざる衝撃に打たれた。妻のアンナが、その姿を次のように回想している。

「フョードル・ミハイロヴィチは、その絵につよい感動を受けたらしく、打たれたようにその前に立ちつくしていた。……それから十五分か二十分たってもどってみても、夫は釘づけになったように元の場所に立ちつくしていた。興奮したその顔には、癲癇の発作の最初の瞬間に何度も見たことのある例のおどろいた表情が見られた」

『死せるキリスト』を観た彼の衝撃の正体を正しく推し量ることはむずかしい。しかし、その衝撃が、一八四九年の冬に彼がセミョーノフスキー練兵場で経験した死刑宣告の体験と深くつながっていたことは否定できない。死刑宣告以来、長年にわたって彼を捉えてきた死の全能性というペシミズムとキリストの復活をめぐるひそかな思いが、この絵に関わるひとつの究極的な認識として結晶した。

「こんな絵を見ていたら、信仰を失《な》くしてしまう人だっているだろう」

2　作品成立の背景　ジュネーヴ時代

一八六七年八月半ば、ドストエフスキー一家はジュネーヴに着き、ローヌ川を望むアパートの二階に居を構えた。ジュネーヴは当時、ロシアの政治亡命者のたまり場となっており、ドストエフスキーもここで、オガリョーフ、バクーニン、ゲルツェンら亡命した革命家と交わった。とくに親しく交誼《こうぎ》を結んだのが、革命家の詩人として知られるオガリョーフで、理想家肌で知られたこの革命家は、ドストエフスキーと同じ癲癇もちでもあったことから、両者の共感は強まった。

元国事犯ドストエフスキーにとって、亡命革命家たちとのつきあいは、むろん危険な波紋を投げかけざるをえなかった。小説のテーマや言動にも明らかなように、彼自身、革命の理想に完全に幻滅しきっていたわけではなく、ロシアの将来をめぐるヴィジョンにも、揺れとジレンマが抗《あらが》いがたく刻まれていたからである。他方、そうした彼の迷いをよそに、ヨーロッパの主要都市にスパイ網を張る帝政権力は、元国事犯の行動を逐一、監視しつづけていた。とりわけスイスの亡命革命家たちとの交流は、いかにささやかなものであれ、ともすれば作家がいまだ「ニヒリスト」の過去を捨て切れていないことを疑うに十分な根拠となりえた。

3　創造のめざめ

ルーレットに狂う天才作家の内面にも、ようやく平安の時が訪れ、蕩尽《とうじん》から創造のサイクルが始まろうとしていた。話は再びドレスデンにもどる。

一八六七年八月、ドストエフスキーは友人マイコフに宛てて書いた。

「長編小説のプランがあるのですが、もし神の助けがあれば、大きな作品、たぶん悪くない作品になるでしょう。私はこれをひどく愛していて、喜びと不安にかられながら書いていきます」

そして同年の秋からノートをとりはじめ、暮れには、次の長編小説の新しい構想にとりかかっている。

他方、ロシアとの絆《きずな》が失われてしまうことの恐れを手紙に書き（「まるで水を失った魚です」）、ロシアから送られてくる新聞を読み、徐々に穏やかならざる状況へはまりこむ祖国の姿を、遠くから固唾《かたず》をのんで見守っていた。『罪と罰』執筆時とは比べものにならない強い危機感が彼を捉えていた。現代のソドムと化した首都サンクトペテルブルグ――。

イエス・キリストを模した「ほんとうに美しい人間」の愛と真実を描こうとした『白痴』が、黙示録的な気分に満たされていたのも、そうした彼のペシミスティックな気分を反映するものといってよい。他方、彼は祖国の友人に宛てた手紙のなかで西欧文明に対する根本的ともいえる批判に加え、逆に熱狂的ともいうべきロシア回帰の姿勢を打ち出しはじめる。

「私はここ外国に来て、最終的に、ロシアのために完全に君主制主義者となりました。わが国で、もしだれかが何かをしたとするなら、それはむろんのこと、彼（皇帝）ひとりです」

「わが国の民衆は、われらが歴代の皇帝に愛を捧げてきましたし、現に今もなお捧げています」

ただし、私たちはこうした言葉を文字通りの意味で信じてはならない。ドストエフスキーがヨーロッパからロシアの知人、友人に宛てた手紙は、すべて検閲によって開封されていた事実があり、これらの文面にはある種のバイアスがかかっていた可能性を無視できないからである。

とはいえ、そうした二重性をはらんだ言葉が、元国事犯である作家の信念として公的に受け入れられ、彼自身もまたそうした理解に、自らの指針を重ね合わせていったと考えるのが正しい見方といえる。

翌六八年一月、ドストエフスキーは、ついに『白痴』第一篇を完成させ、雑誌「ロシア報知」の編集者カトコフに原稿を送る。翌二月には、アンナとのあいだに待望の長女ソフィアが誕生した。だが、そこに突然悲劇が見舞った。誕生から三カ月後にあたる五月中旬、愛娘ソフィアが肺炎のために、わずか三月《みつき》の命を閉じたのだ。妻のアンナは、絶望にくれる夫の姿を次のように描写している。

「彼の絶望は嵐のようで、まるで女のように慟哭《どうこく》し、泣いた」

「あれほどの嵐のような絶望を、私はいまだかつて見たことがなかった」

ドストエフスキー自身もまた手紙につづっている。

「あの子が生きていてさえくれるなら、……私はあの子の身代わりに十字架の苦しみも辞さないものです」

ソフィアの死の悲しみを紛らわせたいという願いもあったのか、ソフィアの葬儀を済ませてから二週間後、ドストエフスキー夫妻はジュネーヴを離れ、レマン湖畔にある小さな避暑地ヴェヴェーに移った。それから『白痴』が完成する六九年一月までの約七カ月間、夫妻は、ヴェヴェーからさらにシンプロン峠を越えてミラノへ、そこからフィレンツェへと旅を続けていく。

4　たびかさなる癲癇

『白痴』は、きわめて自伝的な色彩の濃い小説である。そのことをはっきりと裏づけるのが、ムイシキン公爵が抱える「癲癇」の病である。小説では、公爵がスイスのシュナイダー先生のもとで約二年近く癲癇の治療を受け、ほぼ完治するという設定になっているが、作家自身の病は、ヨーロッパ放浪中、悪化の一途をたどった。彼が癲癇のモチーフを小説のプロットの中に大々的に組み込んだのは、この作品がほぼ初めてだが（ただし初期の作品『女主人』『虐げられた人々』にも癲癇のモチーフが一部出てくる）、おそらく作家としてはそれなりの躊躇《ちゅうちょ》も意識しつつ、その導入を決断したにちがいない。逆に言えば、癲癇を物語の中心に置かざるをえないほど、当時の彼の病は、切実かつ深刻な状況にあったということである。

レオニード・グロスマンによるドストエフスキーの年譜から、『白痴』の執筆時にあたる一八六七〜七〇年の癲癇の発作に関わる記述を抜き書きしてみる。六八年の前半、そして六九年と七〇年の夏から秋にかけての発作がいかに激烈だったかが手にとるように理解できる（L・グロスマン著、松浦健三訳編『ドストエフスキー全集　別巻・年譜〈伝記、日付と資料〉』一九八〇年　新潮社刊）。

●一八六八年

「二月半ば。天候が急転し、毎日風が吹く。ちょっとの間に二度発作」──二月「夜、強度の癲癇発作」──二月二十日

●一八六九年

「癲癇（強）」──四月七日
「フィレンツェより出発の際、発作を起こす」──七月二十二日
「プラハの路上で発作を起こす」──七月二十九日
「発作。胸部激痛」──八月二十三日

●一八七〇年

「朝夢のなかで発作」──七月十三日
「午前八時発作」──七月十六日
「午前六時発作」──七月二十六日
「朝発作」──八月二十一日

「朝発作」――八月二十九日
「朝発作」――九月二十八日
「朝夢のなかで発作」――十月十日

ここに興味深いエピソードがひとつある。ドレスデンからホンブルグへルーレットに出かけているとき、彼は宿泊先のホテルで癲癇の発作に襲われた。ホテル中を歩き回り、オーナーや宿泊客に自分の病状を語ってきかせるが、相手も自分もまるで要領をえない。数日後、彼は自分が半ば意識喪失の状態にあったことをノートに記録するが、そんなある日、新しい小説の構想を思いつく。それは、ある作家が、発作のせいで執筆能力を失って貧窮のどん底に落ち、結局は、成功した文学仲間の施しにすがって生きるという物語だった。癲癇とはこのように、いっさいを喪失するという恐怖とつねに背中合わせだった。

5　ナスターシヤ・フィリッポヴナのモデル

ドストエフスキーは『白痴』を執筆するにあたって、彼自身のパーソナルな体験に関わる問題だけでなく、同時代の事件からも怠りなく取材している。ムイシキン公爵がエパンチン家で物語る、死刑囚のエピソードがそのひとつである。ドストエフスキーの伝記に詳しい方ならご存じのはずだが、作家自身、かつて二十代の終わりに空想的社会主義者ペトラシェフスキーが主宰するサークルに加わり、逮捕され、死刑宣告を下された過去がある。主な罪状は、反政府的な文書（ベリンスキー「ゴーゴリへの手紙」）を朗読し、会のメンバーを扇動したというものだった。したがってムイシキン公爵が語る死刑囚のエピソードは、けっして空疎な思いつきではなく、そこには作家個人の一人称の独白としての一面も備わっていたとみることができる。

同様のことは、圧倒的な存在感を放つヒロイン、ナスターシヤ・フィリッポヴナについてもいえる。複雑な性格をもったこの女性にまつわる謎解きは、いずれ最終巻の読書ガイドで詳しく触れるが、今は、この不幸な生い立ちをもつ女性のモデルとなったオリガ・ウメツカヤについて紹介しておくにとどめよう。

一八六七年九月、モスクワの南百十キロの位置にあるカシーラで、幼児虐待および放火事件に関する裁判が開かれた。俗に、ウメツキー一家事件と呼ばれるものである。両親からつね日ごろ残忍な扱いを受けてきたオリガは、四度にわたって両親の家に放火した。両親はたえず金銭の問題で口論し、子供たちにやつあたりしていた。二十二人の子供のうち、残ったのはわずか五人。双子の子供は、七歳になるまでろくに口が利けなかったという。彼らはしばしば家畜小屋で眠り、食べ物もろくに与えられず暴行を受けたために、オリガは自殺を図った。最後の放火の前、父親は彼女を、下男に蜂蜜を与えたという口実で棒で打ちのめした。裁判で、陪審員はオリガを無罪とし、両親に有罪判決をくだした。当時ドレスデンでこの事件を知ったドストエフスキーは、強い衝撃を受け、『白痴』の構想のかなり早い段階で、この少女を主人公とする小説の執筆を思い立っている。彼女こそは、ナスターシヤ・フィリッポヴナの原型となった人物である。

問題は、このオリガが、ロシアの「ミニョン」として位置付けられていた点である。ドストエフスキーは当初、『白痴』の初期の創作ノートに「ミニョン」という名前を記し、「ミニョンの物語は、オリガ・ウメツカヤの物語と同じ」とまで書いた。今日、「ミニョン」の名は、一八六六年にパリのオペラ・コミック座で初演されたアンブロワーズ・トマのオペラ『ミニョン』（ゲーテ『ヴィルヘルム・マイスターの修業時代』による）で知られるのみだが、興味ある読者は、この『ミニョン』の物語を手がかりに、

『白痴』の謎、とくにナスターシヤにまつわる謎解きに挑んでいただきたい。

6 「あの地獄」とは何か？

しばしば指摘されるように、『白痴』は中心に大きな空洞を抱えた小説であり、数限りない謎に満ちている。そもそも、作者であるドストエフスキー自身、この小説のもつ深さをどこまで認識していたか、あやしいと思える部分さえある。ムイシキン公爵の意味づけひとつをとっても、ナスターシヤ、ムイシキン、ロゴージンの三角関係の謎をめぐっても、おそらく一義的な解釈をけっして許さない曖昧さ、複雑さに満ちている。ドストエフスキーが「創作ノート」に記した「公爵スフィンクス」は、まさにこの『白痴』全体を象徴する言葉といってもよい。

問題はナスターシヤの、一読してどこか現実ばなれした複雑な個性がどこからきているのか、ということである。むろん先ほども紹介した「ミニョン」や、オリガ・ウメツカヤなどを念頭に置くのもよいが、読者にぜひ心がけてほしいのは、やはり作品そのものの読みこみである。そこに、すべての謎を解く鍵が隠されている。じっさい、語り手自身があえて彼女の過去を謎めかして語ろうとしており、しかもその悲劇的な個性については、たがいに矛盾しあう説明を施している。したがって最終的な判断のための手がかりは、語り手の言葉よりも、むしろ個々の登場人物の言葉から得るしかない。

第一篇における最大のハイライトは、ナスターシヤとその庇護者であるトーツキーの関係である。果てしない純粋さと、果てしない傲慢のあいだに揺れる彼女の本心は、どこに隠されているのか。しばしば最高の恋愛小説とされる『白痴』に込められた作者の意図は、ナスターシヤ自身のセリフを、注意深く読みとくところからしか理解できない。その作業は、最後まで読者を放さない、心おどる課題でもあるだろう。

とりあえず、この小説の最大の秘密はどこにあるかと問われるなら、次のように答えよう。第16章、ナスターシヤの誕生日の祝いの席で、ムイシキン公爵がつぶやく、次のひと言である、と。

「あなたは苦しみぬいて、それでもあの地獄から清らかなまま出てこられた」

このとき、ムイシキン公爵が脳裏に思い描き、ドストエフスキーが読者に暗示しようとしていた「あの地獄」とは、何であったのか?

7 名前について

ドストエフスキーは、徹底して登場人物の命名にこだわる作家だった。前作『罪と罰』の、主人公ロジオン・ロマーノヴィチ・ラスコーリニコフが好例である。命名へのこだわりは、この『白痴』においても微妙に受け継がれている。この小説は、のっけから、ムイシキン、ロゴージン、ナスターシヤ、そしてアグラーヤによる三ないし四角関係を予想させているが、そこに展開するドラマの内なる真実を理解するためには、彼ら主人公たちの名前の由来を探っておくことが大切である。

●レフ・ニコラーエヴィチ・ムイシキン

名前のレフは、ロシア語で「ライオン（lev）」を意味する。スイス時代は、フランス語名のレオンという名前で子供たちから親しまれた。父称は、ニコラーエヴィチ（Nikolaevich）であるが、じつは、レフ・ニコラーエヴィチは、ドストエフスキーと同時代の文豪レフ・トルストイと同じであることから、トルストイへの連想がしばしば指摘される。ただ、姓にあたるムイシキン（Myshkin）の語源は、ネズミを意味する

「ムイシ」（mysh'）からとられていることから、逆に、トルストイに対するアイロニーとの見方もある。いずれにせよ、ライオンとネズミの組み合わせは、一種の形容矛盾的なおかしみを醸し出していることはまちがいない。

●パルフョーン・セミョーノヴィチ・ロゴージン

名前のパルフョーン（Parfen）は、必ずしもありふれた名前ではないが、語源は、古代ギリシャ語の「パルテノス」（Παρθένιος;《παρθένος》）に由来し、「純潔の、処女の、純粋な」を意味する。第一篇をお読みになった読者であれば、一瞬、奇異な印象を受けるに違いないが、この意味するところはきわめて重要である。また、姓にあたるロゴージンは、語源は、「むしろ」を意味する「ロゴーシ」（rogozh）に由来しており、ここでも名前と姓との微妙なアンバランスが注目される。

●ナスターシヤ・フィリッポヴナ・バラーシコワ

名前のナスターシヤ（Nastasiya）は、正式には、アナスタシーヤ（Anastasiya）である。語源は、やはり古代ギリシャ語の「アナスタシヤ」（Ἀναστασία）で、「復活」の意味がある。父称のフィリッポヴナは、彼女の父親がフィリップ（Fillip）であったことを示唆している。問題は、バラーシコワ（Barashkova）である。語源は、「ヤギ」を意味するロシア語（baran）の縮小形。「復活」と「ヤギ」の連想において、ドストエフスキーが何をイメージしていたかが問題となる。

●アグラーヤ・イワーノヴナ・エパンチナ

名前のアグラーヤ（Agraya）は、古代ギリシャ語で「美、輝き」を意味するアグラーヤ（Ἀγλαΐα）からきている。父親の名前はイワン。姓のエパンチン（Epantin）は、「袖なしコート」を意味する「エパンチャ」（Epancha）に由来する。

8　貨幣価値について

ドストエフスキーは、近現代の小説史のなかでも、お金のテーマを前面に押し出した稀有《けう》な作家として知られる。とりわけ『罪と罰』『白痴』『カラマーゾフの兄弟』が、その点では他の作品に抜きんでている。『白痴』第一篇の後半は、お金のもつ圧倒的な力と人間的高潔さの対決、といった構図が読者の興奮を掻き立てる。

そこで気になるのが、当時の貨幣価値である。周知のように、一ルーブルは、百コペイカ。一八六五年当時、紙幣の種類は、一、三、五、十、十五、二十五、五十、百の八つあった。『白痴』では、何度か「二十五ルーブル紙幣」が話題にのぼるが、これは、この紙幣の種類によって影響されている。

さて、当時の貨幣価値を知る客観的な指標として、少し唐突ながら、『白痴』が書かれた時代の外貨レートを調べてみると、一ドルが一ルーブル三十コペイカとある。一八六七年の、ロシアの国際的話題として知られるアラスカ売却では、当時のお金で七千二百万ドル（単純に換算すると）がアメリカから支払われた。また統計では、一八七〇年の平均月収が二十五ルーブル五十三コペイカ（年収換算で三百ルーブル強）、ジャガイモに換算すると千二百七十六・五キログラム分になる。ちなみに、当時のアメリカの平均月収は、十九・六五ドルである。

そこで、『白痴』の第一篇で扱われる金額を、少し具体的に眺めてみる。まず物語の冒頭での、ペテルブルグ―ワルシャワ間の列車内の、ムイシキン公爵と商人ロゴージンのやりとりから、ロゴージンの父親が最近死去し、二百五十万ルーブルという巨額の遺産が残されたことが、話題となる。また、第一篇の終わり近くでは、ロゴージンがナスターシヤのために用意した十万ルーブルの札束が、暖炉に投げ込まれる場面が描かれる。

この第一篇で出てくるお金について、整理してみる。いちおうの目安として提示しておくと、一ルーブルが千〜三千円に換算できる（動産、不動産、物、サービス等によって広がりがある）。

・ロゴージンの父親が残した遺産——二百五十万ルーブル（二億五千万円〜七億五千万円）
・トーツキーがナスターシヤのために用意した持参金——七万五千ルーブル
・ロゴージンがナスターシヤのために買ったダイヤの耳飾り——二千九百ルーブル
・エパンチン将軍がムイシキン公爵に手渡した金——二十五ルーブル
・ガーニャ・イヴォルギンの俸給——二千ルーブル
・ムイシキン公爵が引き継いだ遺産——百五十万ルーブル
・ナスターシヤが、暖炉に投じようとした札束——十万ルーブル

ちなみに、ドストエフスキーが『白痴』の原稿料の前渡し金として雑誌「ロシア報知」から受け取った金額は、四千五百ルーブルだった。

9　第二篇以降への展望

『白痴』第一篇を無事書き終えたドストエフスキーは、一八六八年一月、マイコフに宛てて次のように書いた。

「以前からある考えに苦しめられてきましたが、私は怖くて、その考えから長編小説を仕上げることができませんでした。なぜなら、その考えはあまりにも困難で、準備も満足にできていなかったからです。とはいえ、その考えはきわめて魅惑的なものであり、なおかつ私はその考えを愛しているのです。そのアイデアは、完全に美しい人間を描くことです。思うに、とくに現代においてこれ以上に困難なことは何もないでしょう」

ドストエフスキーは、これとほぼ同じ内容を、愛する姪であるソフィア・イワーノワ宛ての手紙でも告白することになるが、その手紙でこの「完全に美しい人間」という表現は、「決定的に美しい人間」という表現に置き換えられている。それはともかく、ドストエフスキーは、ほとんど暗中模索の状態で『白痴』の執筆を続けていた。

そのことを解き明かす言葉が、マイコフ宛ての手紙のさらに先に記されている。この手紙で作者は、この長編小説の主人公は四人になった、と書き、この四人のうちふたりの登場人物（ロゴージンとナスターシヤ）の輪郭ははっきりしているが、残りふたりのうちもうひとりの女性（アグラーヤ）については、まだまったく形をなしておらず、中心人物である四番目の主人公（ムイシキン）については、きわめてぼんやりしている、と述べ、「第一篇は、実際、たんなる前書きにすぎません」と告白しているのである。ただし、小説のタイトルそのものについては、決然とした調子で次のように書いた。

「作品のタイトルは、『白痴』です」

『白痴』第一篇は、ドストエフスキーの数ある長編小説のなかでも、出色の第一部であり、出色の「前書き」となっている。だが、すべては未来に託されていた。K・モチューリスキーが作者の右の「告白」について、印象的な言葉を書き残している。「第一篇を書き終えたあとのこの告白は衝撃的である！　公爵はあいかわらず『曖昧模糊』としていて、作者にとってこの先の運命も明らかではない。この人物像は、書いているうちに成長していったのだった。物語のほとんど結末まで、主人公の深奥の秘密は、作者自身にすら洞察できなかった。大作家の独創性はすべて、自らの主人公にたいする、生きている人間にたいするような関係のなかにある。彼の創作活動は、誕生の秘密に関わっている。息子がどういう人間か、父親にさえ明らかではないのである」（モチューリスキー著、松下裕、松下恭子訳『評伝ドストエフスキー』二〇〇〇年、筑摩書房刊）

モチューリスキーのこの説明に納得される読者は、けっして少なくないのではないか、と思う。文字通り、すべてははじまったばかりである。しかも、この膨大な長さをもつ第一篇に流れた時間は、わずか一日にも満たない（正確には約二十時間）。だが、ドラマはすでに灼熱の輝きを帯び、悲劇的な予感にすら満たされている。

本文中の訳注

7ページ＝十一月の終わり――本文では、ユリウス暦（ロシア暦）が使用されている。この日付に十二日プラスしたものがグレゴリオ暦である。

9ページ＝アイトクーネン――現ロシア領カリーニングラードの、チェルヌイシェフスコエ。

13ページ＝オランダのアラーブ金貨――ロシア政府が発行した、三ルーブル金貨の通称。

17ページ＝郷士《ごうし》――農奴制時代の農民の一階級。

19ページ＝世襲名誉市民――非貴族階層に所属する商人たちが、その功績によって得る身分。

28ページ＝利息のついた債券（本文では「五分の利息のついた五千ルーブルの債券」）――利子分が添付された債券。双方とも紙幣として使用できた。

81ページ＝ポゴージンの本（本文では「ポゴージン版」）――M・P・ポゴージンが編纂した『スラブロシア古代書体見本集』（一八四〇～一八四一年刊行、二巻本）。

209ページ＝G・I――ガヴリーラ・イヴォルギン（Gavriila Ivolgin）のイニシャル。

227ページ＝バベット姉さん（本文では「Chère Babette」）――バベットは、ワルワーラのフランス語名の愛称。

269ページ＝カルスの戦い――カルスはトルコ北東の地名。クリミア戦争の際のロシア軍の攻撃目標。

318ページ＝ピロゴフ――ニコライ・ピロゴフ（一八一〇～一八八一）。ロシアの有名な外科医、解剖学者。野戦病院における外科手術法を構築する。

366ページ＝ラフィット――フランス・ボルドー産の高級ワイン。シャトー・ラフィットが有名。

395ページ＝マルリンスキー――ロシアのロマン派作家でデカブリストの一員でもあったアレクサンドル・ベストゥージェフ（一七九七～一八三七）のペンネーム。

本書には特定の病気や民族に対して「癲癇病み」や「転々とするジプシー」など、現代では用いるべきではない差別的な用語・表現が使われています。また、「気が狂う」「もうほんものの精神病院だ!」など、精神病に関する差別的な用語・表現・揶揄も用いられています。これらは本書が成立した一八六〇年代当時のロシアの社会状況と、未熟な人権意識に基づくものですが、主人公ムイシキン公爵をいわゆる白痴としている本書の根幹にかかわる設定と、その彼を取り巻く人物との物語であることを深く理解するためにも、編集部ではこれらの差別的表現についても原文に忠実に翻訳することを心がけました。

それが今日も続く人権侵害や差別問題を考える手がかりとなり、ひいては作品の歴史的・文学的価値を尊重することにつながると判断いたしました。もとより差別の助長を意図するものではないことを、ご理解ください。

編集部

光文社古典新訳文庫

白痴《はくち》1

著者　ドストエフスキー
訳者　亀山《かめやま》 郁夫《いくお》

2015年11月20日　初版第1刷発行
2024年9月30日　第3刷発行

発行者　三宅貴久
印刷　大日本印刷
製本　大日本印刷

発行所　株式会社光文社
〒112-8011東京都文京区音羽1-16-6
電話　03（5395）8162（編集部）
03（5395）8116（書籍販売部）
03（5395）8125（制作部）
www.kobunsha.com

©Ikuo Kameyama 2015
落丁本・乱丁本は制作部へご連絡くだされば、お取り替えいたします。
ISBN978-4-334-75320-7 Printed in Japan

※本書の一切の無断転載及び複写複製（コピー）を禁止します。

本書の電子化は私的使用に限り、著作権法上認められています。ただし代行業者等の第三者による電子データ化及び電子書籍化は、いかなる場合も認められておりません。

いま、息をしている言葉で、もういちど古典を

長い年月をかけて世界中で読み継がれてきたのが古典です。奥の深い味わいある作品ばかりがそろっており、この「古典の森」に分け入ることは人生のもっとも大きな喜びであることに異論のある人はいないはずです。しかしながら、こんなに豊饒で魅力に満ちた古典を、なぜわたしたちはこれほどまで疎んじてきたのでしょうか。

ひとつには古臭い教養主義からの逃走だったのかもしれません。真面目に文学や思想を論じることは、ある種の権威化であるという思いから、その呪縛から逃れるために、教養そのものを否定しすぎてしまったのではないでしょうか。

いま、時代は大きな転換期を迎えています。まれに見るスピードで歴史が動いていくのを多くの人々が実感していると思います。

こんな時わたしたちを支え、導いてくれるものが古典なのです。「いま、息をしている言葉で」——光文社の古典新訳文庫は、さまよえる現代人の心の奥底まで届くような言葉で、古典を現代に蘇らせることを意図して創刊されました。気取らず、自由に、心の赴くままに、気軽に手に取って楽しめる古典作品を、新訳という光のもとに読者に届けていくこと。それがこの文庫の使命だとわたしたちは考えています。

このシリーズについてのご意見、ご感想、ご要望をハガキ、手紙、メール等で翻訳編集部までお寄せください。今後の企画の参考にさせていただきます。
メール　info@kotensinyaku.jp

光文社古典新訳文庫　好評既刊

カラマーゾフの兄弟　1〜4＋5エピローグ別巻　ドストエフスキー／亀山《かめやま》郁夫《いくお》◉訳

父親フョードル・カラマーゾフは、粗野で精力的で女好きの男。彼と三人の息子が、妖艶な美女をめぐって葛藤を繰り広げる中、事件は起こる——。世界文学の最高峰が新訳で甦る。

罪と罰（全3巻）　ドストエフスキー／亀山《かめやま》郁夫《いくお》◉訳

ひとつの命とひきかえに、何千もの命を救える。「理想的な」殺人をたくらむ青年に押し寄せる運命の波——。日本をはじめ、世界の文学に決定的な影響を与えた小説のなかの小説！

悪　霊（全3巻＋別巻）　ドストエフスキー／亀山《かめやま》郁夫《いくお》◉訳

農奴解放令に揺れるロシアは、秘密結社を作って国家転覆を謀る青年たちを生みだす。無神論という悪霊に取り憑かれた人々の破滅と救いを描く、ドストエフスキー最大の問題作。

白　痴（全4巻）　ドストエフスキー／亀山《かめやま》郁夫《いくお》◉訳

純真無垢な心をもち誰からも愛されるムイシキン公爵を取り巻く人間模様を描く傑作。ドストエフスキーが書いた〝ほんとうに美しい人〟の物語。亀山ドストエフスキー第4弾！

未成年（全3巻）　ドストエフスキー／亀山《かめやま》郁夫《いくお》◉訳

複雑な出生で父と母とは無縁に人生を切り開いてきた孤独な二十歳の青年アルカージーがつづる魂の「告白」。ドストエフスキー後期の傑作、45年ぶりの完訳！　全3巻。

賭博者　ドストエフスキー／亀山《かめやま》郁夫《いくお》◉訳

舞台はドイツの町ルーレッテンブルグ。「偶然こそ真実」とばかりに、金に群がり、偶然に賭け、運命に嘲笑される人間の末路を描いた、ドストエフスキーの〝自伝的〟傑作！

光文社古典新訳文庫　好評既刊

白夜／おかしな人間の夢

ドストエフスキー／安岡《やすおか》治子《はるこ》◉訳

ペテルブルグの夜を舞台に内気で空想家の青年と少女の出会いを描いた初期の傑作「白夜」など珠玉の4作。長篇とは異なるドストエフスキーの〝意外な〟魅力が味わえる作品集。

地下室の手記

ドストエフスキー／安岡《やすおか》治子《はるこ》◉訳

理性の支配する世界に反発する主人公は、「自意識」という地下室に閉じこもり、自分を軽蔑した世界をあざ笑う。それは孤独な魂の叫び声だった。後の長編へつながる重要作。

貧しき人々

ドストエフスキー／安岡《やすおか》治子《はるこ》◉訳

極貧生活に耐える中年の下級役人マカールと天涯孤独な少女ワルワーラ。二人の心の交流を描く感動の書簡体小説。21世紀の〝貧しき人々〟に贈る、著者二十四歳のデビュー作！

ステパンチコヴォ村とその住人たち

ドストエフスキー／高橋《たかはし》知之《ともゆき》◉訳

帰省したら実家がペテン師に乗っ取られていた！　人の良すぎる当主、無垢なる色情魔、胸に一物ある客人たち…。奇天烈な人物たちが巻き起こすドタバタ笑劇。文豪前期の傑作。

死の家の記録

ドストエフスキー／望月《もちづき》哲男《てつお》◉訳

恐怖と苦痛、絶望と狂気、そしてユーモア。囚人たちの驚くべき行動と心理、その人間模様を圧倒的な筆力で描いたドストエフスキー文学の特異な傑作が、明晰な新訳で蘇る！

オブローモフの夢

ゴンチャロフ／安岡《やすおか》治子《はるこ》◉訳

稀代の怠け者である主人公が、朝、目覚めても起き上がらず微睡《まどろ》むうちに見る夢を綴った「オブローモフの夢」。長編『オブローモフ』の土台となった一つの章を独立させて文庫化。

kobunsha classics